{ ANDRÉ MATHIEU }

Un Amour éternel

Les Éditions
COUP d'œil

Du même auteur, aux Éditions Coup d'œil:
La Tourterelle triste, 2012
L'été d'Hélène, 2012

La saga des Grégoire
1- La forêt verte, 2012
2- La maison rouge, 2012
3- La moisson d'or, 2012
4- Les années grises, 2012
5- Les nuits blanches, 2012
6- La misère noire, 2012
7- Le cheval roux, 2012

Docteur Campagne
1- Docteur Campagne, 2013
2- Les fleurs du soir, 2013
3- Clara, 2013

Rose
1- L'hiver de Rose, 2014
2- Le cœur de Rose, 2014
3- Rose et le diable, 2014
4- Les parfums de Rose, 2014

Aux Éditions Nathalie:
Plus de 60 titres offerts, dont *Aurore* et les Paula.

Couverture : Jessica Papineau-Lapierre

Première édition sous le titre original de *Un Amour Éternel* :
© 1980, Éditions Nathalie, André Mathieu
Présente édition : © 2014, Les Éditions Coup d'œil, André Mathieu
www.facebook.com/EditionsCoupDoeil

Dépôts légaux : 2ᵉ trimestre 2014
Bibliothèque et Archives nationales du Québec
Bibliothèque et Archives Canada

Imprimé au Canada

ISBN : 978-2-89731-395-1

Un mot de l'auteur

Réels pour la plupart, les personnages de ce roman furent, il va de soi, embellis ou enlaidis pour les besoins de l'histoire. Que les descendants fassent la part des choses!... Un roman est un roman...

Ces personnages reviendront, même certains seront sortis de leur tombeau–parfois sous d'autres noms– dans les 4 livres de la série des *Paula* et les 4 de la série des *Rose* dont voici les listes.

Les Paula

La voix de maman, 1987

Un beau mariage, 1990

Femme d'avenir, 1992

Une chaumière et un coeur, 1996

Les Rose

Rose, 1995

Le coeur de Rose, 1995

Rose et le diable, 1997

Les parfums de Rose, 2000

Dans *Un amour éternel*, la plupart des événements sont fictifs ou sinon comme la tragédie de l'Obiou, très romancés. Même chose dans les *Paula*.

Par contre, dans les *Rose*, à part les apparitions de la Vierge qui constituent une longue **allégorie** sur l'arrivée de la télévision au début des années 1950, les événements ont presque tous été repêchés dans le quotidien de mon enfance...

Je vous invite à vous renseigner sur mes 42 titres (fin 2000) à la page **web** suivante si vous êtes branché à Internet:

www.andremathieu.com

Là, je m'enivrerais à la source où j'aspire;
Là, je retrouverais et l'espoir et l'amour,
Et ce bien idéal que toute âme désire,
Et qui n'a pas de nom au terrestre séjour !
Lamartine

CHAPITRE I

Comme montée sur des ressorts spiralés, la fillette marchait à petits pas sautillants. Elle contournait soigneusement les ornières bourbeuses apparaissant ici et là dans la chaussée de l'étroite rue brunâtre.

Sous son chapeau breton, des boudins blonds confectionnés par quelque main de fée, bougeaient au rythme de sa gambade. Et derrière sa tête, des rubans aux allures de suivez-moi-jeune-homme batifolaient gaiement.

La gamine déboucha d'entre les maisonnettes sur une voie plus large non publique, aménagée par la fabrique pour une circulation plus facile des véhicules les jours d'offices religieux. Elle releva la tête et promena ses yeux fiers sur ces lieux apprivoisés, situés là à la limite de son univers de six ans. À sa droite: la grange verte de monsieur le curé. Puis le terre-plein du cimetière. Au fond: la salle, couleur de chocolat. En avant: le beau presbytère, blanc comme un gâteau de noce. De biais vers la gauche: l'église bleue. Et carrément à gauche: le vieux couvent gris bardé de tuiles d'amiante.

Elle se rendait à l'église sans sa mère. Difficilement capable de se porter sur ses jambes ce jour-là, la femme avait envoyé ses plus vieux, sauf la petite Hélène, à la basse messe. Pendant ce temps, elle en avait profité pour faire la toilette de l'enfant et l'habiller comme un cœur. Elle avait patiemment travaillé les cheveux dorés pour en faire des boucles qui tiennent; puis elle lui avait fait enfiler une robe d'organdi imprimé et des bas blancs longs.

Il restait de la neige un peu partout malgré un sol à moitié dégagé par le printemps. La mère avait fait mettre un manteau à la petite en lui recommandant de bien regarder où elle mettrait les pieds. C'était l'époque de l'année où alternent les jours d'été et d'hiver, où les écarts de température sont violents et imprévisibles. Décider quoi mettre pour aller dehors était chose risquée. Mais pour Pâques, quand cela était possible, on étrennait des toilettes neuves, fleuries, joyeuses, même s'il fallait parfois les envelopper des manteaux de la vieille saison.

Le père de famille, un bûcheron, n'était pas encore revenu des chantiers américains où il avait passé l'hiver. C'était la raison d'un rendez-vous fixé par la mère: Hélène devrait se rendre à la cuisine du presbytère y rencontrer sa maîtresse d'école qui l'emmènerait avec elle à la grand-messe.

La fillette fit un saut léger, claqua une bottine noire contre l'autre et, se répétant les recommandations maternelles, se dirigea vers l'escalier de la grosse maison des prêtres. Dans ses petits yeux doux remplis de lumière, toute la joie qu'éprouvait sa jeune âme d'arborer, comme les grandes, une tenue nouvelle, se répandait en vagues de sourires radieux qui creusaient sur ses joues des rides de satisfaction.

Et puis elle éprouvait à plein un sentiment nouveau, celui de posséder quelque chose bien à elle. Son adorable bourse en cuir verni, elle l'avait bourrée de tous ces trésors dont les petites filles n'arrivent jamais à se détacher.

Les premières autos arrivaient aux alentours de l'église. Certaines se stationnaient sur une terrasse entourant le perron; d'autres s'égrenaient le long des chemins entre les ormes. La plupart des cultivateurs de la paroisse possédaient une automobile, mais presque tous la remisaient durant l'hiver, les chemins étant fort peu et bien mal entretenus. Dès que les neiges avaient vécu, on s'empressait de remettre sur la route ces objets de fierté que d'aucuns manipulaient comme un jouet, d'autres comme leur femme et que tous considéraient un bel instrument de liberté...

Une grosse auto contourna le presbytère et, passant devant le cimetière, vint vers Hélène. L'enfant s'arrêta et repoussa la courroie de sa bourse loin sur son épaule. Elle jeta un regard inquiet devant. Le véhicule sans âme et sans couleur approchait comme si le monde était sien. La fillette se déplaça rapidement vers le côté du chemin et s'arrêta l'espace d'une seconde puis grimpa sur un monticule de neige en sel.

Là, pour prendre le chemin qui menait à la sacristie, la voiture vira à angle droit. En passant devant la petite, elle plongea ses grosses semelles noires dans une ornière remplie d'eau sale avant de s'éloigner sans que ses occupants ne prennent conscience du drame terrible qu'elle venait de provoquer.

La liquide boueux avait éclaboussé les bottines, les bas et maculé jusqu'au bord du manteau. Hélène se pencha en écartant les bras pour constater les dégâts. Toute sa vie venait de prendre fin. Ses joies, ses espérances venaient de se faire noyer dans cette souillure immonde. Des pleurs lui montaient à la gorge. Mais la révolte fut la première à s'exprimer: elle releva la tête et cria au monstre noir:

—Maudite machine de maudite machine de mau...

Sa voix tourna à l'impuissance et fut vite coupée de sanglots; son joli visage se transforma en grimace douloureuse. Elle rebroussa chemin, fit quelques pas vers chez elle, mais se ravisa, craignant les reproches de sa mère, elle qui était si fière d'elle et avait mis tant de temps à la bichonner. Elle repartit dans l'autre sens, s'arrêta encore, hésita, hoqueta...

* * *

À la table de cuisine, une jeune fille d'allure austère écrivait dans son cahier de préparation de classe. La pièce était à son image: méticuleusement ordonnée. Sur un mur était suspendue la croix noire de la tempérance. Sur un autre, des images pieuses encadrées dont celle de la Vierge et de l'Enfant Jésus qui perd sa sandale. De nombreuses portes, des meubles blancs, une tablette, un appareil de radio.

Dans son masque froid luisaient des yeux débordant de tendresse. Visage mince et pâle, un nez fin, des lèvres discrètes, elle avait aussi des doigts effilés qui maniaient la plume avec dextérité comme si d'écrire eût été leur seule vocation. Elle consulta sa montre, leva la tête vers une vieille horloge à chiffres romains la, au-dessus du réfrigérateur. Les deux lui dirent la même heure.

Son regard s'assombrit.

Paumes appuyées sur la table, elle se souleva sans quitter sa place pour jeter un coup d'œil par la vitre de la porte et voir si la petite Hélène venait. Personne à l'horizon: elle dut se rasseoir.

Et se remit à écrire quand une plainte indistincte parvint à ses oreilles. Cela ressemblait aux cris d'un animal blessé. Elle fronça les sourcils, bougea la tête; et, emportée par la curiosité, se rendit à la porte où elle fut mise devant un navrant spectacle.

Assise sur la dernière marche de l'escalier, le front appuyé contre les barreaux de la garde, comme une prisonnière désespérée, la fillette crevait de sanglots. Son petit chapeau déformé retroussait d'un coin et la peine agitait ses épaules de convulsions incessantes.

La jeune fille se précipita à son secours. Elle la prit par les épaules et lui demanda d'une voix qui rassure:

—Mais c'est quoi qui t'arrive, Hélène, dis à mademoiselle?

L'enfant montra ses bas salis qu'elle avait cherché en vain de nettoyer avec ses mains et dit par mots hachés:

—La machine m'a tout arrosée...

—Une auto?

—Oui.

—C'est pas grave, ça, c'est pas grave du tout! Tu sais ce qu'on va faire ? On va entrer pis tu vas te changer. À ton âge, j'en ai eu aussi, des bas blancs pis je suis certaine que je les ai encore dans mon gros coffre. Donne ta main et viens avec mademoiselle. Viens!...

—Mademoiselle Esther, ma maman... est ma... lade et elle... elle...

—Je sais, je sais, Hélène. Viens avec mademoiselle et tout, tout va s'arranger.

L'enfant rajusta gauchement son chapeau et suivit sa maîtresse avec des sursauts de pleurs bourrés de honte. Elles se rendirent à la chambre de bains où la jeune fille s'accroupit pour débarbouiller la figure boursouflée.

—Faut pas pleurer comme ça. Asteur que tu vas à l'école, t'es une grande fille. Pis une grande fille qui sait lire comme toi et qui arrive toujours dans les cinq premières de sa classe—et la première des filles—doit rester forte... Pis quand on est fort, on pleure pas... Tu vas te changer et après, je vas demander à maman—à ma maman à moi, tu la connais — de nettoyer tes bas durant la grand-messe. En revenant tout à l'heure, tu remettras tes bas propres? Comme ça, personne en saura jamais rien. Es-tu contente ?

—Seront pas secs...

—Bon... ben dans ce cas-là, tu garderas les miens. Ça va?

L'enfant sourit un peu à travers des signes de tête affirmatifs. L'événement terrible commença à s'estomper. Elle leva les mains pour se les faire essuyer.

Quand la gamine fut tout à fait nettoyée, consolée, rhabillée en neuf, Esther écrivit un message à l'intention de sa mère et le déposa sur la table de cuisine avec les bas souillés.

Puis elle s'empara de la main libérée de sa petite protégée et elles partirent ensemble pour la messe.

* * *

Emportés par les accents de l'orgue, l'écho des chœurs percuta la voûte fleurie, suivit la courbure de la nef et se posa sur les fidèles d'en bas avant de remonter vers les balcons et regagner sa source au jubé de la chorale.

La première partie de «*l'Asperges me* » venait de prendre fin dans une apothéose malaisée. Mécontente, l'organiste frappa de ses doigts arqués le clavier de son instrument. Et le chœur recommença à chanter, mais avec retenue, pour que les assistants mettent toute leur âme dans la partie de l'hymne qui leur était d'habitude réservée.

La réponse manqua d'ardeur. L'absence de certaines voix dans l'assistance se faisait sentir. En fait, les trois leaders vocaux de la foule n'étaient pas là et ça se voyait...

Pendant toute la semaine, nuits froides avaient et journées de soleil chaud avaient alterné. Les érables avaient travaillé dur. Une coulée exceptionnelle disaient les sucriers. L'un d'eux, Narcisse Jobin était venu à la basse messe en vitesse et il était retourné à sa cabane pour faire bouillir son eau. Sans la force de sa voix à l'église, la messe était bien terne.

Quant à Dominique Blais, son silence le disait absent de ses

15

dévotions dominicales. Personnage à voix énorme, industriel, préposé aux pompes funèbres, il ne se présentait pas à la messe le dimanche après un travail funéraire, même à Pâques. Pour lui, un mort, c'était la fête pour deux, trois jours. Il levait alors le coude, se promenait aux quatre coins du comté, brossait, riait, traînait dans les débits de boisson. Mais le lundi matin, l'employeur en lui retrouvait son sérieux et il se remettait à la conduite de ses hommes à son moulin à scie.

La troisième voix solide qui faisait cruellement défaut à l'âme paroissiale, c'était celle du curé Ennis. Occupé à dire la messe, il ne pouvait en même temps soutenir le chant des fidèles du haut de la chaire comme il le faisait d'habitude. Le vicaire était parti pour les missions étrangères; en attendant le nouveau, l'abbé restait seul pour assumer le travail du culte, bien que secondé par des prêtres de l'extérieur au besoin.

—*Miserere mei, Deus, secundum magnan misericordiam tuam*, chanta la foule.

Appuyés par des voix boiteuses ayant timidement tenté de prendre la relève des grandes absentes, les derniers mots avaient fini en queue de poisson. Et malgré elle, l'organiste fut entraînée dans une série de trois fausses notes. La femme leva la tête et adressa au miroir suspendu qui lui permettait de communiquer avec le maître de chœur une grimace réprobative.

Pour rattraper les erreurs, elle imprima au tempo d'accompagnement du *Gloria Patri* un rythme plus rapide. Le chœur ne suivit pas. La synchronisation des voix et accents musicaux tourna au gâchis.

"*Ça va mal au jubé!*" pensa le curé qui se tourna pour que l'église entière sache qu'il s'en rendait compte et désapprouvait.

Après le crescendo final, l'organiste en colère quitta son banc et marcha droit jusqu'au directeur de la chorale, personnage d'âge mûr aux cheveux poivre et sel, qu'elle apostropha dans un murmure persifleur:

—S'il vous plaît, faites-les au maximum. Vous voyez ben que monsieur le curé est pas là pour répondre...

Elle n'attendit pas sa réplique éventuelle, pas même sa grimace, tourna les talons et regagna sa place sous les yeux embêtés des choristes. Des sourires remplacèrent les interrogations quand le maître fit une moue d'impuissance et un long haussement d'épaules. Il rit en silence, la prenant pour une engeance.

L'esclandre silencieuse eut ses effets. Les cantiques suivants furent chantés à pleins poumons. La chorale étant poussée au maximum par les gestes énergiques de son directeur.

Quand le curé gravit les marches de l'escalier menant à la chaire, des enchifrenés en profitèrent pour toussoter et dégager leurs bronches comme pour porter une meilleure attention au sermon attendu. La rumeur avait circulé sur l'arrivée imminente d'un nouveau vicaire. Les fidèles savaient qu'une si importante paroisse ne pouvait rester privée longtemps de son deuxième prêtre. Tout St-Honoré avait espéré sa venue pour Pâques. Il n'était pas là encore. Ils comptaient au moins sur l'annonce de sa nomination par l'évêque.

Dans sa lenteur digne, le curé disposa ses papiers sur la tablette de la chaire. Puis il entama la lecture du prône de cette voix profonde, aussi majestueuse que sa personne.

Son visage carré et ses lunettes rondes lui conféraient une autorité qu'augmentaient encore des yeux froids, gris acier, petits mais scrutateurs. Un demi-siècle bien tassé et ses minces cheveux tardaient à blanchir. Quelques fils d'argent se laissaient voir à courte distance.

Et puis il n'était pas homme que l'on approche de trop près, gardant toujours entre lui et les gens un espace physique appréciable qu'il comblait sans peine par une voix impériale. La crainte qu'il inspirait devenait sécurité quand il rassurait, encourageait, congratulait. Et il semblait aimer tous ses paroissiens avec la même chaleur tranquille.

Seigneur de la paroisse mais serviteur des faibles, ami des élites mais respecté de la plupart: chez lui que des nuances sans paradoxes, que des contrastes sans contradictions! S'il lui arrivait d'épiloguer par développements compliqués sur l'évangile du jour, par contre, ses conseils sur la conduite morale des fidèles de même que sa pensée sur les affaires matérielles brillaient par une clarté désarmante. Cette ambivalence baignait son énigmatique sourire qui venait coiffer ses traits d'humour bienveillants. Même sa signature témoignait d'une noblesse dépouillée: Thomas Ennis, prêtre-curé. Avec un trait d'union entre les deux...

Seul son esprit de clocher sonnait excessif; mais cela le servait bien, les paroissiens y trouvant matière à flatterie. On lui faisait une confiance aveugle qu'on habite le village ou l'un des dix rangs de la paroisse.

Un long moment de silence suivit la lecture du prône. Le prêtre l'utilisa pour nouer un cordon de son surplis et ranger ses papiers. Il en garda un qu'il leva comme pour le lire.

—Mes biens chers frères, je ne prononcerai pas un sermon régulier aujourd'hui étant donné que le temps m'a manqué pour en faire la préparation...

Il venait de faire de l'humour; les gens savaient qu'il ne préparait jamais ses prêches et surtout qu'il n'avait aucun besoin de le faire. Il pouvait improviser sur tout avec bonheur; et sa faconde intarissable intéressait toujours.

—Malgré l'aide... précieuse des prêtres du séminaire de St-Georges durant la semaine sainte, vous avez remarqué que votre curé se retrouve encore seul aujourd'hui pour assurer le ministère paroissial. Je vous annonce que ce temps-là est sur le point de se terminer puisque va nous arriver cette semaine un nouveau vicaire. Voilà en tout cas ce qu'indique cette lettre de monseigneur l'évêque, lettre que j'ai reçue avec beaucoup de plaisir il y a quelques jours à peine.

Je voudrais vous dire aujourd'hui quelques mots sur l'accueil qui sera, je l'espère, réservé au nouveau prêtre par les paroissiens. Oh, je sais qu'il s'agit là de conseils peu utiles, car St-Honoré sait faire les choses mieux que n'importe quelle paroisse quand il est question d'ouvrir les bras à un nouveau venu... Surtout un prêtre. Jusqu'à mon dernier jour, je garderai en mémoire ce souvenir touchant de mon arrivée parmi vous le 15 août 1927, il y aura bientôt vingt-trois ans de cela. Dès les premières heures, dès les premières minutes, je me suis senti parfaitement chez moi ici. À ce point que je me souviens avoir alors pensé: je souhaite vivre encore à St-Honoré lors de la prochaine année sainte. Eh bien, nous voilà déjà en plein 1950! Mon vœu a été exaucé par le Seigneur. Et maintenant, j'espère du fond de mon cœur qu'en 1975, si Dieu nous prête vie, nous serons encore ici, tous ensemble dans la plus belle paroisse du diocèse de Québec.

Plusieurs vicaires sont passés ici depuis 1927. Aucun ne nous a quittés sans pleurer. Et, invariablement, quand ils se sont résignés à partir, c'est parce qu'ils étaient appelés ailleurs par l'évêque ou bien parce que le bon Dieu les réclamait en pays de missions, comme ce fut le cas cet hiver de monsieur l'abbé Racine et, les plus vieux s'en souviennent, de l'abbé Giroux en 1934.

Nous arrivera donc un nouveau vicaire. Je vous en parle aujourd'hui pour ne pas blesser sa modestie quand il sera là. Il s'agit de l'abbé René Dumont. Il est originaire de Giffard en banlieue de Québec. Il est issu d'une famille nombreuse qui compte un père blanc et deux religieuses cloîtrées. Il est âgé de vingt-six ans et exerce son ministère depuis une année à St-Raymond. Il fut ordonné prêtre en 1948. Monseigneur l'évêque me confie dans sa lettre et je cite: «que l'abbé Dumont est un jeune homme débordant d'énergie, dynamique, sportif, dévoué...»

Avec la fillette à ses côtés, dans le premier banc, presque sous la chaire, Esther plantée bien droite, bougea les yeux. Sa main ouverte reposait sur son missel fermé, posé sur ses genoux. Elle le tapota et ce geste lui permit de chasser un vague pressentiment né à l'écoute des éloges sur le nouveau prêtre.

Devant elle, des lampions allumés formant des rangées rouges et jaunes réfléchissaient dans ses yeux des lueurs qui passaient en sautillant de l'orange au marengo. Elle baissa les paupières et dilata les narines. De multiples odeurs lui parvenaient: celle de la cire brûlée, une autre plus piquante de l'encens, celle plus subtile de son parfum.

À côté, dans le banc donnant sur l'allée centrale, le docteur Jolicœur exhalait une senteur de médicaments. Près de lui, l'échine flasque, souriait son fils, un grand fainéant que son père avait fait inscrire à la faculté de droit de l'université Laval.

La femme du médecin ne les accompagnait jamais dans le banc l'organiste de la paroisse, c'était elle. Et en ce moment, elle était assise dans une chaise rembourrée qui lui permettait de relaxer entre les cantiques.

—C'est un fils de la ville et dans ses débuts ici, il se sentira sans doute un peu... seul, poursuivait le curé.

L'autre premier banc, celui de la prochaine travée, appartenait au marchand général, un quinquagénaire bedonnant et joufflu au visage bonhomme. Plus loin, les sœurs du couvent se tenaient pieusement à l'écoute de l'homélie pastorale. Le noir de leurs costumes plus celui des habits des hommes contrastaient avec les chapeaux multicolores des femmes. Elles étrennaient en ce jour de renouveau. Partout dans l'église, des galurins piqués de fleurs coiffaient diverses têtes, des fluettes adolescentes aux dames d'un âge certain. Seules les vieilles personnes arboraient sans prétention leur éternel couvre-chef de paille noire.

—Je suis donc assuré que vous ferez rapidement d'un fils d'ailleurs un enfant de la paroisse qui se sentira chez lui dans cette grande famille qui est la nôtre. C'est la grâce que je souhaite de tout mon cœur, au nom du Père et du Fils et du Saint-Esprit.

Des gosiers se raclèrent en douce. Des bronches se nettoyèrent avec fracas. Esther se signa d'un geste vif. Flairant qu'on la guignait, elle tourna un peu la tête; le fils du docteur lui adressa un large sourire mais elle se garda bien de lui répondre. Ouvrant son missel, elle y plongea les yeux, mais sans lire, laissant vagabonder son esprit dans des souvenirs veillissants.

Elle avait presque toujours vécu au presbytère. Dans son enfance, elle avait peu joué comme les autres enfants, peu crié, peu ri. Sa mère l'avait accoutumée à se conduire en petite fille sage pour ne pas déranger les prêtres.

Elle se rappela les grandes lignes des événements de l'époque de sa naissance comme on les lui avait racontées. Son père, un jeune colon défrichant un lot dans le rang de la grande concession, avait été tué par la chute d'un arbre. Esther avait vu le jour après le drame dans une maison où la misère dévorait tout.

Dans un geste à la fois humanitaire et utilitaire, l'abbé Ennis, nouveau curé à St-Honoré, avait recueilli la veuve et son enfant au presbytère, la femme y trouvant gîte et couvert moyennant son travail de servante.

C'est ainsi qu'Esther avait grandi dans des locaux réservés dans la partie arrière de la maison, du côté du cimetière. Sa mère lui avait choisi une chambre de laquelle même des pleurs d'enfant n'auraient pu parvenir jusqu'aux oreilles des prêtres.

D'autres barrières avaient tari les ragots naissants sur une promiscuité questionnable en raison des âges respectifs de la veuve et du curé, les bonnes du presbytère se recrutant le plus souvent chez de vieilles demoiselles effacées et complètement desséchées par la vertu.

Pendant dix ans, la femme avait porté le deuil et s'était bâti une image sévère. La force morale du curé avait fait le reste. Et leur vie sous un même toit était vue des paroissiens comme aussi normale que la succession des saisons.

Le présent reprit ses droits dans l'esprit de la jeune fille.

Le temps passa, *Préface* succédant à *Orate fratres*. Elle ignora les œillades dont elle faisait l'objet de la part de son entreprenant voisin dont le patronyme évocateur rendait encore plus gauches les assiduités. Car il n'avait rien d'un... joli coeur...

Depuis toujours, il l'avait traquée, cherchant à se faire remarquer d'elle. Mais elle lui avait préféré le fils du marchand, un jeune homme facétieux et sympathique.

"Pourquoi Luc est-il pas à la messe?" pensa-t-elle.

On ne les prenait pas pour des amoureux bien qu'ils aient souvent participé aux mêmes jeux d'enfants, appris à patiner ensemble, joué au tennis, fait partie des mêmes mouvements paroissiaux. Et cette distance officielle arrangeait bien Esther et correspondait à ses aspirations sobres et une formation rigide.

À l'autel, le curé éleva le calice et forma avec le vase un signe de croix en disant:

—*Sanguis Domini nostri Jesu Christi custodiat animam meam in vitam aeternam. Amen.*

Il but le sang dans lequel baignaient des parcelles d'hostie. Puis se rendit à la sainte table distribuer l'Eucharistie aux fidèles.

Esther s'approcha, tête basse et paupières mi-closes, imitée par la petite Hélène. Il leur fallut attendre derrière le deuxième rang d'autres communiants.

Sa silhouette mince ne laissait rien deviner: nulles rondeurs accusées sous son tailleur. Des cheveux bruns très foncés, souples, frôlaient ses épaules, protégeant sa nuque des regards masculins.

Jules Jolicœur n'en profita pas, trop absorbé qu'il était par un plan. Ayant travaillé à la rédaction d'un poème, il n'avait toutefois pas le courage de le remettre en mains propres à la jeune fille. Son petit chef-d'œuvre attendait donc dans une enveloppe scellée et parfumée et lui nourrissait le dessein de la glisser dans le missel de la jeune fille quand elle irait communier ce jour de Pâques.

Quand la jeune fille fut de retour à son banc, Jules était au milieu du sien et il feignait une attitude fervente. Il n'osa plus de toute la messe lorgner vers elle, craignant sa réaction négative aux vers découverts...

C'est seulement une heure plus tard, après même le départ d'Hélène pour chez elle, qu'au moment de ranger son missel dans sa chambre, la jeune fille trouva la petite enveloppe portant son nom en larges lettres rouges:

ESTHER LÉTOURNEAU

Sans s'interroger, elle la décacheta et se mit à hocher la tête. Les alexandrins couchés sur le papier étaient susceptibles d'estropier les yeux du lecteur le plus tolérant. Ils étaient signés: J.J.

* * *

22

CHAPITRE 2

La femme enfila de lourdes mitaines piquées pour ouvrir le fourneau du poêle. Un rôti de bœuf finissait d'y cuire.

C'était une de ces pièces de viande dont la réputation avait fait le tour de la paroisse lors d'une visite d'évêque des années auparavant. Dès les débuts de sa vie au presbytère, elle s'était appliquée à devenir excellente cuisinière pour ajouter à son rôle de servante une autre raison d'être. À cette époque, elle avait souvent participé à des expositions et concours, et cela avait contribué à renforcer sa renommée de cordon-bleu: un titre de première importance pour une servante de curé.

Ses cheveux avaient drôlement blanchi depuis. Et le temps avait buriné son visage, y ajoutant des plis aristocratiques. Mais cela ne l'angoissait pas. Heureuse de vieillir, attirée par la sagesse des âmes mûres, son idéal inconscient était de rejoindre ce prêtre qu'elle admirait et pour qui elle aurait toujours une reconnaissance incommensurable. Ils seraient au ciel ensemble; elle s'y préparait avec assurance, ferveur, certitude.

Elle posa la marmite noire en douceur sur le dessus du poêle, ôta le couvercle et piqua la pièce de viande pour en vérifier la tendreté. La fourchette glissa jusqu'au centre du rôti. Elle sourit.

Une senteur chaude se répandit mollement dans toute la pièce et jusque dans les chambres. Esther dilata les narines. Ses yeux esquissèrent à peine un sourire à cette mise en appétit. Elle descendit.

—Vous voulez que je mette les tables?

23

Cora fit un signe de tête affirmatif.

Esther traversa dans la salle à manger des prêtres et nappa la table. Elle y plaça dans leur ordre rigoureux vaisselle, ustensiles et accessoires. Puis elle entreprit de faire pareil dans la cuisine des femmes. Elle commençait d'étendre la nappe quand le curé entra:

—Ne le faites pas: je vous invite à vous joindre ce midi.

—On veut pas vous déranger, dit Cora, confuse.

—Je suis seul pour dîner. J'aimerais en profiter pour jaser avec vous deux. Je vais donc vous espérer...

Le ton n'admettait pas la réplique. Sans attendre, il reprit, obséquieux, le chemin de son bureau afin d'y clore une visite.

Un quart d'heure plus tard, l'homme en noir se découpait un morceau de rôti luisant qu'il accompagna de pommes de terre jaunes et fumantes et arrosa de jus de viande.

—Servez-vous avant que ça refroidisse, Esther. Et vous, Cora, n'en mettez plus sur la table et venez vous asseoir.

—Je reviens, dit la femme.

Le prêtre choisit quelques morceaux de pommes de terre et les déposa dans l'assiette d'Esther:

—C'est le meilleur plat de votre mère, jeune fille.

Elle fit un geste de la main voulant dire: assez.

—Merci.

Et finit de se servir elle-même en ajoutant dans son assiette une petite portion de viande.

—J'ai vu pendant mon sermon que le fils Jolicœur vous porte beaucoup d'intérêt...

—Trop! dit-elle en grossissant les yeux.

Le curé déposa le plat. L'oeil narquois, il répliqua avec une lenteur mesurée:

—Très bon parti pourtant que le petit Jolicœur... Je devrais dire le grand Jolicœur parce qu'il doit bien faire dans les six pieds et deux au moins...

Songeant au poème puéril, la jeune fille dit avec un brin de malice dans le regard:

—Avec toute son instruction...

24

—Eh oui! Eh oui! Il sera le premier avocat issu de cette paroisse. Dommage que ses notes n'aient pas été meilleures au cours classique, il aurait pu devenir prêtre... pour la plus grande joie de sa mère.

–Sa poésie laisse un peu à désirer...

Le curé se mit à rire:

—Vous faites allusion aux poèmes de son père?... Ils seraient pas si mauvais qu'on le dit. Faudrait pas le colporter mais paraît que le docteur a l'intention de publier un recueil de ses poèmes... Il doit avoir un certain talent si on en juge par la façon dont il s'exprime: un français correct, je dirais même châtié. C'est sa femme, madame Ida, qui le qualifie d'écrivailleur et ne croit pas en lui. Non, pour en revenir à Jules, il semblerait que c'est plutôt la philosophie qui lui a donné du mal au cours classique. En tout cas, c'est ce que disait madame Ida. Et comme la philosophie pour un prêtre, c'est une branche... fondamentale, alors le Jules a dû se contenter du droit. Comment comprendre les gens si on ne comprend pas saint Thomas d'Aquin? Tandis qu'un avocat, lui, n'a pas besoin de saisir les notions d'essence et d'existence, il lui suffit de connaître un peu les lois et surtout –soit dit sans malice– de savoir s'en servir.

Esther gardait son corps presque droit, ce qui l'obligeait à soulever haut les petites bouchées qu'elle dirigeait à sa bouche puis mastiquait lentement en discrétion. Le mouvement de ses mâchoires soulignait sous la lumière d'un lustre le creux de ses joues. La grosse boule jaune suppléait à l'éclat du jour entrant dans la pièce que par une seule fenêtre drapée d'épais rideaux bourgogne.

En biais par rapport au prêtre, elle n'avait pas à l'envisager, ce que, par instinct autant que par habitude, Esther tâchait d'éviter. La jeune fille espérait le retour de sa mère pour avoir moins à soutenir la conversation.

S'insérant par un coude puis par l'épaule dans l'entrebâillement de la porte, Cora entra. Dans une main, elle tenait un plat gris contenant des légumes et dans l'autre des serviettes de table.

Le curé en accrocha une à son col en celluloïd, la laissa retomber en éventail sur sa soutane. Cora se servit en promenant sur la table des yeux chercheurs. Elle voulait savoir si rien n'avait été omis, oublié...

—On parlait de l'avenir d'Esther, fit le prêtre avec ironie.

—Mon avenir a rien à voir avec Jules Jolicœur, rétorqua vivement la jeune femme.

Le sourire du curé fit briller sa canine en or.

—Et pourtant sa mère, madame Ida, a l'air de vous estimer beaucoup. Je pense même que c'est elle qui pousse son fils à vouloir vous fréquenter.

—Ça fait longtemps qu'il connaît le chemin du presbytère et je pense qu'il l'a trouvé tout seul, risqua Cora avec prudence.

La voix hésitait comme si la femme eût voulu une fois de plus montrer au curé que ses idées tout comme ses mains étaient aussi au service entier du prêtre.

Habitué au jeu, il garda un certain silence puis trancha:

—Vous avez raison... Mais lui aussi a raison parce que notre Esther est une des plus jolies filles de tout St-Honoré, ce qui n'est pas peu dire. Et... intelligente. Et sérieuse...

Le visage d'Esther rosit. Tout le sang eut l'air de se loger sous une même surface sous les pommettes. Plus en chair, elle aurait eu l'air d'une poupée de plastique en ce moment. Le curé n'était jamais allé aussi loin à son propos. En tout cas en mots. Car elle percevait certaines choses énigmatiques dans son regard depuis l'adolescence...

Le diable lui-même aurait eu du mal à comprendre ce qui avait poussé l'abbé à faire un éloge aussi direct. Disait-il à Cora à travers sa fille un compliment qu'il avait refoulé pendant plus de deux décades? Ou bien la fierté du père adoptif s'exprimait-elle sans trop de retenue car ne relevant que d'une paternité spirituelle? Ou n'était-ce que de la spontanéité? Cherchait-il à influencer Esther dans sa vie sentimentale et empruntait-il le chemin des louanges pour mieux parvenir à ses fins?

C'est cette dernière interrogation qui créait de l'angoisse à la jeune femme, mais le prêtre devinant son état d'âme affirma:

—Ne croyez pas, quand je vous parle de Jules ou de tout autre garçon, que je cherche à guider vos sentiments. Le sentiment est une chaîne si... énorme et si lourde qu'au moins chacun doit-il la choisir librement. Ayez une conduite honnête, ce dont je ne doute

26

pas un seul instant, fréquentez qui vous voulez et vous aurez ma bénédiction.

—Si je devenais religieuse?

—Un peu tard pour ça, non? N'aurait-il pas fallu que vous preniez la décision avant de faire votre école normale?... Vous y songez pour de bon?

—Pas vraiment ! Côtoyer les sœurs tous les jours m'y fait penser parfois.

—Il aurait peut-être mieux valu que vous restiez dans une école de rang comme avant au lieu de venir enseigner au couvent...

—Vous dites ça comme quelqu'un qui aimerait mieux que je ne devienne pas religieuse.

Le curé déchira une tranche de pain. Il hocha la tête un moment dans un silence troué de coups d'ustensiles sur la vaisselle puis déclara:

—Ce choix-là non plus ne doit pas être motivé par des influences extérieures. Il doit naître dans les profondeurs de l'âme et y grandir par lui-même... On ne peut devenir fort et sûr de soi que par ses propres forces. Certes, si vous ressentez vivement l'appel du Seigneur au fond de votre cœur, là encore, je ne pourrais que vous bénir.

Esther et Cora se regardèrent puis elle demanda au prêtre:

—Croyez-vous que beaucoup de religieuses et même... des prêtres ne soient pas à leur place... je veux dire dans la bonne voie?

—C'est pas ce que j'ai voulu dire. La vocation se dessine avec les années, de nombreuses années qui permettent de bien réfléchir et d'éliminer les doutes avant de poser le geste irrévocable.

Troublée par l'impudence présumée de sa fille, incapable de s'avouer qu'elle-même s'était cent fois posé les mêmes questions, Cora se leva pour aller chercher du thé. Son absence refroidit l'audace d'Esther.

Sur le mur de planchettes jaunes pendait dans son cadre ovale à vitre bombée la photographie du prêtre qui avait précédé l'abbé Ennis à la cure de St-Honoré. Elle interrogea les yeux minuscules, le crâne oblong et nu duquel des oreilles larges prenaient leur distance.

Avait-il fait ses choix, lui, ou bien la vie les lui avait-elle imposés? Qu'est-ce que choisir? Qui choisit vraiment? Elle lut les chiffres qui dataient le séjour du pasteur à St-Honoré: 1923-1927. Et au-dessus, son nom, Zoël Lambert, écrit d'un large trait noir.

—Une fois que vous êtes ordonné prêtre, vous pouvez pas décider de l'endroit où vous allez vivre: c'est l'évêque qui décide.

—L'évêque nous obligerait pas à assurer un ministère dont on ne voudrait pas. Par contre, il nous faut accepter d'aller là où il manque quelqu'un, là où on a besoin de nous.

La théière pencha. Le thé brûlant gargouilla au fond de la tasse. Le curé silencieux regardai couler le liquide.

Quand les tasses furent remplies, Cora déposa le récipient au sur un sous-verre. Et elle se rassit en espérant que le temps et ses manœuvres fassent prendre un autre tour à la conversation.

—Il sent bon ce thé! s'exclama le curé.

—Est-il assez fort?

Il but avec bruit puis laissa tomber un long «ah» de satisfaction et ajouta en souriant de nouveau:

—Parfait! Parfait!

Puis à la jeune femme:

—Alors, Esther, le président de la commission scolaire vous a-t-il signifié votre rengagement pour septembre?

—Au mois de juin. Mais faudra, étant donné que Mère Provinciale veut pas envoyer une autre bonne sœur ici. Il en manque trop un peu partout. D'ailleurs, Mère Supérieure s'y opposerait: elle voudrait pas que je perde ma place au couvent.

—C'est très bien! Malgré ce que je disais tantôt, je ne vous souhaite pas de retourner dans une école de rang.

—Les sept écoles de rang ont chacune leur maîtresse. Si je devais perdre ma place au couvent, je devrais m'en aller dans une autre paroisse.

—Ça n'arrivera pas. On y verra. Dormez en paix, on va faire en sorte que vous restiez à St-Honoré. Une paroisse doit faire travailler toutes les maîtresses d'école qu'elle produit.

Esther approuva d'un signe de tête. Un long silence tomba sur la tablée. Le curé réfléchissait. On n'osait pas le déranger.

—Vous savez ce à quoi je rêve depuis longtemps pour cette

paroisse? À l'engagement d'une maîtresse d'enseignement ménager. Ce poste serait tout désigné pour vous, Esther.

Cachant sa surprise, elle demanda:

—Pour enseigner aux jeunes filles?

—Aussi aux femmes.

—Moi? s'étonna Esther encore davantage.

—Certainement! Vous avez du talent en cuisine, en travaux manuels. Vous n'auriez qu'à faire un stage à l'institut familial de Québec... Songez-y, songez-y sérieusement...

Elle appuya ses avant-bras sur le rebord de la table, enveloppa son frêle poing gauche de sa main droite, réfléchit tout haut:

—Je me vois pas donner des leçons de cuisine à maman... ou d'autres de son âge. Elles en savent cent fois comme moi.

—Les cours seraient plus une occasion pour les femmes de se rencontrer et de s'instruire les unes les autres. Et vous seriez l'âme du groupe. C'est comme ça qu'il faut le comprendre.

Il se frappa le ventre de sa main ouverte:

—Alors, madame Cora, qu'est-ce que le dessert pascal?

—J'ai rien préparé, mais Esther a fait quelque chose.

—Ah bon?

—Gâteau mousseline meringué, dit la jeune fille.

—Ça confirme ce que je disais: vous avez les aptitudes, le talent. Si la chose vous intéresse, Esther, quand vous y aurez bien songé, je commencerai à vendre le projet à la population.

Elle fit les épaules pointues pour exprimer de l'inquiétude:

—Je ne sais pas... Je... je m'ennuierais des enfants...

—Mais quoi! Vous n'aurez qu'à vous marier! Et puis... être enceinte ne vous empêcherait pas de continuer votre travail...

Elle pencha la tête, fixa un petit anneau d'argent qu'elle portait depuis le jour de sa graduation et se mit à le faire tournoyer.

Dehors, le temps tournait au gris: l'hiver des corneilles commençait.

* * *

CHAPITRE 3

Il avait le corps étique, le visage émacié. Atteint coup sur coup de deux pleurésies durant l'hiver 1948-1949, l'homme arrivait maintenant au stade de la cachexie.

Deux fois par jour, il transportait le courrier depuis le bureau de poste de St-Honoré jusqu'à la gare du village voisin et rapportait les sacs venus d'ailleurs. Jusqu'en 1948, durant l'hiver, le trajet s'était fait en carriole. Par tous les temps, tous les froids, par tous les chemins. C'est au cours d'une tempête effroyable qu'il avait attrapé la mort. Sa jument avait dix fois perdu sa route. Il avait dû la mener par la bride sur des kilomètres. Elle s'était embourbée, enlisée dans les bancs de neige. Mais pour tout l'or du monde, Blanc n'aurait cherché refuge chez un cultivateur. Le courrier devait être rendu à temps et rien n'aurait pu l'arrêter.

C'est par cette même volonté fière qu'il n'avait tenu son poste, se sachant pourtant gravement malade. Il avait contracté la tuberculose en exerçant son métier de postillon, il mourrait à la tâche. Et puis le sanatorium ne servirait à rien car les deux poumons étaient trop endommagés.

Maintenant la route était déblayée par un chasse-neige motorisé. Finie la misère quotidienne, mais trop tard! Les poumons, s'effritaient sans rémission. Grand et solide au temps de sa pleine santé, l'homme surnommé Blanc s'effaçait lentement, fondait comme neige au soleil et s'écoulerait bientôt dans une rivière sans retour. On chuchotait qu'il mourrait dans l'année.

Assis sur un banc de bois au siège arrondi, il réfléchissait, tête tombée, les yeux rivés sur un point inexistant du plancher. Ses coudes pointus ne creusaient plus rien dans ses cuisses sèches. Il avait entrelacé de maigres doigts, nouant des mains couleur de lait. Il portait un chapeau à rebord trop large, un veston noir trop grand. Et son grand cœur contenait une grande révolte. A trente-deux ans, il ne se résignait pas à accepter le funeste verdict d'un traître destin.

Pour narguer le froid, il refusait de porter un manteau. Pas de veste non plus. Il se donnait l'illusion d'être immunisé contre la morsure de la saison, lui qu'un bacille dévorait impitoyablement.

Un sifflement vague se fit entendre. Il consulta sa montre. Sept heures et dix du soir. C'était bien cela. C'était bien le train. Pourquoi déjà? Pourquoi si vite?

Un chatouillement vint gratter dans sa poitrine. Il chercha à le chasser en se raclement la gorge. En vain. Il lui faudrait tousser pour se dégager. Il hésita. Trouverait-il du sang cette fois-là encore? Cela ne s'était pas produit depuis les pleurésies mais quand ça arriverait, ce serait le signal du commencement de la fin. Il se décida. L'humeur décolla et remonta jusqu'à sa bouche. Il cracha dans son mouchoir, examina: l'expectoration était blanche avec un tortillon jaune sans rien de sanguinolent. L'homme fit un pied de nez à la mort; elle pourrait attendre encore un mois ou deux.

À ce moment, il crut entendre une voix:

—Blanc, comment ça va aujourd'hui?

Mais il n'en était pas certain. Derrière sa cloison, le guichetier parlait peu souvent. Il accumulait son travail de la journée pour le temps où le condamné serait là. Blanc croyait que l'homme était terrorisé par sa maladie et qu'il appelait sa fin pour se débarrasser du contact quotidien avec ses microbes. Car le chef de gare lui parlait rarement et attendait la venue du train pour le faire le moins longtemps possible.

—Ça va, le Blanc? répéta l'homme un ton plus haut.

—Ouais, ouais! fit Blanc sans conviction.

En retrouvant une partie de ses énergies après ses pleurésies, il s'était pardonné d'être tuberculeux, accusant la fatalité. Mais au fil des jours, voyant les femmes changer de trottoir à son approche, entendant les enfants parler de consomption dans son dos, constatant que l'on prenait du bout des doigts ce qu'il venait de toucher, la culpabilité avait grandi en lui. On allait jusqu'à raconter que madame Ida lavait et aseptisait le papier-monnaie du médecin les jours où Blanc lui faisait une visite.

Quelques personnes n'avaient pas changé d'attitude envers lui. L'aveugle du village disait que la maladie l'avait oublié depuis toujours. Le marchand général et le préposé aux pompes funèbres soutenaient à tort que ce n'était pas en fuyant les tuberculeux qu'on s'éloignait de la consomption. Les enfants, oubliant vite les recommandations de leurs parents, attendaient tous les soirs par bandes nerveuses l'arrivée du postillon.

Blanc étira sa carcasse. Le dos voûté, il marcha jusqu'à la sortie. Le bruit sec de ses longs doigts sur la clenche de porte fit frémir le chef de gare qui soupira et balança la tête comme pour mesurer le temps.

Blanc fit quelques pas sur le quai, s'arrêta, leva le yeux, chercha des étoiles dans un ciel bien trop lourd pour en offrir.

Le train siffla une seconde fois. Il devait se trouver juste derrière la courbe à l'orée du bois. Une lueur pâle n'éclairant qu'elle-même apparut.

Blanc se déplaçait dans le soir blême comme un spectre bizarre. Il aurait frissonné de se voir. Mais il ne frissonnait pas. Sa bouche émettait une vapeur blanche remplie de bacilles qui agonisaient dans ce même froid complice qui leur avait permis de s'installer dans les poumons mal défendus du jeune homme.

L'air vif irrigua ses muqueuses. Il se laissa aller à une longue quinte de toux sèche. Par à-coups, la vapeur s'échappait entre ses doigts décharnés mollement plaqués sur ses lèvres blêmes.

La locomotive aussi s'époumonait, mais c'était sous la puissance de sa chaudière. Malgré son énergie et ses rugissements, il y avait belle lurette qu'elle indifférait Blanc; il ne releva même pas la tête tout le temps qu'elle s'approcha dans son énorme vacarme de roues grinçantes. Un jet blanc jaillit de son flanc; l'homme noir aspira une vague odeur de métal mouillé.

Le train défila devant ses yeux ternes puis sa vitesse décrût rapidement. Il s'immobilisa quand l'unique wagon à voyageurs fut à hauteur du quai.

En pleine semaine d'après Pâques, qui aurait bien pu survenir du bout de Québec? Blanc riva ses yeux sur la porte du dernier fourgon qui bientôt cracherait les sacs de courrier. Combien pour St-Honoré? Deux? Non, trois! Un de Montréal et contenant un minuscule paquet de lettres. Et deux de Québec: l'un rempli du journal le Soleil et l'autre de l'Action catholique.

Alourdi de grosses valises noires, un jeune homme apparut à la porte du wagon à voyageurs. Ses habits d'ecclésiastique empiraient son problème d'encombrement. Mais réussit à mettre gauchement le pied à terre. Il s'approcha de Blanc comme s'il l'avait reconnu et se planta devant lui:

—Postillon de St-Honoré? Suis le nouveau vicaire. Vous avez de la place?...

Blanc recula d'un pas. Il ne voulait contaminer personne, encore moins un prêtre. La voix brisée, il blagua sur un ton qui sonnait faux:

—Je pensais que vous vouliez... me confesser... L'auto est de l'autre côté de la voie. Allez vous réchauffer dans la gare. Je m'occupe de vos bagages.

Le prêtre regarda les vêtements minces du Blanc. Il sourit faiblement, mais ses traits se figèrent devant l'image pathétique de cet homme malade. Cette mort qui suintait de chaque pore de la peau. Cette maigreur qui s'emparait de tout le visage depuis la pointe des oreilles jusqu'au bout aigu d'un menton long. Ce teint cireux et verdâtre. Ces yeux révulsés entourés d'orbites sombres.

Un frisson désagréable naquit dans sa nuque et se rendit mourir sous son chapeau noir à hauts rebords. Il savait que son propre visage rougissait sous l'attaque du froid et il sentit le besoin de s'en excuser.

Mais il ne trouva pas les mots.

Blanc sut que l'arrivant comprenait sa condamnation à mort. Et il voulut en remettre. Il prit un mouchoir jaune et essuya la roupie qui perlait à son nez.

L'abbé regarda la gare d'un œil inquiet. Il choisit de ne pas s'y rendre et de transporter lui-même ses valises. Il se plaça à distance respectueuse du postillon.

—Je vais vous déranger le moins possible.

Les sacs postaux atterrirent sur la plate-forme. Blanc choisit ceux de St-Honoré et les mit à part. Le serre-freins descendit jusqu'à la dernière marche de l'escalier de son wagon. Il se pencha, balança trois fois son fanal pour signaler à l'ingénieur la fin du travail et l'ordre de partir.

Au loin, la locomotive poussa des hoquets arythmiques. Ses roues dévidèrent sans s'agripper. Puis le train s'ébranla lentement et bientôt la voie fut libérée.

Blanc disposa les sacs de courrier et les bagages du prêtre dans le coffre de son auto. Avant de monter, il s'arrêta pour regarder le ciel menaçant. Le train siffla une dernière fois.

Pour rouvrir la conversation en même temps que faire démarrer l'auto, Blanc dit:

—Comme ça, vous êtes l'abbé Dumont?

—Les nouvelles voyagent...

—Surtout quand c'est le curé qui les annonce en chaire.

La route fut courte. On parla de l'hiver des corneilles, de la production des érables, des chemins. Le paisible village de St-Honoré apparut au prêtre aussi étiré que le corps du postillon, aussi pâle, sous ses rares lampadaires jaunes, que son visage, et, par ses maisons basses et grises, aussi usé que ses traits.

Malgré les protestations des enfants, Blanc fila droit devant le magasin général où logeait aussi le bureau de poste; il reconduisit d'abord le prêtre jusqu'à son nouveau chez-lui, au presbytère.

L'abbé Dumont insista pour porter lui-même ses valises. Il reçut l'accueil prévu: réservé, rituel, presbytéral. En l'absence de Cora, le curé lui-même répondit à la porte. Il conduisit le vicaire à la chambre qui lui était assignée et lui donna rendez-vous une demi-heure plus tard dans son bureau pour lui faire faire la tournée des lieux.

Le bureau du curé était tout de lourdeur imposante, depuis un plancher de bois poli recouvert de larges laizes rouges jusqu'à une horloge à pesées massives animée d'un long balancier tranquille, occupant tout un angle de la pièce.

Le vicaire feutra des pas hésitants, espérant de la sorte donner au curé tout le loisir de prendre l'initiative des gestes et des paroles. Mais l'abbé Ennis garda toute son attention à la lettre qu'il

35

était à rédiger à la lueur d'une lampe au pied tordu. Son visiteur s'arrêta au milieu de la pièce. Il ne voulait pas se montrer indiscret en approchant trop. Il se dit qu'il aurait dû frapper au chambranle. Hésitant, il promena un regard circulaire et poursuivit l'exploration visuelle commencée dans l'embrasure de la porte.

Par leurs riches reliures, de gros volumes masquaient un meuble bibliothèque aux airs sobres qui courait au long d'un pan de mur au bout duquel une porte fleurie à bouton d'or blanchi par l'usure, avait l'air de donner sur une salle d'attente. Une des portes donnant sur l'extérieur pouvait s'y apercevoir.

Derrière le curé, une draperie de velours cachait dans ses plis drus de larges motifs concentriques. Sur l'autre mur...

Mais le pasteur s'était levé et sa masse noire dans la pénombre lui donnait un air encore plus considérable.

—Ne vous gênez pas pour frapper quand vous vous rendez compte que je suis occupé, dit-il d'une voix traînante.

L'abbé Dumont sentit la mer rouge lui monter à la face. Confus, penaud, il bredouilla:

—Croyez bien que... que...

Il fit un geste du doigt vers la porte mais ne put achever une phrase dont il ne parvenait pas à rassembler les mots.

—Nous allons commencer par votre bureau, ordonna le curé.

Et il espaça vers la sortie des pas pesants accompagnés des neuf échos vibrants de l'horloge.

—Au cours de notre visite, je vous parlerai un peu des habitudes de vie au presbytère. Ça devait être pareil à St-Raymond; par conséquent vous ne serez pas dépaysé. Nous sommes quatre à vivre sous ce toit: madame Cora, notre servante, et sa fille ont leurs appartements à l'arrière de la maison. Lever entre cinq heures et cinq heures et demie. Je dis ma messe à six heures et demie. La vôtre est à sept heures. Le dimanche, vous dites la grand-messe et moi la basse. Et ainsi de suite pour un partage le plus égal possible du travail... Voici donc votre bureau... Comme vous pouvez le constater, il ressemble au mien. En général, ce qui est bon pour le curé l'est aussi pour le vicaire. C'est ma philosophie et ma politique. Si vous voulez me suivre, nous allons nous rendre à la cuisine... Donc nous nous divisons de façon équitable la responsabilité des cérémonies: baptêmes, mariages, funérailles, vêpres, prières du soir, offices divers. Aussi chacun notre part en ce qui concerne: confessions, visites paroissiales, retraites, fêtes, apparitions publiques, administration des derniers sacrements, port du Saint Viatique, enseignement du catéchisme aux élèves de sixième année, visites des écoles, etc... Ici se trouve une petite salle de toilettes. Quant à la salle de bains des prêtres, elle est au second étage... Voici la cuisine, royaume de notre servante où il est recommandé de ne venir que par affaire. De ce côté ce sont les chambres de madame Cora et mademoiselle Esther, séparées par leur chambre de bains... Les femmes prennent leurs repas ici dans cette pièce. Nous mangeons dans la salle d'à côté à laquelle nous arrivons maintenant. Déjeuner à huit heures. Dîner à midi. Souper à cinq heures et demie. Remarquez en passant que la cuisine a son accès direct depuis l'extérieur... Voici notre réfectoire. Et ici, bien sûr, c'est une salle d'attente. Elle ne sert pas beaucoup puisque les gens préfèrent sonner à la porte d'en avant comme vous l'avez fait tout à l'heure. Et nous sommes de retour à notre point de départ: mon bureau.

Le vicaire n'avait rien vu tant il avait concentré son esprit sur les paroles de son guide pour n'en rien oublier.

—Asseyez-vous, je vais vous entretenir au sujet de votre fonction et de l'esprit de cette paroisse. Prenez ce fauteuil...

Après que le curé fut assis, l'abbé Dumont s'accrocha timidement une cuisse sur le rebord de la chaise noire en écrasant le cuir rebondissant. Il ramena sur ses genoux son ceinturon frangé.

—Bien entendu, en plus des charges du culte, vous aurez aussi du travail de bureau. À ce sujet, je vous donnerai les détails demain. Disons quand même qu'à cet égard, vous aurez un peu plus de paperasses que moi à tenir... Aussi, vous devrez vous intéresser aux terrains de jeux: tennis, ballon-volant, balançoires, croquet, fers, ballon-panier, et le reste... Vous aurez la responsabilité du chalet là-bas, vous en aurez les clefs, devrez chaque soir de l'été y remiser les accessoires utilisés par les enfants: maillets, filets, ballons et autres. Et vous serez le tenancier de la cantine. L'hiver, vous allez vous occuper de la patinoire: pose des bandes, arrosage, chauffage du chalet, entretien de la glace, formation d'une

37

équipe de hockey... Vous aurez bien sûr toute l'aide requise de la part des enfants du village et surtout celle des élèves du professeur. Des groupements paroissiaux vont aussi vous donner des coups d'épaule. Incidemment, vous serez aumônier des cercles Lacordaire et Sainte-Jeanne d'Arc ainsi que des Dames de Sainte-Anne. Quant à moi, je suis celui des Chevaliers de Colomb, du Cercle des Fermières et des Enfants de Marie. C'est vous qui allez prendre la responsabilité des séances de cinéma le dimanche à la salle paroissiale: opération des machines de projection, location des films, etc...

Alors voilà pour le principal, mon cher vicaire. C'est beaucoup pour un seul homme, n'est-ce pas? Les gens ne se rendent pas toujours compte de l'ampleur de notre tâche, mais cela est une autre histoire. N'allez pas croire que je vous laisse tout sur le dos. Le problème, voyez-vous, c'est que le travail de bureau m'accapare toute la semaine. Je dois recevoir en effet beaucoup plus de gens que le vicaire. Un jour vous serez curé, vous verrez. D'ailleurs, vous pourrez le constater ici.

De toute manière, tous les deux, nous allons manquer de temps, St-Honoré étant une très grosse paroisse. Je peux vous assurer encore une fois qu'ici les prêtres ne chôment pas.

Mais St-Honoré, souvenez-vous en toujours, c'est la plus belle paroisse du diocèse de Québec. Les gens d'ici sont travailleurs, fiers, généreux. Et avant tout, ce sont de grands chrétiens. Aimez-les et ils vous le rendront au centuple. Tout n'est pas parfait, loin de là... Il y a bien parfois des petites chicanes, des petites intrigues —entre nous, surtout dans le rang neuf— mais, voyez-vous, le respect du prêtre et l'amour du clocher viennent à bout de tout.

J'ai l'air de me louanger en disant ça, mais St-Honoré a toujours eu de bons prêtres. Les vieillards vous diront combien ils ont aimé tous ceux qui sont passés par ce presbytère. Et, ma foi, d'après ce que m'a dit l'évêque, vous serez un des meilleurs. Et croyez-moi, Monseigneur possède un bon jugement sur les hommes. Je dois avouer que vous me faites déjà bonne impression même si je vous donne peu la chance de vous exprimer. Sachez que parfois... pas toujours... je sais me taire et écouter. C'est là d'ailleurs l'aspect le plus noble de notre travail: écouter... S'oublier pour tâcher de comprendre les autres. La clef de toute notre réussite auprès des paroissiens, c'est l'ouverture de notre cœur à leurs problèmes...

Le bruit lointain d'une porte interrompit l'abbé dans son envolée. Il hocha doucement la tête et confia:

—Ce sont madame Cora et sa grande fille qui reviennent du salon funéraire. Encore un décès cette semaine! Le sixième cette année. À ce rythme-là, on va battre le record de 1917... Malgré que non! Mais six à ce temps-ci, c'est beaucoup. J'espère que le bon Dieu va nous oublier pour quelques semaines.

—Une personne âgée ?

—Justement non! Quarante-neuf ans. Tuberculose... Une autre! J'ai bien hâte qu'on trouve un remède à ça. C'est la pire des maladies. J'y pense; mais vous êtes justement arrivé avec un autre condamné: Blanc Gaboury. Il était solide comme un érable autrement il serait déjà mort! C'est pour dire comme la tuberculose se moque de la force. C'est dire aussi à quel point on ne vaut pas cher tous autant que nous sommes. Heureusement qu'il y a un bon Dieu au-dessus de nous!

—Les funérailles sont pour demain?

—Vendredi. Mais ne vous inquiétez pas, tout était prévu sans votre présence. Un prêtre étranger sera là pour m'aider. Vous assisterez à la cérémonie si vous le désirez. Par contre, je pense que la famille apprécierait de vous voir au salon mortuaire.

—C'est près d'ici?

—Nous n'avons pas de salon comme en ville. Ici, les gens sont exposés chez eux ou à la salle paroissiale, à deux pas.

—J'irai demain soir.

—Par tradition, les deux prêtres vont à tous les corps.

Fatigué de sa position, le vicaire recula. Son dos toucha le dossier de la chaise.

—Je comprends, fit-il avec un soupir d'aise.

—Pour en revenir à nos gens de St-Honoré... Ce sont tous des cultivateurs, d'anciens cultivateurs ou bien des enfants de cultivateurs établis au village comme journaliers ou petits commerçants. Le seul cas d'exception: le docteur Jolicœur et sa femme qui nous viennent de Sillery. Au début, ça vous fera peut-être un peu curieux, à vous, un fils de la ville, que ce contact avec un milieu strictement agricole, mais je pense bien que vous allez vous y faire... Votre père est notaire à Giffard, m'a-t-on dit?

—Oui, oui...

Le curé attendait du vicaire un commentaire témoignant de sa transplantation avec tout ce qu'elle voudrait dire de concessions et d'adaptation. Mais l'autre ne comprit pas et se tint coi. L'abbé Ennis finit par rompre le long demi-silence au cours duquel il avait chargé et allumé sa grosse pipe noire:

—Être proche des gens, de leurs problèmes, de leurs intérêts ne suppose aucune familiarité, ça va de soi. Dans ces pays où on abat les barrières entre les prêtres et les fidèles, entre les dirigeants et les administrés, entre parents et enfants, on assiste déjà à une désagrégation de la notion de l'autorité. Et ça va amener le chaos dans vingt ans. Des distances doivent demeurer entre le prêtre et les fidèles. Les jeunes ont tendance à la réduire: voilà un piège séduisant pour psychologues à courte vue. Les gens veulent des leaders forts, ne l'oubliez jamais. Les hiérarchies doivent demeurer. Le père doit rester chef de famille. Le prêtre doit demeurer chef de file. Ai-je l'air de vous faire un sermon? Il ne s'agit là que de simples recommandations pour votre plus grand bien et par ricochet pour celui de mes chers paroissiens.

L'attention du vicaire commençait à diminuer. La tension nerveuse décroissait en lui. Les muscles se relâchaient. Le corps, comme celui d'un guerrier fatigué, trouva sa place en pleine chaise.

Il s'imagina en Cora une vieille dame sèche aux habits sombres et aux airs revêches. Esther devait avoir quelque infirmité, un strabisme, une déviation nasale... Elle devait marcher le dos courbé, les yeux au sol...

—Monsieur le vicaire, je voudrais vous rappeler aussi le plus important dans notre ministère, ces pierres angulaires de notre travail... J'ai envie de vous demander de me les identifier, à vous le jeune prêtre frais émoulu du grand séminaire.

Et le curé se tut, plissa ses yeux pétillants derrière ses verres étourdissants. Il fit claquer le bouquin de sa pipe entre ses dents tandis que l'autre, pris de court, balbutiait:

—Y a... évidemment... la... J'peux me tromper, mais je crois que c'est de... de savoir guider les fidèles à la vie éternelle, leur montrer le chemin du ciel...

Il était content de la fin de sa réponse.

—Oui, bien sûr, c'est là l'objet de notre ministère... Mais sur quelles assises devons-nous travailler?

—Sur... le respect de la hiérarchie, dit le vicaire se souvenant d'un mot qui avait eu l'air important dans le discours du curé.

L'abbé Ennis regarda au loin, fit un sourire de patriarche.

—Vous brûlez. Vous brûlez. Disons que c'est la famille... C'est la famille qui est la base de notre travail. C'est-à-dire que d'abord et avant tout, nous devons prêcher la famille et toutes les vertus familiales... Beaucoup d'enfants, respect des parents, esprit de partage. Plus les familles sont unies, plus il y a de cohésion et de coude à coude dans la paroisse comme dans toute la province de Québec d'ailleurs. C'est la seule façon de nous protéger du divorce, du communisme et des protestants: les trois grands ennemis. Prêcher la famille, c'est aussi la seule façon de répandre le royaume de Dieu... Et l'autre chose qu'il nous faut promouvoir, c'est l'instruction. Il nous faut encourager les paroissiens à laisser leurs enfants à l'école le plus longtemps possible. Tous les enfants devraient faire au moins leur neuvième année.

—J'imagine que, pas plus ici qu'ailleurs, les gens ne sont réceptifs à l'idée de faire instruire leurs enfants?

—J'ai réussi après trois ans de pressions, –c'est vrai que c'était en 1940 juste après la crise–, à faire engager un professeur pour les garçons de la sixième à la neuvième année. Et les commissaires n'étaient même pas tous d'accord. Avant, je payais le professeur de mon argent personnel. Maintenant, j'ai dessein de faire engager une maîtresse d'enseignement ménager. Mais je pense que pour y arriver, la lutte sera longue et dure.

—Les gens ont peur de l'instruction!

—Hélas!... Mais ça ne leur ôte pas leurs grandes qualités... Voilà, mon cher vicaire, c'est en prônant la famille et l'instruction qu'on rapprochera les gens de Dieu...

* * *

L'abbé Dumont entra dans sa chambre.

Il pensa qu'il devait se trouver juste au-dessus de celle de mademoiselle Esther. Puis il se demanda pourquoi cette pensée avait traversé son esprit.

Quand ils s'étaient rendus là-haut, le curé lui avait expliqué le plan du deuxième étage: six chambres dont deux pour les prêtres résidents, deux pour les visiteurs et les autres pour l'entreposage. Le curé logeait à l'avant, du côté est, et le vicaire à l'autre extrémité du côté ouest. À l'arrière se trouvait la chambre de bains de même qu'un atelier de bricolage.

"On peut même y fabriquer des maillets pour le croquet ou bien des bâtons de hockey, mais le bruit des machines chasse à tout coup madame Cora du presbytère qui se venge le soir ou le lendemain en nous servant du saucisson de Bologne", avait dit le curé narquoisement.

Une catalogne à larges carreaux marine et marron recouvrait son lit. Dans un coin, une commode ventrue arborait entre deux montants pointus un grand miroir ovale. Au-dessus du lit, depuis un long crucifix noir à Christ d'argent pendaient des pyramides de rameau tressé. Au centre du plafond, une ampoule jaune jetait sa lumière tranquille dans toute la pièce.

Il enleva ses souliers, sa soutane. Puis, devant le miroir, il entreprit une série d'exercices physiques. Par l'énergie des mouvements, des muscles solides se devinaient sous l'épaisse combinaison de coton ouaté.

* * *

CHAPITRE 4

La nuit avait calmé les derniers sursauts de l'hiver.

S'insinuant dans sa chambre par une lucarne enfoncée dans son orbite, un jour pâlot vint tenter le prêtre. Il marcha jusqu'aux rideaux jaunis, les entrouvrit pour jeter un œil dehors.

Un ciel d'encre crachait sa vapeur lourde sur le cimetière. Les pierres tombales couleur de pluie bloquaient des courants de neige grise qui vallonnaient çà et là. Sur des tombes privilégiées, des anges de granit pleuraient en silence. L'aube baignait d'imprécision les monticules alignés le long des sentiers parallèles. Au fond, des bras de croix émergeaient dans leur oblique humilité. Devant eux, des stèles de bois commençaient à dévoiler leurs ennuyeuses épitaphes.

Le prêtre détacha ses yeux de ce lieu triste. Il regarda du côté de la salle paroissiale. Le papier brique de ses murs était taché d'eau par grandes plaques fantasmagoriques. À côté d'une porte étroite lui rappelant son rendez-vous du soir pendait par lambeaux tombants une couronne mortuaire dégoulinante.

Il fit demi-tour pour se rendre à la commode devant laquelle il commença ses exercices du matin. Son premier mouvement le fit s'arrêter à sa montre-bracelet. Elle lui rappela le peu de temps qu'il lui restait pour s'habiller et se rendre à la sacristie. C'est là que les messes de semaine étaient dites durant la saison froide pour économiser le bois de chauffage.

Il y fut à temps. Le sacristain avait couché les vêtements du jour sur un meuble table derrière la pièce, près du vestibule donnant sur le chœur de l'église.

Encore gauche dans ses gestes, l'abbé se revêtit de l'amict puis de l'aube qu'il enserra d'un cordon à sa taille. Ensuite, il mit l'étole à son cou, la croisa sur sa poitrine et finit de s'habiller avec une chasuble blanche liserée d'or.

Le symbolisme des vêtements sacerdotaux lui échappait, mais il se souvint vaguement de celui du manipule, un accessoire qui rappelle au prêtre l'obligation de supporter patiemment les peines de la vie.

Après la messe du curé, le petit servant s'était assis dans le dernier banc. Du coin de l'œil, nerveux, il guettait un signe de ce nouveau prêtre peu pressé. Quand donc lui ordonnerait-il d'aller vers lui pour que tous deux se rendent ensemble à l'autel?

Une fois habillé, le vicaire entendit le son sourd de la cloche appelant les fidèles à l'office. Il se retourna. L'unique assistant était un homme relâché, bras effondrés, yeux pâteux, cherchant à tenir ouvertes des paupières rebelles qui papillotaient sans arrêt.

La désertion du lieu surprit le prêtre. Dans la paroisse d'où il venait, trente personnes assistaient à chacune de ses messes. Il se dit que d'autres arriveraient d'une minute à l'autre.

Le servant prit un regard oblique pour un signe d'appel. Il rejoignit le prêtre près duquel il se tint debout, regard sur ses pieds dans une attitude invitant l'autre à avancer.

L'abbé sourit un brin avant d'emboîter le pas au garçonnet en direction de l'autel dans l'allée centrale.

La messe commença.

—*Kyrie, eleison. Kyrie, eleison. Kyrie, eleison...* murmura le prêtre.

Une voix puissante, riche, à la fois masculine et pointue fit écho à la prière et entonna le *Kyrie* avec une assurance désabusée. Le vicaire sursauta. Il n'avait pas pensé que son unique assistant puisse être le chantre.

Stimulé, il étendit les mains dans un geste pompeux puis les rejoignit en disant haut, tête inclinée:

—*Gloria in excelsis Deo...*

Le chantre l'enterra aussitôt:

—*Gloooria in excelsis Deeo.*

Ponctué des sons clairs de la clochette du servant, le duel des voix se poursuivit jusqu'à l'*Ite missa est* sans autre témoin que les statues à visages hautains et les colorés personnages de plâtre du chemin de la croix tout entiers à leur douleur.

Le sacristain était allé déjeuner. Il ne reviendrait de la salle paroissiale qu'il habitait et dont il était le gardien, qu'au moment où sa corpulente épouse Georgina apercevrait, par une fenêtre, le vicaire retourner au presbytère. C'était là une habitude ancrée et ce n'est pas l'arrivée d'un nouveau prêtre qui la modifierait.

L'abbé Dumont mit ses vêtements sacerdotaux avec ceux du curé dans une petite pièce derrière un confessionnal. Il congédia le gamin qui s'habilla en vitesse et disparut aussitôt derrière la porte de la sortie qu'il laissa claquer lourdement.

Un peu d'angoisse vint se mêler au silence qui suivit. L'abbé s'interrogea sur les quelques heures qui s'étaient écoulées depuis son arrivée. Il pensa à la grisaille globale qui, en l'espace d'une nuit, avait succédé au froid sibérien. Rien de trop réjouissant chez ceux qu'il avait connus depuis la veille: un postillon cracheur, mort en sursis, un curé qui complique la vie, des femmes qui dressent des barrières, un sacristain et des fidèles qui ne sont pas là, un chantre qui dort, un enfant qui fuit.

Il se sentit seul.

Seul et perdu dans cette paroisse frontalière de l'autre bout du diocèse. Pas même sur les bords de la fougueuse Chaudière! En pleines terres hautes, et n'ayant pas l'air facile à apprivoiser.

—Comment s'adapter sans tomber dans la familiarité ? se marmonna-t-il tout haut en sortant de la petite chambre surchauffée.

Il fut surpris et amusé de voir que le chantre, un homme entre deux âges, somnolait encore, assis au même endroit. Devant marcher vers lui pour aller quérir ses affaires, il en profiterait pour le secouer et lui éviter sûrement un retard à ses occupations du jour. Avant que le prêtre n'arrive à lui, l'homme se leva en affichant un sourire brillant comme le feu d'un lampion. Sa voix vive se répercuta aux quatre coins de la sacristie:

—Vous êtes l'abbé Dumont ? Suis Alphonse Champagne, chantre des messes du matin.

45

Il tendit une main ordinaire et serra rudement celle d'un vicaire étonné par l'éveil brusque et l'apostrophe à haute voix dans un lieu qui commandait des murmures révérencieux.

—Suis marchand à trois maisons d'ici...

—C'est chez vous le bureau de poste?

—Non! C'est chez l'autre marchand. On est deux dans la paroisse. St-Honoré, c'est gros. On se fait pas de mal. Chacun trouve sa place. Pas de bureau de poste à s'occuper, on peut garder plus de marchandises, vous comprenez...

Le vicaire fut sur le point de poser une question pour alimenter la conversation mais, se rappelant les conseils du curé, il coupa:

—Je suis content de vous connaître. D'autant plus que nous aurons à nous côtoyer tous les matins.

—Des fois, un de mes garçons vient chanter à ma place. Mais pas souvent! J'ai commencé à chanter les messes avant l'arrivée du curé par ici. C'est pas d'hier, ça, monsieur. Et c'est pas demain la veille du jour où je vas lâcher non plus...

L'abbé marcha jusqu'à la table où il enfila son manteau, ses couvre-chaussures. L'autre resta sur ses talons jusque dehors, l'entretenant de la température, des sucres, de l'enterrement du lendemain.

—Je... m'ennuie pas, mais paraît que madame Cora est stricte sur l'heure du déjeuner.

—Paraît, paraît. Parlant de Cora, voici sa fille Esther qui s'en vient au couvent... Une belle jeune créature. Vaillante comme sa mère. Elle commence avant l'heure pis finit après. C'est la maîtresse d'école la plus dévouée de la paroisse... Bon, bien je vas vous laisser là-dessus, monsieur le vicaire... venez nous voir au magasin.

—J'y manquerai pas. Bonjour là!

L'abbé tourna les talons, l'âme investie d'un curieux sentiment, sorte de trouble imprécis, d'appréhension nerveuse causée par les paroles du chantre à propos de la jeune fille du presbytère.

Depuis son arrivée, chaque fois qu'il avait entendu son nom, une fibre mystérieuse de sa substance avait bougé. Il n'y avait pas que le curé et le marchand qui avaient prononcé le nom d'Esther: il y avait aussi cette voix intérieure, étrange, injustifiée. Esther: le

46

nom sonnait beau comme l'aube, pur comme l'onde...

Il chassa ces pensées bizarres, se mit à marcher lentement dans le gravier mou, évitant les ornières remplies d'eau.

Lui parlerait-il? Lui parlerait-elle? Qu'est-ce qui était de mise puisqu'ils n'avaient pas été présentés? Il devrait prendre l'initiative: ça lui revenait puisqu'il était prêtre. Il le ferait.

Elle venait, juchée sur des bottes noires moulantes dont les jambes se terminaient sur des houppes de fourrure grise. Démarche fragile que des cailloux instables rendaient encore plus précaire. Elle gardait ses yeux rivés au sol, figés par l'attente et l'inquiétude.

Lui faisait une tête de découvreur, cherchait des yeux à boire tout le neuf que ces lieux prodigues offraient. Supputait. Le curé devait mettre sa voiture dans l'étroit garage blanc là, sur la droite. Les vicaires capables de se payer une auto, ils devaient remiser la leur dans la grosse grange verte, là-bas derrière. Sur la gauche, la sacristie à tôle fripée coupait de moitié la vue sur la salle paroissiale; et elle, à son tour, cachait une partie du cimetière. Droit devant, le gros presbytère lourd d'une large galerie recouverte et de lucarnes circonflexes, s'effaçait graduellement derrière une frêle silhouette drapée d'un étroit manteau foncé.

Piqués par l'air vif du matin, les yeux de l'abbé s'embuèrent.

Esther l'avait vu parler au marchand. Elle s'était mordu les pouces de ne pas avoir attendu son retour au presbytère pour partir. Puis s'était dit qu'elle n'avait pas à changer ses habitudes à cause de ce nouveau venu. Tous les matins de classe, elle buvait son thé, mettait la table des prêtres, s'habillait puis, quittait la maison à huit heures moins dix. L'autre vicaire était toujours de retour à cette heure-là. Le nouveau flânerait sans doute à l'avenir.

À la distance où deux personnes ne peuvent plus s'ignorer, ils levèrent les yeux au même moment, comme si leurs regards avaient été commandés par un même influx nerveux.

Elle aperçut de grands yeux doux et bleus, inquiets, dont jaillissaient par gerbes une sorte d'insolence naïve.

Il fut ébloui par les prunelles brunes aux coins capuchonnés, l'air de lui réfléchir ses ondes chercheuses.

—Mademoiselle.. Esther, dit-il, ce qui leur permit de s'immobiliser, suis le nouveau vicaire, vous vous en doutez. J'ai l'impression de vous connaître déjà parce qu'on m'a beaucoup parlé de vous depuis mon arrivée...

—Qui ça?

—Monsieur le curé vous pensez bien... et monsieur Champagne à l'instant.

Son regard fit savoir que les ouï-dire étaient élogieux. Puis il leva la tête vers le ciel pour se désoler:

—Quel temps gris ce matin!

Les picotements froids du crachin sur sa peau plaisaient à la jeune femme, mais elle commenta:

—Triste temps en effet!

—Là-dessus, je vous laisse continuer. On m'a dit que vous enseignez au couvent...

—Aux tout-petits, oui.

—Les occasions de se parler sous un ciel plus clément ne manqueront sans doute pas?

Elle s'inquiéta un peu de l'entendre demander. Un prêtre n'est pas un homme ordinaire: il ordonne, tranche, décide... Elle sentit le besoin de bouger et regarda sa montre:

—Ma mère doit être à servir le déjeuner...

—Et on m'a dit qu'avec elle, faut être à l'heure.

Elle sourit. Il rajouta en la croisant:

—A bientôt et bonne journée!

—Bonne journée, fit-elle sans accent.

Et elle reprit un pas mesuré, l'âme soulagée de l'appréhension que l'arrivée d'un nouveau vicaire avait fait naître chez elle.

À la salle paroissiale, derrière un rideau frisé, la femme du bedeau se leva péniblement de sa chaise. Elle ballotta son corps lourd jusqu'à la cuisine en criant à voix traînante:

—Djuss, Djuss, va faire ton ouvrage à l'église. Monsieur le vicaire est retourné au presbytère.

Elle cala ses poings dans ses hanches, leva les yeux au plafond. Une lueur perverse traversa son regard.

L'abbé Dumont garda sa pensée sur le visage d'Esther jusqu'au moment de se mettre à table. Il avait attendu que le curé ait pris sa place avant de s'asseoir lui-même. Lorsque la servante était venue porter la théière, l'abbé Ennis avait fait les présentations:

—Monsieur l'abbé Dumont, madame Cora... Létourneau que tout le monde appelle madame Cora.

Le vicaire reculait sa chaise pour se lever mais le curé avait dit:

—Restez assis. Vous avez manqué de peu mademoiselle Esther tout à l'heure... Je vous la présenterai ce soir.

Sur le point d'avouer qu'ils se connaissaient déjà, le vicaire s'était surpris à se taire. Et s'était contenté de saluer la femme en lui serrant la main par-dessus la vapeur de thé.

—Enchanté...

Elle avait bougé vers le curé ses yeux pétillants sans rien dire. Puis avait tendu une main timide.

***

Au milieu d'une couronne défraîchie aux branches de cèdre ramollies, une marquise noire disait en lettres blanches amovibles:

ANNA ROULEAU épouse de ALCIDE CARRIER 1901-1950.

Sur le pas de la porte, l'abbé Dumont relut trois fois l'inscription pour la bien ancrer dans sa mémoire. Tous sauraient qu'il était le nouveau vicaire, qu'il s'appelait René Dumont, qu'il était dans la paroisse depuis la veille. Il devait faire semblant de connaître chacun d'entre eux. Il distribuerait des monsieur Rouleau, madame Carrier, monsieur Carrier, madame Rouleau au gré des ressemblances.

Un étroit couloir le conduisit à un autre plus large, perpendiculaire au premier. À l'intersection, il s'arrêta, repéra la direction du local mortuaire. D'un côté, le corridor disparaissait dans la pénombre. Sur la droite, à trente pas, une rangée d'hommes assis sans discipline sur de petites chaises bancales discutaient à mi-voix, enveloppés d'une fumée bleue aux accents âcres. L'odeur voilait celle du carton dur exhalée par tous les murs de la bâtisse. Entre deux d'entre eux, l'embrasure d'une porte rejetait dans le couloir un paquet de lumière. C'est là qu'il irait.

En biais, tout près, une porte ouverte donnait sur une pièce éclatante. Le vicaire y risqua un œil discret. C'était une cuisine

49

dans laquelle se berçait un couple. Sûrement le bedeau et sa femme! Il échappa à leur attention.

À l'approche de la chambre mortuaire, une rumeur grave s'accentuait. Il entra: elle se tut. Le rouge du malaise prit son front d'assaut. Le respect dû au défunt exigeait sa présence immédiate auprès du cercueil. Le temps de sa prière, qu'il ferait durer, permettrait aux bavardages de renaître. Sur une autre note sûrement! À son sujet sûrement!

Le visage exsangue de la morte reposait entre les frisons d'un satin lumineux. Taillé dans du bois frappé de coups de hache tant les os cherchaient à percer la peau jaune. Les paupières sombres avaient l'air de recouvrir des yeux absents, avalés par un crâne avide. Des lèvres minces dessinaient une bouche linéaire. Un lourd chapelet noir enchaînait les doigts noueux. Le cercueil fleurait le cèdre et la cire...

Un premier chuchotement donna le signal. Il fut suivi de murmures persistants. L'abbé leva les genoux pour libérer sa soutane qui tirait. On crut qu'il se levait. Le silence total revint dans la pièce. Il pencha de nouveau la tête et se recueillit pendant d'autres longs moments. La rumeur recommença. Quand il sentit qu'on l'oubliait, il se signa. Puis debout pendant un instant, il ajusta son ceinturon et entreprit la tournée des condoléances et poignées de mains.

Au premier rang, brisés pour quelques semaines, le père et les dix enfants alignaient leurs visages défaits. Chacun répondit:

—Merci, monsieur le vicaire.

Le plus jeune, un gamin de six ans soucieux de faire le grand se mélangea:

—S... sympathies!

Serrant la main de moins proches parents, le prêtre comprit des questions sous les affirmations.

—Suis la sœur de la défunte... Vous savez, y a jamais deux cas graves de tuberculose dans la même famille...

—Suis madame Carrier, sa belle-sœur. Y avait pas plus grande chrétienne qu'elle...

—... une sœur de son mari... Si on n'avait pas autant d'enfants, on pourrait en prendre un ou deux à la maison...

—Je reste à Lewiston... J'pense qu'aux États, ils auraient pu la sauver...

—Suis ben contente de voir que les gens d'icitte seront plus des demi-orphelins. Il était temps que nous vienne notre nouveau vicaire. Vous allez chanter le service?

—Suis sa cousine. On reste dans le même rang... J'vous dis que ça vous désorganise une famille, une mort de même !

Les visages défilèrent: tous solennels, tous bons. Le contentement apporté par la présence du prêtre et accentué par ses poignées de main se lisait de plus en plus dans les yeux à mesure que décroissait le lien de parenté avec la défunte. Les hommes et les femmes purent sourire, parler un ton plus haut, donner à leur visage un bienfaisant répit avant de le replonger dans la crispation douloureuse de rigueur.

Une vieille demoiselle demanda au prêtre de réciter un chapelet. Il acquiesça et retourna au prie-dieu. Satisfaite, elle se mit le nez dans le couloir et ordonna:

—Si vous voulez vous approcher, monsieur le vicaire va dire le chapelet.

À voix forte et monocorde, l'abbé entama le *Je crois en Dieu*.

L'époux de la défunte et les enfants s'étaient mis debout devant leurs chaises, rangés comme des militaires prêts pour l'hymne national. Pour le malheureux père, la scène était pitoyable. Envahies par d'énormes vagues, ses épaules se mirent à tressaillir puis à s'agiter de soubresauts violents. Les enfants quant à eux avaient épuisé toutes leurs larmes aux premiers jours d'exposition; lui pleurait de plus en plus souvent à mesure que la fatigue augmentait et que les funérailles approchaient.

Compatissant, le prêtre avait pitié d'une solitude qui se muait en larmes lourdes. Lui aussi se sentait bien seul en ce moment.

—Je crois en Dieu le Père tout-puissant, créateur du ciel et de la terre...

La prière magique traversa les murs, les plafonds, les couches de l'atmosphère avant de se perdre dans les dédales infinis de l'accoutumance. Prière automatique et sédative. Dès le berceau, chaque soir, les murmures de la famille à genoux avaient créé en son âme neuve un habitus agréable, une relaxation sensorielle, prélude à un sommeil paisible.

—Je crois au Saint-Esprit, à la sainte Église catholique.... disaient les gens sur la corde la plus grosse de leur registre vocal.

L'abbé ferma les yeux. Il vit Esther marcher sous le ciel fumeux d'avril. Que de froideur dans ses réponses! Le matin, il lui avait dit des mots obligatoires, vides de substance. Au souper, le curé avait fait les présentations. Ils s'étaient salués l'espace d'un éclair, n'avaient pas mentionné qu'ils se connaissaient déjà. Il avait cru remarquer une lueur de complicité dans ses yeux profonds. Ou bien était-ce un reproche à peine perceptible ?... Il se sentait coupable de s'être tu.

—Notre Père qui êtes aux cieux, que votre Nom soit sanctifié...

Le père affligé n'avait pas pu répondre au *Je crois en Dieu*. Après avoir échappé ces sanglots impossibles à refouler, il s'était caché le visage dans sa grosse main rude et avait tant serré que la douleur physique l'emportait sur l'autre. Mais ce geste devait être maintenu pour éviter de pleurer encore et il ne répondait pas à la prière. D'autres étaient là pour ça. Les jours de deuil libèrent un peu...

—Je vous salue Marie pleine de grâces, le Seigneur...

Une mouche se posa sur la main du prêtre, fit les mille pas en vitesse et en finesse, envahit une région plus sensible sur le côté d'un doigt. La main bougea. Un peu. L'insecte s'envola. Vers le ciel. Sur une pieuse volute de fumée...

—Je vous salue Marie pleine de grâces, le Seigneur...

La vieille demoiselle gardait la tête oblique, les yeux rivés au sol. La satisfaction du devoir accompli grisait ses cellules et imprimait à son corps la rigidité de la certitude.

—Je vous salue Marie pleine de grâces, le Seigneur...

Le visage anguleux et desséché de la morte s'anima d'une ombre chercheuse. La mouche se posa, entra dans une narine, en ressortit sans se départir de ses manières étourdies.

—Je vous salue Marie pleine de grâces, le Seigneur...

Le benjamin de la famille en deuil se mit à regarder son père, les yeux en détresse. Il n'osait pas lui dire à quel point il avait envie de faire pipi.

—Je vous salue Marie pleine de grâces, le Seigneur...

L'abbé se demanda quel pouvait bien être le genre de l'ami de cœur d'Esther. Car on devait la rechercher! Non pas qu'il lui trouve une grande beauté... Pas laide non plus... Bah! un certain charme empreint de dignité... Quoi qu'il en soit, il avait perçu en elle quelque chose d'indéfinissable qui devait remuer les âmes des jeunes gens...

—Je vous salue Marie pleine de grâces, le Seigneur...

Il avait hâte de connaître les jeunes de la paroisse. Et il espéra que les plus vieux ne soient pas tous à l'image austère de madame Cora ou du curé Ennis.

—Je vous salue Marie pleine de grâces, le Seigneur...

La mouche se posa sur la joue ecclésiastique pour y faire le pied de grue. Incommodée par les poils rêches, elle repartit en voyage autour de la pièce avant de retourner dans les fosses nasales du cadavre après de brèves escales tantôt sur les lèvres de la demoiselle raide, tantôt sur une tache sucrée d'une pantalon, ou dans le cou du benjamin qui la rata d'une claque bruyante...

—Je vous salue Marie pleine de grâces, le Seigneur... « Esther s'en irait-elle à son travail à la même heure le lendemain?»

—Je vous salue Marie pleine de grâces, le Seigneur...

«Quelle heure peut-il bien être?»

—Je vous salue Marie pleine de grâces, le Seigneur...

«Y a quand même beaucoup de vie dans cette paroisse! »

—Sainte Marie, Mère de Dieu, priez pour nous...

Les gens priaient dans le respect. Respect de Dieu. De la morte. Du chagrin des proches. Les uns des autres. Du prêtre. Du lieu. Du siècle. De la vie...

—Gloire soit au Père et au Fils et au...

Le prêtre acheva le rite. Puis s'approcha du père afin de lui prodiguer du réconfort. L'homme éclata. Cela créa un peu de confusion dans l'esprit du vicaire. Où était son devoir ? En dire davantage? Ou partir en discrétion et laisser le temps faire? Après tout, St-Honoré vivait bien avant lui... Oui, mais le prêtre a des responsabilités. Hésitant de la sorte, il quitta la pièce en multipliant sourires et signes de tête à l'adresse du plus grand nombre.

Car chacun espérait être remarqué par l'homme de Dieu. Et lui savait qu'il devait tâcher de les remarquer tous.

Il marcha soulagé, content de rentrer au presbytère, libéré, flatté aussi de l'accueil reçu.

Cachée sans discrétion derrière une porte ouverte, la femme du sacristain le vit venir et vint dans le couloir braquer sa ronde personne dans le chemin du prêtre et bloquer le passage. Elle feignit pourtant la surprise:

—J'gage que vous êtes le nouveau vicaire... Plaisir de vous rencontrer. On avait ben hâte...

—Faut dire que je suis arrivé d'hier seulement...

—Vous devez ben vous douter de qui j'suis ?... Ma'me Boulanger, la femme du bedeau. Monsieur le curé a ben dû vous parler de nous autres... Djuss, Djuss, viens parler à monsieur le vicaire.

Elle oscilla sur ses jambes, tourna la tête pour mieux héler son mari resté à se bercer, l'oreille collée au poste de radio qui diffusait en sourdine *Un Homme et son Péché*.

—Djuss, c'est notre nouveau vicaire. Viens un peu... Djuss...

Une semelle claqua, trahit un pied claudicant, s'approcha vers le couloir...

* * *

CHAPITRE 5

La grand-messe battait son plein.

Mine satisfaite, l'abbé Ennis avait retrouvé son poste habituel de guide du chant paroissial. Du haut de la chaire, sa voix avait renouait avec la puissance. De ses yeux fusaient des éclats rieurs. Fin jaugeur d'hommes, il avait compris ces derniers jours que le nouveau vicaire, malgré une réserve de bon aloi, possédait une riche personnalité. Travailleur. Ardent. Docile. De bonne souche.

Et très sociable, pensa-t-il après la dernière note du *Gloria*.

Son regard tomba sur Esther. Il était fier de la voir aussi digne dans ses vêtements et ses manières. Elle avait étrenné le jour de Pâques, mais, trop soucieux du rite, il ne l'avait pas remarqué. À peine avait-il entendu les paroles de madame Cora concernant un chapeau charleston, un tailleur aux chevilles, une voilette... Un langage que de toute manière, il ne comprenait qu'en homme.

Mais voilà que la jeune femme lui rappelait des souvenirs vieux de vingt ans et plus. Cora avait porté sur l'œil un chapeau semblable à la fin des années 20 et au début des années 30. Elle aussi se tenait droite dans son extrême minceur en une époque où la misère courbait pourtant bien des échines. Et c'est avec la même dévotion et la même discrétion que la mère assistait toujours à la messe, le plus souvent la basse.

«Quel jeune homme pourrait bien lui convenir? »

Et pour la centième fois, il pensa à Jules Jolicœur puis au jeune Grégoire. L'un serait avocat: un parti intéressant. Hélas! le fils d'Ida suscitait peu d'intérêt dans le cœur de la jeune fille. Elle se laissait davantage approcher par le fils du marchand. Mais celui-ci était moins instruit: de petites études commerciales en anglais et rien, hélas! du cours classique... Il avait quitté l'école assez tôt pour aider son père au magasin et au bureau de poste où dans quelques années, il prendrait la relève. Et puis ce métier correspondait mieux à la formation d'Esther que celui de fermier. Le prêtre se souvint comme il avait été sur le point d'intervenir l'année où sa pupille avait enseigné dans le rang de la concession. Un fils de cultivateur, encouragé par la silencieuse complaisance de la jeune fille, avait fait naître des rumeurs de mariage. Mieux ou pire, il s'était lancé dans les préparatifs. Son père l'avait établi sur une terre. On avait complété son roulant, réparé les bâtiments et préparé la maison pour une famille. On y avait même inclus du luxe digne d'une fille de presbytère: prélart incrusté, réservoir à eau chaude, salle de bains, réfrigérateur.

Le pauvre garçon, qu'aurait-il fait avec une femme qui sait même pas traire une vache? songea encore une fois le curé.

Esther avait compris qu'elle n'était pas faite pour cette vie-là. Avec la fin de l'année scolaire, elle avait donné son congé au jeune fermier qui s'en était vite remis après une bonne cuite. Dix mois plus tard, il épousait une fille de l'autre bout du rang.

L'abbé Dumont voyageait d'un bout à l'autre de la table de l'autel, croisant les mains, s'agenouillant, levant les bras au ciel, baisant la nappe. Il fabriquait sa messe avec précautions pour ne pas risquer de se tromper. Car il se sentait nerveux comme un écureuil.

On l'épiait. On prenait sa mesure. On cherchait à deviner par ses gestes quelle sorte d'homme il était. Par réflexe défensif, il les masquait, les personnalisait, les ajustait aux images qui défilaient dans sa tête, les taillait aux dimensions de ceux de la paroisse qu'il connaissait déjà. Le curé lui inspira de la retenue, Esther de la douceur, Cora de la réserve. Le veuf, ses enfants, le postillon: de la compassion. Comme il se devait, il tâcha de parler à tout le monde en leur disant non pas ce qu'il était lui, mais en réfléchissant à chacun un peu de sa propre image. Langage non verbal à l'éloquence pastorale.

Il appréhendait le moment du sermon. Le curé ne manquerait pas de le présenter aux gens de la paroisse. Même de loin, on verrait le rouge sur son visage. Et ça se distinguerait encore plus depuis les premiers bancs. Esther saurait sa timidité, sa fragilité.

Dès qu'il fut assis, l'écarlate lui monta aux joues et s'y accrocha tout le long du prône et du sermon. Compréhensif, le curé ne dit pas un mot sur lui, se limitant à une brève prêche sur l'alcoolisme et les sociétés de tempérance. Le cercle Lacordaire tiendrait le soir même un euchre à la salle paroissiale. Le groupement, sous la présidence du docteur, voulait recueillir des fonds pour financer un char allégorique de la Saint-Jean à venir.

* * *

Sur deux longues tables nappées de papier blanc, une trentaine de cadeaux étaient mis en valeur par la lumière conjuguée des ampoules jaunes et de réflecteurs spéciaux.

Le public montait sur scène pour admirer les enjeux de la bataille à coups de cartes qu'on se livrerait dans l'heure d'après.

L'abbé Dumont gravit l'escalier, contourna la table d'honneur inoccupée, examina les choses à gagner. Une lampe de poche l'intéressa. Aussi une paire de bas de laine. Puis il pensa qu'il aurait été séant pour lui d'offrir aussi un présent. Les gens de commerce et plusieurs particuliers dont le curé et même le sacristain avaient offert quelque chose, eux. Un billet de deux dollars, son salaire d'une journée, aurait fait bonne figure puisque l'abbé Ennis signait un cinq. D'un autre côté...

Il continuait d'hésiter quand une main ferme s'appuya sur son épaule. On dit à voix forte:

—Bonsoir monsieur le vicaire. C'est moi, le docteur Jolicœur, et président du cercle Lacordaire.

Dans une longue exclamation, le prêtre dit en tendant la main:

—Un concitoyen de Québec... J'ai pas mal entendu parler de vous depuis mon arrivée...

L'homme portait un complet marine à fines rayures blanches. Ventripotent, sa veste ornée d'une lourde chaîne dorée le grossissait. De sa lèvre inférieure, il toucha sa mince moustache, fronça

57

les sourcils pour dire, soucieux:

—Vous accepterez d'être notre aumônier ? C'est la coutume par ici. Le vicaire est l'aumônier des Lacordaire.

—Mais bien sûr! Monsieur le curé m'en a touché un mot cette semaine... Bien organisée, cette partie de cartes: je vous félicite. En jetant un coup d'œil sur tous ces cadeaux, j'étais à me demander si...

Il fit mine de fouiller dans sa poche. L'autre lui retint le bras.

—Pas cette fois! On vous aurait sollicité durant la semaine. On vous laisse le temps de vous installer. Les gens comprendront...

—Si vous le dites!

Son geste lui permit de voir par-dessus l'épaule du docteur. Esther et le curé marchaient entre les tables en direction de la scène. Le sang lui monta à la tête; sa main trembla un peu. Il se crut impressionné par le curé comme chaque fois depuis son arrivée. Le médecin perçut son intérêt et tourna la tête.

—Tiens, voilà monsieur le curé qui arrive. Je vous verrai tout à l'heure. Je voulais vous dire: on vous a pas sollicité pour un cadeau mais on vous a pas réservé une place à la table d'honneur non plus. À vrai dire, on pensait pas que vous viendriez ce soir...

—Aucun problème! Je préfère. Je pourrai faire connaissance avec plus de gens. Quoi de mieux qu'un euchre pour ça?

—Tant mieux! À tout à l'heure!

L'abbé Dumont se retourna vers les tables et poursuivit son examen sans trop d'attention en se demandait qui partagerait la table d'honneur. Le curé sans doute. Le médecin et sa femme... Qui d'autre? Esther? À moins que madame Cora ne survienne plus tard...

Une fine odeur de jasmin vint enrober sa réflexion. S'ajouta le sentiment d'une présence voisine. Il tourna un peu la tête. Dans toute son élégance, Esther lui adressa un sourire poli auquel il répondit sans réfléchir:

—Il faut sortir du presbytère pour se rencontrer.

Sourire gelé, elle se reprit d'attention pour les cadeaux.

—C'est normal aussi...

—Les gens ont été généreux.

Conscient de s'empêtrer, il ajouta pour se rattraper:

—Les murs ont pas partout la même épaisseur.

Personne n'avait jamais parlé de la ligne de démarcation existant entre les appartements des femmes et ceux des prêtres au presbytère. C'était là une chose établie qui n'avait jamais suscité la moindre allusion de quiconque. Voilà que le nouveau vicaire le faisait. Esther était sous un certain choc. En parler n'était-il pas un début de remise en question, une étincelle dangereuse? La jeune femme était contrariée. Devait-elle répondre? Comment rabrouer un homme plus âgé qu'elle et prêtre par surcroît? Elle ignora son propos, figeant dans son visage une expression sèche. Mais quand elle sut qu'il insistait, elle battit en retraite et tourna les talons:

—Je vais à la table d'honneur, sinon je vais faire attendre tout le monde. Monsieur le curé avait bien hâte de commencer.

—Moi, je vais tâcher de me trouver un partenaire quelque part. J'ai vu des bas qui me plairaient, tricotés par madame Beaudoin. Elle travaille bien, cette dame. Mais faudrait que je gagne cinq ou six parties sur les dix...

Elle fit un signe de tête approbateur et se rendit s'attabler entre le curé et Ida qui joueraient ensemble contre elle et le docteur.

Sous les yeux de tous, le vicaire descendit de la scène en rougissant. Le docteur agissant comme maître de cérémonie, parla au microphone.

—... j'ai su à la dernière minute que monsieur Fernand Lapointe peut pas venir ce soir. On comptait sur lui pour poinçonner. Une bonne âme pour le remplacer ? La personne pourra pas jouer mais on remboursera le prix de sa carte... Mieux, on lui donne cinq ou six parties gagnées. Y a quelqu'un?...

L'abbé Dumont réagit. C'était là la meilleure façon de pouvoir jaser avec plusieurs et il leva la main.

—Mais c'est parfait ! Notre nouveau monsieur le vicaire nous offre ses services. Qui de plus fiable pour poinçonner? Les amis, une bonne main d'applaudissements pour monsieur le vicaire...

L'ovation fut généreuse.

Le prêtre pensa qu'il s'approcherait d'Esther une dizaine de fois pour poinçonner. Il secoua la tête et cette pensée futile et s'occupa de répondre aux applaudissements par un geste à bras ouverts.

Le médecin lui glissa une poinçonneuse dans la main.

—Bon, vous connaissez tous les règles? Quand monsieur le curé sonne la clochette, c'est le début de la partie; au son de cloche suivant, c'est fini. Là, ceux qui ont le plus de points gagnent. Pis monsieur le vicaire va passer pour poinçonner les cartes. Bonne chance à tous et que les meilleurs gagnent!

J.O. alla prendre place. Le curé fit tinter la clochette.

La rumeur coupa de moitié dans la salle. Les assistants prenaient leur jeu au sérieux. L'abbé Dumont se croisa les bras et entreprit de faire le va-et-vient entre les rangées de tables, distribuant des signes de tête, des clins d'oeil, des expressions d'encouragement. Il fit deux aller retour et à chaque passage près de la scène, il jeta un oeil vers la table d'honneur. À la fin de la première partie, il monta sur la scène.

—Bon... les meilleurs ici?

—Nous autres, évidemment, lança Ida triomphante.

—Si vous venez pour poinçonner, monsieur le vicaire, pas besoin... On joue pas pour les cadeaux, dit J.O.

Ces mots jetèrent une douche sur son enthousiasme. Il aurait dû y penser. Le regard d'Esther, l'air paternel du curé, le sourire de madame Ida ajoutèrent à son embarras. Il mentit:

—Non, c'était pour prendre des nouvelles d'une partie chaudement disputée. Je pensais que pour le plaisir...

Et il actionna la poinçonneuse à trois reprises.

—On ne joue pas non plus pour vaincre l'autre, fit le curé avec un lent sourire. L'important, c'est de participer.

—Juste pour nous amuser, rajouta Ida à voix pincée.

Décontenancé, le vicaire redescendit sur le plancher des joueurs et commença son travail.

Vers la fin de la troisième partie, Ida dit à brûle-pourpoint:

—Esther, vous avez jasé avec l'abbé Dumont. Comment le trouvez-vous? Sympathique, hein? Les gens de la paroisse n'en disent que du bien. Il nous fera un bon deuxième prêtre, c'est sûr. Quand monsieur le curé a dit qu'il venait de Québec, j'ai pensé que ça pourrait être du quartier de Sillery... Comme nous autres! Mais semble que non. Il a l'air enthousiaste, plein de vie, débordant de santé... Émotif aussi parce que le sang lui monte vite au visage. Je pense qu'avec lui, les organisations paroissiales vont bien marcher... Comme celles dont s'occupe monsieur le curé. Ah, c'est pas que nos autres vicaires étaient des incapables, bien au contraire... Monseigneur nous a toujours gâtés en prêtres ici à St-Honoré. Mais l'abbé Dumont donne vraiment une bonne impression. Qu'en pensez-vous, Esther?

—Disons que...

—C'est le plus jeune prêtre qu'on a eu ici, n'est-ce pas, monsieur le curé?

—Tant mieux, il va prendre plus vite le pli de la paroisse! Mieux que moi il y a vingt ans, fit le curé en mesurant les réactions de chacun.

—C'est pas pour vous vanter, monsieur le curé, mais je crois que vous serez difficile à battre sur ce terrain-là...

Ida parlait tout en ramassant les cartes pour les brasser. Elle en fit un paquet, manipulant avec énergie et assurance, bruyamment et carrément:

—De l'avis de bien du monde, vous êtes le prêtre le plus apprécié de ses paroissiens dans tout le diocèse. Pis c'est pour ça que vous êtes resté par ici. Combien de curés en ont fait autant?

—Ça, c'est vrai! On en discutait ces jours-ci. Notre curé est irremplaçable.

—Là, vous allez trop loin, fit le curé en ramassant ses cartes. Tout homme se remplace. Prenez le cas du vicaire. On avait un bon prêtre auparavant, mais celui-ci sera probablement meilleur encore Vous voyez ?... Je dois vous concéder que sur un point, je suis imbattable, et c'est au euchre... La preuve: ramassez, madame Ida et je prends tout seul.

—Ça par exemple! dit le docteur. Notre dernier mot est pas encore dit. Hein Esther?...

Ida et le curé gagnèrent la quatrième partie, perdirent les quatre suivantes, gagnèrent la neuvième de sorte qu'à la dixième, le compte était de cinq à quatre pour l'équipe Esther-J.O.

—Madame Ida, il vous arrive de jouer comme un pied, échappa le prêtre à la cinquième.

Énervée, la femme multiplia les gaffes. J.O. s'était fait un devoir d'annoncer au microphone les résultats de la table d'honneur entre chaque partie et le public se désolait de voir le pasteur dans une situation de plus en plus précaire.

L'abbé Dumont choisit de pencher pour l'équipe la moins populaire malgré son avance. Multipliant les cent pas, il évita de regarder Esther. Elle fit semblant de l'ignorer.

Le début du dixième tour favorisa l'équipe du curé, ce qui lui fit déclarer:

—Terminer à égalité comme on va sans doute le faire est, dans les circonstances, compte tenu de l'extraordinaire chance que vous avez eue ce soir, une grande victoire pour notre équipe. C'est... une victoire morale...

Faussement dubitatif, le docteur rétorqua:

—Monsieur le curé, la personne qui parle le moins est celle qui joue le mieux et c'est mademoiselle Esther...

—C'est connu, J.O., que t'es chanceux aux cartes, dit sèchement Ida à son mari avant de poursuivre mielleuse pour la jeune femme:

—Ce qui vous enlève pas votre mérite.

Au milieu de la partie, l'abbé Dumont se rendit à la table d'honneur. Il se tint derrière le curé, en biais, de façon à voir aussi les cartes du docteur. Le pointage était: six à six. Esther avait la donne, qui distribuait lentement de ses mains plus légères que les cartes.

Les trois joueurs durent passer.

—Je ramasse et toute seule, dit la jeune fille.

Les cinq levées, ça voudrait dire la victoire pour son équipe.

Le curé fit claquer sa pipe entre ses dents. Ida trépigna. L'abbé Dumont serra la poinçonneuse. Il souhaita silencieusement à Esther de gagner. Elle remporta les quatre premières levées, raflant toutes les cartes d'atout de l'autre équipe. Dans une hésitation craintive, elle déposa sa dernière: une dame de cœur. Impuissant, le curé jeta son as de carreau en rechignant. Ida qui avait discarté son roi de coeur le tour d'avant, laissa tomber un roi de pique au grand dam du curé.

—Bravo, Esther, échappa le vicaire.

Elle sourit, le regarda. Ils partageaient la même victoire. Leurs yeux insistèrent à se voir. Le bruit de la salle, l'âpre discussion des autres joueurs devinrent des murmures lointains: ces deux âmes étaient emportées dans une dimension céleste... ou infernale...

—Ben voilà: on va procéder, dit J.O. Monsieur le vicaire, oubliez pas de ramasser toutes les cartes des parties.

L'abbé Dumont revint sur terre. Mais trop tard pour empêcher Ida de percevoir l'échange bizarre entre les jeunes gens.

Par la suite, Esther et le prêtre évitèrent de se regarder. Chacun avait besoin de recul pour analyser ce qui s'était passé. Cette apparente indifférence contraria Ida qui n'avait plus cessé de les surveiller.

Il y eut attribution des présents, allocution du curé, lunch.

De toute la soirée, deux jeunes gens formant équipe n'avaient pas bougé de leur table ayant perdu toutes les parties.

Le vicaire croyait que l'un d'eux était le fils des Jolicœur. Il ressemblait tant à madame Ida.

L'autre, un grand gars déluré aux cheveux épais et noirs, s'était esclaffé toutes les trois minutes depuis que le jeu avait commencé. Un rire en cascade, fantasque et franc. Au début, le vicaire l'avait regardé avec étonnement puis il s'y était habitué.

À l'heure du lunch, le vicaire connut le premier. C'était bien le fils Jolicœur qui parla de ses études, de son avenir, de son intention de pratiquer le droit dans la Beauce. Le prêtre manqua d'intérêt ces choses dites candidement et sans passion. Surtout, l'abbé surveillait discrètement Esther. Elle et le grand jeune homme exubérant avaient l'air de vouloir passer le reste de la soirée ensemble. Curieux, il questionna Jules qui le renseigna du bout des dents:

—Lui, c'est le grand Luc... Luc Grégoire. Le gars à Pampalon. Pampalon, c'est le marchand voisin de chez nous...

—Il va aux études?

—Non, non! Suis le seul par ici qui étudie en dehors. Les autres vont pas plus loin que la neuvième année. Lui, il travaille au magasin avec son père.

Le vicaire questionna sur un ton affirmatif:

—Et... c'est l'ami de cœur de mademoiselle Esther?

—Mais non! Mais non! Ils se voient pas régulier... Le grand

Luc: pas assez instruit pour elle... Il a pas son classique... Il peut pas parler de chimie, de physique, de philosophie... Elle l'a dit devant ma mère: le grand Luc, c'est un ami, rien que ça.

Le prêtre en fut fort aise. Et c'est sans inquiétude qu'il vit la jeune fille et son grand ami quitter la salle. Il pria:

—Mon Dieu, protégez ces jeunes gens, guidez-les. Et... s'ils sont faits l'un pour l'autre, que votre volonté les réunisse!

Il frotta ses mains, hésita un moment, ajouta un simple mot:

—Amen!

* * *

CHAPITRE 6

Chaque matin, elle se disait qu'elle n'avait pas à changer ses habitudes. Ou bien ça ferait curieux. Elle aurait dû le faire au premier jour. Il était trop tard. À lui de revenir plus tôt au presbytère. Sa messe finissait à sept heures et demie.

Le prêtre avait établi ses propres habitudes. À sept heures et cinquante, il était sur le chemin du presbytère. Il prenait tout son temps pour se changer et ranger avec soin les vêtements sacerdotaux du jour. Puis, accoudé à la table de l'arrière, calepin en mains, il faisait des ajouts et des corrections à son agenda quotidien.

Il manquait parfois de discipline à St-Raymond et ça ne se reproduirait pas ici. Parmi les moyens utilisés, il y avait la préparation écrite d'un horaire strict qu'il gardait sur lui.

Chaque matin, sous un œil malfaisant dissimulé derrière des rideaux jaunes, Esther et le vicaire se croisaient, se souriaient, se saluaient tout juste. Ils ne s'arrêtaient pas comme la première fois et chacun gardait son côté du chemin.

Ce jour-là, en consultant son carnet, l'abbé vit qu'un mois déjà s'était écoulé depuis son arrivée dans la paroisse. Bien des visages et des noms lui étaient devenus familiers, mais il avait encore du mal à joindre les deux dans la plupart des cas. Question de semaines.... Malgré son ardeur, il lui arrivait de s'en remettre au temps pour arranger les choses. Et quand le curé disait: « Dieu y verra!» lui pensait: « Le temps va y pourvoir! »

Son heure venue, il sortit de la sacristie.

Le soleil d'avril éclatait, répandait partout ses tendresses, donnait aux arbres le goût de s'épanouir, allait murmurer sa bien-veillance aux graines dans le sol.

Et pourtant la terre puait dans sa grise humidité. Signe d'une mort qui se meurt. En de rares endroits, protégés des rayons solai-res par des objets hauts, de maigres monticules de glace sale ré-sistaient aux assauts du printemps. Vains résidus d'hiver délivrés goutte à goutte.

Le vicaire regardait ses pas, se demandant ce qui avait changé depuis un mois dans la paroisse. La saison n'était plus la même... Mais les saisons font la ronde. En 49, il y avait eu printemps et il y en aurait un en 51... Aucun décès dans le mois, une seule nais-sance. Les êtres étaient les mêmes qu'ailleurs. À la confesse, les mêmes péchés... Pas tout à fait. Il semblait que le péché de la chair soit moins présent à St-Honoré qu'à St-Raymond. Peut-être que le curé Ennis ne savonnait pas assez les fidèles là-dessus...

Esther approchait. Il voulait faire différent ce matin-là. Avoir l'air préoccupé, sérieux, la surprendre, l'intriguer, l'inquiéter peut-être pour qu'elle change un peu, pour qu'elle bouge, pour qu'elle dise autre chose que ses oui ou ses non tièdes comme le vent, enrobés de son sourire fabriqué, et pour que son regard soit moins fuyant, pour qu'elle retrouve ses yeux du soir de la partie de car-tes, pour qu'elle dise un beau bonjour plein de cœur.

À sa hauteur, elle attendit qu'il la salue avant de répondre à mi-voix:

—Bonjour.

À peine leurs regards s'étaient-ils croisés... L'abbé se révolta:

Ça n'a pas de sens: nous voilà en train d'ériger partout le mur du presbytère. Passe toujours à l'intérieur pour désarmer les commères mais pas dehors, en public, en toute bonne foi.

Pas un de ceux qu'il connaissait déjà n'affichait un air aussi distant qu'Esther. Une fois leur timidité vaincue, ils communi-quaient aisément avec lui...

Il avala son petit déjeuner comme à l'ordinaire. Sa contrariété ne parut pas malgré son silence. Puis il se rendit à son bureau y lire son bréviaire. Il jeta des yeux inattentifs dans le livre noir déjà écorné par tant d'heures de prière et de réflexion. Le problème de ses relations avec Esther l'absorbait trop.

Du bout du pouce, il entreprit de lisser le tissu mauve d'un signet qui commençait à se rider. Et il réfléchit, se demandant si monsieur le curé a posé des barrières juste pour éviter les commérages ou s'il ne pensait pas plutôt à ses propres faiblesses... Peut-être avait-il peur de lui-même ?...

Puis il pria:

«Seigneur, pardonnez cette pensée mesquine! Je la repousse de toutes mes forces. Elle est involontaire... Je le sais, que trop de rapprochements au presbytère entraînerait des problèmes. Mais mon Dieu, dans les lieux publics... Je suis tout de même le vicaire de la paroisse... Quel mal? Aucun. Alors, comment les gens...»

Il soupira. Puis finit par regarder devant lui, l'air serein.

« Mais si j'arrive avec sincérité à cette conclusion, c'est que vous me faites part, Saint-Esprit, de vos lumières. Vous avez éclairé monsieur le curé, qui a eu raison de faire ce qu'il a fait. Mais vous me faites comprendre que les temps ont changé. Dès demain, je lui parlerai... Qu'elle le veuille ou non! Elle a peur du changement, mais sera la première à en profiter. Un prêtre peut tant apporter aux jeunes! »

Il recula sur sa chaise à bascule, mit ses pieds qu'il appuya sur un tiroir entrouvert. Et il croisa ses doigts sur sa tête pour réfléchir et prier.

Puis il se dit que le temps serait propice à rédiger son premier sermon pour les gens de St-Honoré et que le thème devait en être la vie paroissiale. Il en profiterait pour livrer ses premières impressions sur la paroisse. Les gens seraient contents; le curé encore davantage. Il fit une entorse à son horaire et s'attaqua à la composition de son homélie.

* * *

Le lendemain, il devança son réveille-matin d'un bon quart d'heure. Une activité fébrile régnait en son âme. L'idée qu'une barrière entre lui et Esther tomberait ce jour-là l'accapara si bien que la réalité lui échappa; et ce n'est qu'après avoir fait sa toilette, ses exercices, son lit et s'être habillé qu'il prit conscience du temps qu'il faisait dehors. Le vent battait la pluie qui s'écrasait sur les vitres et le mur extérieur. À la fenêtre, le spectacle le rendit songeur. Comment parler à la jeune femme par temps pareil? Les phrases grisailleraient à mesure qu'elles sortiraient de sa bouche. Et puis, était-ce un signe du ciel? S'il avait donc fait beau! Mais non, le ciel furieux fouettait les maisons, tordait les arbres dans tous les sens, noyait chemins et champs, animait même le cimetière d'une terrible vie artificielle puisque tout y frémissait, végétaux, objets inertes monuments, croix... Il retourna s'étendre sur son lit pour réfléchir. Mains croisées au-dessus de sa tête, il garda un moment les yeux tournés vers la fenêtre. Puis il fixa son regard sur le vide du plafond nu.

« Dieu prend-il des moyens détournés pour parler à l'âme! A-t-il pu faire naître une certitude hier et la détruire ce matin? Obstacles à respecter ou à franchir ? Un temps qui livre un signe du Seigneur? »

Il eut vite fait de balayer ses doutes sous le tapis.

Son cœur et son corps se détendirent. Il avait bien dormi et s'était levé reposé et heureux. C'était le temps d'une prière:

—Merci mon Dieu... je vais lui demander de se rendre à mon bureau demain. Au lieu de quelques mots sur le pouce, on aura plus d'une heure pour jaser et nous expliquer à fond sur les satanées barrières. Le samedi après-midi, monsieur le curé est rarement au presbytère, alors... Ben, j'ai rien à cacher au curé, mais s'il est pas là, Esther se sentira plus à son aise...

* * *

La jeune fille marchait de son pas habituel à l'abri d'un grand parapluie noir. Son humeur ne variait pas au gré du temps. Et pourtant, ce matin-là, elle flairait quelque chose et ça la rendait anxieuse.

L'apercevant, le vicaire se hâta de sortir de la sacristie. Il tomba en pleine bourrasque. Il lui fallut prendre la mesure du vent, marcher à reculons, courir contre les pans de pluie qui coupaient l'allée comme des lames de guillotine. Le cœur noyé, il tourna sur sa gauche vers le presbytère. Après quelques pas, il pensa à se reprendre en mains. Son sérieux de prêtre reprit le dessus. Il voulut mesurer mieux ses pas et projeta en avant un corps oblique, s'enveloppant de son parapluie.

Ils se croisèrent une dizaine de pas plus loin qu'à l'ordinaire, ce qui obligea la femme du sacristain à changer de fenêtre pour les épier.

Ils étaient du même côté de chemin. Elle diminua son allure. Les parapluies finirent par se toucher quasiment

—Bonjour, vous avez... une seconde?

—Avec le temps qu'il fait?...

—Oui, oui.

—C'est que j'aimerais bien... avoir une conversation avec vous.

—Par ce temps?

—Non, mais venez à mon bureau demain. En après-midi... Deux heures et demie: ça ira?

—Je... sais pas... si je peux...

—Tâchez de venir, Esther, c'est important.

—J'essaierai.

Ses derniers mots se perdirent dans le vent:

—Je vais vous attendre.

Il reprit son chemin en marchant comme un homme ivre. Plus loin, un tourbillon s'engouffra sous son parapluie et le retourna à l'envers sur sa tige. Bousculé, il rentra au presbytère tant bien que mal.

* * *

—Djuss, Djuss, va-t'en faire ton ouvrage!

Docile à sa mégère, l'homme au pied bot enfila un ciré.

—Regarde moi ça, je vas être obligée de laver le plancher. Regarde le placard d'eau que t'as fait avec ton trench. Que tu me donnes donc de l'ouvrage, toé!

Il se courba encore plus et s'engagea dans le corridor, frappant de la savate sur le bois poussiéreux. Quand elle entendit la porte du couloir se refermer, elle se hâta vers l'appareil de téléphone et sonna:

—Chez monsieur le docteur Jolicœur... Pas au bureau, à la maison privée... C'est toi, Fernande? J'sais que t'écoutes pas sur les lignes, mais des fois, sans le faire exprès... Je te dis ça parce qu'aujourd'hui, j'ai des choses personnelles à discuter avec madame Jolicœur. Je compte sur ta... discrétion. Sonne madame Ida, veux-tu ?

—Allô ?

—Madame Jolicœur, c'est madame Boulanger. De bonne humeur?

—Oui. Pis vous?

—J'dérange pas trop?

—Ça dépend... si c'est pas trop long.

—Deux, trois mots!... Tout un temps aujourd'hui?

—C'est le printemps!

—Je m'excuse de vous appeler de bonne heure de même. Je voulais savoir si vous étiez revenue de votre grippe. Vous avez l'air d'avoir encore un peu de misère avec votre voix.

—Bah! me suis levée encore pas mal brisée à matin...

—Vilaine grippe ce printemps!

—Pas mal, oui.

—Pas surprenant avec le temps qu'il fait. Une journée, fait chaud comme en juin; le lendemain, c'est l'hiver...

—Comme aujourd'hui...

—Ça empêche pas la terre de tourner puis le monde de vivre, cette temps-là. Je viens d'en voir deux qui ont pas peur des tempêtes...

—Qui ça?

—J'aime autant pas les nommer!

—J'vas pas le colporter...

—Me demandez rien. J'veux pas partir des cancans.

—C'est si pire?

—Ben, c'est pas encore grave, grave. Mais moé, je trouve que ça commence à regarder mal... depuis un mois, ils se parlent presque tous les matins, se font des sourires... Ils ont l'air de s'entendre comme deux oiseaux en cage.

—Ah! j'avais remarqué à la partie de cartes l'autre fois.

—Ah oui?

—Si vous les aviez vus... Quasiment des amoureux.

—J'sais pas par exemple, si on parle des mêmes personnes.

—On parle des mêmes.

—Attendez une seconde là.

Georgina garda le récepteur sur son oreille comme si elle eût craint de perdre la ligne et parce qu'elle ne voulait pas manquer le moindre souffle de son interlocutrice. Du bout d'un pied, elle tira vers elle un banc de bois lui permettant de se jucher haut afin de poursuivre une conversation qu'elle prévoyait devoir durer long-temps. Ume fois le tabouret aligné à son arrière-train, elle s'y ré-pandit sous les gémissements des barreaux.

—Comme je vous disais, ils se parlent tous les matins. Je me demande ben c'est qu'ils peuvent tant se raconter. J'imagine que ça doit être beau quand ils sont seuls au presby... j'veux dire à la maison...

—Je vas vous dire une chose: avec monsieur le curé, tout le monde est averti serré pis moi, je mettrais ma tête à couper que y a pas de scandale au presbytère. Quand le curé est pas là, ma-dame Cora y est... Vous savez ce que je pense? Si ces deux-là se voient comme vous le dites en dehors, c'est probablement parce qu'ils ne peuvent pas se parler à l'intérieur. Moi, je fais confiance à monsieur le curé. Bon, il ne se rend peut-être pas compte de leur comportement dehors, mais...

—Tut, tut, Ida! Suis pas venue au monde hier. On montre pas à un vieux crapaud à faire des grimaces...

Elle plissa le nez.

—Un singe.

—Un singe, un crapaud, c'est du pareil. Bon... parlons-en plus. Pis là, j'vous fais remarquer que moi, j'ai nommé personne. C'est vous, pas moi...

—Nommé qui?...

—Les deux...

—Les deux qui ?

—Les deux de qui on parlait.

—On parlait de crapauds pis de singes.

71

—Vous faites la folle, là, vous. On parlait des deux qui jouent un petit jeu dangereux.

—J'ai nommé personne non plus.

—Ce que vous avez dit était assez clair. Vous parlez de monsieur le curé, du presbytère, de madame Cora...

—Peut-être, mais j'ai nommé personne. Après tout... se parler sur le chemin du presbytère, ce n'est pas un crime.

—Non, mais ça peut conduire à... J'aime mieux pas y penser.

La femme fit une moue outragée. Elle enveloppa le rebord de la tablette avec sa poitrine:

—Ça s'est vu, des prêtres qui défroquent... Des jeunes la plupart du temps. C'est pas tous des hommes sérieux pis solides comme monsieur le curé qui embrassent la vocation

—Ça, c'est ben vrai!

—On dit qu'en France, les renégats, c'est pas rare.

—Faut dire que la religion, en France, se fait pas malmener.

—Verriez-vous ça, vous, un scandale pareil nous tomber sur la tête, par icitte?...

—Faut peut-être pas s'alarmer non plus.

—C'est pas trop sain. Comme tantôt, par exemple: il pleuvait à boire debout, le vent cornaillait dans les branches pis ils se sont parlé pas mal longtemps...

—Combien?

—Un bon cinq minutes certain.

—C'est vrai que... c'est inquiétant.

—On se connaît depuis des années, vous pis moi, pis on se parlerait pas si longtemps par un temps pareil.

—Là, je suis d'accord.

—Serait peut-être temps d'y voir. Vous qui connaissez monsieur le curé encore ben mieux que moi, vous voudriez pas vous en mêler un peu... Pour le bien de tout le monde.

—Ça non ! Pas pour le moment. On va attendre. On verra.

—Comme vous voulez. Mais faudrait pas attendre qu'il soit trop tard. Vous savez, le bon Dieu doit pas trop bénir les paroisses où se passent des choses comme ce qui risque d'arriver.

—On en reparlera. Merci d'avoir appelé et que ça reste entre nous.

—Craignez pas, j'ai jamais été une placoteuse.

—Ni moi non plus...

—Comme ça bonjour puis on va s'en reparler certain?

—Certain!

* * *

Le vicaire se leva très tôt ce samedi-là, l'œil vif, le front serein. Il se planta devant le miroir de la commode et fit jaillir des bras perdus dans un pyjama trop grand.

Au cours de ses exercices, il se préparait à l'entrevue qu'il aurait avec Esther. Et se questionnait sur le temps qu'il faisait.

Les bourrasques rageuses de la veille au soir s'étaient tues au cours de la nuit. Et pourtant, le genre de clarté qui s'infiltrait dans sa chambre parlait de grisaille. Il s'approcha de la fenêtre et toucha le store qui lui échappa des doigts, monta en trombe et claqua sur lui-même avec fracas.

Il fut sidéré par l'image qu'il aperçut. Le cimetière offrait une vue dantesque. Du ciel bouché descendaient des vapeurs opaques qui venaient rouler sur le sol mouillé. La croix du calvaire avait été fendue, cassée en deux comme si elle avait été frappée d'un gigantesque coup de hache. Un des morceaux auquel le Christ de bois était resté attaché gisait face contre terre sur le ciment du charnier. Arraché du corps, un bras était resté en haut, cloué à l'autre partie de la croix. L'effroi du prêtre fut tel qu'il ne vit pas des traces de calcination en maints endroits des cassures. Il aurait pu les prendre pour des signes infernaux !

De la culpabilité naquit en lui et grandit au rythme de sa nervosité. Le Seigneur pouvait-il avoir permis que soit brisée sa propre croix afin de donner un signe clair de sa volonté ? Son devoir n'était-il pas de consolider les barrières le séparant d'Esther plutôt que de chercher à les abaisser comme il s'apprêtait à le faire ce jour-là? Était-ce là le premier indice d'une malédiction certaine à s'abattre sur lui s'il persistait dans la voie tracée?

Sa conscience le rendait misérable quand il entendit le bruit d'une porte à l'autre bout du couloir. Le curé venait de se lever. Il

73

fallait le lui dire, obtenir une explication, se faire rassurer...

Il fit venir l'abbé Ennis qui, devant le désolant spectacle, jeta sans façon:

—Dame Nature fait bien les choses. Fallait justement rénover ce calvaire.

—Dame Nature ?

—Mais oui: le tonnerre...

—Il a tonné?

—Mon cher, vous dormez dur. C'est un signe de santé physique et de paix de l'âme. Le ciel nous tombait sur la tête cette nuit et vous n'avez rien entendu.

Il tourna les talons et ajouta, la voix calme, sur ce ton bas du dormeur pas tout à fait sorti de son sommeil:

—Le tonnerre a frappé en plein au bon endroit... On va faire une quête spéciale dimanche...

—Je... comprends pas.

Le curé se retourna:

—Monsieur le vicaire, vous l'avez sûrement appris en physique ou en sciences naturelles, que le tonnerre court les objets élevés ou isolés. Les enfants apprennent ça à la petite école...

—Oui, oui, je sais, fit le vicaire confondu.

Cette explication scientifique dite sur ce ton naturel eut pour effet de chasser de son âme la terreur superstitieuse que lui avait inspiré la vue du calvaire détruit. Il s'assit sur le bord de son lit, pencha la tête et sourit comme un gamin tandis que le curé trottinait vers ses occupations matinales.

* * *

Quelque chose l'avait poussée à passer par le bureau du curé plutôt que par le couloir central pour se rendre au bureau de l'abbé Dumont. Sa porte était ouverte. Ils se virent d'une pièce à l'autre de sorte qu'elle n'eut point à frapper avant d'entrer.

—Venez, lui dit-il avant qu'elle ne touche au chambranle.

Pour paraître furtive, elle franchit la distance séparant l'entrée du petit fauteuil de cuir que lui désignait l'abbé en se renfrognant les épaules et en laissant courir sur son front une longue ligne

74

inquiète. Elle avait revêtu une robe à pois noirs et avait ramassé ses cheveux en un chignon semblable à ceux que portait toujours Cora. Ce matin-là, elle s'était donné un air sévère, austère.

Tandis qu'elle prenait place, il ajouta à son trouble:

—Ai vu madame Cora s'en aller à l'épicerie. Monsieur le curé est parti aussi. C'est dire qu'on a deux bonnes heures bien à nous pour jaser... Et qui sait, pour en venir à une entente?

—Je ne pourrai pas être trop longtemps. J'ai beaucoup de travail de correction et de préparation de classe...

—Disons une heure. Et puis... ne disons rien du tout. On va prendre ça comme ça vient. C'est pas la longueur d'un discours qui fait son éloquence. Eh bien, je pense que ça sera pareil pour un entretien.

Elle ne dit rien.

—Parlant de travail, ça va bien à l'école?

—Très bien.

—Vous aimez beaucoup votre travail?

—J'aime bien m'occuper des tout-petits!

—Les enfants doivent vous aimer beaucoup. C'est justement des enfants dont je vous parlerai cet après-midi, Esther. Vous savez que le vicaire est responsable de l'organisation des terrains de jeux. Vous savez aussi que mademoiselle Leblanc qui secondait le vicaire depuis trois ans est maintenant mariée et enceinte, et que l'organisation se retrouve sans personne pour s'occuper des plus jeunes cette année. Monsieur le curé m'a confié le soin de trouver quelqu'un et j'ai pensé à vous. Vous connaissez déjà les enfants de la paroisse. Vous travaillez avec eux. Vous les aimez. Le seul inconvénient, c'est que ça ne paie pas cher.

Elle fit une moue marquant son indifférence. Il reprit:

—Je ne vous demande pas une réponse sur-le-champ... mais je crois que vous êtes la meilleure personne pour ça.

Il ne demandait pas une réponse immédiate et pourtant, il garda un silence qui la força à dire quelque chose:

—Y a sûrement quelqu'un de plus compétent que moi!

—Je ne le connais pas. Des suggestions?

Elle hésita:

—Je... refuse pas tout net, mais il me semble... Sais pas... D'autres feraient mieux l'affaire. Vous en avez parlé à monsieur le curé ?...

—Non, pas encore.

—Alors je...

—Suis sûr qu'il applaudira si vous acceptez.

—Il a peut-être des raisons de préférer quelqu'un d'autre?

—Il m'a rien dit si ce n'est de trouver quelqu'un... Alors...

—Je voudrais lui en parler avant ma réponse.

—Je comprends. Mais... je sais que vous direz oui, car il vous encouragera à le faire.

—Et j'aimerais aussi en dire un mot à maman.

Il pensa que si le curé donnait son approbation, Cora le ferait. Elle était pourtant assez grande pour décider par elle-même et ces avis constituaient moins des manoeuvres dilatoires que la recherche de bénédictions pour sa fréquentation forcée du prêtre tout l'été à l'O.T.J.

Elle en avait assez dit pour qu'il cesse de redouter un refus de sa part. Ses yeux s'enhardirent en même temps que son propos:

—Nous côtoyer cet été va nous permettre de devenir des amis?

Cette parole contraria Esther. Il ne faudrait toucher l'intouchable. Une seule chose était claire depuis l'arrivée du prêtre: elle devait s'en éloigner à tout prix. Pour le reste, elle marchait le plus souvent dans le brouillard.

Chaque fois qu'elle avait pensé à lui dans sa classe, dans sa chambre ou ailleurs, chaque fois qu'elle l'avait rencontré sur le chemin du presbytère, un embarrassant tumulte s'était emparé d'elle. Mais chaque fois aussi, elle tournait sa réflexion vers Luc. Que l'image des cheveux parfois désordonnés du vicaire lui apparaisse sous une rafale réelle ou imaginaire et elle se plaisait à se rappeler la tignasse folichonne de son ami. En venait-elle à revoir par le souvenir ce regard total qu'ils s'étaient échangé à la partie de cartes qu'aussitôt, un ordre impérieux s'emparait de sa conscience, la poussant à se concentrer sur les yeux espiègles de Luc.

Elle ne comparait pas, elle enlevait dans son âme la place qu'y prenait, par sa seule existence, celui qui n'avait pas le droit de s'y trouver et la donnait à quelqu'un qui l'avait. Par un remplaçant, elle évinçait l'intrus. Et cela se produisait à son insu même.

Elle dit nettement:

—Ma décision dépendra de ce qu'en pense monsieur le curé.

—Je comprends... et j'approuve.

—Si j'accepte, je me donnerai à mon travail à cent pour cent.

—J'en suis convaincu.

—Avec tout le travail qu'un prêtre doit faire normalement, je m'en voudrais de vous déranger plus longtemps. Comme je suis débordée d'ouvrage aussi, vaudrait mieux que je parte. Si...

—On est en train de travailler. Si nous devons nous occuper ensemble des jeunes cet été, on ferait mieux de se préparer. Bâtir des projets... partager les tâches.

Ces mots résonnaient étrangement aux oreilles de la jeune femme. Ils avaient l'air engageants, accaparants. Ils étaient de ceux qui appellent la soumission. Ils lui rappelaient ceux du jeune cultivateur qu'elle avait dû éconduire quelques années auparavant.

Elle chercha une réplique pour le remettre à sa place une fois pour toutes, pour qu'il sache que dans un village de campagne, un vicaire ne pouvait agir aussi librement qu'en ville, pour qu'il prenne conscience pour de vrai des barrières les séparant. Mais elle ne trouva que:

—J'imagine que mon travail sera le même que celui de Cécile Leblanc: je m'occuperai des plus petits?

—C'est ça.

Il n'osa dire qu'il envisageait des tâches communes comme de tenir la cantine le soir, arbitrer au ballon-volant, initier les plus jeunes à des jeux de groupe, organiser des expéditions en forêt... Chaque chose viendrait à son heure...

Déçue d'elle-même, elle se mit à chercher un appui autour d'elle. Les choses inanimées donnent parfois du courage. Le premier objet qu'elle interrogea fut un bateau en bois assemblé par des mains habiles, sans doute de Gaspésie. Le prêtre venait de le recevoir dans un surplus de bagages. Un buste grec sur une filière noire refusa aussi de venir à sa rescousse. Les yeux d'une image de la Sainte Vierge ne la regardaient même pas. La lumière du dehors entrait par paquets dans le dos du vicaire.

Ce nouveau malaise la ramena à l'image de Luc. Mais le visage qu'elle voyait malgré elle n'était pas le sien. Il était plus mince, plus rose. Et les yeux étaient bleus, pas noirs. Et le cou portait un col romain...

—Je voulais vous dire: il est bien le jeune homme qui vous fréquente. J'ai eu l'occasion de discuter avec lui et je l'ai vraiment trouvé très bien.

L'échafaudage des pensées de la jeune femme s'écroula. Cette opinion surprenante et le ton désintéressé l'accompagnant lui démontraient à quel point elle s'était trompée sur les intentions du vicaire. Elle se sentit d'un ridicule total pour avoir ainsi douté de lui. Il était prêtre donc un homme de Dieu et elle n'avait cessé tout ce temps de le prendre pour un homme tout court.

Une sorte de pointe de regret lui toucha le cœur. Sans s'expliquer pourquoi, elle pensa à la solitude de sa mère, à toutes ces années d'enfermement derrière les barrières du curé... Et elle tressaillit à l'idée d'y être condamnée à son tour un jour...

Pendant qu'il racontait des événements de la partie de cartes, elle poursuivit sa réflexion, ressaisie.

Elle avait tout déformé dans ses rapports avec lui. Elle ne pouvait maintenant qu'accepter son amitié souriante et attendre le suite. C'est ainsi et pas autrement qu'elle se libérerait de ses réticences et de ses doutes...

Elle sourit:

—Il aime rire et faire des coups.

Le vicaire toussota, se rejeta vers l'arrière. Sa chaise craqua discrètement. Il enchérit:

—On dit que Jules Jolicœur prend ça chaud des fois avec Luc.

—Luc est toujours sur son dos. Mais il lui fait pas de mal.

Et elle interrogea le regard limpide qui se posait maintenant sur elle avec assurance.

L'abbé ramassa un coupe-papier et se tapota la paume d'une main en détachant des mots:

—Luc est un bien brave type.

Elle sourit de nouveau. Puis baissa les yeux sur la pointe luisante de l'objet métallique qui bougeait depuis nulle part jusqu'aux doigts forts du prêtre.

Une légère somnolence s'insinua en elle, courut dans sa tête jusqu'aux épaules qu'elle réchauffa et se perdit par tout son corps en ondes paresseuses... languissantes... étendues...

Elle se sentait bien dans sa peau. Pour la première fois depuis l'arrivée du vicaire à St-Honoré...

* * *

CHAPITRE 7

Elle avait écrit une liste de trente mots sur le tableau noir. Les avait lus, fait répéter par les enfants. Doucement elle dit:

—Maintenant, les amis, vous allez copier dans votre cahier tous les mots où vous verrez ac, oc. Mais il faut que les deux lettres soient collées l'une à l'autre. Vous comprenez?...

—Oui mademoiselle, dirent en chœur les petits.

—Ghislain, vous n'avez pas écouté ce qu'a dit mademoiselle...

L'enfant pencha aussitôt la tête et ne fit plus voir que ses cheveux raides et noirs. Il cacha sa figure dans sa main et se mit à gémir douloureusement pendant que des dizaines de frimousses incrédules l'observaient curieusement.

—Les amis, les amis, dit Esther en espaçant quelques pas vers les enfants, faut regarder au tableau. Ici... Ici... Hélène, Gilles, Mariette... Je vous répète ce que je disais: il vous faut copier tous les mots qui contiennent ac, oc.

Elle écrivit les deux syllabes au tableau. Un gamin faisait la grimace au pleureur; elle lui dit:

—Jean-Luc, Jean-Luc, laissez Ghislain tranquille. Il est malade et c'est pour ça qu'il pleure.

—C'est pas parce qu'il est malade, c'est parce qu'il a perdu la médaille de la tête, dit Jean-Luc en bombant un torse menu qui arborait l'insigne rouge et bleu du premier de la classe.

—Jean-Luc, ne dites pas cela, sinon vous perdrez votre médaille. Ce n'est pas gentil de dire des choses pareilles.

Le gamin en pleurs redoubla d'ardeur. Esther s'approcha de lui

81

avec l'intention de l'emmener à l'extérieur de la pièce. Elle le prit par la main; il se renfrogna.

—Viens avec mademoiselle.

Il se fit encore plus petit. De quoi avait-il peur? Les enfants craignaient tous d'être conduits chez Mère Supérieure et c'est cela qui devait l'effrayer...

—Venez et vous aurez une belle étoile rouge pour votre conduite à votre prochain devoir.

Il la suivit, cherchant à essuyer les larmes de ses joues avec une main mouillée.

Elle marchait le long de la rampe de l'escalier quand elle entendit une porte s'ouvrir à l'étage au-dessous.

—Au revoir et merci, monsieur le vicaire, dirent à pleins poumons et en chœur les élèves de troisième année.

Les jambes d'Esther ramollirent aussi vite que son cœur. C'était la journée de la remise des bulletins, elle le savait, et avait déposé la pile de carnets jaunes dans son pupitre. Mais ce qu'elle n'avait pas prévu, c'est que le vicaire remplace le curé.

Elle vit en plongée le prêtre qui se rendait à la classe de deuxième année. Ça voulait dire que dans moins de quinze minutes, ce serait son tour. L'énervement la gagna. Puisqu'elle se rendait à la chambre de bains laver la figure du petit gars, elle en profiterait pour arranger un peu ses cheveux.

Le miroir lui refléta une image épanouie. Ses pommettes tiraient au rose. Elle passa sa langue sur ses lèvres pour les mouiller puis elle les mordilla pour leur donner de la couleur. Une mèche s'échappait de sa toque. Elle la rattacha avec une pince. Des lueurs chaudes animèrent son regard. Elle oubliait l'enfant qui se consolait à moitié lui-même.

Ses tempes battaient plus fort quand elle retourna à sa classe. Elle s'assit à son pupitre et chercha à combattre son trouble intérieur en s'occupant à diverses choses. Elle vérifia encore une fois l'ordre de ses bulletins. Puis elle ouvrit machinalement son manuel de pédagogie théorique et pratique. Elle en lut un chapitre:

« L'institutrice doit aimer ses élèves: a) parce qu'elle doit cultiver leur âme, et «Dieu a voulu qu'on ne fit aucun bien à l'homme qu'en l'aimant, et que l'insensibilité fût à jamais incapable soit de l'éclairer, soit de lui inspirer la vertu» (Lacordaire); b) parce qu'elle ne pourrait supporter une besogne aussi ingrate par elle-même, si elle n'aimait ni ses enfants ni sa profession; c) parce que les enfants discernent vite la place qu'ils occupent dans le cœur de la maîtresse et qu'ils ne donnent leur confiance qu'à celles qui les aiment. La maîtresse aimera donc ses élèves tous également, pour leurs âmes, sans préférence, sans démonstrations sensibles et amollissantes. »

Elle réfléchit au texte, en chercha les contradictions. Enseigner n'est pas une besogne ingrate, pensa-t-elle.

Une petite fille aux yeux désespérés arriva auprès d'elle avec son cahier qu'elle lui montra. L'enfant avait trop effacé au même endroit et la page était trouée. Dans sa petite tête, elle s'était dit que la maîtresse arrangerait son problème si elle allait lui montrer les dégâts. Esther lui caressa les cheveux:

—C'est pas grave. Mademoiselle est pas fâchée. Vous allez faire un trait là avec votre règle et recommencer plus loin.

La petite sourit et repartit joyeusement.

Esther se remit à la recherche des incongruités de son texte pédagogique. Comment les aimer tous également? Est-il possible d'aimer deux personnes d'égale façon ? Comme si un sentiment pouvait se mesurer avec une balance! N'est-il pas plus souhaitable de les aimer tous tant qu'on peut, un point c'est tout? L'institutrice DOIT aimer ses élèves: comme si l'amour pouvait être un devoir!

Elle murmura pour elle-même:

—Ah! ce qu'on peut nous enseigner à l'école normale!

Elle crut entendre frapper à la porte. Lui déjà? Elle tendit l'oreille. Rien. Mais non; elle aurait d'abord entendu les salutations en chœur des enfants de la deuxième année. Le signal lui était pourtant coutumier.

Elle se mit à fouiner au fond d'un de ses tiroirs où elle trouva un cahier de devoirs du temps de ses études. Un dessin noir de Marguerite Bourgeoys frappait la page frontispice. Puis elle lut avec nostalgie les indications de cette couverture. Nom de l'élève: Esther Létourneau. École: Normale Marguerite-Bourgeoys. Classe: Ste-Thérèse-de-l'Enfant-Jésus. Matière: composition journalière. Elle feuilleta d'abord en diagonale. Puis plus lentement. Enfin, elle s'arrêta à une rédaction sur le printemps, qui lui avait valu tant d'émotions et une si bonne note.

Le cinq avril 1946.

« Ah! printemps, toi que j'ai salué avec joie, tu oses reprendre tes beautés! Printemps de la jeunesse, tu ne satisfais pas mon cœur en couvrant tes champs et tes vallées de neige. Printemps de joie, reviens vite charger les arbres de feuilles vertes et avec toi reviendront les gentils oiseaux. Encore une fois, printemps de vie, viens porter dans nos cœurs ta sève puissante.»

Elle passa sa main sur sa toque pour s'assurer qu'aucune mèche ne s'en était échappée. Et soupira. Le style enflammé de sa rédaction la fit sourire un peu. Les printemps se suivent mais... Elle ne boucla pas la phrase dans son esprit. La date du cahier reprit son attention. Déjà quatre ans! Avec quelle vitesse le temps s'était enfui! Que de choses s'étaient passées depuis 1946! Blanche Lacroix, une compagne d'école normale, était morte en 49 de tuberculose. Et Jeannette Lapointe qui était entrée au couvent sur le tard. Elle pensa à Claire-Hélène Gilbert qui se rendrait à Rome durant les vacances et qui lui avait demandé de l'accompagner. Tiens, mais quelle excuse cela aurait pu être pour décliner l'offre du vicaire! En cette année sainte, un pèlerinage dans les lieux saints ne serait-il pas plus important aux yeux de Dieu et des gens qu'une humble besogne de monitrice aux terrains de jeux ? Après tout, elle exerçait son dévouement toute l'année durant auprès des enfants! Il ne fallait pas négliger la chose spirituelle non plus.

Sa vaine réflexion la fit soupirer encore car, sur les instances du curé, elle avait déjà donné une réponse positive à l'abbé Dumont. Elle se rappela du matin où elle avait annoncé au vicaire son accord. Son assurance tranquille lui avait été pénible. Il avait déclaré connaître d'avance sa réponse: comme s'il n'avait fait aucun cas de ses réticences.

On cognait à la porte. Cette fois, c'était vrai. Esther redressa le buste, se leva. Elle se mordit la lèvre de dépit pour avoir laissé son attention vagabonder dans le passé et les regrets futiles. C'était lui! Elle fut sur le point de demander aux élèves de dire monsieur le vicaire et non monsieur le curé, mais se ravisa. Trop tard. Il l'entendrait à travers la porte. Il s'offenserait peut-être qu'elle le fasse attendre. Ce serait impoli.

Son cœur dansa. Ses yeux s'embuèrent. La main tremblante, elle ouvrit.

Il salua d'un large sourire. Elle répondit d'un signe de tête et d'un timide bonjour.

Il entra d'un pas ferme, tête haute, et se dirigea à la tribune sous les échos hésitants, échevelés d'enfants ne sachant que dire.

—Bonjour, monsieur le curé, entonnèrent la plupart.

—Bonjour, monsieur le vicaire, crièrent d'autres plus haut pour montrer qu'ils savaient...

Penauds, les premiers reprirent:

—Bonjour, monsieur le vicaire.

Esther rougit. Elle eut plus honte encore, quand le prêtre prit place à son pupitre, d'avoir oublié son cahier de compositions ouvert à la page du printemps à côté de la pile de bulletins jaunes. Il ne manquerait pas de lire ces phrases folles et révélatrices de son emportement intérieur. Elle fit un pas pour le soustraire de sa vue, mais changea d'idée. Elle aurait eu l'air de cacher quelque chose. Ça ne se faisait pas... Comment dissimuler devant un confesseur ? L'homme s'indignerait...

Que de gaffes! S'il fallait qu'elle agisse de la sorte un jour de visite de l'inspecteur d'écoles, ses chances de gagner la prime diminueraient. Il était temps qu'elle la gagne, cette prime, pour montrer aux gens que, pour enseigner au couvent, on l'avait choisie pour elle-même et non par les influences du curé.

Sous la surveillance de la maîtresse qui observait tous ses gestes, l'abbé Dumont fit asseoir les enfants. Il promena sur eux un long regard paternel, fouilla dans ses souvenirs, se rappela d'une scène semblable vingt ans auparavant. Il se revit à leur place, à la petite école près de chez lui. En ce temps-là aussi, les prêtres se rendaient distribuer les bulletins. Une fois, il avait été grondé parce que ses notes de catéchisme n'étaient pas suffisantes aux yeux du curé. Devrait-il faire la même chose avec l'un ou l'autre de ces petits? Ils étaient trop charmants. Il n'en aurait pas le courage.

—Mes amis... Parce que je veux que vous soyez tous mes amis... Est-ce que vous acceptez d'être mes amis?

—Oui, monsieur le vicaire, dirent d'une seule voix haute tous les petits.

—J'ai bien hâte de connaître chacun de vous, de constater vos belles notes... Parce que vous devez bien travailler à l'école, n'est-ce pas?... N'est-ce pas que vous travaillez bien?

—Oui, monsieur le vicaire.

—Et puis vous aimez beaucoup votre maîtresse?

—Oui, monsieur le vicaire.

Les enfants regardaient Esther, heureux d'avoir pu lui rendre cet hommage spontané.

La voix mi-espiègle, mi-affectueuse, le prêtre commenta:

—À la bonne heure, vous êtes de braves enfants. Jésus va vous récompenser. Vous ne faites jamais de peine au petit Jésus, n'est-ce pas ?

—Oui, monsieur le vicaire... Non, monsieur le vicaire...

Les coups d'œil qu'il jetait parfois sur le cahier de composition d'Esther étaient trop rapides pour qu'il soit capable de lire. Elle continua à se sentir incommodée jusqu'au moment où il ferma le cahier et le repoussa dans un angle du rebord du pupitre.

—Maintenant, on va procéder à la remise de vos bulletins. Je sais que vous avez tous hâte de voir vos notes. Alors je ne vais pas vous faire attendre. On commence par le premier de la classe... n'est-ce pas, mademoiselle?

Esther fit signe que oui.

—Ah! mais bien sûr: avec d'aussi belles notes!... Donc le premier ce mois-ci: Jean-Luc Blanchette...

Un petit gars aux oreilles décollées sortit de son banc, marcha en gardant ses mains croisées derrière son dos jusqu'à la tribune.

—Mais tu as déjà la médaille, toi! C'est bien, c'est très bien. Très beau bulletin: 97 en français, cent en arithmétique, 98 en dessin... Tu iras loin dans la vie si tu continues d'avoir de si beaux bulletins. Quel est le nom de ton père ?

—Louis Blanchette, dit l'enfant en se tortillant.

—Il fait quoi, ton papa?

—Il fait du ciment... il pose des briques...

—Ah bon! Alors voilà ton bulletin et... je te félicite encore.

L'enfant retourna à sa place. Le vicaire poursuivit:

—Deuxième maintenant: Hélène Beaudoin...

La fillette s'approcha. Il dit:

—Ah! mais toi, je te connais! Tu passes tous les jours à côté du presbytère. Tu restes dans la rue de la beurrerie, n'est-ce pas?

Elle fit un signe affirmatif sans cesser de regarder Esther.

—Et ton papa, Hélène, qu'est-ce qu'il fait?

—Il travaille... aux États. Il tra... vaille dans le bois.

—Ah bon! Mais tes notes sont très belles, toi aussi! Et tu as failli être la première. Peut-être que le mois prochain...

Vidé de ses larmes, le petit Ghislain ne pleura pas quand vint son tour, mais il afficha une moue désespérée.

—Toujours été premier depuis le début de l'année et te voilà troisième: qu'est-ce qui s'est passé? T'as été malade peut-être ?

L'enfant ne répondit pas. Il jeta au prêtre un regard hostile, fit la lippe. Esther et l'abbé échangèrent un coup d'œil: il n'insista pas.

Tout au long de la distribution, elle sentit grandir en elle un sentiment de sécurité. Le vicaire semblait toujours content. Il prodiguait des bonnes paroles à chacun, multipliait les mots d'encouragement. Il aimait les gens sans tricherie, pour de vrai, comme elle. Et cela lui procurait un contentement qu'elle avait du mal à ne pas laisser transparaître dans ses yeux. Dans le silence de son cœur, elle le remerciait au nom des enfants.

Elle inclina la tête et se signa lorsqu'il bénit la classe. Puis elle reconduisit l'abbé jusqu'à l'escalier. Ils se dirent des banalités sur le temps. Après quelques marches, il se retourna et avoua, un peu moqueur:

—Vous me pardonnerez d'avoir lu votre petite rédaction sur le printemps; je m'en suis rendu compte, c'était déjà fait.

Embarrassée, elle releva la tête pour fuir ce regard qu'elle trouvait maintenant impudent. Rougissante, elle balbutia:

—Comment avez-vous fait? Vous avez si vite fermé le cahier.

—Une technique de lecture rapide apprise au séminaire.

—Oh, vous savez, ce qu'une adolescente peut écrire!... Je m'en souvenais même pas...

—Mais c'était très bien! Soyez assurée que j'ai trouvé ça très beau. Ça dénotait beaucoup de talent. Bon, évidemment qu'on écrit pas à dix-huit ans comme à vingt-deux... Mais je crois que vous devriez continuer d'écrire. Vous le faites ?

L'impatience monta en elle.

—Les petits commencent à s'émoustiller, vous m'excuserez.

Il fit un rire bruyant:

—Faudrait en reparler, Esther, faudrait en reparler.

Elle ne répondit pas et retourna auprès de ses élèves.

Chaque semaine, le prêtre posait un nouveau geste pour s'immiscer dans sa vie privée. Elle y mettrait un frein, même si elle devait se montrer brutale.

* * *

CHAPITRE 8

Il arriva au magasin général plus tôt que d'ordinaire ce soir-là. Il avait pris l'habitude de s'y rendre une heure après le souper pour y attendre en compagnie des badauds du village la fin du dépouillement du courrier.

Il ajusta ses gestes au temps supplémentaire dont il disposait et il en profita pour examiner les lieux plus à loisir. Pour la première fois, il remarqua les écritures en grosses lettres rouges disposées en arc de cercle dans les deux vitrines. Dans celle de gauche: BUREAU DE POSTE et POST OFFICE. Dans celle de droite: SALADA. Dans l'entablement là-haut: 1901. La même date de construction frappait aussi la devanture de la grosse voisine, l'église revêtue de la même tôle grise et bosselée. Par l'apparence, les deux bâtisses donnaient des signes de parenté. Comme si le magasin avait été revêtu des restants de la tôle de l'église...

Le vicaire entra, s'arrêta un moment derrière le comptoir du centre. Devant lui, un étalage de balais jaunes, faisceaux en l'air, bouchait la vue du côté du comptoir des femmes. De là lui parvinrent des voix pointues; il n'y porta aucune attention.

Déjà sur place, plusieurs loustics formaient deux rangs, les uns adossés au comptoir central, d'autres assis sur celui des marchandises sèches. Le ton changea, s'amenuisa lorsqu'on vit le jeune prêtre s'approcher dans l'allée. Il était devenu familier avec les flâneurs du magasin et il les saluait maintenant comme s'ils avaient gardé les cochons ensemble.

Les recommandations du curé n'avaient pas fait long feu et

son naturel sociable et bon enfant avait repris le dessus dès ses premiers contacts avec les paroissiens. Malgré ça, le respect du prêtre demeurait et une soutane commandait que l'on change ses attitudes, ses façons de parler et de s'asseoir.

—Bonsoir, monsieur le vicaire, cria Luc plus haut que tous les autres. Venez vous asseoir... Y a une place là, à côté des caisses de biscuits... Si le petit Beaudoin peut se redresser les flancs un peu. Herman, t'es pas dans ta chambre, ici; relève-toi...

L'enfant sortit vivement sa main de la boîte, se jeta d'un bond sur le plancher de bois et courut vers la sortie. Luc l'attrapa au passage.

—Mon petit venimeux! T'avais encore les mains jusqu'aux coudes dans les biscuits, hein? La prochaine fois, je te coupe les oreilles ha ha ha.

Les yeux agrandis par l'affolement, l'enfant regardait tour à tour le vicaire et son geôlier. Le fils du marchand n'aurait pas voulu faire de mal au petit pour tout l'or du monde. Ni même lui faire trop peur. Il le serrait contre lui juste assez pour l'empêcher de s'enfuir mais pas au point de lui causer une douleur quelconque. Il lui dit d'un ton rassurant:

—C'est promis ?

Les yeux de l'enfant rapetissèrent pour ne devenir que de toutes petites billes entre des paupières nerveuses, sous de longs cils battants. Il fit un léger signe affirmatif.

Dans un grand éclat de rire, Luc lui redonna sa liberté:

—T'as eu peur, hein, petit suisse!

L'enfant s'enfuit en criant:

—Non, j'ai pas peur... non, j'ai pas peur...

L'abbé s'adossa au comptoir, à la place du gamin, entre les boîtes de biscuits et une grosse balance à plateaux.

—Si vous avez envie d'un biscuit, monsieur le vicaire, vous gênez surtout pas. D'abord, tout le monde met son nez dans les boîtes quand c'est pas les mains. Y en a plusieurs sortes: chocolat, au thé, planches à laver, village...

Le prêtre haussa les mains pour remercier:

—Non, j'ai mangé comme un prince il y a moins d'une heure.

En même temps, il aperçut la silhouette familière d'Esther au comptoir des dames. Il s'empressa d'ajouter:

—Madame Létourneau est un cordon-bleu. Le meilleur de la paroisse, paraît-il.

Esther en eut le souffle coupé. Elle échappa la planchette de dentelle qu'elle était à examiner. De la guimauve avait envahi ses jambes quand Luc avait accueilli le prêtre; elle avait mis cet émoi sur le compte de sa voix. Mais voilà que l'abbé jetait le nom de sa mère dans la conversation. Il l'avait fait exprès pour qu'elle entende. Qu'oserait-il encore? Lui crier: «Bonjour mademoiselle Létourneau». Ou pire: «Bonsoir Esther»?

Un vieil homme cracha de côté vers la grille de la fournaise. Un coin de la bouche retenue, il plaisanta en levant un pouce discret en direction du comptoir des dames:

—Pas trop fort, sa fille est là.

Le vicaire sourit sans mot dire.

Une histoire de pêche inachevée se remit à rouler dans l'air bleu empesté d'une forte odeur de tabac. Luc donna la réplique au conteur. Le prêtre ajouta son grain de sel.

Derrière le comptoir, de son pas rapide et claudiquant, une demoiselle d'un certain âge s'amena auprès d'Esther. Elle tenait sous le bras un rouleau de gabardine.

—Comme je vous le disais, c'est ce que j'ai de plus pratique. Ça se nettoie bien et ça tient pressé...

—Quel prix?

—Une et quatre-vingt-neuf la verge.

—C'est le moins cher... je veux dire le plus cher? fit la jeune fille distraitement.

—Pour faire la jupe que vous voulez, c'est ce que y a de mieux. Comme de raison, je peux vous offrir autre chose...

La vendeuse se mit à parler sans arrêt.

C'était une femme dans la quarantaine avancée, qualifiée de vieille fille involontaire. Rien n'allumait plus d'étincelles dans son regard que l'annonce d'un mariage. Elle se basait sur ses ventes de ouate et de coton à fromage pour savoir avant tous quelle femme de la paroisse était enceinte. Aucune nouvelle ne lui échappait. Et pourtant, de toute sa vie, elle n'avait jamais eu le moindre mauvais mot à l'égard de qui que ce soit et n'avait rien de la chipie de village. Un rien la faisait rire; un rien l'attristait. Un grand coeur de Grégoire

Esther avait l'esprit ailleurs. Elle accepta la suggestion sans même se rendre compte. C'était peut-être le moment de remettre les choses à l'ordre. Comme d'étirer le temps et d'attendre jusqu'à la distribution du courrier pour donner à Luc l'occasion de la reconduire au presbytère. Ainsi, elle ne risquerait pas que le vicaire cherche à l'accompagner et les gens sauraient que...

Sans s'arrêter de caqueter, la vendeuse entreprit de mesurer le tissu.

—Une verge et demie, une verge et trois quarts... Tiens, y a une manque dans le matériel. C'est déplaisant! Je me demande s'il va en rester assez...

Il n'y avait plus qu'une verge après le défaut de fabrication. Elle se désola davantage:

—C'est de valeur, hein! Ah, vous pouvez toujours prendre le bout avec la manque. Je vas vous ôter quelque chose... Qu'est-ce que vous en dites? Trente pour cent d'escompte, ça ferait?

Esther acquiesça, songeuse.

Un gamin au visage rouillé, à incisive mal posée, sauta du comptoir central en s'écriant:

—La malle arrive, la malle arrive.

Il se précipita dehors. D'autres garçons suivirent. Les enfants rentrèrent. Chacun tirait sur le plancher un gros sac de toile grise. Après le dernier, suivait le postillon. Il s'arrêta sur le pas de la porte pour reprendre son souffle. L'homme transportait un petit paquet et un sac à l'air vide. Il reprit péniblement sa route en direction du bureau de poste.

—Grosse malle aujourd'hui, Blanc! s'exclama la vieille demoiselle.

L'homme s'arrêta à nouveau, plus pour chercher désespérément de l'air que pour engager une conversation. Il tourna son visage étique vers les deux femmes et haleta sur un ton éteint:

—Je pense, Bernadette, que pour moi, ça va être une des dernières. Pis peut-être même LA dernière.

Bernadette esquissa un mouvement de recul, mais cette phrase du condamné le lui fit retenir.

Le chuintement des sacs sur le bois usé renforça l'indiscrétion du silence lourd répandu par tout le magasin. Chaque soir depuis une dizaine de jours, depuis que Blanc avait dû se mettre à s'arrêter un peu partout pour ne pas étouffer, on surveillait les progrès de son mal. Et un respect pesant chargé parfois de curiosité morbide émanait des assistants et allait quérir le tuberculeux au seuil de la porte et l'y reconduire. Car sitôt les sacs rendus au fond du magasin dans l'enclos du bureau de poste, Blanc retournait chez lui, guidé par une détermination de plus en plus chancelante.

Comme il n'allait attendre le courrier qu'après le départ du postillon, l'abbé Dumont n'avait pas revu Blanc depuis le soir de son arrivée.

Il se souvint avoir alors pensé que nul homme ne pouvait paraître plus malade et tenir encore sur ses jambes. Près de trois mois s'étaient écoulés depuis ce jour-là.

Perdu sous un large chapeau gris, le visage sec du malade était maintenant tout à fait décharné. Sous des arcades sourcilières coupantes, sortis de leurs trous charbonneux, deux yeux désertiques n'exprimaient plus rien d'autre qu'une sorte de résignation fatiguée. Il toussotait parfois faiblement. Quand sa poitrine lui faisait mal, il laissait faire. Le courage lui manquait pour provoquer une toux qui le libère pendant quelques minutes au moins.

Sidéré, le prêtre cherchait les mots, les gestes pour briser cette scène morne. Mais il ne trouvait pas. Un flot de paroles incongrues restait coincé dans sa poitrine. Luc avait perdu son air joyeux et frondeur; lui aussi regardait d'un œil inquiet le spectacle navrant d'un homme au bord de la tombe.

C'est l'aveugle du village qui vint à la rescousse sans le savoir et les délivra tous de l'hébétude collective. Il entra bruyamment, canne oblique devant lui, s'empêtra dans les balais, recula en grognant et finit par trouver l'allée qu'il voulait emprunter, celle du comptoir des dames toujours plutôt déserte le soir. Quand il sentit qu'il était sur la bonne voie, il changea sa canne de main, la mit en biais de côté pour qu'elle touche le comptoir et ainsi le guide au beau milieu de l'allée.

La canne pianota d'un pied de fer à l'autre. Blanc recula d'un pas. Esther s'était avancée entre deux tabourets.

—Bonsoir monsieur Lambert! s'exclama Bernadette, la voix condescendante.

—Ouais, salut! grommela l'aveugle mal remis de son entrée fracassante, pressé de poursuivre sa route vers le bureau de poste et d'y trouver libre sa place d'attente qu'il y occupait chaque soir depuis vingt-cinq ans.

Hagard, Blanc lui emboîta le pas.

La rumeur renaquit du côté des hommes. Esther se reprit d'attention pour le tissu et ses arrière-pensées de provocation.

Luc se rendit au bureau de poste pour y aider son père à dépaqueter le courrier.

L'abbé aperçut au fond de la place, en haut du large escalier central une statue du Sacré-Cœur au pied de laquelle brûlait une bougie plantée dans un godet rouge. Des reflets fugitifs allaient se perdre jusque sur une vieille affiche vantant les mérites d'un tabac à pipe. Picobac était écrit en grosses lettres à côté d'une tête souriante tirant sur une pipe moderne. Le mur du fond que longeaient deux escaliers latéraux, était pavoisé de ces pancartes qu'y posaient eux-mêmes les voyageurs de commerce. Camay, Shell et Live Savers y voisinaient allègrement.

Le prêtre regretta que cette publicité fasse perdre de sa majesté au style presque victorien de l'ensemble. Comble de mauvais goût, les marches étaient encombrées de cruches de vinaigre, de chaussures d'hiver et de caisses de bouteilles.

Cette exploration distraite elle-même lui permit d'apercevoir Esther et Bernadette qui montaient les escaliers pour se rendre à la mezzanine. Les flâneurs étaient trop occupés par leurs propos pour avoir remarqué la disparition des deux femmes. Dans quelques minutes, mine de rien, il se rendrait à son tour au deuxième étage et jetterait un coup d'œil sur les souliers. Il y croiserait Esther, lui parlerait de projets à penser pour les terrains de jeux: discussion urgente selon lui. Et si l'occasion s'en présentait, il la raccompagnerait au presbytère après le dépouillement du courrier.

Esther tressaillit quand elle vit l'abbé là-haut près du rayon des chaussures. Mais elle n'en fut pas surprise. Au fond d'elle-même, lorsqu'elle avait demandé à la vendeuse pour voir de la marchandise qu'elle savait se trouver au deuxième étage, un pressentiment l'avait avertie qu'il se passerait quelque chose.

Elle comprit que ses desseins étaient en voie de se réaliser et que le vicaire aurait sur le nez la chiquenaude méritée.

—Si c'est pas monsieur le vicaire! s'exclama Bernadette.

—En personne, comme ils disent à la radio.

Elle prit un ton scandalisé:

—Vous avez vu le Blanc Gaboury? C'est-il assez terrible, vous pensez pas?

—Il est très malade.

—J'appelle pus ça malade, moi! On dirait pas qu'il est à la veille d'entrer dans son tombeau, on croirait qu'il vient d'en sortir.

—Le pauvre homme en a pas pour longtemps.

—Pouvez-vous m'expliquer pourquoi il travaille encore.

—C'est un homme de grand courage...

—C'est beau le courage, mais c'est dangereux, la tuberculose: ça s'attrape, tout le monde sait ça. À sa place, moi, je resterais à la maison. Pas vous?

—Qu'est-ce qu'on ferait si on était condamné à mourir dans quelques semaines?

Bernadette se frotta les bras pour en ôter les frissons:

—Parlez-moi pas de la mort, ça me fait mourir!

—Ah! faut y penser! Peut-être que vous et moi serons les premiers à être enterrés.

—En tout cas, si on meurt de consomption, on sera pas les premiers.

—Moi, je ne crains pas cette maladie.

—Vous devez savoir que les microbes, ça existe? Puis le Blanc, quand il parle, il postillonne tout le temps... Ha, ha, ha, le postillon postillonne: vous trouvez pas ça drôle? En réalité, c'est pas drôle parce qu'avec les microbes de la consomption, on rit pas.

Le vicaire plongea une main dans un soulier luisant et il le fit tournoyer sans porter trop d'attention aux propos de Bernadette. Il jeta distraitement:

—Vous savez, une saine alimentation, des vêtements chauds

et des exercices physiques tiennent à distance le bacille de Koch...

—Le quoi?

—Le bacille de Koch... le microbe de la consomption...

—Ah oui... Ah, c'est sûr que si j'avais eu à l'attraper, ça fait belle lurette que je l'aurais «poigné» ce microbe-là. Mon frère est mort en 46 de cette maladie-là. J'en ai eu soin jusqu'à la fin. Je l'ai vu qui se crachait les poumons dans la bassine. Je vous dis que c'était pas trop drôle à voir...

—Vous avez d'autres souliers de cette grandeur mais noirs?

—Mais oui! Un petit peu plus loin par là-bas. Laissez faire, je vais vous les trouver.

Elle se mit à ouvrir les boîtes et à examiner les chaussures. Débarrassé d'elle, il s'approcha d'Esther. Il souriait d'aise d'avoir pu s'isoler avec elle. Le reflet d'une ampoule jaune glissa sur la vague de cheveux qui pointait vers le ciel au milieu de son front.

—Bonsoir vous.

—Bon... soir.

—Les vacances arrivent à grands pas et nous ne nous sommes même pas encore assis pour établir les grandes lignes de notre travail d'été. Deux paresseux!

Elle poursuivit son exploration d'un tiroir rempli de cartes de boutons, les alignant les unes à côté des autres sur le rebord du comptoir, comparant les couleurs avec un échantillon de gabardine.

—Je ferai la même chose que mademoiselle Leblanc...

—Ce qui veut dire?

—Je l'ai rencontrée; elle m'a tout expliqué.

—Bon, j'aimerais qu'on m'explique à moi aussi. Je serai aussi nouveau que vous dans cette tâche.

—Vous auriez dû faire comme moi et vous renseigner.

—C'est justement ce que je suis en train de faire.

—Ai dressé une liste de tâches que je vous donnerai.

—Pourquoi ne pas faire nôtre le plan de travail?. Par exemple, nous pourrions collaborer pour certains travaux...

—Vous pourrez juger vous-même à partir de la liste.

Dérouté, l'abbé tenta une manœuvre:

—Luc me disait qu'il pourrait venir nous donner son coup de pouce le soir après la malle.

—C'est moi qui le lui ai demandé.

Bernadette coupa court au malaise grandissant. Une paire de souliers à bout de bras, elle s'écria:

—J'ai trouvé, monsieur le vicaire. En plein ce qu'il vous faut.

—Je voudrais les essayer.

—Asseyez-vous là pis essayez-les!

Elle mit les souliers par terre au pied d'un tabouret et retourna auprès d'Esther, une dizaine de pas plus loin.

L'affaire des boutons fut conclue et la jeune fille reprit le chemin de l'escalier. Elle dit au vicaire en passant:

—Ils font, les souliers?

—Ils me font mal là derrière.

—C'est pas grave: vous les casserez.

Et elle s'éloigna.

Bernadette finit de ranger les boutons en demandant au prêtre ce qu'il pensait des chaussures.

—Vous avez un point plus grand ?

Elle sortit d'autres boîtes, d'autres souliers au cas où...

—Pas dans le noir.

—Bon, je vas porter mes vieux encore une semaine ou deux.

—Ça me fait de la peine.

—Pas grave, je reviendrai!

—À votre service, monsieur le vicaire.

Dès son arrivée au comptoir, Esther fut interpellée par une voix mielleuse. Venue quérir son courrier, Ida l'avait vue descendre:

—À soir, je vous garde avec moi une demi-heure, ça fait trop longtemps que j'ai envie de vous parler.

—Je vous écoute.

—Je voulais vous parler de monsieur le curé... Vous savez comme moi que cette année, la plupart des curés de la province de Québec iront à Rome. Pis moi, je pense que monsieur Ennis mériterait ben ça, lui aussi, d'aller en pèlerinage de l'autre côté. Mais il en parle pas... Est-ce qu'il en a soufflé un mot devant vous au presbytère?

—Vous savez, c'est pas parce que je vis au presbytère que je vois les prêtres plus souvent que vous.

—Monsieur le curé, si on lui pousse pas dans le dos, partira pas de lui-même pour Rome. C'est pour ça que J.O. pis moi, on veut former une délégation qui va lui demander d'aller nous représenter au Vatican.

Ida finissait à peine son exposé que le vicaire descendit à son tour l'escalier central; elle blêmit.

Esther donna des explications qui augmentèrent la suspicion:

—J'attends mademoiselle Grégoire qui doit finir de ranger les boîtes de chaussures là-haut, et on en parlera à trois.

Prise d'une hâte soudaine et incontrôlable, Ida s'excusa en consultant sa montre:

—Déjà sept heures! Faut que je me rende voir madame Boulanger avant que... qu'elle se couche.

Sans plus, elle sortit d'un pas précipité.

Au bureau de poste, Luc et son père finissaient de dépouiller le courrier.

—Presbytère! cria le jeune homme.

Il mit entre les mains de l'aveugle le contenu d'un casier.

—Monsieur Bellegarde, fit-il ensuite en répétant le même geste.

—Et votre courrier à vous, monsieur Lambert, dit-il en répétant une troisième fois le même manège.

L'aveugle classa les trois paquets de courrier dans chacune des poches de son sac. En tâtonnant dans le coin, il retrouva sa canne et partit, fendant d'une épaule ferme l'attroupement qui bloquait le passage. Il remit sa canne en position oblique, fit une vingtaine de pas. Le vicaire l'interpella:

—Une minute, monsieur Lambert, on va vous accompagner, mademoiselle Létourneau et moi. Après tout, on va tous les trois au presbytère.

Adossée au comptoir, Esther attendait, son paquet sous le bras, tandis que Bernadette mettait de l'ordre dans ses rayons.

—Allez sans moi; j'attends Luc, dit-elle en souriant.

—On vous attend quand même: on va marcher à quatre.

—Luc sera pas prêt avant un bon dix minutes.

L'aveugle tâta le vicaire, lui trouva le bras et l'empoigna solidement. Il conclut:

—On y va mon révérend?

—Donnez-moi la malle, ça vous évitera d'aller au presbytère.

—J'sais que c'est de bon cœur que vous me dites ça, mais les ordres de monsieur le curé sont clairs: je dois moi-même lui porter le courrier chaque jour que le bon Dieu amène... Pis ça, soir et matin. J'vous offense pas toujours, là?

—Mais non, voyons !

Tiré par la manche, conduit par l'aveugle, le vicaire haussa les épaules en passant devant Esther.

—Bonsoir, fit-il.

—Bonsoir, répondit-elle avec un mince sourire.

Chemin faisant, l'abbé parla des nouvelles du jour.

—Paraît qu'on aura la télévision dans deux ans. Ils l'ont dit à la radio aujourd'hui. J'ai hâte de voir si les journaux en parlent.

L'aveugle s'étouffa de rire:

—La télévision? J'y croirai quand je la verrai, pas avant!

* * *

CHAPITRE 9

Le prêtre n'était pas de sitôt parti qu'Esther se sentit lasse, un peu amère.

Les uns après les autres quittèrent les lieux avec leur courrier. Quelques retardataires vinrent quérir le leur. Le magasin désert et presque silencieux lui parut triste. Il ne restait qu'un relent singulier combinant les odeurs de tabac et de sueurs mâles. Des volutes bleuâtres flottaient dans l'air, donnant une coloration terne aux pièces de tissu empilées dans les rayons. Esther chercha à humer son propre parfum, mais ses vêtements étaient imprégnés des senteurs douteuses et parfois un peu troublantes d'un lieu d'abord bâti pour les hommes.

Pampalon quitta le premier l'enceinte du bureau de poste. Il salua Esther, s'en approcha. Homme dans la cinquantaine, de taille moyenne, solide, trapu, il avait la nuque puissante et beaucoup de coffre. Il parla sur le ton de la confidence:

—Savez-vous ce que j'ai lu tantôt, juste après le souper ? C'est la jeune fille qui dit à une amie: « Si tu savais comme Bertrand est intelligent et réfléchi. Il a toutes les qualités. Tandis que Luc, lui, en a aucune. Mais bon Dieu, comme il me repose de Bertrand! »

Et il éclata d'un rire considérable qui heurta chaque marche des escaliers pour aller se perdre aux confins du second étage.

Esther rit poliment. L'anecdote tombait mal à propos et lui faisait prendre conscience encore plus qu'en face d'elle se trouvaient deux hommes: Luc et le prêtre. Mais elle ne voulut pas

101

s'en dire plus et elle chassa de son esprit cette pensée.

Luc arriva.

—Quelle histoire papa vient-il de te raconter? demanda-t-il.

—Mon gars, tu comprendrais pas; t'es trop jeune, dit Pampalon avec malice en tournant les talons sur un autre rire sans retenue.

Puis il lança de loin:

—Luc, tu reviendras par la cuisine, je vas fermer le magasin assez de bonne heure à soir...

Luc se pencha vers Esther qu'il prit par le bras:

—On y va? Donne-moi ton paquet, je vais l'apporter... Ma tante a pu trouver ce que tu voulais? Le choix est pas à son meilleur ces jours-ci. Ma tante se néglige un peu. Elle est pas allée faire d'achats à Québec depuis trois semaines.

—J'ai eu du beau. Suis contente. Tu verras...

—J'en doute pas une seconde! Ton goût est légendaire...

—Légendaire?... À vingt-trois ans?...

Ils quittèrent le magasin et marchèrent sur le trottoir, côte à côte sous un ciel presque éteint. Des rayons obliques venus d'un ouest rosé s'évanouissaient dans un dôme gris où des petites flammes jaillies de l'univers s'allumaient sans ordre. Le jour avait bâillé longtemps avant de fermer son œil rouge. Et la nuit hésiterait encore de bons moments avant de dévoiler ses charmes agréables.

—Belle et longue journée aujourd'hui...

Elle approuva d'un signe de tête.

—Quand je dis longue, je pense à la clarté du jour. Le 22 juin s'en vient à la course.

—Pis moi, ça me pèse sur le dos!

—Comment ça? Les vacances commencent et tu te plains ?

—C'est ce travail de monitrice... J'ai peur de pas aimer ça.

—Là, j'comprends pas. Comme si tu disais que t'aimes pas faire l'école.

—Pas du tout la même chose!

—T'aimes pas les récréations ?

—J'ai peur de ne pas trop m'entendre avec le vicaire.

—Mais t'es folle!... C'est le meilleur gars du jour. Tout le monde l'aime. Un gars de notre âge. Il se mêle au peuple, lui...

—Moi, je... l'aime pas.

—Qu'est-ce qu'il t'a fait?

—Rien ! Mais...

—Mais quoi ?

—Il... il m'est pas sympathique, c'est tout. Il est pas comme les autres. Il se conduit pas assez en prêtre.

Luc rit à la manière de son père.

—Pis comment veux-tu que ça se conduise, un vrai prêtre?

Elle haussa les épaules. Ils passèrent devant l'église.

—Cécile Leblanc est chanceuse s'être mariée. Elle aura pas les problèmes qui me pendent au nez.

—On peut toujours faire pareil, dit-il, pince-sans-rire.

Le sérieux de sa phrase embarrassa la jeune femme:

—Non... Ben, je veux dire... suis un peu jeune pour penser au mariage... Toi aussi, non?

—La plupart sont mariés à nos âges. Pense tes compagnes de classe du temps que t'allais au couvent... Lise Boutin, Dolorès Tardif, Marcelle Champagne, Evelyne Pelchat.

—Thérèse Veilleux, Fernande Jacques, Cécile Vaillancourt... pis les autres. Je sais, je sais. Mais c'est pas une raison, parce que les autres sont mariés....

—Je disais ça comme ça... pour parler... Malgré que... à ben y penser... pourquoi pas? Y a personne dans la maison rouge derrière le magasin; on pourrait rester là en attendant. Pis dans quelques années, suivant les décisions du père, on s'installera dans la grande maison ou on s'en fera bâtir une neuve... Le magasin va me revenir. Tu pourrais continuer à faire l'école... Ou travailler au magasin avec ma tante Bernadette. Ou rester à la maison pour.. élever les enfants.

Esther rougit, balbutia:

—Suis un peu... jeune. J'ai rien de prêt... pas de trousseau. Faudrait y repenser, en reparler...

Pour accepter de se marier, il lui faudrait autre chose qu'une simple amitié pour Luc. D'un autre côté, elle se demandait si elle ne confondait pas amour et amitié. Ce bien-être, cette sécurité qu'il lui apportait n'étaient-ils pas la meilleure garantie de bonheur?

103

Avait-elle seulement une fois essayé de rêver à lui, de se laisser toucher les mains ?... Il ne l'avait même pas encore embrassée; elle n'aurait pas accepté avant les fiançailles.

Comment s'y retrouver dans tout ça? Il fallait gagner du temps. Elle ne pourrait apprendre à l'aimer... en essayant fort? C'est ça, elle essaierait durant l'été. Elle devrait peut-être favoriser un rapprochement physique. Un chaste baiser lui en apprendrait peut-être plus que des semaines de réflexion? Se laisser embrasser comme ça, sur la rue? Pas question. Sur la galerie du presbytère où ils passaient souvent des heures? Encore moins! S'il fallait qu'un des prêtres les surprenne. Où être à l'abri des regards? Il était si peu entreprenant. Et c'est pour ça qu'elle aimait sa compagnie: Luc était un inoffensif copain. Elle se surprit à dire:

—Si tu veux en jaser, on ira aux fraises ensemble dimanche.

—Bonne idée!

—Y en a de belles talles sur le terrain de la fabrique derrière le cimetière. On pourra réfléchir entre-temps.

—Espérons qu'il fera beau !

—Il fera beau.

—Ça te dirait quelque chose d'aller au théâtre dimanche à St-Georges? Rita Hayworth et Glenn Ford... *Les amours de Carmen.*

Elle rejeta la tête en arrière, aspira profondément:

—Comme l'air est pur en juin!

—Et pour le théâtre?

Elle jeta regard énigmatique vers le presbytère:

—Sûrement!

* * *

Sa chemise de nuit l'entortillait, la comprimait. Dix fois elle dut soulever son corps et tirer sur le tissu. Le sommeil refusait obstinément de la prendre. Une angoisse rôdait, la tenaillait.

De la clarté lunaire coupait la chambre en biais, s'insinuant jusque sous les paupières closes.

L'impatience eut raison de sa volonté. Elle laissa libre cours enfin à des pensées sauvages.

Qu'était-ce donc, ce trouble intenable qui s'emparait d'elle chaque fois qu'elle se trouvait en présence de l'abbé Dumont ? Une idée folle traversa son esprit et s'échoua au fond de son cœur.

«Cette façon de la rechercher qu'avait le prêtre et qu'elle détestait, dont elle se défendait tant, n'était-ce pas ça le sentiment amoureux?» «Quelle sotte suis-je donc! Comme si un prêtre était un homme comme les autres! Comme s'il avait le droit de... Comme s'il pouvait...» «C'est Luc que je vais aimer, que je dois aimer...»

«Qu'est-ce qu'aimer? C'est se sacrifier pour l'autre: voilà ! Pour une femme, c'est donner le meilleur de soi-même à un homme... sans penser à soi. Mais s'il fallait que Luc soit pas l'HOMME... le bon. Et pourquoi? Il est généreux, jovial, plein de vie, travailleur. Et assez beau garçon... Cheveux noirs et drus, regard foncé, mais tendre et espiègle... Pourquoi pas lui plutôt qu'un autre?... Et qui d'autre?...»

«Et si j'entrais au couvent? Ciel assuré. Amour du Seigneur... Chemin tracé... Vérité... Paix... René... l'a, lui, la sérénité. Vie tracée d'avance dans la voie du Seigneur. René: que ça fait jeune comme prénom!»

Elle s'endormit d'un sommeil nerveux, tiraillé par des contradictions. Les mêmes visages et les mêmes idées apportaient tour à tour joie et inquiétude. Luc, René, le Seigneur dansaient dans son rêve, tournoyaient jusqu'à se confondre...

* * *

La jeune femme ajusta un rouleau de feutre dans ses cheveux puis enfonça un grand chapeau de paille sur sa tête. Quand Cora vit sa fille dans une de ses vieilles robes d'organdi, elle s'enquit:

—Tu vas aux fraises?

Esther acquiesça d'un léger sourire.

—Seule ?

—Avec Luc.

La femme grimaça. Elle regarda la porte qui menait aux appartements des prêtres, chuchota:

—Tu devrais pas... Monsieur le curé aimera pas ça.

—Monsieur le curé dira pas un mot. Il sera même content. Il connaît Luc. Il me connaît...

—C'est pas qu'il a pas confiance en vous deux, mais c'est pour éviter les cancans. Tu sais comment sont les gens?

—Maman, on est en 1950! T'as l'air de l'oublier. Aller aux fraises avec son cavalier, tout de même!

Cora secoua la tête. Des rides réprobatrices apparurent sur son front mais elle ne s'objecta pas davantage. Où allait donc cette nouvelle génération? Elle se taisait sur la question, mais elle trouvait les jeunes arrogants. Encore quelques années et ils défieraient carrément l'autorité. Souvent elle déplorait le ton que prenait parfois Esther pour parler au curé. Et elle frémissait d'entendre parler de ces travailleurs qui refusaient d'obéir à leurs patrons comme ça s'était produit à la grève d'Asbestos. Elle retourna à ses chaudrons en ravalant ses humeurs.

Quand Esther entendit Luc accrocher sa bicyclette à la garde de l'escalier, elle sortit pour éviter de nouvelles objections.

Ils prirent la direction du cimetière, chacun tenant un pot vide sous un bras.

* * *

J.O. piochait depuis une heure sur un nouveau poème. Il souleva la tête:

—Mon meilleur à coup sûr! Jamais été autant inspiré. Probablement parce que c'est dimanche... La grande tranquillité... le...

Il s'interrompit. Ses yeux détaillaient Ida de la tête aux pieds.

—Je sens que mon inspiration va pas durer. Où c'est qu'elle s'en va, attriquée comme ça?

—Aux fraises, MONSIEUR!

Il sursauta:

—Depuis quand on se mêle d'aller aux fraises des champs quand le médecin a son fournisseur de fraises de jardin?

—Depuis quand un soigneur public se mêle de faire de la versification quand y a des vrais poètes dans des centaines de livres?

—Ça ne regarde que moi.

106

—Que j'aille aux fraises itou!

—C'est pour ça que madame Boulanger appelait tout à l'heure? Vous y allez à deux?

—Je vais aux fraises parce que j'ai le goût de manger une tarte aux fraises des champs. Voilà pourquoi!

—En ce cas-là, c'est beau, dit-il en la toisant de la tête aux pieds. L'énergie dépensée à ramasser des fruits compensera pour les calories de la tarte.

Elle lui adressa le perfide sourire du chantage et il le reconnut:

—J.O. encore une critique sur ma ligne et il y aura ration ce soir... Qu'est-ce qui se passe le dimanche soir? Ration, on sait ce que ça veut dire?...

—J'ai rien dit... rien du tout.

Il se recala dans son fauteuil, crayon à l'attaque, mine sérieuse.

Ida se hâtait. Elle arriva au pas de course au cimetière. Elle fouina un peu, trouva sur le lot mal entretenu quelques fraises rouges qu'elle ramassa. Mais elle n'y resta pas. Une incessante bougeotte la menait d'un endroit à l'autre entre les monuments et les croix de bois. Elle ne s'arrêta qu'au moment où elle aperçut Esther et Luc accroupis à l'autre bout du champ voisin à côté d'un grand bocage noir.

Alors elle se précipita au meilleur point d'observation et s'embusqua derrière un ange de pierre où elle s'agenouilla pour cueillir quelques fruits qu'elle mangeait à mesure, distraitement.

—J'ai fini ma talle, dit Luc en montrant un pot à demi rempli.

—Moi aussi.

—Penses-tu que ce serait meilleur de l'autre côté du bois?

—Oui. L'année passée, c'était mieux là-bas.

—On y va?

—O.K.

Ils marchèrent entre les arbres et s'arrêtèrent au milieu de la pinède et s'assirent l'un devant l'autre sur un rocher moussu. Le calme était bon. Des genêts en fleurs embaumaient l'air doux. Il ramassa un cône, l'écailla. Un résidu de galipot lui souda la pomme de pin au doigt. Malgré les secousses de sa main, il n'arrivait pas

107

à s'en débarrasser. Esther lui prit le bras et extirpa le végétal qu'elle jeta sur le sol. Puis elle releva la tête et les yeux sans s'éloigner ni lâcher la main.

Le jeune homme sentit que la barrière de l'amitié venait de se faire ébrécher. Il discernait presque la chaleur de son corps. Elle était trop près pour qu'il ne vibre pas à la féminité, à son beau visage empreint de dignité. Il osa se déclarer:

—J'ai ben envie de t'embrasser.

—Qui t'en empêcherait?

Il approcha gauchement son visage du sien, sa bouche de la sienne.

—Ben, disons que je me demandais toujours si...

Ils s'embrassèrent. Les lèvres s'effleurèrent. Puis elle avança la tête, lui mit une main derrière la nuque, bougea la sienne comme si sa bouche cherchait quelque chose.

Lui injecta à ses grosses mains la délicatesse des fleurs pour enrober les tempes sacrées. Une musique séculaire, éternelle, vint chanter à ses oreilles, toucher ses sens de son harmonie magnifique. Il vibrait à la femme et à l'amour. Il fallait que ça se poursuive, que ça éclate dans une immense gerbe de joie...

Il avait les lèvres un peu froides. Sans tressaillir, elle mit fin au baiser, se releva, feignit un élan de pudeur tardive.

Grisé, il s'en approcha. Elle tournait le dos. Il se permit un long regard de la silhouette aimée, de ce corps désiré.

Elle avait des souliers de toile jaunie par le temps. Sa robe un peu ample ne dessinait aucun contour. Et le chapeau cachait entièrement la tête. Luc attacha ses yeux aux bras roses pour aimer leur vigueur fragile.

L'odeur masculine se mariait à l'arôme résineuse des pins et venait chanter son appel à la jeune femme. Elle respira en profondeur, ferma les yeux. Une image vint flotter dans son cœur. Mais ce n'était pas le visage de Luc. C'était un autre: différent, souriant, détendu. C'était...

Il laissa couler une main le long de la chair chaude, atteignit le poignet, l'emprisonna. De l'autre main, il enleva le chapeau indésirable. Son haleine réchauffa le cou, le lobe de l'oreille, forma des mots exquis à peine dits:

—Je t'aime, Esther!

Elle recula la tête, l'appuya contre la poitrine gonflée d'attente et se laissa emporter dans un monde fabuleux où l'impossible est roi. L'homme derrière elle portait un col romain. Il l'épousait. Dieu lui-même et le curé assistaient au mariage...

—Tu seras ma femme, entendit-elle dans un doux et lointain murmure.

Luc avait concentré son formidable élan de possession dans cette phrase à mots détachés dans laquelle l'adjectif «ma» prenait toute la place.

Derrière sa tête, une bouche haletante courait en tous sens, toujours arrêtée par les vêtements, les cheveux, la distance et aussi de la pudeur. Fébriles, les lèvres masculines se promenaient de la tempe jusqu'au point de rencontre de l'épaule et du dos, comme si Luc, par son ardeur inquiète, eût voulu inspirer une réponse à l'être voulu.

Une grosse mouche luisante et noire bourdonna à leurs oreilles, passa devant leurs yeux. Esther sortit de son engourdissement, se remémora la question. Une seule réponse lui paraissait possible.

Elle garda néanmoins un long, long silence avant de dire:
—Oui.

Et elle acquiesça aussi d'un léger signe de tête.

—Tu m'aimes assez pour m'épouser? fit-il incrédule et naïf.

—Mariage l'an prochain... C'est ma condition.

—Ce que tu voudras.

—Il est trop tard pour cette année.

—C'est une bonne idée que d'attendre en 1951. Comme ça, on aura tout le temps de se préparer. Juin?...

—Juillet... mi-juillet.

—C'est c'est mieux en juillet: fait soleil plus souvent.

—Voyage de noces à Niagara. C'est là que j'ai toujours pensé aller si je devais me marier un jour.

—J'ai toujours voulu voir les chutes...

—Une autre chose : pas voir une goutte de bière à la noce.

—Là, là, je me demande ce que vont en dire mes oncles...

—Du vin, mais pas de bière. Ça fait trop commun...

—C'est vrai... En tout cas, on verra bien.

—Et je voudrais que personne le sache avant nos fiançailles, à Noël.

—Une vraie tombe.

Il frissonna, soulagé, heureux, ému:

—Je viens de vivre la plus belle minute de ma vie!

Pendant ce temps, Ida franchit une ancienne clôture trompeuse. Tâtant du pied le fil métallique, elle crut pouvoir grimper dans le carrelage, mais la broche du centre céda sous son poids tandis qu'elle se trouvait toujours à califourchon sur la clôture. Retombée tête en bas de l'autre côté, elle gémit de douleur après s'être infligé une cruelle éraflure à la cuisse.

Comble de malheur, son bocal se renversa et les quelques fraises ramassés au cimetière se dispersèrent sous elle avant sa chute et elles furent écrasés en confiture.

Grondant, renâclant elle reprit sa marche en boitillant.

Feignant cueillir des baies çà et là, elle atteignit la pinède que les jeunes avaient déjà quittée pour aller dans le champ voisin.

D'une embuscade à l'autre, elle put enfin les espionner tant qu'elle voulut. À quatre pattes dans l'herbe, Luc cherchait des fleurs. Il n'en trouva que de minuscules. De plus, il n'en connaissait pas les noms par un manque total d'intérêt pour la botanique.

Il en trouva des blanches avec un point jaune au centre. Des mauves en boules cotonneuses. Des orange tachetées comme des papillons. Près d'un amas de grosses roches, il découvrit des plantes à inflorescences bleues. Puis il se rendit au bord de la pinède où il ramassa du chaton qu'il utilisa pour terminer son arrangement.

Son geste força Ida à se coucher derrière un monticule de terre où elle attendit le cœur battant. Elle se releva quand des murmures indistincts lui parvinrent.

Esther achevait de remplir son pot. Elle se releva le haut du corps, mais demeura agenouillée quand Luc arriva près d'elle. Il fut remercié de son joyeux bouquet par un sourire de gamine admirative:

—Tu sais comme j'aime les fleurs.

—Toutes les femmes les aiment. C'était pas dur...

Il se mit à genoux devant elle qui porta les fleurs à son visage pour en humer parfum: il ne s'en dégageait pas. Rien qu'une senteur champêtre de verdure mouillée. Elle mit alors la gerbe sur sa poitrine, la protégea de son autre main comme s'il s'agissait d'un trésor ou d'un enfant, et elle donna à son ami un baiser sur le front.

Ensuite, ils prirent place derrière un affleurement rocheux d'où seules leurs têtes émergeaient. Puis ils quittèrent les lieux après avoir égalisé les fraises dans les pots.

Ida leur donna le temps de se rendre au presbytère pendant qu'elle garnissait le fond de son récipient. Puis elle retourna vers chez elle en contournant le cimetière du côté de la salle paroissiale où elle s'arrêta quelques minutes et jasa avec Georgina.

—J'les ai vus couchés dans le clos.

L'autre fit les gros yeux:

—Ensemble?... Je veux dire dans la position... de l'acte du mariage?

—J'pourrais pas vous donner des détails. Faut dire que j'étais pas proche proche d'eux... mais...

—La Esther, elle leur fait le tour de la tête aux hommes, elle.

—Chose certaine, c'est mieux avec Luc Grégoire qu'avec le vicaire.

—Absolument!... Comme ça, ils étaient... rapprochés ?

—Suis pas allée là-bas pour les espionner. Quand vous m'avez dit au téléphone que vous les aviez vus prendre le bord du haut de la terre de la fabrique, j'avais déjà mon vieux linge sur le dos. Ça faisait trois jours que je voulais aller aux fraises aujourd'hui. J'étais pas pour changer d'idée parce que deux jeunes plus intéressés par autre chose étaient partis avant moi.

—D'après ce que je vois, vous en avez pas ramassé beaucoup.

—Pauvre vous, c'est pas une année favorable. Je pense que je vas me passer de ma tarte.

—Les jeunes ont nettoyé le champ avant vous. Au bout de la terre à Ronaldo, ça doit être rouge de fraises.

111

—Allons-y donc toutes les deux demain.

—Peut-être... Pourquoi pas ?

* * *

Ida retourna à la maison et servit le souper en grommelant. Au dessert, J.O. s'accrocha les pouces dans la ceinture de ses pantalons et renifla à plusieurs reprises.

—Ça ne sent pas beaucoup la tarte aux fraises.

—Y aura pas de dessert à soir.

—S'est passé quoi après-midi?

—Les fraises sont rares.

—J'étais chez Pampalon tout à l'heure et le grand Luc est arrivé en disant qu'Esther pis lui ont rempli deux gros pots après-midi. Ça fait que j'ai pensé qu'on finirait le repas avec une tarte...

Elle haussa les épaules. Il reprit:

—Ils étaient là, les jeunesses?

—Y avait du monde au loin... J'sais pas qui c'était. Pis à part de ça, me suis blessée dans une clôture. Tiens...

Elle recula sur sa chaise, remonta sa robe, écarta les jambes. J.O. s'approcha. L'éraflure le fit sourire.

—Faut mettre quelque chose là-dessus. C'est sérieux, de la broche rouillée. Une inflammation, le tétanos. Je vais chercher une crème désinfectante.

Au retour, il s'agenouilla devant elle, s'enduisit les doigts d'onguent et se mit à oindre la cuisse blanche marquée de stries rosâtres. Elle gémit quand il toucha la petite surface de peau pelée.

Cette position, cette exposition, la continence d'une semaine qu'elle lui imposait toujours, la friction qu'il exerçait allumèrent les sens de l'homme. A chaque tournoiement de la main, il avançait un peu plus haut.

—Ça bon comme ça, là...

—Mais non, faut être sûr que l'onguent va pénétrer.

—Ça fait mal, je prends le pot. Je vais le faire moi-même.

—C'est dimanche, Ida...

—Pis?

112

—Ben... c'est dimanche... On pourrait... le faire ici et maintenant.

—Ma parole, c'est du vice. Cette chose-là, ça se fait au lit pas
dans une cuisine.

—Allons au lit alors.

—Pas question, suis blessée!

—Mais c'est dimanche.

—Une femme malade ou blessée est exemptée de ses devoirs
conjugaux, vous devriez savoir cela, vous, un médecin. Ah! les
hommes, vous pensez rien qu'à ça!

Il lui mit le pot entre les doigts et se releva sans rien ajouter.

* * *

CHAPITRE 10

Trois automobiles se suivaient à quelques centaines de pieds l'une de l'autre. Esther, Luc et les deux prêtres voyageaient ensemble dans la voiture de tête. Pampalon et son épouse suivaient dans la seconde. J.O. et Ida fermaient le cortège.

La délégation de St-Honoré à la parade de la Saint-Jean-Baptiste était partie à midi. Soixante chars allégoriques commenceraient à défiler à deux heures dans les rues de St-Georges, à trente kilomètres de St-Honoré. Suivaient un souper canadien en plein air, des danses folkloriques dans les rues et le feu d'artifice en soirée pour clôturer la fête.

Le comité organisateur régional avait invité les officiels de chaque paroisse à faire partie du défilé. À titre de maire, Pampalon s'y rendait. Quant à J.O. et Ida, respectivement président du cercle Lacordaire et présidente des Jeanne-d'Arc, ils y seraient à l'honneur. C'est sous leur responsabilité qu'avait été construit le char fourni par la paroisse mais qui du même coup représenterait tous les abstinents du comté.

Les côtes abruptes succédaient aux courbes prononcées et les deux se combinaient souvent pour augmenter la tension. On longeait la sinueuse Chaudière en ce vingt-quatre juin au soleil cachottier. Il s'était montré le nez assez longtemps durant l'avant-midi, celui-là, pour sécher à point la chaussée et permettre à des nuages de poussière de s'élever au passage des véhicules.

Le curé Ennis donnait l'air d'un président de quelque chose au volant de sa Chrysler flambant noire. Pied lourd à l'accélération, il conduisait tout de même prudemment.

—Cette route est trop dangereuse pour qu'on y dépasse les cinquante milles à l'heure, dit-il au milieu d'une pente raide.

Il finissait sa phrase quand une Studebaker rouge aux ailerons futuristes le doubla à tombeau ouvert dans un tourbillon poussiéreux.

Luc s'esclaffa:

—Ça, c'est notre bon Fortunat Fortier. Toujours pressé!

—Toujours pressé et toujours en retard, dit le curé. Par chance que nos vitres sont fermées.

Le vicaire s'interrogea tout haut:

—J'ai cru reconnaître monsieur Blais avec lui?

—Bien sûr! Y en a un qui conduit le char allégorique et l'autre agira comme porte-drapeau, dit Luc. C'est eux autres qui ont mené le char à St-Georges hier.

Le curé dit, solennel:

—Si c'est Fortunat qui conduit le char, espérons qu'il sera plus prudent que sur la route.

Luc reprit:

—À la vitesse d'une parade de la Saint-Jean, y a pas de danger! Par chance, sinon on me ferait pas monter sur ce char-là. Pis ce serait encore pire pour ma mère et pour madame Ida.

Le vicaire agita sa main devant son visage:

—Ça s'en vient étouffant !

—Baissez pas votre vitre, ce serait pire, dit le curé.

Luc fit un commentaire:

—Je me demande quand le gouvernement va se décider à mettre de l'asphalte sur cette route. Avec la circulation qu'il y a! Il passa au moins un véhicule aux cinq minutes.

Le curé jeta:

—Mon ami, faut pas trop en demander au gouvernement. Plus l'État nous aime, plus il nous étouffe.

—Moi, j'ai envie de penser comme Luc, risqua le vicaire. Les grands progrès ne peuvent être l'apanage que des États... je veux dire des gouvernements.

Le curé s'objecta:

—Oubliez pas que le progrès à tout prix est dangereux, très dangereux. Quand il faut le payer de sa liberté, le progrès... Cette route est excellente et pourra durer encore des années comme elle est. Avez-vous songé à ce qu'il en coûterait pour la recouvrir de tarmacadam? Les dépenses du gouvernement, c'est avec les taxes que le peuple les paye...

—Doivent être rares, ceux-là qui paient des impôts à St-Honoré, protesta Luc.

—C'est parce que monsieur Duplessis administre bien la province de Québec. Trop de mesures sociales, trop d'entreprises collectives conduiraient au socialisme. Et le socialisme, c'est quoi? C'est le chemin du communisme. Perdez jamais ça de vue. Et soyez heureux que monsieur Duplessis ne l'oublie jamais, lui.

—C'est pas de l'asphalte sur la route de St-Martin-St-Georges qui ferait monter les impôts tout de même! dit le vicaire.

La route devenait plus claire après que le nuage gris se soit dissipé.

—Vous pensez aux impôts directs. Mais y a aussi les taxes cachées. Sur l'essence, le tabac. Et puis y a la taxe de vente: deux pour cent sur tout ce qu'on achète. Ça minote, tout ça, dans les poches du gouvernement et ça vide les nôtres. L'État, ce n'est pas la Providence: il ne peut pas créer à partir de rien.

Esther ne portait aucun intérêt à la discussion. Pour elle, la politique était une affaire d'hommes. Elle n'avait d'ailleurs jamais compris pourquoi ils aimaient tant en parler. Comme si pour eux, c'était plus important que la religion! La main dans une ganse suspendue, elle regardait vers le côté de la route, jetant parfois des œillades au profil du jeune prêtre assis dans l'autre coin de la voiture, en avant.

Une petite maison grise agrippée à flanc de coteau projeta son esprit dans l'avenir. Elle se voyait prisonnière de la maison rouge, accablée des visites et des conseils de sa belle-mère, condamnée pour toujours... au bonheur. Sa gorge se serra.

Luc était heureux. Il disait n'importe quoi sans réfléchir pourvu que ça touche le sujet et que ça heurte le moins possible les opinions des autres. Il se sentait l'âme d'un marchand de bonheur.

L'abbé Dumont était inquiet. Il craignait de plus en plus qu'Esther se désiste au dernier moment et annonce son intention de ne pas le seconder aux terrains de jeux. Il se demandait s'il ne lui était pas antipathique. Et pourtant...

Il répétait souvent ce *pourtant* sans jamais rien ajouter ensuite. L'intérêt plus soutenu qu'elle portait à Luc depuis quelques semaines lui grattouillait le cœur. Qu'elle soit en amour n'aurait pas dû la rendre aussi distante! Il devait chercher à savoir pourquoi...

Pas très loin derrière, dans leur voiture, Pampalon et son épouse causaient.

—Penses-tu toujours qu'on va aller aux noces l'année prochaine?

—De plus en plus!

—Pour notre gars, il se ferait pas de meilleure femme que la petite Létourneau. Ils pourraient venir vivre avec nous autres pis tous les quatre, on se chicanerait pas.

Son regard brillait. Il se sentait fier de son fils unique, le seul enfant encore à la maison. Les autres, cinq filles, vivaient à Montréal ou aux États. Luc serait son successeur et le magasin grandirait avec la paroisse.

—Y penses-tu, des fois, comme on est chanceux d'avoir un garçon comme lui? Jamais à l'hôtel, jamais pris un coup...

Laura fit de l'ironie:

—On peut pas dire qu'il a suivi l'exemple de son père.

—Bah! j'ai pris des petites brosses de temps en temps à des noces ou durant les Fêtes, mais j'ai pas donné un mauvais exemple. Y a une différence entre moi pis le beau Dominique Blais qui se dérange à peu près tous les semaines...

Elle demeura silencieuse. Il reprit:

—Luc, c'est un gros travaillant, ça fait cent fois qu'on se le dit. Encore meilleur à l'ouvrage qu'avant. Pis moi, je commence à en reperdre. C'est peut-être pour ça qu'il en fait plus...

—Les clients, même des femmes, aiment mieux se faire servir par lui que par Bernadette.

—T'essaieras de lui tirer les vers du nez pour savoir s'il a parlé de mariage avec sa blonde.

Elle s'insurgea:

—Pas question! Suis pas la femme pour se mêler de la vie

amoureuse de son gars. Si t'es si curieux de savoir, fais enquêter Bernadette...

Dans la Ford blanche qui suivait, J.O. et Ida discutaient quant à eux de tempérance.

—Espérons que les oiseaux qui viennent de nous dépasser agiront comme des hommes aujourd'hui. On peut se fier un peu à chacun d'eux, mais quand ils sont ensemble, Fortunat et Dominique forment une belle paire de moineaux.

—On prie fort pour les alcooliques au cercle Sainte-Jeanne-d'Arc. Peut-être que nos demandes auront des effets sur le pire.

—L'ivrognerie, ça se guérit pas avec des prières.

—La foi transporte des montagnes, vous devriez le savoir.

—Je crois à la solution de remplacement. Si Dominique trouvait autre chose à faire après l'ouvrage... un hobby disons... il casserait pas son Lacordaire.

—Quand un homme a pas un défaut, il en a un autre... Que voulez-vous?...

* * *

La rue était bordée de cèdres malingres piqués là pour l'occasion en rangs de soldats, assez espacés pour ne pas bloquer la vue aux assistants.

À l'extrémité du boulevard, au-delà de la sortie de la ville, il y avait une activité trépidante, plus nerveuse qu'utile, dans l'arrière-cour d'une usine.

Tirés par des tracteurs de ferme, parfois des camions, des chars allégoriques bougeaient. Certains avançaient, d'autres reculaient. Chacun tâchait de se mettre en position de départ, mais aucun ne semblait vouloir s'y prendre de la même façon.

Caméra en bandoulière, un petit homme sec brandissait une liste, criait des ordres auxquels on n'obéissait pas. C'était lui le grand responsable de la parade. Journaliste au journal local et président de la société de St-Jean-Baptiste, il était de ces personnes qui cherchent à voir à tout et finissent par ne plus voir à rien.

119

Parfois un bref roulement de tambour traversait la place. Les voix se mélangeaient. Le ton montait.

—Recule un peu, Émilien, t'es que dixième dans la parade; moé, suis huitième.

—Pas de place: le char de St-Honoré m'empêche de bouger.

—Demande-leur de se déplacer.

—Y a personne là. Le char est désert.

—Ah, sacrement, par exemple, comment veux-tu qu'on se place en ordre quand le monde est pas là ? Tu vois Roger Bolduc par là? Dis-lui de venir, ça presse.

On héla le maître d'œuvre. Il s'approcha en gesticulant.

—As-tu vu les responsables de ce char-là?

L'homme se prit la tête à deux mains, rajusta ses lunettes à montures d'écaille, grailla:

—J'ai pas encore vu un chat de St-Honoré. Tout le défilé aura du retard à cause d'eux autres.

Et l'œil malicieux, il ajouta:

—C'est le char des abstinents pis ces gens-là s'abstiennent même de venir le faire parader.

Puis consultant sa montre:

—Y a rien d'autre à faire que d'attendre.

Il repartit la tête oblique sur de petits pas drus.

Trois rues plus loin, les membres de la délégation de St-Honoré s'étaient regroupés chez un parent de Pampalon, dans la cour. Un soleil timoré avait envie de crever un ciel cotonneux.

Le curé agita les pans de sa soutane pour la débarrasser de la poussière.

Le ton discret, mais d'une voix que tous purent entendre, Pampalon lui glissa en plissant son front songeur:

—Regardez mes habits: aussi noirs que les vôtres pis aucune trace de la route. Ça se pourrait-il que votre Chrysler soit pas plus étanche que ça?

Piqué au vif du vif, le curé rétorqua:

—Écoute ben Pampalon, Chrysler est pas encore au bord de la faillite. C'est la tienne qui avant deux ans, va tomber en morceaux dans le chemin...

—En attendant, j'étouffe pas dedans!

—Fortunat nous a dépassés à bride abattue et... ma vitre était abaissée. C'est tout.

—Fortunat, il devait pas laisser son auto avec les nôtres?

—Ont dû stationner chez l'entrepreneur de pompes funèbres!

—Ou quelque part en l'arrière d'un hôtel, suggéra J.O.

Ida intervint:

—Taisez-vous. Monsieur Blais est *Lacordaire*... r e re... Bon...

—L'occasion fait souvent le larron, soupira le curé. Surtout la fête nationale...

Guidée par le curé, la troupe se rendit à la cour de départ. On y fut accueilli par les poignées de main du responsable du défilé qui les conduisit à leur char.

—Votre conducteur et le porte-drapeau sont pas avec vous autres?

—On pensait qu'ils seraient rendus, dit le curé qui emprunta l'échelle menant sur la plate-forme. Ils tarderont pas, j'espère.

Un cavalier s'amena, fit faire la pesade à son cheval et disparut comme il était venu parmi les véhicules décorés.

Le symbolisme du char des cercles de tempérance tenait dans une grosse bouteille de lait. Une pinte en carton peinte à la chaux. Pour faire bucolique, on avait piqué des branches de bouleau çà et là tout autour. En plus des chaises de la salle d'attente du médecin, Ida avait obtenu de son mari qu'il prête son fauteuil de cuir dans lequel trônerait l'abbé Ennis.

Maîtresse à bord, Ida désigna à chacun sa place et prit la sienne devant la bouteille symbolique face aux prêtres. Esther, Luc et les autres étaient à l'autre bout de la plate-forme.

En bas, le responsable s'agitait. Il questionna Luc:

—Qui sont vos hommes sur le camion et sur le drapeau?

—Fortunat Fortier pis Dominique Blais.

Le petit journaliste se prit la tête à deux mains.

—Quoi, vous les connaissez?

—Si je les connais ? Fortunat, l'hôtel, les encans... Pis Dominique, les pompes funèbres... Ça parle au yable, ça parle au yable! Qui les connaît pas?... Un péteux de broue pis un avaleux de broue!

121

Ça parle au yable...

—En faisant une brèche dans la clôture, là-bas?

—Non, c'est votre char qui doit être déplacé. Pis comment ça se fait qu'il soit planté là au milieu de l'entrée.

—Faudrait demander à ceux qui l'ont mis là.

—On va le faire remorquer...

Il finissait sa phrase quand une voix puissante chantant à tue-tête se fit entendre.

—Je pense que nos lurons s'en viennent, dit Luc.

> *Je n'ai qu'une âme*
> *Qu'il faut sauver.*
> *De l'éternelle flamme,*
> *Il faut la préserver.*

Puis les deux fêtards devinrent plus sérieux en s'approchant.

Ils furent accueillis par l'impatience de Bolduc qui maugréait des reproches. Dominique fit le sourd:

—On devait être icitte à deux heures moins quart. Il est deux heures moins quart: nous v'là!

Et il s'installa au volant tandis que Fortunat se rendait chercher l'étendard des sociétés de tempérance caché dans la bouteille de lait.

À peine le moteur tournait-il qu'un violent coup accompagné d'un bruit sourd secoua e véhicule. Un camion militaire en marche derrière avait éperonné le char à hauteur de la bouteille de lait.

Voyant venir l'accident, Luc lançait un énorme «Watch out !» mais le conducteur n'avait rien entendu.

Alerté par le bruit, Bolduc revint sur ses pas, mains levées au ciel:

—Que je le savais donc ! Monsieur Blais, c'est pas votre place derrière un volant aujourd'hui.

—Mais j'ai pas bougé d'une ligne, sacrifice! Toujours pas de ma faute si le gars du truck d'armée sait pas chauffer.

—D'où il sort celui-là?

Le fautif remit son véhicule en marche avant et s'arrêta un peu plus loin. Il descendit et vint s'expliquer, arguant que ses freins n'avaient pas fonctionné. Il bredouilla des excuses, soutint que c'était la faute du camion.

Luc était resté figé. Ce n'était pourtant qu'un petit accrochage. Le chauffeur malheureux ajouta:

—Par chance qu'il est vendu, ce truck-là!... Magané. C'est un gars de par chez vous qui l'a acheté... Je vas l'avertir pour les 'brakes'...

Personne ne l'écoutait vraiment, mais il poursuivit quand même:

—Bon... je retourne à mon ouvrage... Je m'occupe des Polonaises, moi?... Y en aura une quarantaine sur le char... si on peut appeler ça un char.

Luc émergea de sa torpeur et fit un commentaire laconique:

—Je pensais qu'on les aimait pas trop à St-Georges, les immigrées venues prendre les jobs?

—Plus asteur. On leur a demandé de parader. Ça va montrer qu'on est une ville accueillante pis c'est à l'honneur de monsieur Dionne, notre député qui a fait venir les Polonaises pour travailler dans son usine. Asteur, y a personne qui chiale là-dessus

—Plusieurs sont parties pour ailleurs?

—Quarante.... Mais on dit que les autres se sentent heureuses par icitte pis vont y rester.

Luc ne portait guère d'attention aux propos bavards de l'autre. Il se rassit aux côtés d'Esther.

Elle ne remarqua pas son état mental du moment...

* * *

Une estrade avait été montée pour l'occasion sur le parterre d'une école, le long du boulevard emprunté par le défilé. Des officiels venaient d'y prendre place: maires, ecclésiastiques de la ville hôtesse, députés, un maître de cérémonie qui décrirait la parade.

Des flûtes noires à bout de poteaux se mirent à grésiller:

—Les amis, dans une dizaine de minutes passera devant nous la plus importante parade de la Saint-Jean jamais organisée dans la Beauce. Y aura soixantaine de chars allégoriques dont vingt-huit des paroisses environnantes. C'est la première fois qu'une Saint-

Jean est préparée avec autant de soin et c'est dû en grande partie au président de la société St-Jean-Baptiste, monsieur Bolduc qu'on va interviewer un peu plus tard...

Dominique mit le camion en marche. Il rasa le coin d'un mur. La plate-forme suivait en chaloupant. Ida redressa le buste, se rajusta sur son siège. Fausse alerte. Pendant plusieurs minutes, les chars ne firent que bouger pour permettre aux suivants de prendre leur place dans la file.

Quand tout fut enfin prêt, le responsable fit un signe au directeur de la fanfare qui le transmit à ses musiciens. Les baguettes se mirent à tambouriner. Le porte-drapeau de tête comprit qu'il lui fallait se mettre en marche pour faire avancer à sa suite la colonne entière.

Ida gloussa:

—Monsieur le curé, dites un bon mot à Notre-Seigneur pour qu'il fasse beau cet après-midi.

Le prêtre frappa sa pipe sur un montant de fer de la plate-forme. Des charbons tombèrent sur le gravier de la route. Puis il pointa le ciel:

—Aucun danger de pluie, madame!

Rassurée, satisfaite, elle sourit.

Dans les haut-parleurs, la voix accélérait le tempo. Des enfants cherchaient à trouer les rangs serrés de la foule pour mieux voir les chars. Et quand ils y parvenaient, l'ennui les prenait vite. Et ils retournaient derrière piétiner les plates-bandes des résidents du boulevard..

—Chers amis, dit le maître de cérémonie, voici que nous arrive le char de tête, présentation Coca-Cola. Un char typiquement canadien-français et qui rappelle l'histoire de Madeleine de Verchères. Très... originale conception. Une palissade symbolise le fort; des enfants sont habillés en Iroquois et poursuivent l'héroïne revêtue de son célèbre foulard... Et derrière nous arrive une voiture décorée par les gens de la Chambre de Commerce de St-Georges. On peut voir une personnalité de marque: le président de la Chambre de Commerce, monsieur Gérard Cliche mieux connu sous le nom de Jerry. Jerry est accompagné de son épouse..

Quand il pouvait le faire sans être vu, Dominique s'envoyait dans le gosier une vigoureuse gorgée d'alcool brûlant à même un flasque qu'il camouflant dans son veston.

Les prêtres et Ida échangeaient sur les malheurs de la guerre, sur le sort fait au peuple polonais, sur le courage de l'industriel-député qui, contre vents et marées, s'était lui-même rendu en Allemagne y choisir dans des camps les cent jeunes filles dont il avait un pressant besoin dans sa filature de soie de St-Georges.

Esther n'avait pas envie d'être là. Mais on l'y avait réclamée: Ida par besoin de figurants, Luc pour qu'ils soient ensemble, le curé croyant qu'elle en serait heureuse. Elle continuait à repousser l'image du vicaire en elle. Pour mieux y arriver, elle avait choisi de le détester. Et lui décernait chaque jour un nouveau et peu louable qualificatif...

Le vicaire quant à lui se sentait bien. Mieux qu'au cours du voyage à St-Georges. Esther était là. L'été serait beau...

À l'entrée de la ville, le chemin se rétrécissait. Dominique leva le coude, mais cette fois, il vida le flacon. Mal contrôlé, le véhicule obliqua. Les roues du camion frôlèrent le fossé; celles de la plate-forme s'y engagèrent. Et le char s'inclina au point que ses occupants durent se lever pour ne pas être renversés avec leur chaise. Dominique fit une manœuvre pour redresser la situation, mais il l'empira. L'arrière de la plate-forme glissa doucement au fond du ravin tandis que les roues avant se coinçaient dans la bouche d'un ponceau. Pas moyen de reculer. Pas moyen d'avancer. Les roues glissaient sur le gravier y creusant des ornières.

Le véhicule militaire des Polonaises suivait. Le conducteur l'arrêta, bloquant toute le colonne. Encore contrarié d'avoir frappé un camion où se trouvaient des prêtres, l'homme s'approcha du désastre pour offrir son aide. Les malheureux occupants de la plate-forme se regroupaient sur l'accotement de la route.

On conclut qu'il faudrait une dépanneuse.

Furieux, le responsable du défilé s'amena en gesticulant et en tournant en rond. Il demanda au conducteur du camion militaire de reprendre le volant pour ne pas retarder la parade.

Ida protesta:

—Qu'est-ce qu'il va advenir de nous autres ? La parade aura

pas lieu sans le char de la tempérance: jamais, monsieur ! Faut qu'on nous sorte de là...

—Écoutez, y a trente-deux chars après le vôtre. Un défilé avec un char en moins ça va, mais avec trente-deux, rien ne va plus. C'est ça pis c'est ça...

—Alors qu'on nous en donne un autre.

—Où qu'on va le prendre?

—Je m'en balance!

—Rien à faire !

—Tiens, que les Polonaises dans la boîte du camion s'en aillent avec les autres sur la plate-forme.

—C'est pas assez grand pour soixante.

—Qu'elles restent debout!

—Je vais bien leur demander, mais...

Les immigrées acceptèrent et s'en furent avec leurs consœurs. On transféra la bouteille de lait et les chaises.

Quand le convoi redémarra, Ida grognonna:

—Après tout, les Polonaises peuvent bien nous donner des places, on leur en a assez donné des nôtres !

Entre-temps, Dominique mettait en marche arrière et avant, mais les roues dévidaient. Après le départ de son monde il tourna la clef de contact. Et il se mit à chanter d'une voix que même la fanfare n'enterrait pas tout à fait:

Je n'ai qu'une âme
Qu'il faut sauver.
De l'éternelle flamme,
Il faut la préserver.

* * *

126

CHAPITRE 11

La délégation retourna mécontente à St-Honoré. Ida surtout pesta contre l'organisation l'incapacité d'improviser du responsable d'abord soulignée par le curé. L'homme n'avait pas averti le maître de cérémonie du changement survenu de sorte que fut simplement passé sous silence le court chapitre de ses notes à propos du char des abstinents. L'annonceur ignora ceux de la délégation de St-Honoré et parla plus longtemps des Polonaises.

Personne n'insista sur la responsabilité de Dominique dans toute l'affaire. L'on n'avait même pas cherché à savoir s'il avait bu. Quoi qu'il se soit passé, il n'aurait pas été question d'incriminer quelqu'un de sa paroisse et le gros du mal ne pouvait venir que d'ailleurs. Ce chauvinisme encouragé par l'abbé Ennis, poussait un peu loin la solidarité paroissiale.

Le soir venait. Le soleil avait fait une trouée bleue au-dessus de l'horizon pour replonger aussi vite dans un lac de ouate. Une voûte de rayons orange soutenait de lourds nuages gris. Au milieu de l'œil, quelques cirrus rosés s'étiraient comme des points de suspension qui laissaient deviner la température du lendemain.

L'abbé Dumont buvait à la beauté d'un ciel d'espérance.

Les événements de la journée s'étaient déjà dissipés dans son esprit. Manquer le feu d'artifice ne lui inspirait aucun regret, d'autant plus qu'un spectacle autrement agréable s'offrait maintenant à sa vue. Pourtant il rêvait au lendemain. À ce beau projet d'été qui deviendrait réalité. À cette vie frémissante qui animerait les terrains de jeux. Aux cris joyeux des enfants, à l'odeur des lilas fleuris ou celle de foin coupé venue du champ voisin, à la présence exaltante de son assistante.

Vaincrait-il cette peur qu'elle avait du mal à cacher ? Deviendrait-elle sa grande amie comme il le souhaitait?

Il se rendit à la bâtisse des équipements qu'il sortit de leur entrepôt d'hiver au grenier. Les ayant étalés sur un plancher de bois, il constata l'état des filets, rafistola des brèches, vérifia la solidité des maillets de croquet. Puis s'assura du bon fonctionnement de l'éclairage du grand terrain et celui de l'enclos de tennis. Et fit la liste des accessoires défectueux à réparer ou remplacer.

Enfin, il quitta le chalet et reprit le chemin du presbytère.

Un soir pur et noir était tombé. Il tourna la tête du côté du cimetière. La nuit bloqua son regard au grillage tout proche du champ de tennis.

Dans sa chambre sombre, Esther s'apprêtait à se mettre au lit. Elle retira sa robe et s'assit en face du miroir pour réfléchir et brosser ses cheveux.

La journée avait été ennuyeuse. Au retour, Luc s'était fait distrait, les prêtres superficiels. Elle avait écouté sans plus, se contentant d'approuver intérieurement ce que les hommes disaient.

Ses doigts patients enlevèrent pinces et peignes retenant ses trois toques de cheveux: deux sur les oreilles et une sur la nuque. Les cheveux retombèrent. Elle y fit couler la brosse par longs gestes lents.

Tout redevenait confus en elle. Pensées sauvages, vibrations, résistance, combats: tout ça demandait trop d'énergie. Et sa décision d'épouser Luc lui paraissait de moins en moins bien fondée...

Elle fit tournoyer son index dans son cou jusque dans l'échancrure de son jupon. De sa main ouverte, elle se frotta la gorge et le cou sans s'arrêter de brosser ses cheveux.

L'image de Luc lui vint. Il avait cet air inquiet du jour. Puis elle se rappela l'abbé Dumont. Il avait parlé beaucoup, souvent ri au retour, s'était enflammé dans des échanges avec le curé... Elle ferma les yeux. Son cœur battit plus vite. Ses doigts soyeux se firent plus caressants. Soudain, la chrétienne en elle mit fin au manège; elle jeta la brosse, se leva et s'éloigna de sa commode.

«Seigneur, le malin vient jeter le trouble dans mon âme. Chassez-le. J'ai besoin de votre aide, de votre force.»

Jusqu'au moment de s'endormir, elle répéta cette prière, comme si de la redire à la chaîne eût éloigné à coup plus sûr la tentation.

Dehors, la nuit dormait.

* * *

À la barre du jour, l'abbé Dumont suivit son cœur à la fenêtre pour y voir le temps qui se préparait. Le ciel était net, pur comme l'air du matin qu'il respira à pleins poumons durant ses exercices.

Il revint vite de sa messe. Déjà un soleil résolu surplombait les toits. Le jour serait superbe.

Cora courait de la cuisine à la salle à manger. Il aperçut entre les battements de porte le jeune fille à table, qui réfléchissait, nez dans une tasse, comme à consulter les feuilles de thé.

Pourtant, elle buvait du café. À petites doses. Les yeux perdus. Les mains angoissées. Le jour serait difficile.

Le curé noya son gruau de lait et de sucre. Il tritura le mélange, goûta, sourit. Puis questionna lourdement:

—Monsieur le vicaire, tout est prêt aux terrains de jeux?

—Tout va. S'il fait beau, les enfants passeront un bel été.

—À la bonne heure! Avec des moniteurs comme vous et mademoiselle Esther...

—Elle s'entend avec les enfants.

—Elle est aimée de tout le monde et elle aime tout le monde. Elle a beau être réservée, ce sont là des choses qui transcendent.

Le curé avala une cuillerée de gruau:

—Et... comment sont vos relations avec elle?

Déstabilisé, l'abbé Dumont bredouilla:

—Bien... Bonnes... bonnes...

Puis il risqua:

—On se parle rarement, mais... on s'apprécie, je crois...

—À travailler côte à côte, vous vous connaîtrez mieux.

—Sûrement!

Le curé prit un air mystérieux:

—Puisque Luc prend de plus en plus d'espace dans sa vie et que j'anticipe un mariage pour l'été prochain, je compte sur vous pour encourager cela...

Le vicaire ne broncha pas:

—Absolument!

Mais le coup était sévère. Un malaise le parcourut.

* * *

Près des portes du chalet attendaient des gamins énervés. Ayant troqué sa soutane pour des pantalons noirs et un gilet rayé, le vicaire arriva en chantant: *Un monsieur attendait.*

C'était nouveau et curieux pour les enfants d'entendre un prêtre chanter si haut et en public un air populaire.

—Bonjour, monsieur le vicaire, dit l'un des garçons.

—Salut, les enfants...

—Bonjour, monsieur le vicaire, entonnèrent-ils ensemble, quasiment comme à l'école.

Ils formèrent une grappe à la porte quand l'homme fut entré. Et se poussaillèrent avec leurs demandes:

—Je veux un maillet.

—Pis moé avec...

—Pis moé

À chaque chose distribuée, il disait:

—Attention au maillet... attention au filet... attention aux sacs...

Quand les enfants furent à leurs jeux, il fit le tour du terrain. Bruits, couleurs, odeurs le charmaient. Puis il vit Esther descendre dans l'escalier du presbytère. Ses tempes se mirent à bourdonner. Que dirait-il? Quelle bienvenue lui souhaiter?

Elle disparut un moment, cachée par la sacristie puis son image lui fut redonnée. Ce n'était pas la même personne guindée, mais une jeune femme en chair et en os. En pantalons bleus. Cheveux libres. Bandeau décoratif couleur de ciel. Un chemisier blanc noué à la taille. Et chaussures sport.

Il fit quelques pas, s'arrêta, l'attendit. Elle arriva enfin sous le soleil. Peu sûre d'elle. Ils se sourirent.

—Tout est en marche..

—Suis en retard.

—Même pas.

130

—Bon, vous avez préparé quoi comme tâches pour aujourd'hui?

—Rien de particulier. S'il vient plus d'enfants, on verra. Un concours de saut à la corde peut-être à dix heures. Entre gars et filles.

—C'est pas juste...

—À la corde, les filles sont aussi capables... Venez au chalet, on va discuter des activités.

Elle le suivit.

Georgina observait tout. Elle fit un plan pour les surprendre. Elle irait chercher une brouette de terre de jardin chez les Grégoire et en passant près du chalet, s'arrêterait pour reprendre son souffle...

Esther et l'abbé finissaient d'établir l'agenda de la semaine quand la senteuse s'amena en suant près de la porte entrouverte. Elle n'entendit que des murmures indistincts. Pour étirer le temps, elle s'assit sur un mancheron sans y mettre tout son poids pour ne pas tomber à la renverse avec la brouette.

—Tiens, bonjour, madame Boulanger, dit le prêtre.

Elle sursauta, se releva, se retourna. Il reprit:

—C'est trop lourd pour une femme ça. Je vous aide?

—Ben non, ça va...

Mais il s'empara des mancherons et se mit en marche.

—C'est pour votre lot de famille?

—Hum hum !

—En route pour le cimetière...

Après un moment sans rien dire, elle demanda:

—Pis, comment que vous trouvez notre belle paroisse?

—Heureux comme un poisson...

« Pas un p'tit brin trop! » pensa-t-elle.

—Comme ça, vous allez rester?

—Avec du bon monde comme vous autres, on n'a pas envie de s'en aller...

***

131

Esther et le vicaire faisaient tourner la corde. La compétition achevait. Un petit garçon s'enfargea au dix-septième coup. Il ne restait plus qu'une seule concurrente: Hélène qui interrogea du regard son ancienne maîtresse. Le vicaire fit le décompte dans son carnet. Il sourit.

—Les garçons, on est en avance de trente-deux points. Ça veut dire qu'Hélène doit faire trente-trois sauts pour que les filles nous battent. Et ça...

Esther fit approcher l'enfant et lui parla à l'oreille. La fillette blonde écouta avec attention. Ses yeux brillèrent. Elle rit et fit des signes de tête affirmatifs. Puis elle courut se mettre en position au milieu de la corde, un pied devant l'autre.

—Musique! cria le vicaire.

Une jeune fille qui contrôlait la table tournante à l'intérieur du chalet la fit démarrer.

Des sons crépitèrent dans un haut-parleur accroché à la façade. La corde se mit à tournoyer. Esther et le prêtre se regardaient avec un défi joyeux dans les yeux.

La fillette sauta dans la trajectoire de la corde. Puis, elle frappait le sol de pieds joints, rebondissant comme un kangourou qui fait du sur-place.

—Sept, huit, neuf, dix, criaient en chœur les fillettes.

—Dix-sept, dix-huit, dix-neuf, vingt...

Esther avait perdu sa réserve. Elle était accrochée par le jeu. Rien de négatif. Aucune question. Que de la joie!

—Vingt-sept, vingt-huit...

L'enfant arborait un large sourire. Ses talons touchaient presque ses culottes roses qui apparaissaient à chaque saut sous la robe retroussée. Et sa queue de cheval lui battait la nuque à chaque bond.

À trente, les voix redoublèrent. Malgré la défaite imminente de son camp, le vicaire souriait de voir le visage Esther aussi radieuse.

Elle semblait de rattraper une enfance qu'elle n'avait peut-être jamais eue. Ses yeux scintillaient.

—Trente et un, trente-deux, trente-trois...

Le chœur des gamines explosa.

—C'est gagné, criaient les unes.

—Les filles sont meilleures, clamaient les autres.

Les garçons riaient aussi, mais moins fort.

—Trente-quatre, trente-cinq, trente-six, comptait Esther.

À quarante, le vicaire laissa tomber la corde:

—Ça va! Vous êtes les meilleures.

Maintenant Esther riait de bon cœur. Il ne l'avait jamais vue rire de cette manière.

Une adolescente cria:

—Un concours entre mademoiselle pis monsieur le vicaire.

Devant leur refus rieur, mais sentant qu'ils pourraient les convaincre, petits et grands se mirent à danser en scandant:

—On veut mademoiselle, on veut monsieur le vicaire.

Le prêtre leva les bras au ciel:

—D'accord, mais si mademoiselle le veut aussi.

Elle accepta par son sourire.

Une fille et un garçon prirent la corde et commencèrent à la faire tourner.

—Les femmes d'abord.

Esther se mit en place. Puis commença à sauter. Puis elle sautait, plus tout lui semblait facile. Des tourbillons l'emportaient corps et coeur. Tout dansait devant ses yeux, même le cimetière. Le bonheur en elle sautait de joie, sautait, sautait...

Elle fit quarante-trois.

Le vicaire prit la relève. Chaque fois que ses pieds touchaient le sol, de la poussière s'élevait et ça faisait rire. Il voulait la laisser gagner. Pour recréer le suspense, il s'arrêterait à quarante.

—Vingt-trois, vingt-quatre, vingt-cinq, ooooooooooh, crièrent les enfants en laissant tomber la voix.

La corde venait de s'emmêler dans les jambes du prêtre. Il avait perdu pour de vrai.

—Dites-nous, mademoiselle, ce que vous avez raconté à Hélène pour qu'elle saute si bien.

—Oh non! C'est un secret... un secret entre femmes.

Les enfants pouffèrent de rire.

À la fin de l'avant-midi, il regroupa tout le monde et annonça qu'on avait décidé de les emmener en pique-nique au milieu de l'après-midi et jusqu'après souper. Pas besoin de s'apporter à manger...

***

Elle n'avait pas imaginé retourner si vite à cette pinède que tout le monde appelait le bois de monsieur le curé.

Les arbres lui parurent plus beaux, plus droits, les mousses plus vertes, l'endroit plus calme. Ils découvrirent un ruisseau bavard qu'elle n'avait jamais vu. Les enfants chantèrent en chœur tous les airs faciles qu'elle leur proposa.

On fit des jeux. Le vicaire donna des leçons de choses et de botanique. Esther avait oublié ses griefs envers lui. Cora leur avait préparé un lunch pour deux. On trouva un lieu peu boisé près d'une petite chute d'eau et on s'assit en rond.

Esther tendit un sac au prêtre et se rendit prendre place deux gamins plus loin. Lui se rendit au milieu du cercle, il mit un genou à terre:

—On va réciter le bénédicité. Bénissez-nous Seigneur...

Esther le regarda sans retenue ni culpabilité. Il était un homme comme les autres ainsi vêtu? Croisés sur ses genoux, ses bras gardaient leur allure athlétique. Ses muscles saillaient, restaient en alerte constante, prêts à protéger, à réconforter, à réchauffer... Il possédait un profil juvénile malgré l'air grave qu'il se donnait en ce moment. Nez un brin trop long. Oreilles trop petites. Menton fin...

Elle regarda encore une fois les bras musclés. Un désir d'abord imperceptible naquit en elle et grandit. Elle ne s'en défendit pas. Après tout, sa promesse de mariage la protégeait. Tout comme le sacerdoce de René... de l'abbé Dumont? Et la présence des enfants... et ses principes?

Elle se voyait en robe blanche. Ils marchaient tous les deux parmi les grands pins, vers leur maison cachée au fond de la pinède. Sur le seuil de la porte, il l'enveloppait, la soulevait comme

134

une petite fille et entrait la déposer sur un lit duveteux...

—Chacun a quelque chose à manger?

—Oui, monsieur le vicaire, dit-on en chœur.

—La semaine prochaine, les amis, on va vous faire faire des jeux que vous connaissez pas.

—C'est quoi? Dites-nous. On veut le savoir...

—Ah, ah, j'peux pas vous en dire plus. Faut que j'en discute d'abord avec mademoiselle.

—Haaaaaa...

—Bon, pour vous en parler au plus vite, je vais inviter mademoiselle à manger avec moi. Pis si vous nous promettez d'être sages, on va s'éloigner quelques minutes. Vous aurez pas peur?

—Oooooooooooooh non on on on on on on... !

—Bon, on va discuter pis on revient tout de suite.

Les plus vieux pourraient surveiller les autres. Tous approuvèrent.

Il l'emmena à l'écart et ils mangèrent adossés à un rocher.

L'odeur des pins parfumait leurs sandwiches. Au faîte des arbres, une brise discrète chuintait parfois. Une grive se posa sur les restes d'un tronc à quelque distance, s'attendant à des miettes.

Il fit un aveu

—Curieux, mais j'ai pas envie de discuter.

—Vous allez dire quoi aux enfants?

—Ce que je devais vous dire à vous.

—C'était déjà planifié?

—Oui... Et j'étais sincère quand je disais vouloir en parler avec vous. Mais demain, ça ira quand même, non?

—En ce cas, qu'est-ce qu'on fait ici?

—Partager une paix... Prier ensemble... et en silence.

Esther sourit. Elle se sentait bien.

* * *

Après une partie de croquet, Luc se rendit à la cantine du chalet. Esther s'y trouvait. Seule. À lire.

135

—Encore le nez dans un livre.

—J'apprends!

—C'est quoi?

—Bernanos... *Journal d'un Curé de Campagne*.

—Tu m'en lis un peu?

—O.K. *L'enfer, madame, c'est de ne plus aimer...*

—C'est bien. Continue.

—*Ne plus aimer, cela sonne à vos oreilles ainsi qu'une expression familière. Ne plus aimer signifie pour un homme vivant aimer moins, ou aimer ailleurs. Et si cette faculté qui nous paraît inséparable de notre être, notre être même—comprendre est encore une façon d'aimer—pouvait disparaître, pourtant? Ne plus aimer, ne plus comprendre, vivre quand même, ô prodige! L'erreur commune à tous est d'attribuer à ces créatures abandonnées quelque chose encore de nous, de notre perpétuelle mobilité alors qu'elles sont hors du temps, hors du mouvement, fixées pour toujours. Hélas! si Dieu...*

—Ça va!... J'y comprends pas un mot... Sauf la première phrase qui dit que l'enfer, c'est de ne plus aimer ou quelque chose du genre. Donne-moi un Coke.

Elle s'y reprit à trois fois pour décapsuler la bouteille, car elle ne quittait pas son texte des yeux.

—Intéressant. À quelle heure tu finis?

—Neuf heures et demie.

—J'irais bien jaser avec toi, mais occupée comme tu l'es...

Luc fut interrompu par le vicaire:

—Que ça fait du bien de courir! Bonsoir Luc, ça va? Esther, tout va? C'est fini au tennis. Luc, on a conduit les enfants en pique-nique après-midi. On est allé dans le bocage de monsieur le curé. T'as dû y passer cent fois dans ta vie ?

Une lueur inquiète traversa le regard de Luc; mais elle se dissipa quand le prêtre suggéra:

—Les enfants, futurs fiancés qui sait, je vous donne congé. Esther, partez avec votre cavalier. Je vais tenir la cantine jusqu'à la fermeture.

L'ordre naturel des choses se réinstallait.

136

Toutefois, aucun des trois ne connaissait en ce moment de véritable paix intérieure. Le vicaire avait l'impression de piétiner quelque chose au fond de lui-même. Esther partait sans conviction. Et Luc se laissa envahir une fois de plus par le nuage étrange qui embrouillait son esprit depuis le défilé de la veille.

* * *

CHAPITRE 12

L'assemblée avait lieu dans une classe du couvent. J.O. siégeait au bureau du professeur. Quand les personnes convoquées furent là, il prit la parole:

—Merci de votre présence. Je vois ici, outre mademoiselle Létourneau et monsieur le vicaire, les directeurs de nos groupements paroissiaux: Chevaliers de Colomb, Cercle des Fermières, Dames de Ste-Anne, Enfants de Marie, Cercles de Tempérance. Je vois aussi des représentants du conseil et de la commission scolaire. Je vois enfin ceux et celles qui ont, de façon spontanée, offert leurs services pour la cause que vous savez.

L'orateur prit un peu d'eau...

—Parlons-en de cette noble cause qui consiste à constituer une bourse pour aider monsieur le curé à défrayer le coût de son voyage à Rome et en Terre sainte. Comme on sait, jamais l'abbé Ennis demandera quoi que ce soit pour lui-même. Il faut donc quelqu'un pour prendre l'initiative de former un comité qui aura pour tâche de s'occuper de la collecte et de la soirée de présentation de la bourse. Je l'ai fait...

L'abbé Dumont déclencha les applaudissements.

—J'en ai aucun mérite, dit J.O. en levant les bras, car je sais d'avance qu'il s'agira d'un travail très gratifiant. Il nous incombe donc de former le comité d'abord. Puis le comité siégera et se donnera une marche à suivre...

J.O. fut élu président. Ida: vice-présidente. Esther: secrétaire. Le vicaire: trésorier. Les présidents des divers organismes: directeurs. Après discussion et planification, le président s'apprêta à mettre fin à la réunion:

—La paroisse est divisée en secteurs. Chaque équipe est responsable du sien. Il s'agit pas de compétitionner pour tâcher de ramasser plus que les autres, il s'agit de participer. Si vous désirez vous faire seconder par des amis pour solliciter les paroissiens, vous pouvez le faire. Mais si vous préférez vous occuper vous-même du porte à porte, libre à vous...

* * *

Dès l'ouverture du magasin ce matin-là, Ida s'y présenta.

Elle demanda l'aide de Bernadette pour faire la collecte dans le secteur qu'on lui avait confié. Et la convainquit de se trouver quelqu'un pour la seconder.

—Ça nous en fait gros sur les épaules. Après tout, le travail doit être réparti. Y a d'autres paroissiens que le médecin et sa femme à St-Honoré.

—Qui proposez-vous, madame Ida?

—Madame Beaudoin?

—Elle est sur le bord d'accoucher... Encore une fois! Imaginez: un neuvième en quinze ans de mariage. Pauvre elle. Il va la faire mourir.

—Ah, les hommes, Bernadette, pensent rien qu'à ça! Je te l'ai déjà dit: t'es ben chanceuse d'être célibataire.

Bernadette battit des paupières sur des yeux questionneurs:

—Vous pensez ?

—Je pourrais t'en dire plus long.

—J'écoute, dit l'autre en agrandissant les yeux.

—C'est trop privé. Y a des choses qui se disent pas.

—C'est bon: je me mêle de mes oignons... Allons voir madame Beaudoin...

—Ça pourrait marcher. Il lui reste un bon quinze jours avant d'accoucher: c'est J.O. lui-même qui me l'a dit.

Elles furent reçues aimablement. Madame Beaudoin les fit asseoir à la cuisine. Elle offrit à Ida une chaise berçante puis tira

140

péniblement un fauteuil de cuir qu'elle désigna à Bernadette. Elle se contenta d'une chaise droite qu'elle fit disparaître sous son énormité. Son ventre la tenait à distance de la table.

L'intérieur était fruste. Un prélart propre mais rogné par le temps. Sur le poêle à bois, souffletait une bouilloire luisante à long bec.

—Fait chaud chez vous, dit Bernadette.

—Faut chauffer le poêle. Pour avoir de la vapeur dans la bombe. Je commence à travailler mes feutres.

La femme était modiste. Elle avait appris son métier à force d'arranger son même chapeau gris qu'elle avait porté pendant des années.

—C'est pareil au magasin. Faut déjà commencer à faire nos achats pour l'automne. Effrayant comme le temps passe!...

Ida prit la parole:

—Toujours est-il qu'on vient vous voir pour la collecte de dimanche. Pour offrir une bourse à monsieur le curé... pour son voyage à Rome.

—C'est la première fois qu'on m'en parle.

—On est venu vous en faire part pis vous demander si vous ne pourriez pas faire un peu de porte à porte dimanche...

—J'aimerais vous aider, mais mes varices... J'ai de la misère à marcher. C'est souffrant. Ça rempire...

—C'est pas en arrêtant de marcher que vous allez vous guérir.

—Le docteur m'a dit de pas exagérer...

—Une varice, c'est une dilatation de veine? Pour favoriser la circulation du sang, la meilleure chose, c'est la marche. Rester debout longtemps, c'est pas à conseiller; mais marcher, c'est une excellente chose.

—Le docteur dit que je pourrais faire une phlébite après l'accouchement.

—Ben non, voyons! Hein, Bernadette?

–Moi, j'connais rien là-dedans...

Madame Beaudoin releva sa robe et fit voir son mal. Des conduits noueux, bleutés, zigzaguaient vers les genoux, disparaissaient puis revenaient tourmenter les jambes et leur donner un aspect gibbeux.

Bernadette eut un mouvement de recul:

—On voudrait pas vous imposer de faire du porte à porte, madame Beaudoin. On venait pour monsieur le curé...

La femme passa sa main sur son visage:

—Si on regarde les choses comme ça, pas facile de refuser...

—Quand monsieur le curé saura que vous avez travaillé à la collecte, il sera très content, insista la femme du médecin.

La conversation dévia mais à la fin, la femme dit:

—Je vais vous mon aider. Comptez sur moi pour dimanche...

* * *

Le soir de la remise de la bourse, Ida fut ovationnée. Bernadette eut la récompense de savoir que leur équipe avait produit les résultats les meilleurs. Quant à madame Beaudoin, elle ne fut pas de la fête, ses jambes ne la supportant plus.

L'enfant naquit avant terme. La femme souffrit d'une phlébite.

Ida discuta de varices avec J.O. Il lui dit qu'elle avait eu raison de conseiller à madame Beaudoin de marcher.

—Mais de là à lui faire courir tout le secteur nord-est du village!

La femme traqua son mari jusqu'à ce qu'il lave sa conscience. Ce soir-là, elle s'endormit tranquille.

* * *

CHAPITRE 13

Luc donna un dernier coup de pédale puis se laissa emporter par la bicyclette jusqu'au jeu de croquet où Esther montrait à jouer à des fillettes. Il appuya son pied sur le coffrage pour rester en équilibre.

—Bonjour, madame Grégoire!

Esther prit un air sévère, esquissa un signe de tête négatif.

Il voulut se rattraper:

—C'est que je vous avais prise pour ma mère.

Et il pouffa de rire.

—Ai-je l'air si... âgée? dit-elle le plus sérieusement du monde.

—Hey là, ma mère est pas si vieille! En tout cas, pas autant que ce que tu laisses entendre.

—Et moi donc ?

—Oublie ça. Je voulais rien que t'agacer un peu.

—Pis j'ai joué le jeu.

Elle montrait aux fillettes à roquer. Au premier coup, ratant sa cible, la tête du maillet frappa rudement son talon et elle se mit à tourner en claudiquant. Sa plainte fut enterrée par un large éclat de rire.

—Tantôt, je te prenais pour ma mère; mais là, tu me fais penser à ma tante Bernadette.

Quand le pire de la douleur fut passé, elle rit à son tour.

Depuis dix jours qu'elle travaillait sur les terrains de jeux, tout s'était bien passé. Le copinage souhaité par l'abbé s'inventait chaque minute et se forgeait au fil des heures et des jours. La présence du prêtre la sécurisait et renforçait son désir d'épouser Luc. L'horizon se nettoyait. L'abbé resterait l'abbé. Les quelques pensées affectueuses qu'elle avait eues pour lui resteraient à jamais enfouies au fin fond de son cœur.

Jamais elle ne parlait de lui avec Luc. Chacun appréciait de savoir que le vicaire encourageait leurs fréquentations.

Le bonheur s'installait en elle en bien-être, sérénité, espérance. Dieu exauçait ses ferventes prières. Sa dévotion préférée allait au Sacré-Cœur de Jésus et chaque matin, elle lui demandait la paix pour elle-même et les enfants du monde. C'était une prière que, toute petite, elle avait apprise de sa mère et qu'elle affectionnait.

Les seules vraies amies qu'Esther ait jamais eues étaient ses compagnes d'école normale et aucune de celles-la ne vivait à St-Honoré. La solitude avait cheminé avec elle jusqu'à ses études ailleurs et l'avait retrouvée à son retour dans son village. Personne à qui se confier: pas à une mère aussi austère; non plus à un curé paternaliste mais trop solennel.

Seul Luc avait été un copain de toujours, un ami d'enfance. Mais il y a des choses qu'une fille ne peut confier à un garçon, des choses qu'une adolescente trouve sur elle-même en observant, en écoutant les autres de son âge. L'amitié d'une personne de même sexe est une richesse irremplaçable et même Luc, malgré toute la paix qu'il lui apportait, ne pouvait remplir le vide. Elle avait déjà cherché à se faire des amies dans le village, mais Cora, sans s'avouer que c'était une question de rang social, y avait mis assez d'obstacles pour qu'Esther gardât de saines distances.

—T'as vu le panier que j'ai offert à ma bécane? C'est pour livrer des effets...

—C'est bien de faire du bicycle, ça empêche de faire du ventre.

—Je pense bien! J'passe l'été à m'étriper pour faire avancer ça.

—Tu sais ce que j'aimerais?

Il haussa les épaules.

—Qu'avec ton gros panier et tes grandes mains, tu ailles chez Jos Lapointe nous chercher des cornets de crème à la glace... aux noix.

144

—Tout de suite?

Les fillettes trépignaient, jetant des regards pleins de désir. Luc descendit de bicyclette et se rendit auprès de chaque enfant pour lui souffler quelque chose à l'oreille et entendre les réponses.

—Aux noix, à la vanille ou aux fraises ? demandait-il en cachant sa bouche, transportant le précieux secret d'un tympan à l'autre.

—Aux noix, dit l'une. Aux fraises, dit l'autre. À la vanille...

Il se rendit au croquet des garçons et répéta son manège, cherchant à se faire payer d'un peu d'affection le plaisir qu'il offrirait aux enfants à son retour.

—Je reviens dans vingt, quinze, dix minutes, annonça-t-il tout haut quant il eut terminé sa ronde.

Il enfourcha sa bicyclette, se rendit au chalet crier:

—Un cornet de crème glacée, monsieur le vicaire? Je l'offre...

—C'est pas de refus.

—Une boule ou deux boules?

Le prêtre éclata de rire:

—D'abord que tu payes: deux boules.

—Quand vous me rendrez la pareille, j'en prendrai un à trois étages, dit Luc en riant plus fort.

Et il s'éloigna en chantonnant:

> *Dans l'rang' d'Saint-Dominique,*
> *Par un beau soir comm' ça!*
> *S'en allait Majorique*
> *Un vrai bon gars comm' ça!*
> *Voir la d'moisell' Phonsine*
>
> *...*

Esther releva la tête et le vit disparaître au coin de l'église. Lui parvenaient encore les échos de sa voix:

> *Qu'il la trouvait donc fine*
> *Il le disait comm' ça!*

* * *

Luc aperçut un camion militaire dans la cour d'un garage en face de l'église. Il eut envie d'aller voir de plus près.

—C'est à Jean Nadeau, lui dit un mécanicien. Il l'a acheté à St-Georges pour charroyer des pinottes.

—Il nous est rentré dedans le jour de la parade. Le gars s'en allait à reculons pis le 'truck' a fessé le char allégorique à Ida.

—Il est brisé en arrière. dit quelqu'un.

Luc pensa à la crème glacée et reprit la route. À l'entrée d'une rue transversale, il aperçut pas loin des gens affairés autour d'une automobile à demi renversée dans un fossé. Curieux, il se rendit voir. Là, il ne descendit pas de vélo et mit un pied sur le pare-chocs du véhicule.

—Il est arrivé quoi?

—C'est notre Bertrand qui sait pas chauffer, dit quelqu'un.

—Pas fait exprès. J'ai rencontré le père Buteau, dit le coupable, un petit rougeaud. Il prend toute la place, le vieux torrieu.

Luc le taquina:

—En le voyant, t'aurais dû tourner dans le cour de la 'shop'.

L'échange se poursuivit ainsi en toute légèreté. Des hommes qui essayaient de sortir le véhicule à force de bras se rendirent compte que c'était peine perdue.

—Manquez-vous de force? Vous voulez que je vous aide?

—La dépanneuse à Jean Nadeau s'en vient.

—J'arrive de là: la dépanneuse était même pas là...

—Tiens: voilà de l'aide, fit Bertrand en pointant un doigt vers l'entrée de la petite rue.

Luc ne tourna pas la tête pour voir venir. Enjoué, les yeux pleins de lumière, il continuait de taquiner Bertrand:

—Tu ferais mieux de conduire une bécane, c'est moins dangereux... Ou mieux, je ferai ton taxi: tu grimperas dans le panier.

Le camion militaire, hideux, approchait... Tous les yeux, sauf ceux de Luc, étaient braqués sur lui. Pour les villageois, il symbolisait toute une décennie: celle de la guerre et de l'après-guerre. Il en avait passé des pareils parfois à St-Honoré, mais pas souvent. Leur image imposait un respect craintif...

—Tu t'en vanteras pas devant ton p...

Luc ne finit pas sa phrase ni son mot. Il vit s'écarquiller les yeux de Bertrand, tandis qu'il sentait une présence insolite tout près, là, dans son dos. Et, chose bizarre, comme si c'était la voix d'un autre venue de lui-même, il s'entendit prononcer un « non » exclamatif, un « non » résigné, presque doux.

Malgré les gestes désordonnés de son conducteur, des cris gelés dans la cabine, des coups rageurs sur la pédale de freins, des torsions inutiles du levier de vitesses, le camion avançait, avançait... Il toucha doucement la roue arrière de la bicyclette. Presqu'au ralenti. La roue avant du vélo tourna, l'empêchant ainsi de rouler, le faisant basculer, entraînant Luc dans sa chute. Le jeune homme se retrouva étendu sur le dos dans la rue. Le conducteur fit une manœuvre de dernière minute en donnant un coup de volant pour jeter le véhicule sur la bâtisse d'à côté, cherchant à éviter d'écraser celui qu'il venait de renverser.

Luc fit un geste pour se relever. Il sentit un objet doux lui toucher le front. C'était chaud. Très chaud. Brûlant. Puis il entendit un bruit comme celui d'une noix qui craque sous la pince, mais le son sortait de quelque part en lui-même. Tout devint brillant à ses yeux. Une chaleur bienfaisante envahit son corps.

Le camion avait viré juste à l'angle requis pour que sa roue avant atteigne la tête de la victime. Et quand elle la broya, cela ne la souleva à peine.

Après le choc sur le mur et l'immobilisation, il y eut quelques secondes d'un silence total. Conscient du drame, le conducteur pleurait sans bouger, n'osant regarder... Les autres demeurèrent un instant pétrifiés. Personne n'avait vu l'éclatement du crâne... mais l'on sentait que la mort était présente.

C'est le corps qui rompit le silence. Une main bougea, se rétracta comme si elle avait voulu gratter le sol.

Bertrand s'approcha. Puis les autres. L'épouvante se lisait sur tous les visages. La tête était aplatie, affaissée et froissée comme une vessie dégonflée. Le cerveau avait été projeté hors de la boîte crânienne et gisait luisant dans le gravier gris. Un liquide brunâtre, sanguinolent coulait autour.

—Faut faire venir un prêtre, dit une voix.

—Pis le docteur...

—Vas-y, Bertrand, vas-y...

Le jeune homme courut comme un fou vers la grand-rue, puis bifurqua vers le presbytère. Mais il se ravisa et reprit la direction de chez le médecin. Il changea encore d'idée quand il aperçut le vicaire sortant du chalet. Les jambes et le souffle coupés, il parvint au prêtre.

—Un accident, venez, un accident dans la rue des cadenas...

—Des blessés ?

—Luc Grégoire... mort... mort...

Le prêtre devint froid comme le marbre:

—Ferme ta gueule! Ferme-toi...

—Mort, mort, mort. La tête écrasée par le truck d'armée...

—Ferme-toi?... siffla l'abbé en jetant un regard oblique du côté d'Esther.

Occupée avec les fillettes, elle semblait n'avoir rien entendu.

—Le docteur est là-bas?

—Je vas le chercher.

—Surtout pas un mot à personne! Va, va.

Bertrand reprit sa course, coupant derrière les bâtiments à travers champs. Au détour d'un hangar, il croisa Bernadette.

—Pressé Bertrand aujourd'hui ?

Il s'arrêta, souffla, et annonça la terrible nouvelle:

—Je vas chercher le docteur. C'est pour Luc Grégoire. Il s'est fait tuer...

Le prêtre s'approcha d'Esther:

—Je vous laisse une demi-heure. Suis appelé auprès d'un... blessé...

Et il tourna les talons.

Troublée par un sombre pressentiment, elle demanda:

—Qui est mort ?

—Personne. C'est un accident, un type de... St-Martin qui s'est fait renverser par un camion... Suis pressé. Occupez-vous des enfants. Je vous dirai de quoi il retourne à mon retour.

Il avait parlé avec le ton du commandement et cela parut bien insolite à la jeune femme. Elle retourna auprès des enfants et regarda sa montre.

—Va-t-il revenir, Luc, avec la crème à glace? demanda une gamin timide.

Elle ne répondit pas et sentait sa bouche sèche. Sa gorge se nouait...

L'abbé fit un saut rapide à la sacristie, prit les saintes huiles et courut vers les lieux de la tragédie. Des gens affluaient de tout le cœur du village.

La scène l'horrifia. C'était le premier accidenté qu'il administrerait. De Luc, il ne reconnut que les cheveux noirs englués de sang et d'humeurs blanchâtres. De grosses mouches commençaient à tournoyer et à se poser.

Il fit des onctions, balbutia les prières d'usage. Au milieu de la cérémonie, le corps tressaillit, eut un violent soubresaut, comme si l'âme délivrée enfin de toutes ses angoisses par la vertu des huiles sacrées, eût fait un ultime effort pour se libérer de sa carapace brisée.

Quelques minutes plus tard, Pampalon arrivait sur les lieux. Il aperçut la bicyclette de son fils. On lui confirma sa mort, ce dont les paroles de Bernadette ne l'avaient pas convaincu. Il n'eut pas la force de briser le barrage d'hommes formé sans conviction et qui ne lui aurait opposé que bien peu de résistance.

L'homme se laissa tomber à genoux dans l'herbe. Puis il s'assit et s'appuya l'épaule et la tête contre un poteau de bois. Des larmes silencieuses commencèrent à rouler sur son visage. Il les essuyait parfois du revers de sa main. Trop abondantes, elles s'échouaient souvent sur sa chemise. Il ne pensait à rien. Il avait mal, grand mal, c'est tout.

Le curé vint aussi. Il s'approcha aussitôt du père effondré.

—Le bon Dieu éprouve ceux qu'il aime.

Forcé à la réflexion, l'autre jeta sourdement:

—Le bon Dieu, il se sacre de tout nous autres!

Le curé s'assit sur un monticule, les pieds sur un trottoir de bois qui prenait fin près du poteau.

—Des journées, on dirait qu'il est bien loin, ce bon Dieu-là. Mais il est là. Il veille. Et s'il a rappelé Luc, c'est qu'il le fallait.

149

—Perdre un enfant, monsieur le curé, ça peut pas être compris à quelqu'un à qui ça arrive pas. Ni s'imaginer...

—Il est pas si loin de nous autres que ça, Pampalon. Un pauvre quinze, vingt ans et on sera avec lui. Je te dis qu'il doit déjà être en train de nous préparer le terrain de l'autre bord.

—C'est ça qu'il me reste à faire: me dépêcher d'aller le retrouver. Monsieur le curé: c'est une maudite vie qu'on vit.

À travers des sursauts de révolte, Pampalon se rapprochait peu à peu de la pensée du curé, de la religion, de Dieu. Il entrait par petits pas dans la résignation.

Le vicaire pensa à Esther et repartit.

Elle venait à sa rencontre au milieu de la grand-rue.

—Les enfants ? fit-il d'un ton si sévère qu'elle devint encore plus suspicieuse.

—Qui est mort? C'est Luc? Dites-le...

—Luc est allé au restaurant, voyons.

—Pis son bicycle, où il est ? Je l vois pas au restaurant. Vous dites des menteries, pourquoi ? Pourquoi ?... C'est Luc. Je sais que c'est lui.

Elle voulut le dépasser, mais il lui barra la route et l'attrapa solidement par les épaules.

—Ça vous donnerait quoi d'aller voir un cadavre? Oui, oui, c'est Luc, mais il a pas souffert... Et il est au ciel maintenant avec le bon Dieu qui l'a rappelé à lui.

Le visage tordu, elle se mit à gémir.

—Mon Dieu, non, non... Laissez-moi le voir, laissez-moi partir, laissez-moi tranquille.

—Vous irez pas là!

—Je l'ai envoyé au restaurant... je l'ai envoyé à la mort...

—Quelle importance la raison de sa mort? Il y a vingt minutes, il chantait. Il était heureux, il vous aimait. Son voyage a pris fin. Venez! Retournons aux terrains de jeux. Faut vivre... vivre pour les enfants, pour d'autres...

Il lui enveloppa les épaules et l'entraîna.

—On va en parler. En parler et en parler encore. Tout l'après-midi si vous voulez. Mais vaut mieux pas aller là-bas. D'ailleurs,

150

Luc n'est plus là. Son âme est tout près de nous, ici, avec nous, à nous écouter, à nous aimer. Là-bas, y a plus que son enveloppe toute déformée. Allons fermer les terrains de jeux... Venez.

Ils marchèrent. Elle pleurait, effondrée contre lui, inconsolable, coupable, perdue...

Le chemin jusqu'au chalet n'en finissait pas.

La vie n'en finirait pas.

Les yeux agrandis, intimidés par l'image qui s'offrait à eux, les enfants les regardèrent en silence, cherchant à comprendre pourquoi on ne leur apportait pas la crème glacée promise.

* * *

CHAPITRE 14

Les funérailles avaient eu lieu la veille.

Ces jours derniers, l'abbé Dumont avait beaucoup prié pour le salut de l'âme de Luc. Avec une ferveur égale, il avait demandé à Dieu d'aider Esther à émerger de son profond désarroi.

Lui-même commençait à emprisonner le cauchemar en un recoin éloigné de son âme.

Ce matin-là, il devait aller porter le Viatique à deux mourants. L'un ne trépasserait pas avant quelques semaines; mais l'autre, Blanc Gaboury, expirerait d'un jour à l'autre. C'est la raison pour laquelle le prêtre ne lui apportait pas que la communion, mais administrerait aussi l'Extrême-Onction.

Quand il entra dans la chambre du malade, il sut que c'était pour la dernière fois et que les ouï-dire étaient vrais. Les proches savaient. Ils ne priaient pas comme d'habitude. La mère de Blanc, vieille dame pointue, dit au vicaire:

—C'est la fin.

Une tante ratatinée tirant de la patte toussota:

—Son agonie en finit pas... Jamais vu ça... Pis j'en ai vu mourir, du monde!

Le moribond sentit la présence du prêtre. Il ouvrit les yeux, bougea sa main desséchée. À la recherche d'une dernière parcelle d'espoir dans cet univers brumeux qui n'est plus celui des vivants et pas encore celui des morts, il trouva la force de chuchoter:

—Le... petit... Grégoire... parti avant moé...

—Oui, il vous attend là-haut.

—Vous... vous nous suivrez... betôt là.

La faible voix contenait de l'amertume. Le prêtre fut effrayé.

Exténué par l'effort, le malade referma les yeux. Sa poitrine se soulevait par à-coups espacés. Les borborygmes de son estomac trouaient le silence glacial qu'imposait ce temps d'agonie.

Les deux vieilles s'étaient mises à genoux au pied du lit. Cela incita le prêtre à procéder au rituel.

Blanc bougea les paupières, découvrit encore un peu ses globes éteints, adressa au prêtre un regard extrême.

—Vite... je m'en vas...

L'abbé réagit enfin. Il mit le corporal sur la table d'Extrême-onction, y déposa l'hostie consacrée, fit la génuflexion. Les flammes des cierges vacillèrent. La respiration cessa un moment dans la bouche du malade. À jamais peut-être... Cela incita le prêtre à ne pas lui donner à communier et à passer tout de suite au rite final. Il lui donna le crucifix à baiser, marmonna les oraisons et procéda aux onctions:

—Par cette sainte onction et sa très douce miséricorde, que le Seigneur vous pardonne toutes les fautes que vous avez commises par la vue, par l'ouïe, par l'odorat, par le goût, par la parole, par le toucher, par le pas et la démarche. Ainsi soit-il!

À cause de l'urgence, il ne dit qu'une seule prière sans pour autant omettre d'oindre les parties du corps.

Les onctions terminées, il essuya ses doigts sur la mie de pain, lava ses mains et lut les dernières oraisons.

Blanc paraissait mort. Ses yeux étaient clos. Le drap bosselé entourant la cage thoracique s'était immobilisé.

—Monsieur le vicaire, est-ce qu'il ?... demanda la mère, le regard noir.

L'abbé fit un signe affirmatif. Il prit le poignet atrophié pour confirmer le diagnostic. Rien. Aucune palpitation. Il tourna la tête vers les femmes inquiètes qui espéraient que la mort soit enfin passée et il accentua son signe d'acquiescement à la question qu'il pouvait lire sur les visages.

Il relâchait le bras lorsqu'une tenaille froide saisit son index et serra comme pour le casser. C'était impossible, impensable. Le pouls n'était pourtant plus là.

Blanc rouvrit doucement ses yeux qu'il plongea dans ceux du prêtre et, d'un souffle suprême, il détacha des mots bien nets, distincts:

—À bientôt! Venez... Tous |

La lueur blafarde des prunelles s'éteignit. Les yeux figèrent leur inexpression sur un point inexistant du plafond. L'étreinte de sa main resta rivée au doigt du prêtre.

L'abbé qui pendant un moment eut froid dans le dos, se demanda si l'âme de l'homme n'était pas damnée. Il pensa que Blanc ne s'était jamais laissé aller à une sainte résignation comme le font ceux qui croient en Dieu et espèrent le ciel.

C'est ça qu'on lui avait enseigné au grand Séminaire: aider les agonisants à accepter la mort pour que Dieu leur ouvre les portes célestes et aussi pour leur rendre la mort plus douce.

Blanc avait combattu avec une détermination farouche, souvent rageuse. Ses moments de faiblesse devant l'imminence du sort n'avaient été que des mouvements de recul pour mieux colmater son mur de résistance.

Un homme, un vrai n'a-t-il pas le devoir de se battre jusqu'au bout? Le Christ lui-même ne l'avait-il pas fait? Comment le Créateur, qui a donné aux humains un si fort instinct de survie, peut-il leur demander de se laisser aller à une résignation moutonnière comme condition d'accueil dans son royaume?

Cette contradiction chassa de son esprit la terreur superstitieuse que les mots du moribond, inspirés par une effrayante solitude, avaient suscitée en lui.

Il défit l'étreinte d'acier qui l'unissait au cadavre et remit ses choses dans son sac noir. Avant de s'en aller, il recommanda aux vieilles dames de faire venir tout de suite le médecin pour officialiser la mort.

Sur le chemin du presbytère, il ne put empêcher les dernières paroles de Blanc lui marteler les tempes. Cet «à bientôt» suintait de malédiction. Mais qu'importe la mort quand on a vécu pleinement? Comme Luc, comme Blanc: dans la joie, le combat. Mourir sans regretter sa vie: n'est-ce pas là la plus douce façon de s'en aller à jamais? Vivre, vivre. À chaque carré de trottoir, le vicaire répétait le mot. Vivre sa vie. Son sacerdoce. Vivre. Suivre les élans de son âme. Vivre. Aimer. Rêver. Espérer. Désirer... Esther... Esther.

*   *   *

Les jours suivants, tant qu'il le put, il se claquemura dans son bureau, dans sa chambre, dans son âme.

Au grand Séminaire, on lui avait enseigné le sens de la vie et de la mort. Il avait cru comprendre. Il n'avait rien compris du tout. Ou plutôt, on lui avait enseigné des faussetés. Il n'avait à peu près jamais rien su de la mort avant son arrivée à St-Honoré. De sa force impitoyable. Du vide qu'elle créait. Aussi de sa fécondité.

Il lui fallait écrire tout ça pour se relire ensuite et réfléchir à deux fois et plus à fond.

Un cahier de notes se transforma en une longue prière de remise en question de son sacerdoce, de sa vie, de la vie.

Un soir, sur la dernière page, il résuma ses réflexions dans un style cursif, comme pour se donner une philosophie facile à se remémorer et à suivre.

«Un homme doit-il vouer sa vie à la mort des autres ? Pourquoi pas? Qu'est-ce que vivre, sinon bâtir?»

Là, il souligna son «pourquoi pas » avant de poursuivre:

«Que d'égotisme dans les premières pages de ce journal! Ô mon Dieu, m'indiquerez-vous la voie à suivre? Que voulez-vous de moi? Je m'accuse d'avoir faibli ces jours derniers... Seigneur, je veux travailler pour la jeunesse, auprès de ceux qui grandissent à la vie. Ma charge me commande de tenir la main des mourants, de les oindre, de les suivre jusqu'à la fosse, mais qu'il est donc pénible de réconforter les moribonds et consoler leurs proches !

Seigneur, c'est la vie qui m'intéresse. Plus la mort est présente, plus je veux vivre. Ayez pitié. Montrez-moi la lumière. Je souffre. IL ME FAUT AIMER LA MORT QUI N'EST PAS L'ANTIVIE... mais je n'y arrive pas.

Tout est désordonné dans ma tête. La décrépitude s'empare de mon esprit. Et mon pauvre corps, lui, n'a encore que vingt-six ans. *Je me sens comme un vieillard chargé d'inexpérience.*

C'est là que doit se trouver la clef: dans mon âge, dans mon ignorance. Monsieur le curé sait où il va, lui. Parce qu'il a vécu. Devrais-je lui parler ? Me confier ? Pourrait-il m'aider ?... Non. Je dois traverser l'épreuve tout seul. Pas tout seul, mais avec votre soutien, Seigneur. Me l'accorderez-vous ? Je vous aime et je veux que votre sainte volonté soit faite.»

* * *

CHAPITRE 15

Chacun avait travaillé machinalement depuis la mort de Luc. Jamais ils ne s'étaient parlé à nouveau du drame. Pour aider Esther, le vicaire avait effleuré le sujet un matin, mais des réponses évasives avaient eu raison d'un zèle peu ardent.

Chacun savait qu'en l'autre se livrait un rude combat entre des forces insondables. Juillet avait été pluvieux, frais, incertain. Les rires clairs de l'abbé faisaient place à un quotidien fastidieux.

Esther avait perdu le sourire. Elle n'avait pas réussi à chasser l'idée que ses caprices avaient tué Luc. Sa mort brutale en tout cas lui avait jeté en pleine figure le reflet de ses sentiments profonds véritables.

Luc n'avait pas eu en son coeur la vraie place d'un amoureux. En fait, c'est un ami d'enfance qu'elle pleurait. Mais sa peine lui venait plus encore des reproches qu'elle se faisait. Elle n'aurait pas dû accepter sa demande en mariage, pas dû lui faire des avances voilées dans la pinède, pas dû le mettre à son service.

Pour se défendre du prêtre, elle s'était servi de lui. Et cette idée aussi la faisait souffrir. Comme elle s'en imposerait des sacrifices pour racheter sa faute! Luc était devenu sa victime parce que dans sa prétention, elle avait cru que le vicaire puisse s'intéresser à elle de trop près. Folie et vanité! Elle voyait bien maintenant que le prêtre était fidèle à son sacerdoce. Il aurait pu profiter des circonstances dramatiques pour tenter de se rapprocher d'elle, mais il ne l'avait pas fait. Au contraire, il avait manifesté une froide réserve. Et souvent, il semblait tourmenté, en proie à une sorte d'angoisse que même l'exubérance des enfants ne parvenait pas à dissiper de son front soucieux.

Elle s'était jetée à corps perdu dans la prière au cours de ces semaines douloureuses. Et elle prierait jusqu'au moment où la grâce lui reviendrait.

Le jour où elle reconnut sa faute, elle prit aussi la décision de régler l'affaire avec Dieu lui-même. Car aucun prêtre, pas même le curé, ne croirait en sa culpabilité, et pour cette raison, ne lui donnerait l'absolution. Dieu, lui, comprendrait; d'autant qu'elle désirait payer tout le prix de son péché, de son orgueil que seul le Seigneur pourrait lui pardonner.

La nuit d'avant, il avait plu. Une pluie lourde, chaude, drue. La surface des jeux de croquet était morveuse; des flaques d'eau reluisaient çà et là sur les terrains. Il faudrait plusieurs heures d'un soleil franc pour assécher les lieux.

Au déjeuner, le vicaire fit savoir à Esther, par Cora, que les terrains seraient fermés toute la journée.

—Profitez-en pour aller à la vente à l'encan, conseilla le curé.

Et il fit venir Esther pour lui dire la même chose. Restée dans l'entrebâillement de la porte, elle avoua:

—J'en ai pas ben envie...

—J'aimerais que vous y achetiez un petit quelque chose: un bibelot, un outil, une vieille lampe. Un cadre me plairait bien. Chez Baptiste, y en aura de fort beaux. Pourvu que ça dépasse pas cinq dollars... Avant de partir, passez à mon bureau, je vous donnerai l'argent. Parce que notre bon Fortunat fait pas de crédit à ses ventes. Pas même à son curé. Et vous, monsieur le vicaire, vous donnerez votre avis à mademoiselle Esther. J'aimerais bien me rendre à la vente moi-même, mais... Bon, je vous y délègue. Surtout, rapportez-moi un souvenir de la famille Boucher... Une belle grande famille, celle-là! Des cultivateurs parmi nos meilleurs...

En réalité, l'abbé Ennis n'avait guère envie d'un objet quelconque. Ce n'était pas son genre non plus d'acheter les yeux fermés, fut-ce par l'entremise d'une personne d'aussi bon goût qu'Esther. Il intervenait pour tenter de sortir autant la jeune fille que le vicaire de leur réclusion morale. Il les voyait tous les deux bouleversés par la mort de Luc et savait que des mots ne suffiraient pas à

160

ramener la paix chez eux. Car il avait jaugé l'intensité de leur trouble intérieur et conclu que le drame n'en était pas le seul responsable. D'aussi intenses et durables perturbations devaient forcément s'alimenter à des sources diverses. Et comme il les ignorait, ces sources, il se disait que le temps et l'action conjugués redonneraient aux deux jeunes gens leur enthousiasme coutumier

—Tiens, allez tout de suite à mon bureau pour y quérir l'argent dans le tiroir du milieu: vous savez où c'est. Et soyez gentille, rapportez-moi aussi ma pipe et mon tabac...

La jeune fille obéit sans mot dire ni sourire.

* * *

La maison des Boucher était située sur une butte à quelque distance de la grand-rue. Elle était à la tête d'une des terres reboutant le village. Comble vaguement français, allures proprettes, safranée: une demeure humble mais chaude.

Sur une large galerie ouverte, grouillaient des acheteurs impatients de miser sur les articles à vendre. Le vicaire y examina divers objets puis, à la suite d'autres personnes, il visita l'intérieur de la résidence. Une horloge luisante à bois blond attira son regard et capta son attention.

—Elle marche comme une neuve, lui dit un homme maigre au menton en galoche.

—Tiens bonjour monsieur Fortunat, s'exclama le prêtre. Une belle grosse vente aujourd'hui?

—Une des plus grosses de l'année !

Sur le ton de la confidence, il ajouta:

—Si l'horloge vous tente, monsieur le vicaire, je peux vous la vendre sans attendre. Pis j'vous la laisse à quatre piastres. J'en ai vu d'autres qu'elle tente pas mal; elle va tirer dans les sept ou huit piastres. Vous feriez une bonne affaire de la prendre tout de suite...

L'homme gardait sa main dans le dos du prêtre. Il savait établir une complicité avec le client et là se trouvait la clef de sa réussite en affaires. Il avait été d'abord cultivateur, mais il s'était vite lassé de ce métier. Alors il s'était mis à encanter, ce qui l'avait conduit à faire le commerce des animaux et des terres. Plus tard, il avait troqué sa ferme pour l'hôtel du village.

—Vous savez, avec mes deux piastres par jour de salaire, je pourrai acheter grand-chose.

—Ça fait rien. Regardez tout ce que vous voulez pis si vous trouvez quelque chose que vous aimez, venez m'en parler... On va ben s'arranger. Vous me donnerez le prix que vous voudrez: parole de Fortunat!

Un grand jeune homme rouquin, les yeux bleus comme un ciel matinal, s'approcha et dit avec un accent très *"français"*:

—Monsieur Fortier, les gens cherchent à savoir si l'encan va bientôt commencer. Qu'est-ce que je dois leur répondre? Treize heures ? Quatorze ?

—À une heure et quart exactement, soit dans moins de quinze minutes. Monsieur Caumont connaissez monsieur le vicaire...

Les deux hommes se serrèrent la main, intrigués l'un par l'autre mais n'osant se questionner.

—Monsieur l'abbé, dit Fortunat, ben c'est notre vicaire. Lui, c'est un jeune Français de l'autre côté de passage au Québec pis qui voudrait s'établir par ici durant quelques mois.

—Un Louis Hémon de passage? questionna le prêtre.

—Pas du tout! Je n'ai ni goût ni talent pour la plume. Suis un aventurier... au bon sens du terme. Enfin j'espère! J'ai eu envie de faire le tour du monde et pour ça, comme il faut des sous et que je suis fauché depuis le jour de ma naissance, bien je m'arrête ici et là pour gagner ma croûte, ramasser des provisions et repartir.

—Il s'est arrêté à l'hôtel avant-hier. M'a conté son histoire pis je l'ai engagé comme secrétaire de mes ventes. Ça va lui faire connaître du monde pis peut-être qu'on aura du gagne pour lui.

—Vous acceptez quoi comme travail?

—Tout: garçon de ferme, domestique, sacristain.

—Les Français savent tout faire, c'est connu, fit le prêtre avec un brin de malice.

—J'essaie... j'essaie.

—Comme disait Roosevelt: «Y a pire que de ne pas avoir réussi...» vous devez connaître la suite...

—«Et c'est de ne pas avoir essayé,» compléta Henri. Mais ce n'est pas de Roosevelt.

—Je vous laisse à vos propos savants, dit Fortunat.

Cherchant des yeux, il mentit joyeusement:

—On me demande là-bas. Monsieur Caumont, oubliez pas d'être à votre table sur la véranda à une heure et demie pile.

—Je croyais que c'était une heure et quart.

—Ça, c'est ce qu'on dit au monde. Mais faut les faire attendre! Ça les réchauffe. Ça les excite. Ça les mûrit.

—Que voilà un homme qui connaît son métier! s'exclama Henri admiratif.

—On dit que c'est le commerçant le plus habile du comté et le meilleur encanteur... De quel coin de France êtes-vous?

—Le Mans... Vous connaissez la France?

—Par mes leçons de géographie... Alors vous avez décidé de vivre à fond?

Le Français fit une moue d'incertitude.

—Qu'est-ce que vivre à fond? Pour moi, en tout cas, c'est la découverte des lieux... Pour vous, ce sera peut-être l'exploration des personnes. On trouve de bien plus grandes richesses à faire le tour d'un cœur qu'à faire le tour du monde. Mais voyez-vous, moi, je suis trop terre-à-terre: je préfère la géographie à la psychologie.

Il éclata de rire et son visage rougit jusqu'à sa chevelure frisée.

—Pour être en mesure de dire ça, faut combiner heureusement les deux.

—Je vous remercie, vous êtes très gentil.

Le jeune homme parlait d'un ton aimable, convaincu, passionné. Sa voix veloutée ajoutait de l'agrément à son élocution mesurée.

Malgré son charme, malgré l'impression favorable qui se dégageait naturellement de sa personne, il fit naître une forme d'inquiétude dans l'âme du prêtre. Ce sentiment s'accrut lorsque, dans la conversation qui suivit, Henri se dit non pratiquant. Un nouveau sens des responsabilités s'éveilla dans l'esprit de l'abbé. Il faudrait protéger les jeunes de St-Honoré des dangers que leur ferait courir ce brillant causeur sympathique mais irréligieux.

163

—Un beau meuble, n'est-ce pas? demanda le vicaire en désignant une commode à miroir ovale.

Le Français hésita, pencha la tête, examina l'objet avec attention et finit par avouer:

—J'aime pas. Aucun style... Pardonnez-moi une opinion aussi brutale, mais je vous respecte déjà trop pour vous mentir.

—Je suis de cet avis: elle est atroce, dit une voix de femme derrière eux.

C'était Ida. L'abbé fit les présentations.

Elle parla des nombreux voyages en France qu'elle et J.O. projetaient de faire. Il déclara son admiration pour les musiciens quand il apprit qu'elle était organiste.

Et elle en dit du bien quand il fut parti...

* * *

Fortunat commença la criée avec l'horloge que le prêtre avait refusé d'acheter.

—Vingt-cinq cents une fois, vingt-cinq cents, vingt-cinq cents, vingt-cinq cents. Qui dit cinquante, qui dit trente-cinq ?

L'encanteur coupa son chant monocorde pour ordonner:

—Hey, les gars, puis les dames itou, farfinez pas comme ça. L'horloge vaut dix piastres au bas mot. En tout cas, je vous garantis que le père Baptiste la laisserait pas aller pour moins de cinq. Ça fait que... grouillez-vous un peu.

Et la criée reprit son envol.

—Vingt-cinq cents une fois, vingt-cinq cents, vingt-cinq cents, vingt-cinq cents... Cinquante pour Archelas. Cinquante cents pour Archelas. Qui dit soixante-quinze? Qui dit soixante-quinze? Cinquante cents une fois, cinquante cents, cinquante cents, soixante-quinze pour monsieur le vicaire, soixante-quinze, soixante-quinze...

Le prêtre fut surpris de s'entendre nommer car il n'avait pas enchéri. Il se demanda pourquoi et se souvint de s'être gratté la tête. Son geste avait été pris pour une réponse positive.

—Soixante-quinze une fois, soixante-quinze, soixante-quinze, une piastre là-bas pour madame Patry?...

Une vieille dame blanche aux vêtements noirs acquiesça d'un

signe de tête.

—Une piastre une fois, une piastre, une piastre, une piastre...

Le ton chuta; l'homme se fit suppliant avant de reprendre:

—Qui dit une piastre et demie ? Hein ?

Il scruta des yeux la petite foule qui se pressait en bas de la galerie. Une rumeur l'agita mais personne ne répondit. Par instinct, Fortunat tourna la tête. Sur le pas de la porte, Esther leva faiblement la main.

—Une piastre et demie pour mademoiselle Létourneau. En voilà une qui connaît la valeur des choses. Vous voyez: elle a pas eu peur de miser. J'espère qu'asteur, vous allez lui laisser l'horloge.

Et il reprit:

—Une piastre et demie, deux piastres là-bas...

L'enchérisseur, un petit homme en chemise verte, baissa les yeux après son signe des doigts, comme s'il venait de poser un geste anticlérical.

—Qui dit deux et demie? Qui dit deux et demie? Archélas? Deux et demie pour Archélas. Deux et demie. Deux et demie. Trois piastres. Trois.

Cette fois, le petit homme se sentit moins coupable. Il enfonça les mains dans ses poches et redressa la tête.

—Trois piastres, trois, trois, trois. Qui dit trois et demie? Trois et demie pour monsieur le vicaire? Non? Trois piastres deux fois, trois piastres... Trois et demie pour mademoiselle Létourneau. Trois et demie une fois, trois et demie deux fois. Qui dit mieux?... Trois et demie trois fois. Vendu. À mademoiselle Létourneau la plus belle horloge du village. Une belle place au presbytère.

Esther s'approcha de Fortunat qui lui désigna la table du secrétaire:

—Payez à monsieur Caumont, là.

Le jeune homme la toisa d'un œil impertinent. Des pieds à la tête comme une marchandise à évaluer. Elle put lire son impudeur, sa lubricité. Elle se ferait sèche. Henri leva son crayon:

—Mademoiselle Létourneau?

Elle fit signe que oui.

—Prénom?

—Esther.

—Un prénom qui vous sied à ravir?

—Voici l'argent.

—Et votre rendu. Je vous remercie.

Elle tourna les talons et se retrouva face à face avec le vicaire. Un battement nerveux agita sa poitrine. Une sensation confuse naquit au creux de son estomac, diminua son souffle, réchauffa sa nuque.

Elle avait besoin de fuir un agresseur, le sauveur se trouvait sur sa route. Car le prêtre maintenant ne lui faisait plus peur. Il avait pris sa place au presbytère, dans la paroisse, dans les habitudes. Dans son âme aussi... C'est lui qui devrait repousser l'étranger, le refouler, lui faire ravaler ses manières de petit Français libertin. C'est à quoi elle pensait quand l'abbé lui présenta Henri.

Caumont lui embrassa la main. Le prêtre réagit. Il se sentait ombrageux contrarié par l'arrivée intempestive de cet enjôleur venu d'ailleurs sans prévenir, tombé sur la paroisse comme un bacille. Il faudrait le combattre mais en gentilhomme, avec fermeté et esprit de justice, à la manière d'un prêtre quoi !

—Vos coutumes parfois nous surprennent. Le baisemain par exemple. Est-ce la même chose pour vous?

Il tentait le diable, sachant combien les Français ont l'esprit critique développé, virulent.

—D'abord, le baisemain n'est pas une coutume répandue en France... Ensuite vous dire que toutes vos manières me plaisent serait mentir.

—Dites ce que vous n'aimez pas. Des exemples...

—Bon... la xénophobie. Plusieurs ici ont peur d'être souillés par l'étranger... C'est déplorable. Au lieu de chercher à s'entendre avec lui, elles veulent s'en débarrasser. Plutôt de s'enrichir à son contact, ils craignent de s'appauvrir.

—Plusieurs, ça veut dire combien?

Caumont haussa les épaules. Ce discours le fatiguait...

—Dur à dire! C'est à divers degrés en chacun.

—Les Français sont pas chauvins, eux?

—Ah, mais cent fois pire! Moi par exemple, quand je me re-

166

garde dans mon miroir, je voudrais que tous les mecs soient à mon image.

Son détachement et sa bonhomie firent sourire ses interlocuteurs. Il ne se prenait pas au sérieux et ça déroutait les deux autres.

L'entretien devint plus franc, détendu.

Ses tentatives gauches de prononcer des mots à la québécoise trouvèrent une certaine sympathie chez la jeune fille et le vicaire qui en jasèrent sur le chemin du retour.

Chacun se promit réserve et prudence.

La jeune fille marcha vite. À son départ, elle savait dans son dos le regard accusateur de madame Ida. Et une marche qui aurait pu être agréable ne devint que nécessaire.

Pourtant, Ida avait d'autres projets de commérage. Ayant retrouvé Henri et entre les prises de noms et la collecte d'argent, elle faisait étalage de ses connaissances. Musique classique, vins fins, peinture, littérature: tout y passa.

Elle le fit présentait à ceux qui venaient à la table. Lui trouva un mot agréable pour chacun, vanta le goût de l'un, le sens pratique de l'autre, le flair de celui-ci, le sens des affaires de celui-là. Ils en furent touchés. Son charme fit le reste. Et à la fin de la vente, il était bien vu. Et il avait mis plusieurs coeurs dans sa poche...

Comme Bernadette transportée par une caresse de sa main. Il présuma de la qualité des poèmes du docteur, ce qui séduisit le poétereau. Dominique lui promit une bière et peut-être un emploi au moulin à scie. Pampalon fut ému quand il sut son âge.

Henri fut libéré de la présence envahissante d'Ida quand il dut transporter ses pénates près de la grange face à une des entrées de l'étable.

Une vache maigre à la peau étirée par des os trop longs, guidée par un gamin, fit la parade sous les palabres de Fortunat.

—Les amis, c'te canadienne-là a pas l'air de ce qu'elle est. C'est la meilleure laitière du troupeau. Le chanceux qui va l'acheter sera ben attelé. On la commence à vingt-cinq piastres...

—Quinze piastres, cria une voix.

—Écoute, Guilmer, c'te vache-là vêle depuis deux ans. Des beaux veaux en santé. Faut être sérieux. On la part à vingt-cinq, pas une cenne de moins. Qui dit mieux?

Henri, qui réfléchissait à sa conversation avec le prêtre, se demandait: «C'est quoi vivre?»

La vache s'arrêta pour évacuer d'une fiente si liquide que ses éclaboussures arrosèrent les jambes d'un acheteur qui l'examinait de trop près.

«Vivre, ben... ben c'est gueuler!» songea-t-il, le regard noyé dans la bouse brune.

* * *

CHAPITRE 16

L'homme leva la tête vers ses cadrans, vérifia une dernière fois la pression de la vapeur dans la chaudière et, satisfait, mit la main à une poignée de bois attachée à un fil de fer froissé qui pendait au-dessus de sa tête.

Il sortit de sa poche une vieille montre dépolie et s'y riva les yeux en attendant que sept heures fendent le douze. Son sourire de contentement ressemblait à une contorsion. Des plis énormes ridaient son front. D'épaisses masses charnues encapuchonnaient ses yeux à un point tel qu'il devait rejeter la tête en arrière pour lire ou marcher.

À l'heure exacte, il tira un bref coup. Un sifflet de locomotive monté sur l'engin rugit l'espace d'une seconde. Le son parcourut un long tuyau résonateur qui trouait la toiture du moulin et se répercuta d'une maison à l'autre par tout le village.

Un second coup suivit et dura quinze secondes. Il s'arrêta et reprit brièvement à trois reprises entre de courts intervalles. C'était le signal d'appel aux travailleurs.

De toutes ses faibles forces, l'homme tira vers lui un levier d'acier, sorte de manche à balai dont l'actionnement aurait ses effets dans tout le moulin. Un puissant jet blanc surgit de chaque côté de la machine et cascada sur deux murs de planches dégoulinantes. Une roue de fer large et lourde à la jante ceinturée d'une épaisse courroie de cuir, se mit en branle. L'homme attacha la tige. La vitesse s'accrut. Le moulin finit par tourner à plein régime.

Henri qui passait, dit au chauffeur:

—Bonjour, monsieur Frank.

L'autre ne comprit pas et s'approcha plus près. Il mit sa main en cornet sur son oreille difforme.

—J'ai dit bonjour, cher ami Frank.

L'infirme grimaça d'aise. Jamais personne n'avait fait un détour le saluer aussi gentiment. Il grogna:

—Comment c'est que t'aimes ça travailler icitte?

—Dur à dire après quelques jours. Moi, j'aime pas le travail tout court, mais faut gagner son sel.

Henri accompagna sa phrase du geste qui symbolise l'argent.

—Rester à l'hôtel, ça coûte des bidous!

—Deux dollars par jour... Et j'en gagne quatre ici.

—Si tu restes un an, tu vas remonter à quatre et demie.

—Intéressant. Mais ça monterait plus vite avec un syndicat.

—Un quoi ?

—Le syn-di-cat. Une association d'employés.

—Pour quoi faire ?

—Pour avoir des meilleurs salaires.

—Ah! pour faire la grève comme à Asbestos?

—C'est ça !

Frank hocha la tête.

—C'est mauvais, ça, mauvais. Des idées pour se faire clairer...

—Si je ne vais pas *clairer* la scie, je vais perdre ma place.

Il emprunta un escalier étroit et tordu et se retrouva sur le plancher des machines à bois. Il contourna une dégauchisseuse et se rendit prendre son poste à côté d'une courroie mobile. Sur une garde en bois enveloppant la poulie de la grande scie, il retrouva son crochet et ses gants noircis par la gomme des résineux et la crasse de leur écorce.

De l'autre côté de la garde, devant la scie, le préposé au débitage attendait patiemment. Quand le jeune homme fut prêt, il actionna une manette placée à hauteur de ses yeux au-dessus de la grosse lame ronde.

À l'entrée du moulin, un chariot de fer chargé d'une bille

mouillée se mit à rouler vers les dents de la scie rendues invisibles par la giration.

La scie gémit en attaquant le tronc. Ce fut de courte durée car ce premier trait équarrissant prit fin. Une grosse croûte tomba sur la courroie mobile et avança jusqu'à Henri. Il la piqua de son crochet, l'empoigna et se rendit la déposer sur une large fente. L'action de son pied sur une pédale fit surgir une scie qui découpa le morceau en deux moitiés qu'il lança dehors.

À son retour, un madrier tombait du tronc. Il le fit glisser sur des rails d'acier poli jusqu'à une autre courroie mobile qui entraîna la pièce de bois vers la raboteuse.

C'était ça le décor. C'était ça le travail. C'était ça l'environnement. Les billes gluantes se suivaient à la queue leu leu sur la chaîne dans la rigole d'amenée. Un homme les plaçait à mesure sur le chariot. On les découpait. Les heures passaient monotones, dures, comme inutiles.

Parfois Henri s'approchait tant de la scie que l'air déplacé par la rotation lui fouettait la figure, y déposant à l'occasion des gouttes de jus de bois.

Il était pourtant loin quand une telle pluie fine assaillit son visage. Elle avait été précédée d'un grand cri qu'il avait pris pour un éclat de voix parmi ceux qui ponctuaient souvent les chants que le scieur débitait en même temps que les billes.

Penché sur la courroie mobile, il attendait un morceau de bois. Mais une vision d'horreur le fit bondir en arrière. Au lieu d'une planche, l'appareil rejeta sur sa table un bout de bras agité de spasmes. Les doigts bougeaient comme cherchant à s'accrocher à quelque chose, comme si les muscles avaient encore été conduits par une pensée. Des flaques de sang maculèrent le dessus noir de la table.

Stupéfait, Henri n'osait pas lever les yeux vers la scie.

Dominique accourut de la dégauchisseuse en hurlant:

—Henri, va dire à Frank d'arrêter le moulin.

Le jeune homme secoua sa stupeur. En quittant, il vit une autre image de cauchemar. Le scieur était couché sur une bille, accroché au chariot par une pièce de son vêtement, le visage couleur de chaux, les yeux fous. Son moignon terminé à mi-bras entre l'épaule et le coude bougeait par petites secousses et crachait à chacune un demi-litre de sang pourpre. Le liquide visqueux heurtait la scie et s'atomisait dans toutes les directions.

En courant avertir Frank, Henri s'essuya le front. Des grumeaux rougeâtres restèrent collés à son gant.

Dans la pièce de l'engin, quand le moulin eut cessé de tourner, un jet de vapeur perdue sifflait doucement. Son bruit était enterré parfois par les haut-le-cœur du jeune Français. Quand il eut fini de vomir dans un amas de sciure, il s'assit pour ne pas s'évanouir.

Et lorsque Frank vint remettre le moulin en marche un quart d'heure après, il lui dit avant de jeter ses gants au feu:

—Un syndicat, ça aide à empêcher des accidents pareils.

Frank marmonna quelque chose qu'Henri ne saisit pas et ne fit pas répéter. Il trouva Dominique, lui remit sa démission et quitta les lieux.

* * *

Ce soir-là, Pampalon lui offrit de le prendre à gages. Il serait commis-vendeur comme Luc.

C'était plus dans son cœur qu'au magasin que le marchand voulait remplacer son fils. Il avait l'excuse de ses forces déclinantes. Un seul homme ne pouvait suffire aux tâches nombreuses exigées par ses deux métiers. Il n'aurait pas cherché à s'adjoindre un jeune homme de la paroisse sans avoir l'impression de trahir son fils parti. Il les connaissait trop depuis trop longtemps. Et ils avaient connu Luc. Tandis que l'autre, l'étranger, était neuf, comme une réincarnation du disparu.

Henri ne parla pas de salaire. L'autre proposa six dollars par jour.

—Je ferai les heures que vous voudrez à ce salaire-là.

—Neuf heures par jour en moyenne, mais tu choisiras de les faire quand tu voudras.

C'étaient les meilleures conditions de travail pour un journalier en 1950. Henri remercia et retourna à l'hôtel chez Fortunat de l'autre côté de la rue, voisin de la forge.

172

* * *

C'était une journée pleureuse de la mi-août. Entre deux averses, Esther alla s'acheter des enveloppes et du papier. Elle profiterait du temps maussade pour écrire à ses anciennes amies de l'école normale.

À son entrée dans le magasin, elle aperçut le jeune Français derrière le comptoir et comprit qu'il y travaillait. Et regretta sa visite. Il n'avait pas le droit de prendre la place de Luc, de s'immiscer dans des lieux qui appartenaient à un autre. De plus, elle ne supporterait pas ses regards.

Après avoir hésité près d'une baie vitrée, elle marcha droit au comptoir et le dévisagea d'un regard autoritaire.

—Un paquet d'enveloppes blanches et une tablette à écrire pas lignée, s'il vous plaît.

—Esther! s'exclama-t-il en feignant la surprise avec un sourire endimanché. Après la vente à l'encan, je n'ai fait que vous entrevoir aux terrains de jeux. Dommage qu'une personne aussi... intéressante mène une existence aussi... recluse!...

Elle ne répondit pas, continua de le regarder avec hauteur. Il reprit:

—Temps ennuyeux aujourd'hui, n'est-ce pas? Soleil. Pluie. Soleil. Nuages...

Elle resta muette.

À court de mots, désorienté, il tourna le dos et entreprit d'ouvrir les tiroirs pour repondre à sa demande.

—D'habitude c'est là-bas, fit-elle en désignant un tiroir près d'un mur.

Il y trouva ce qu'elle désirait et en fit un paquet soigné à l'aide de papier brun.

Sur les entrefaites, venu d'un entrepôt, Pampalon entra. La scène devant lui le plongea dans de douloureux souvenirs. Esther et Luc se seraient mariés, il l'avait deviné à travers le bonheur de son fils. Mais une mort bête avait anéanti bien des rêves. Et la vie du magasin restait détraquée.

173

—Vous vous connaissez, vous autres?

—Un peu, dit Henri.

Esther sortit de son mutisme et s'adressa à Pampalon pour montrer son indifférence au Français:

—Ça fait trente-cinq cents, une tablette à écrire et un paquet d'enveloppes?

Le marchand acquiesça Elle trouva les pièces de monnaie dans sa bourse et les déposa sur le comptoir.

—Depuis le temps qu'on s'est pas parlé! Ça va, Esther?

Pampalon, crut-elle, cherchait à savoir si elle pleurait toujours son fils. C'était de l'indiscrétion. Et puis elle ne voulait pas faire étalage de ses sentiments en public. Encore moins devant cet étranger échoué dans la paroisse, et qui n'avait même pas connu Luc.

Elle se fit évasive:

—La vie se continue...

Pampalon secoua la tête, soupira. Et il changea d'air soudain. Une idée traversait son esprit. L'homme d'action revenait à la surface. Fallait arranger les choses pour Esther, réparer le mal que son fils lui avait fait en mourant trop tôt.

—Henri, va reconduire Esther au presbytère et rencontre notre bon pasteur.

Elle intervint vite:

—Monsieur le curé est parti pour Dorset.

—Il est revenu. Je viens de le voir passer.

Elle dut se résigner. Mieux valait se laisser raccompagner et faire semblant. Jouer le jeu. Une fois encore. Elle en avait l'habitude maintenant.

Il quittèrent les lieux. Le Français lui dit:

—Si l'idée vous déplaît, j'ai qu'à m'en aller à l'hôtel. Vous savez, j'ai rien contre votre curé, mais c'est pas obligatoire que je fasse sa connaissance. Ça peut attendre encore un peu.

Elle prit les choses à la légère:

—Suis pas mal à l'aise de marcher avec un homme sur le trottoir. On est en 1950. Le Canada a changé depuis vingt ans...

—Vous voulez dire le Québec?

—Bien, le Canada... français.

174

—J'ignore comment c'était, mais je peux dire comment je le trouve, votre pays.

—Allez...

—Ben... propre, net, neuf, vierge. L'eau, l'air, c'est pur. Des gens rudes, francs, équarris à la hache, authentiques. Tout est sécuritaire, ordonné, organisé. Chacun sait ici. Chez nous, le doute est roi... Vieille France inquiète; jeune Canada paisible...

Il lui raconta l'accident du moulin.

Elle n'en savait que peu: que l'homme avait survécu grâce au sang-froid de Dominique et à la compétence de J.O.; qu'il pourrait reprendre son travail une fois guéri, d'autres en ayant déjà fait autant avec un seul bras.

Elle finit par trouver le jeune homme compatissant et s'en voulut de l'avoir trop vite jugé. Et alla jusqu'à se dire qu'il pourrait devenir un ami... sans plus...

Au tournant du sentier derrière la sacristie, elle se sentit mal à l'aise en voyant le vicaire qui remplissait une brouette de sable blanc. Elle pouvait apercevoir d'aussi loin ses bras robustes qui maniaient la pelle avec aise. Son cœur s'emballa.

Pour la première fois depuis l'arrivée du vicaire, elle s'avouait à elle-même qu'il la remuait. Elle pouvait bien maintenant identifier et emprisonner à jamais ce doux et lourd secret puisqu'elle ne courait plus de danger. Elle n'avait pas à se sentir coupable d'un sentiment qui ne serait jamais partagé ni même su. Et cet amour impossible deviendrait éternel... et un châtiment pour la mort de Luc dont elle se sentirait responsable pour toujours.

Les apercevant, le visage du prêtre s'assombrit. S'il fallait que naisse un sentiment entre elle et ce gars! Et s'il cherchait à l'entraîner dans quelque chose... irréligion ou pire ailleurs. Cette pensée le révolta. Pourquoi marchait-elle avec lui? L'avait-elle revu depuis la vente? Qui était-il pour elle?

Un tourbillon de questions et de présomptions enfiévra son cerveau. Il planta sa pelle dans le tas de sable, empoigna les mancherons de la brouette et se rendit à une inégalité au milieu du terrain de tennis. Il y déversa son chargement puis retourna au monticule résolu de se contenir quand ils seraient devant lui.

—Bonjour, cher ami, lui lança Henri.

—Bonjour, vous deux. Promenade agréable?

Elle n'avait pas encore appris à lire dans ses yeux et c'est une grande contrariété qu'elle aurait pu y déceler. Un soleil doux qui vint caresser son visage et ses bras nus. Elle se sentait bien. Pas besoin de parler. Rien à espérer. Être là sans plus. Près de ce compagnon d'été, de cet ami des joies partagées.

—Vous améliorez un terrain déjà très comme il faut.

—Mieux est le terrain, meilleurs sont les échanges.

—On dit que vous êtes un bon tennisman, monsieur le vicaire. J'aimerais croiser la raquette avec vous un de ces soirs, mais je n'en ai pas.

—Quelle sorte de joueur êtes-vous?

—Bah! plutôt quelconque. Très amateur. J'ai fait des parties dans ma jeunesse... si je peux dire. Mais rien depuis deux ans.

L'abbé devint perfide:

—J'ai deux raquettes. Pourquoi pas un set ce soir ? Le terrain sera parfait. J'étends encore un peu de sable sec et je le roule.

—Esther voudra-t-elle arbitrer? demanda Henri.

Elle sourit et acquiesça.

Le vicaire prit une longue respiration. Il humait d'avance l'odeur de la victoire et de son triomphe. Et ne se rendait pas compte qu'en lui comme en tout homme, c'est souvent le sentiment amoureux qui réveille l'esprit guerrier...

* * *

CHAPITRE 17

Dans son bureau, le curé fit à son hôte un accueil poli mais réservé. Il redoutait les étrangers, mais celui-là à cause de son charme et de son apparente vulnérabilité était plus inquiétant que d'autres. Le prêtre savait déjà, par les offices d'une bonne âme, que le jeune Français, bien que catholique de naissance, ne pratiquait plus. L'irréligion étant une graine à ne pas laisser germer dans la terre paroissiale, il lui faudrait donc manœuvrer de telle sorte qu'il ne se sente pas le bienvenu.

L'abbé questionna.

L'autre répondit sur un ton modéré. Il flairait la méfiance et cherchait à la dissiper une fois encore. Il avait souvent affronté la peur de l'étranger au Maroc, au Lac-St-Jean, mais ici, les choses n'iraient pas par aisément. Il lui faudrait poser des gestes en plus des belles paroles. S'assimiler, s'agenouiller peut-être...

Le curé croisa les bras et dit avec l'assurance d'un vieux voyageur:

—J'aurai le plaisir de visiter un peu votre pays cet automne.

—Bon pour vous! La France, que je ne connais pas assez moi-même, reste pour moi le plus beau pays.

—Dommage qu'elle ne soit plus la fille aînée de l'Église!

—Les gens y sont aussi croyants que naguère.

Il supportait malaisément le regard lourd du curé et cherchait à se soumettre par un ton conciliant et des objections tièdes. Mais ce prêtre, ayant pourtant l'air bon et intelligent, restait fermé comme une dictature. Et derrière ses lunettes rondes à verres épais, ses yeux malicieux jetaient des lueurs à percer les carapaces les plus épaisses.

—Croire et ne pas fréquenter l'église: ce sont deux praxis pour le moins incompatibles, non?

—Ou les gens se font croire qu'ils croient.

Le curé frappa un coup direct:

—On m'a rapporté que vous n'assistez pas à la messe du dimanche: vous êtes donc incroyant?

—Comme bien des jeunes de mon âge. Je suis en période de recherche. Je cherche...

—Vous cherchez quoi ?

—Une vérité qui me convienne, qui m'apporte... l'espérance.

—Il n'y a pas trente-six vérités. Il n'y en a qu'une seule: celle de notre sainte Mère, l'Église de Rome.

—Sans doute, mais j'aimerais pouvoir cogiter sur la question. Choisir mes croyances plutôt que d'être choisi par elles.

—Réfléchir, c'est... la précellence des actes humains, j'en conviens. Mais quel besoin de briser les cadres établis pour le faire ? Pourquoi à vos propres lumières ne pas ajouter celles d'en-haut ?

Cherchant à coincer sa victime, le curé avait ouvert une porte. Le jeune homme n'hésita pas, bien qu'il se soit donné l'air de réfléchir tout haut:

—Et si je me proposais pour le chœur de chant? Je pourrais aux préceptes de l'Église et faire œuvre utile.

Le curé se fit dubitatif et un peu étonné tout à la fois:

—Si vous avez de la voix...

—Je chante juste. C'est ce qui compte?

—Demandez à madame Jolicœur. Ça relève d'elle.

Henri porta sa montre à son oreille, secoua son poignet.

—Encore arrêtée, la patraque. Vous pouvez me donner l'heure?

—Derrière vous.

Henri s'inquiéta:

—Je dois retourner au travail. Mon temps est écoulé. Heureux de vous avoir connu. Je serai à la chorale dimanche.

—Me reste à vous souhaiter la bienvenue officielle par ici.

L'abbé le raccompagna à la porte puis retourna s'asseoir derrière son bureau. Il bourra sa pipe, l'alluma et posa un œil peu catholique au balancier tranquille de l'horloge grand-père.

* * *

Les longs bancs bleus ployaient sous le poids des spectateurs. La nouvelle du match avait circulé dans tout le cœur du village et attiré plusieurs amateurs de tennis.

Pendant que les religieuses se promenaient fébrilement autour du couvent dans l'attente du premier service, le curé Ennis, étendu sur une longue chaise bardée de froideur affectée, tirait à répétition des bouffées âcres de sa pipe. En feu, le presbytère n'aurait pas fumé davantage.

Bichonnée comme aux jours de procession, Esther s'était assise sur la galerie près du curé, vis-à-vis le filet. De cette hauteur, elle pourrait juger mieux les coups. Un bibi blond ornait le devant de sa tête et elle faisait des yeux d'enfant boudeuse devant un soleil encore chaud que la salle paroissiale finissait de cacher.

À croupetons près du treillis entourant le champ, Henri rajustait ses lacets. L'abbé Dumont, l'œil oblique, tapait la balle sur le sol avec sa raquette tenue devant lui à bout de bras.

Esther contemplait le corps musculeux du prêtre, cette chair nerveuse et sacrée qu'elle ne toucherait jamais. Des souvenirs jaillirent du fond de sa mémoire: tous ces désirs à peine esquissés et aussitôt refoulés, traqués, désintégrés qu'elle pourrait désormais laisser vivre et qui lui infligeraient de justes tortures. Elle pouvait se laisser aller à l'aimer dans la pudeur, dans la souffrance et à la dérobée.

Jamais un aussi lourd secret n'avait rendu un cœur plus léger.

Ce sentiment drapait ses yeux de l'innocence retrouvée. La grâce divine rayonnait dans sa figure pâle. Sa beauté pure éclatait de désir et de paix. Un tirage au hasard accorda le service au vicaire. Il cala trois as de suite, fit un double puis l'emporta grâce à un smash magistral. Trois parties d'affilée, il se moqua de son adversaire, provoquant les applaudissements chaleureux du public qui le supportait à cent pour cent, et parfois de gros rires repus de la part du curé. La blitzkrieg!

Mais le vent tourna pour la France et Henri sema de l'inquiétude dans les esprits en remportant les trois parties suivantes.

Tout avait été si net qu'Esther n'avait eu à rendre aucune décision. Elle se contentait de crier les points haut et clair. Elle cligna des paupières pour cacher sa joie lorsque l'abbé gagna la septième partie. Mais Henri accula le vicaire au pied du mur en se méritant les honneurs des deux suivantes.

Pour le prêtre, perdre cette partie voulait dire automatiquement perdre le set. Et la face... Sa réputation de meilleur joueur de tennis du village serait sérieusement malmenée par ce Français hypocrite qui s'était avoué médiocre pour le faire tomber dans un piège. Des pensées sombres virevoltaient dans sa tête comme des balles lancées de partout dans tous les sens. L'abbé faisait tourner sa raquette dans l'attente du service.

Le compte monta à égalité. Par un lob insultant, le Français fit avantage pour. Il se prépara à donner l'assaut final. La foule et le temps se figèrent dans un silence solennel. Le prêtre se dit que Dieu ne pouvait l'abandonner ainsi. Il priait ferme quand Henri recula le bras loin derrière, fit un grand moulinet avec la raquette et cala un as juste sur le galon blanc.

—Pas bonne, dit le vicaire.

—J'ai pourtant vu le galon relever, objecta Henri avec des yeux étonnés.

Toutes les têtes se tournèrent vers la galerie. Esther regarda les deux joueurs, l'air désespéré. Le curé fit un bec de poule qu'il camoufla derrière le bouquin de sa pipe et poussa à travers un nuage bleu:

—Pas bonne, pas bonne!

Esther avait vu elle aussi le galon bouger. Mais l'intérêt général lui commandait de déclarer la balle mauvaise. Elle n'aurait jamais cru qu'un match de tennis puisse lui créer pareil cas de conscience. Comment réagirait le prêtre si elle disait la vérité ? Le curé mentait-il ou errait-il ? Préférerait-il qu'elle soit honnête ?

Coincée, pressée par les supplications silencieuses, elle sentit des larmes lui monter aux yeux. Et dut annoncer sa décision:

—Bonne.

Le vicaire lança sa raquette dans le filet. Le curé se leva et disparut en grognonnant. Les spectateurs s'évanouirent les uns après des autres. Les sœurs rentrèrent.

En retournant à sa chambre, Esther ressentait une double joie: celle que lui valait d'avoir dit la vérité et celle... d'en souffrir...

* * *

Le vicaire se ressaisit vite et donna la main au Français sans discuter plus. Persuadé qu'elle avait penché en la faveur de son adversaire, il était dépité et ne savait s'il devait l'attribuer à Esther ou à cet Henri. Il en voulait aux deux...

Mais rien ne devrait paraître et il se montrait beau joueur.

Le Français rieur répondit à ses félicitations:

—Une soirée de chance.

Il regrettait maintenant de n'avoir pas laissé gagner le vicaire. Mais les yeux d'Esther, les éclats de la foule, le persiflage du curé après les parties perdues l'avaient empêché de le faire. Et ç'avait été le «lui ou moi » du combattant. Il trouva une manière d'excuse:

—Jamais j'ai joué comme ce soir!... Je...

—On dit ça, on dit ça.

—C'est la vérité. Vraiment, ma raquette avait des ailes. D'habitude, je frappe sur le bois, je rate mes services...

—On se reprendra et vous prouverez que vous êtes pas si fort.

Ils se saluèrent et le prêtre s'en alla avec ses raquettes.

Henri s'affala sur un banc. Seul. Il laissa rouler ses yeux désabusés sur l'environnement. La nostalgie vint le visiter. Il se renfrogna, croisa ses bras, murmura:

—Marin d'eau douce, tu vas retourner chez toi.

Le bruit des sabots d'un percheron s'approcha de lui en lourdeur. Il sut que le cheval s'arrêtait. Mais ne bougea pas. Et continuait de se trouver peu diplomate.

—Non, tu vas te battre...

Des étoiles commencèrent à s'allumer. Le visage ravissant d'Esther frappa à la porte de son imagination. Il ouvrit. Elle était là, svelte et rayonnante, fine comme un lys, profil ciselé par une onduleuse chevelure brune, teint d'albâtre, prunelles noyées de ten-

181

dresse.

«Douce vierge canadienne, je boirai à ta beauté » se dit-il sans préméditation.

Mais l'idée tournoya en son esprit et se posa à nouveau. Il eut beau la chasser, elle persistait. Alors il laissa la bride sur le cou à ses vieux démons et, tournant les yeux vers le presbytère, il dit:

—Chacun pour soi, messieurs les curés.

L'éclat des lumières dessinait sur la poutre à la base du treillis un halo noir et difforme: ombre de sa tête...

***

Dans sa chambre, l'abbé Dumont marchait de long en large en se mordant les lèvres. Il avait mal à sa fierté et à son cœur.

Il avait envie de se rendre chez elle, dans sa forteresse, de lui faire avouer son parti pris.

Quand le tumulte s'apaisa un peu, il pria, agenouillé.

—Seigneur, je sais perdre. Mais devant des adversaires honnêtes. Ce soir, je combattais un incroyant. C'était comme... une croisade... Il lui a fait le tour de la tête. Elle n'a pas vu son jeu. Il l'a piégée, envoûtée par ses belles paroles... Elle ne doit pas l'aimer. Il ne croit pas en vous, Seigneur. Pourquoi donc avez-vous guidé ses pas jusqu'ici?

Puis il pleura:

—Seigneur, épargnez à Esther d'autres souffrances. Elle a eu sa part. Qu'elle ne se jette pas dans les bras du premier venu pour combler le vide laissé en son cœur par le départ de Luc! Donnez-lui le temps de voir clair...

Jusqu'à tomber de sommeil, il fut en proie à sa première crise de jalousie et ça faisait naître en lui les pensées les plus incongrues et désordonnées...

En se retournant, Henri aperçut un attelage familier au coin du grand escalier. Un cabriolet sans capote et de style bâtard. La crinière du cheval vibrait parfois à une grosse mouche bleue qui bourdonnait de sa tête jusqu'à la boule jaune du lampadaire. L'animal attendait le retour de son maître parti visiter le curé.

182

«Mais c'est la voiture du bossu!» pensa le jeune homme.

Il ne se trompait pas. Le petit homme sortit bientôt du presbytère et descendit l'escalier en cahotant. Il détacha les guides et sauta dans la voiture, le pied alerte. Le rebord frangé de sa veste loqueteuse ondula.

—Salut bossu Couët! dit Henri en s'approchant.

Une voix de baryton lui répondit:

—Salut!

Jamais personne n'avait dit à cet homme: «Monsieur Couët» ou «Monsieur» et nul dans le canton ne savait même son prénom. Son patronyme était Couët et son prénom bossu. On le traitait comme un pauvre exclu, un marginal, un Quasimodo.

Il avait deux métiers: quêteux et maquignon. Deux fois par année, il faisait la tournée de son territoire pour remplir de sous noirs son escarcelle et pour changer de cheval.

Fortunat l'hébergeait depuis deux jours.

Henri lui avait parlé la veille. Le bossu, un personnage à l'intelligence supérieure, avait répondu à ses questions avec un aplomb qui avait surpris le jeune Français.

—Bonne quête aujourd'hui ?

—Le curé est un brave homme. Toujours généreux pour moi.

—Ça le connaît, ce métier, lui aussi!

Le bossu rit de bon cœur, heureux de la comparaison.

—Tu montes? Je retourne à l'hôtel.

—Certainement!

Henri s'avachit sur le siège, à faire ployer les ressorts mous.

Le nain clappa. La bête obéit.

La nuit émondait les grands ormes bordant l'allée. Une vague odeur chevaline flottait dans l'air. Sur le chemin pavé de solitude, les roues cerclées de caoutchouc se faisaient aussi discrètes que les deux hommes. L'univers entier les séparait et les réunissait tout à la fois. Ils étaient des frères de sang dans l'exception, dans l'exclusion.

Henri sentit sur sa nuque une démangeaison brûlante. Il gratta. Ses doigts touchèrent une bosse. Une guêpe avait dû le darder quand il somnolait dans des pensées sombres.

À l'hôtel, les deux hommes s'attablèrent ensemble comme des amis de longue date. Le petit homme commanda une grosse bouteille de bière qu'il se mit à téter à deux mains en renfrognant sa tête dans sa bosse. Henri buvait la sienne au verre, et en silence.

Ils avaient envie de partager le temps sans rien se dire.

D'autres bouteilles succédèrent aux premières, plus muettes les unes que les autres. Quand le nain engouffrait une lampée, Henri levait doucement son verre. Chacun savait qu'ils avaient conclu un pacte muet: ils se soûleraient à mort.

À son tour de payer, le bossu comptait pour un dollar de cents et ajoutait cinq sous de pourboire. Parfois il souriait à la serveuse, une blonde à longs cheveux ondulés qui zieutait sans arrêt le Français. Elle osa demander qui avait gagné le match de tennis. Et obtint comme réponse un regard foudroyant.

Plus coulaient les heures et la bière, plus Henri dodelinait de la tête et du corps. Il semblait devoir perdre ce deuxième set de la soirée, mais cette fois aux mains d'un bossu. Et il n'y avait pas d'enjeu. Dommage!

Finalement, le nain pencha sur le côté puis tomba sous la table en roulant comme une boule.

Le jeune Français s'agenouilla, le secoua en vain. L'autre était ivre-mort.

—Bossu Couët, je suis un con. Mais comme toi, t'es le roi des cons, t'es donc mon... mon roi...

Et il eut à son tour un long éclat de rire avant de se coucher sur le plancher et d'utiliser le nain comme oreiller.

La serveuse referma la porte et la verrouilla...

* * *

184

CHAPITRE 18

Dans les semaines suivantes, Esther et le vicaire ne se parlèrent que pour les besoins des jeux.

Il ruminait sur les attitudes de la jeune fille. Une bonne explication s'imposait, un entretien à cœur ouvert. Luc restait-il dans sa pensée? Henri avait-il déjà pris la place du défunt? Comme pour Pampalon!

Chaque jour, il se proposait de lui parler le lendemain. Et le jour suivant, le moment venu, des choses à régler l'en empêchaient.

La sérénité même qu'elle affichait le contrariait. Elle acceptait des sorties avec l'étranger. Il les avait vus prendre des marches le soir après la fermeture des terrains de jeux. Un dimanche, ils étaient allés au cinéma à St-Georges avec les Grégoire. Personne ne rendit l'âme ces jours-là et sa morosité demeura stationnaire.

Un soir, étendu sur son lit, mains croisées derrière la nuque, on gratta à sa porte. Un bruit si imprécis qu'il n'y porta guère d'attention et demeura à son rêve.

Et s'il osait un jour traverser cette muraille de Chine qui le séparait d'elle? Aller dans sa chambre. La prendre dans ses bras. Plonger son regard dans le sien comme à la partie de cartes. La convaincre de sa bonne foi. Lui dire son amour de prêtre. L'assurer de la pureté de ses intentions. Ne pas la caresser. Juste la toucher. Avec fermeté. Aux épaules pas plus. Dix secondes. Cinq. Et repartir. Cora et le curé ne pourraient s'en offusquer puisqu'ils n'en sauraient rien. Il se ferait discret, silencieux, furtif.

Mais s'il fallait qu'elle prenne peur et laisse échapper un cri, une exclamation? Bon... il irait tard, vers minuit, au cœur du sommeil profond de tous. Il gratterait à sa porte en douceur, la réveillerait par petites étapes, glisserait un message par un interstice, la rassurerait par tous ses gestes... »

Il tourna la tête et pensa autrement, comme si un autre lui-même prenait la relève:

«Folie! Inconséquence! Risquer sa place de vicaire. Se faire chasser par le curé. Réprimander par l'évêque. Pour juste démontrer sa noblesse d'esprit. Elle pourrait le dénoncer, se méprendre... Il fallait la sonder avant... Non, fallait la surprendre!... »

Un frottement fit bouger la porte; le loquet cliqueta. L'abbé se leva à demi, le cœur battant. Son rêve devenait-il réalité ? Esther par télépathie venait-elle vers lui? Idiotie! Et pourtant il y avait quelqu'un là. On avait touché sa porte à deux reprises, il le savait maintenant. Le curé aurait frappé carrément et dit de sa voix pontifiante à réveiller un mort: «Monsieur le vicaire...» Cora? Non. Vingt ans de cloître dans ses appartements ne l'auraient jamais conduite à une chambre d'homme, sauf extrême gravité. Elle aurait parlé, crié.

C'était elle: c'était Esther. Ça ne pouvait être qu'elle! Il ouvrirait. Elle serait là. Belle dans ce peignoir blanc entrevu un matin. Hésitante. Immatérielle. Elle venait expliquer sa conduite. S'excuser. Dire. Être...

—Oui?... Qui est là?

Cette fois, frappa pour de vrai. Deux coups retenus. Elle ne pouvait pas parler ainsi dans le couloir. Et elle ne pouvait frapper qu'avec mesure...

Il sauta sur ses jambes, chambranla, pris de vertige. Devait-il enfiler une chemise par-dessus sa camisole? Non: il en montrait moins qu'au tennis ou au pique-nique. Encore que dans une chambre... Et qu'importe le pantalon froissé!

Il fit trois pas à couper le souffle. Et la main tremblante, il ouvrit. Son regard et son ivresse tombèrent en même temps sur une petite boule blanche et brune qui fortillait de la queue, la tête penchée, l'œil triste et craintif. Un chiot saint-bernard ne trouvant pas le sommeil, cherchait la vie.

D'où venait cette bête? se demanda l'abbé nullement attendri par ce mendiant d'affection briseur de rêves. Quelqu'un avait bien dû lui ouvrir la porte du presbytère!

À l'instant où il allait lui parler bêtement, l'animal glapit à deux reprises, anticipant la chose, confus et peiné.

Pour la forme, le prêtre se pencha et lui fit une caresse: une seule.

—Qui ose venir troubler mon repos, hein ?

Le chien lécha la main de son nouvel ami.

—Retourne avec ceux qui t'ont donné asile. Je n'ai qu'un lit et il est déjà occupé. Et tu dois faire des gâchis, toi?

L'animal se laissa faire.

—Bon, on va faire connaissance. Après, tu retourneras d'où tu viens. Entre !

Et le vicaire lui fit de longues confidences. Et il finit par le laisser se rouler en boule au pied du lit sur un tapis rond tressé.

Le lendemain, il apprit que le chien, cadeau au curé, ferait désormais partie du décor.

Son nom: Teddy.

* * *

Esther souffrait en silence: triste lot d'une femme amoureuse d'un prêtre. Mais ce sentiment impossible la claustrait dans une bienfaisante sécurité. C'est pourquoi, malgré l'anathème à peine voilé du curé, elle acceptait les invitations du jeune Français. De ce côté, aucun danger non plus! Un jour, Henri partirait vers son destin, vers ailleurs. Et il lui laisserait le souvenir d'une amitié sereine. Mais à son insu, elle provoqua une rupture de lien entre Henri et Ida.

Après la mort de Luc, grand Jules avait cru la voie libre pour atteindre le cœur d'Esther. Ses tentatives demeurant vaines, il l'imputait au chagrin de la jeune fille. Quand survint le Français, il se plaignit à sa mère déjà contrariée de voir Henri et Esther se fréquenter. Henri ne s'intéressait plus à elle, la plantait au milieu d'une conversation au magasin. L'abcès creva le dimanche où le jeune homme se rendit au jubé de la chorale.

Les chantres avaient leur place habituelle dans des bancs réservés. Henri salua Ida d'un sourire et se joignit aux autres. Elle comprit alors que le maître de chorale l'avait pris sans la consulter. Et puis elle et le professeur se blâmaient l'un l'autre pour les fautes du choeur ou bien réclamaient le mérite de ses succès...

Après un Asperges me ponctué de trois gaffes, elle demanda à Henri de la suivre à l'écart.

—J'imagine que vous avez une voix juste, vous?...

—Ben ouais... J'serais pas là sinon...

—Vous auriez dû passer une audition: c'est la règle.

—Monsieur Beaulieu m'a pris comme je suis. Ben quoi alors?

—Je vous passerai une audition après la messe.

—Ben... non...

Au fait de l'état de guerre froide existant entre le professeur et l'organiste, il s'amusait à jeter de l'huile sur le feu. Elle raidit et adressa une oeillade vindicative au maître chantre qui observait la scène.

—Alors vous pourrez pas rester.

Henri fit un signe au prof qui s'approcha.

—Madame me renvoie, on dirait.

—Comment ça?

Elle appuya sur les mots:

—À cause du règlement.

—Quel règlement?

—Celui du curé. Pas de nouveaux sans audition.

—Jamais entendu ça. Suis le seul à décider pour la chorale.

—Auditionnez-le vous-même après la messe.

—Pas question!

La pauvre femme dut finir par se faire conciliante. Les deux hommes ne lui firent pas de quartier. Elle devint menaçante. Henri se moqua du curé.

L'altercation à voix basse finit sur l'humiliation totale de l'organiste.

* * *

Le soleil se couchait de plus en plus tôt dans des crépuscules douillets. L'été livrait ses dernières énergies.

Esther releva la tête. Des champs découpés par les clôtures alignaient leurs rectangles colorés jusqu'à la forêt. Un matelas d'avoine claire et paresseuse ondoyait sous les chuchotements tièdes du vent. Avoisinaient des pièces de foin rasées, piquées de repousses vertes. Autour de la pinède, des sapins complotaient pour s'emparer d'une prairie pauvre. Et près du bois noir, des vaches bourgeoises bourraient leurs estomacs sans penser au lendemain.

Août alignait son dernier dimanche.

Derrière la grange, dans le jardin de Cora, Esther cueillait des haricots qu'elle jetait dans une chaudière. Les cosses frappaient la paroi dans un bruit caractéristique.

Une odeur de fumier frais passait sans insister, avec les effluves de foin séché qui émanaient à pleines portes de la grange.

Elle se courba. Sa jupe bleue s'évasa. Sa chemisette paysanne gueula au cou. Des rayons de soleil y coulèrent sans pudeur.

Esther pensait à l'été s'achevant. Grandes douleurs et immenses joies. Doute incessant. Culpabilité. Amour. Peur. Tout lui avait été jeté à la tête malgré ses volontés. Et on dira en l'an 2000 qu'il ne se passait rien en 1950 dans un village de campagne...

L'air d'un cantique vint folâtrer dans sa voix:

Pour nous, soyez la Mère
Au cœur brûlant d'amour;
Portez notre prière
Jusqu'au divin séjour.

Ave, maris Stella,
Dei Mater alma
Atque semper Virgo,
Felix caeli porta !

Se sentant observée, elle releva la tête. Personne dans le chemin du presbytère! Immobilité dans le cimetière. Silence dans la grange ouverte...

Elle entama un second couplet en soulevant les feuilles:

Des pas la surprirent. Une ombre la couvrit. Elle leva les yeux. Henri lui souriait.

—Une voix de sirène. Tu devrais chanter comme Alys Robi.

—C'est pas un métier très... convenable.

—Bon l'opéra alors...

—Suis pas faite pour courir le monde. Née ici et je dormirai là un jour, dit-elle avec un geste vers le cimetière.

—Et si je m'arrêtais quelque part, moi ?

—Toi, non. Tu es fait pour les grands espaces; moi, pour ces petits horizons.

—Qui connaît son destin?

Il y en a que le printemps et le renouveau de la nature excite; d'autres qui ressentent mieux les appels de leur chair quand la vie décline. Le jeune homme jetait des coups d'œil de moins en moins discrets sur elle, sur ses bras couleur de blé, dans l'échancrure de sa chemise.

—Un beau jardin!

—Maman a le pouce vert.

Il alla aux tomates, en palpa quelques-unes.

—Je peux?

Il en détacha une et la goûta.

—Excellente!

—Moi, je n'en mange pas: ça me donne des rougeurs...

—Quelques rougeurs changeraient rien à ton si beau visage.

Elle aurait voulu pouvoir l'aimer, cet homme. Son visage expressif, sa chevelure rousse baignée de soleil, éprise de liberté. Mais...

—Tu as laissé les portes ouvertes?

—Non, je ne vais jamais dans la grange.

—Allons-y voir. Tu viens?

—Je...

—Tu n'as pas confiance en moi?

—Bien sûr, mais... on pourrait nous voir...

—Les morts dorment dur.

—Non... faut que je ramasse les haricots.

—Je disais ça comme ça... J'y vais, moi...

Et il courut à l'intérieur.

—Y a une batteuse ici, tu savais? cria-t-il.

—Oui.

—Tu sais quoi ? Je grimpe là-haut et je saute dans le foin.

—Tu pourrais te blesser.

Il ne répondit pas. Elle se demanda si elle avait bien fait de refuser d'entrer dans un jeu aussi anodin.

Le soleil se cacha sous un nuage. Esther décida de partir. Au carré des concombres, elle écarta les feuilles rudes.

Un bruit mat lui parvint alors de la grange, suivi d'un long silence. Puis d'une faible plainte, un gémissement.

—Henri?

Silence.

—Henri? dit-elle plus fort.

Pas de réponse.

—Henri ?

La plainte devint pleureuse. Henri semblait rechercher son souffle. Une chute pouvait lui avoir fait éclater la rate...

Elle courut à l'intérieur. Roulé en foetus sur le foin, bras enroulés autour de sa poitrine, il se tordait de douleur.

Elle fit un pas vers la sortie pour chercher du secours. Mais elle se ravisa. Ce n'était pas la chose à faire pour le moment. Elle ne pouvait le laisser seul. Peut-être qu'il marcherait avec son aide.

Elle enjamba la poutre et alla à lui qui suffoquait. S'agenouilla:

—Qu'est-ce qu'il y a?

La main toucha. Le piège se referma. Il l'attrapa et la coucha de force. Puis se glissa sur elle, l'écrasa de son poids, menotta ses poignets.

Sidérée par la soudaineté de l'attaque, elle demeura un moment sans énergie. Ils respiraient tous les deux profondément, les yeux dans les yeux. Elle bougea la tête, regarda ses poignets. Il les serra pour qu'elle se sente maîtrisée. Leurs yeux se rencontrèrent encore. Elle chercha à faire un mouvement des jambes. Il les pris en tenaille avec ses genoux.

Esther n'avait plus comme armes que le calme et la parole:

—Laisse-moi!

Mais ça sonnait faux. Ce n'était pas Henri, là, sur elle, c'était un homme, un étranger d'homme et un corps étranger. Si près d'elle et si loin. Le chasseur et la proie, l'être immolé et son sacrificateur.

—Trop tard, Esther!

—Tu veux quoi?

—Je veux tout... tout ce que tu me refuses depuis...

—Je vais crier si fort que tout le village sera ameuté.

—Crie un bon coup! Hurle! Tes curés vont courir te délivrer.

—Que veux-tu?

—Tout...

Élevée dans l'eau bénite, Esther pensa à Mario Goretti, morte pour avoir refusé son corps à un agresseur. C'est comme elle qu'il fallait agir...

Mais une force étrange l'empêchait de hurler. Comme s'il pouvait arriver pire que le viol et la mort, comme si une logique absurde lui suggérait que la meilleure façon de se protéger, c'était de ne pas se défendre.

—Je te dénoncerai. Tu seras emprisonné...

—Suis prêt à passer le reste de ma vie en prison pour t'avoir.

—Tu m'apprivoisais... Pourquoi pas avoir continué ?

—J'y serais jamais arrivé, très chère. Et tu le sais. Tu me faisais marcher. J'étais ton objet, la chose d'une femme. Tu ne m'aurais jamais aimé parce que ton coeur est ailleurs... Et je vais te dire quelque chose d'odieux: toutes les femmes méritent le viol. Parce que leurs griffes invisibles font cent fois plus de mal que les nôtres... Oeil pour oeil; griffes pour griffes...

Il plaqua sa bouche sur son cou. Cela la brûlait comme le feu de l'enfer. Elle devait se défendre à n'importe quel prix. Récupérer d'abord ses bras. Elle poussa tant qu'elle put...

—Tu te dis que c'est fini entre nous, hein? Mais tout commence. Un lien infernal va nous unir pour l'éternité. Une femme reste plus rattachée à son violeur qu'à tous les amoureux de son existence, tu savais?

—Si je dois me soumettre, autant le faire sans combattre! Et tu ne peux rien faire dans cette position. C'est la peur du péché qui m'arrête, mais comme tu vas me prendre de force, alors il n'y a plus de péché.

Prise à son propre jeu de mots, un instinct nouveau parut en elle: sensation étrange, vibration indésirée...

Elle relâcha la tension. Son agresseur fronça les sourcils. Il croyait à un piège. Ce n'est pas ainsi que les choses devaient se passer. Il fallait maintenir son état de panique.

—Je vais te toucher et tu vas voir ton désir grandir...

Il groupa les deux poignets dans une seule de ses mains et glissa l'autre vers sa poitrine qu'il toucha sans tendresse.

Elle libéra une de ses mains en la recroquevillant, braqua ses doigts dans le visage de l'homme et pressa en criant à tue-tête:

—Laisse-moi... Laisse-moi... Laisse-moi donc...

Cela dura quelques instants puis une voix énorme fut entendue:

—Laisse-la tranquille ou je te plante une fourche dans les reins.

Tout s'arrêta. L'assaillant relâcha son étreinte. Esther laissa sa main retomber. Le vicaire arrivait à la rescousse au moment ultime, comme au cinéma... Il se tenait droit, impérial à côté d'un faisceau de rayons lumineux tombant depuis un œil-de-boeuf éclatant. Son visage n'était que rage...

Il avait vu Esther au jardin. Puis Henri qui l'observait.
Poussé par ses grandeurs tout autant que ses faiblesses, il avait à son tour observé l'observateur. Et ça l'avait amené là et transformé en sauveur et en héros...

—Va t'en d'ici.

Henri se remit sur ses jambes et jeta un regard méprisant sur l'abbé puis quitta les lieux en fredonnant l'*Asperges me* qu'il remplit de fausses notes pour se moquer encore plus...

Esther était confuse et pleurait. Puis elle roula sur elle-même et les sanglots commencèrent de la libérer.

Le vicaire accourut. Il lui toucha l'épaule.

—C'est fini, Esther, c'est fini.

Il ôta des brins foin de ses cheveux et attendit que le pire s'achève...

—Il m'a tendu un piège... Il...

—Vous me le direz plus tard...

Elle se rassit péniblement, gardant le dos à lui.

—Il a fait semblant de se blesser pour m'attirer ici.

—J'ai confiance en vous, Esther. Je sais que vous ne seriez pas venue ici de plein gré.

—Maintenant, ce serait mieux de partir.

Elle ne désirait pas s'en aller, s'arracher à cette tiédeur enivrante. Ce pauvre Henri, tel un vendeur de voitures, avait cherché à lui vendre son bazou, il avait semé de la graine, et voici que le vicaire était là avec sa grosse limousine... Quel mal de s'étendre l'un à côté de l'autre et de rêver en se tenant par la main?

La réalité fut tout autrement:

—On y va?

—Il serait temps. Maman va trouver que je retarde.

Elle partit devant. Le soleil donnait des signes de fatigue. Ils marchèrent en silence. Une feuille jaunie culbuta devant eux. Au loin, des enfants crièrent. Une paix intérieure baignait l'âme de chacun. Car chacun se sentait aimé... de Dieu.

* * *

Après le souper, ils racontèrent l'événement au curé. Il réagit par un juron accompagné d'un coup de poing sur son bureau:

—Ce maudit Français va quitter notre paroisse. Chiendent qu'il est. Ivraie. On va l'extirper.

—Il sera pas facile à déloger d'ici, soupira le vicaire.

Le curé gronda:

—S'il part pas cette semaine, mon nom est cochon...

* * *

Caché de l'autre côté de l'église, le matin frais lui sauta au visage lorsque, de son pas colossal, il déboucha sur la grand-rue. Comme des drapeaux noirs insignes de vérité, les pans de sa soutane claquaient au grand vent de septembre.

Le curé fendait l'air avec la détermination d'un paquebot.

Son chapeau de paille noire à rebord battant contenait mal sa

194

pensée. C'est la logique paroissiale qui l'emportait.

Pampalon ne voyait pas toujours les choses du même œil. Ils s'opposaient souvent depuis que le marchand était maire. Sur des questions d'aqueduc. D'entretien des chemins d'hiver. Et tutti quanti.

Le problème du Français, devait être réglé par l'autorité religieuse; la moralité publique était en jeu. Fallait enlever la pomme pourrie du panier et la jeter dehors, au feu comme le figuier stérile. «Malheur à celui par qui le scandale arrive!» fulminait-il à chaque pas le conduisant au magasin.

Bon, pour étouffer l'affaire, il avait demandé à Esther et au vicaire d'en garder le secret. Et le Français ne s'en vanterait pas. Mais comment persuader Pampalon sans rien lui dire? Et même en ce cas...

Le magasin était désert: chose fréquente à cette heure matinale. Pampalon devait se trouver dans les hangars. Le Français risquait aussi. Il attendit un moment...

Le pas lourd de Pampalon annonça son arrivée. Il transportait sous son bras un gros sac de sucre qu'il jeta sans ménagement sur le comptoir près d'une balance.

—Tiens, bonjour monsieur le curé!

—Toujours aussi solide, hein, mon Pampalon?

—Ah! on vieillit ! Dans le temps, je prenais une poche de même à chaque bras... Luc, c'était pareil...

—Tu commences à oublier... l'accident ?

—Faut ben... J'essaye... Un garçon comme Luc, ça s'oublie pas comme ça. Mais là, j'ai un bon homme pour le remplacer.

—Pampalon, c'est justement à son propos que je viens...

Mais la discussion piétina. Le curé ne pouvait tout dire et l'autre défendait Henri sans se laisser convaincre par l'autorité du prêtre et ses citations bibliques. L'abbé fut contraint de lâcher le morceau ou presque:

—Ce qu'il a fait mérite la prison. Je te demande de me croire. Et de le renvoyer...

—Écoutez, je viens de perdre mon garçon. Le petit Français, c'est comme un adopté? Le renvoyer sans savoir pourquoi?

Henri entra . Le curé frappa un coup décisif:

—Jeune homme, pars ailleurs ou je te fais jeter en prison ce que tu sais...

Aucun des trois hommes ne se fit entendre. Le prêtre tourna les talons et repartit sans refermer la porte.

—Personne va venir faire la loi dans mon magasin! lança le marchand pour que le prêtre entende.

—Je devais partir. Suis pas le bienvenu par ici.

—Restes tant que tu voudras; y a personne qui t'envoie.

—Il a raison, votre curé. Il cherche à protéger son monde des intrus comme moi. Je... vais retourner en France. J'ai du mal à me comprendre ici. Je reviendrai quand les choses auront changé.

—De quoi il t'accuse donc?

—De méchanceté. Rien de si grave... J'ai un peu touché à mademoiselle Esther... dans la grange du curé...

—Bon... fais comme tu veux. Besoin d'argent? D'autre chose?

—Une chose mais vous en avez pas. C'est l'outil qu'il m'aurait fallu pour abattre les barrières.

—Tu veux que je te reconduise à la gare?

—Je partirai avec le postillon.

—Tu prendras ta paye finale dans le tiroir...

Le marchand tourna les talons et s'en alla aux entrepôts.

* * *

—Vu Teddy, monsieur le vicaire? demanda le curé.

—Vu Teddy, madame Cora? demanda le vicaire.

—Vu Teddy quelque part, Esther? demanda Cora.

—Ah, le beau chien! dit une dame pointue à son voisin de compartiment.

—Un cadeau. Je l'ai caché dans ma valise pour monter dans le train.

—C'est quoi, son nom?

—Je vous le dis si vous me dites le vôtre...

—Moi? C'est Alberte.

196

—C'est son nom aussi... Quelle coïncidence!

Ravie par les sourires de ce compagnon de voyage à l'accent français, Alberte posa des questions puis se mit à faire des confidences sur elle-même...

Le train siffla. Le serre-freins entra dans le wagon:

—Tring-Jonction. Arrêt: cinq minutes.

* * *

CHAPITRE 19

Entre deux grands ormes, sur un rocher gris, Notre-Dame-du-Perpétuel-Secours penchait la tête dans son aimante humilité. La statue de la Vierge portait une couronne dorée. Sa longue robe blanche lui tombait sur les pieds, que leur forme laissait deviner. Des plis de sa mante bleue reposaient sur ses bras écartés tandis que d'autres tombaient sur les côtés en rangs serrés. Sur les épaules, un visage virginal dessiné par de longs cheveux fixait un sourire de Joconde.

On avait érigé la statue pour rappeler le cinquantième anniversaire de l'arrivée des religieuses à St-Honoré bien qu'en réalité, leur venue date de 1899. Mère Supérieure avait déclaré qu'il vaudrait mieux enchâsser les cérémonies commémoratives dans le cadre béni de l'année sainte.

Aux premiers jours de septembre, Esther avait aidé les sœurs à l'aménagement du lieu de prière. En ce soir de l'inauguration, elle goûtait la quiétude du travail accompli tout en vibrant à l'attente de la messe votive célébrée par le curé.

Les bancs de la chapelle du couvent se trouvaient devant l'emplacement, près du tertre de ciment coulé autour du roc et jonché de feuillages piqués de fleurs.

En première rangée, sous son châle blanc, Esther méditait. Au fil de souvenirs défilaient dans son esprit des visages du passé. Pour l'âme de chacun, elle offrait à Marie une fleur de dévotion.

De chaque côté de la table qui servirait d'autel, des gerbes de glaïeuls courbaient leur calice dans un acte d'adoration discrète.

La jeune femme bougea des yeux nostalgiques au rappel de son enfance vécue là, dans ce quadrilatère protecteur formé par la salle publique, l'église, le couvent et le presbytère. Que de jours paisibles s'étaient écoulés à l'ombre de ces forteresses de la sainte grâce! Que de soirs tranquilles avaient baigné de leur sérénité ce domaine sacré!

Une arche de bois tendue de festons, enveloppée de végétaux, encadrait de sa pieuse majesté la madone et son piédestal. Les doigts fervents de la jeune fille y avaient accroché des géraniums rouges et des pétunias blancs et roses. Puis elle avait parsemé la charmille des bas-côtés du tertre de dahlias soyeux à coloris célestes.

Une voix menue lui glissa à l'oreille:

—Mère Supérieure m'envoie vous chercher, Esther. Elle vous invite à venir jaser en attendant l'heure de la messe. Plusieurs anciennes sont arrivées. Restez pas ici toute seule...

—Suis pas seule, mère Sainte-Candide, dit Esther qui montra la statue.

La petite religieuse encabanée par une bande de lin amidonnée sourit avec respect.

—Je sais. Mais on reviendra lui rendre visite tout à l'heure. Venez.

Esther la suivit, regrettant quitter sa rêverie solitaire. Et puis dans le secret de son âme, elle avait espéré que le vicaire vienne aussi avant l'heure et qu'ils puissent se parler de roses, de lis et autres fleurs.

***

Une chorale de circonstance, composée des religieuses et des anciennes de l'institution, forma une procession qui, depuis le sous-sol du couvent, se mit en marche vers le nouveau lieu de prière.

Esther ajoutait la souplesse veloutée de ses cordes vocales aux voix flûtées qui se conjuguaient pour soutenir les accents de *J'irai la voir un jour*.

À la tête du défilé, le curé, sous des ornements blancs, avançait à pas courts, suivi du vicaire en surplis qui ferait office de servant de messe.

Peu nombreux, les assistants se levèrent pour entonner eux aussi le cantique bien connu.

Le jour tombait derrière l'église, sombrait dans une pénombre rougeoyante.

Tandis que les prêtres attendaient debout au pied du tertre, deux sœurs distribuèrent aux fidèles des cierges qui donneraient leur éclairage et brûleraient à la gloire de Marie. On les alluma en même temps que Dieu enflammait ses étoiles. Puis l'on fit brûler des lumignons aux pieds de Marie tandis que des candélabres sur la table de l'autel dispensaient leur ballet de feu.

La brunante seyait aux choses comme une confidence au creux d'une oreille amie.

Esther buvait le soir de ses prunelles brillant comme des diamants. Elle vibrait au sentiment le plus pur qu'il soit possible d'imaginer sur terre: l'amour non partagé, gardé secret, fondu à jamais dans un désir sans mélange. Elle n'avait besoin que de savoir qu'il existait, lui, cet homme sacré pour ressentir son **amour éternel**.

Le visage pointillé par les reflets dansants des cierges, le jeune prêtre faisait la génuflexion, montait à la droite, à la gauche du curé, retournait au pied de l'autel. Lui aussi acceptait tout à fait son amour platonique. Néanmoins, il se sentait vulnérable devant la force de son désir. Un désir chaste contrôlé par des oraisons jaculatoires qui remplaçaient le feu maudit par le feu sacré...

Il avait envie de répandre du bonheur sur l'humanité entière, de partager avec tous sa plénitude. Car ses sens avaient acquis d'extraordinaires capacités ces derniers temps.

Chaque petit point de lumière, chaque contour d'objet, chaque forme le grisait de paix.

Les odeurs florales, celle de la cire brûlée, n'arrivaient pas à voiler une senteur d'herbe mouillée que portait l'air léger à côté des rudes effluves du savon castillan utilisé par les sœurs. Et ces divins concerts qui parfois s'élançaient à l'assaut de la voûte céleste pour revenir, comme en écho, planer doucement sur lui en vagues ailées! Et ce chant atone du curé qui coulait en son cerveau comme une musique vivifiante!

201

L'image d'Esther le bouleversait une fois encore...

Quand viendrait-elle se confesser à lui pour la première fois? Jamais non plus, il ne lui avait donné à communier. Par prudence, discrétion ou quoi encore, elle lui préférait le curé pour recevoir ces sacrements.

Ce soir-là, il l'approcherait avec la patène au moment de la communion... Mais viendrait-elle ? On n'était pas dimanche. Elle ne devait pas être à jeun...

Sur *Loué soit à tout moment*, les sœurs vinrent s'agenouiller sur la marche du tertre et recevoir l'hostie. Vint Esther. Le vicaire en eut les larmes aux yeux. Sa main trembla. Elle releva la tête.

Une mantille noire voilant à peine sa chevelure libérée qui touchait les épaules. Une odeur de jasmin rayonnait tout comme la grâce de ses prunelles. Madone désirable aux joues infléchies, aux lèvres fines à s'entrouvrir pour laisser le Seigneur pénétrer. Déesse de chair qui mangerait la chair du Fils de l'homme. Femme purifiée, belle, offerte à l'amour du Christ sauveur...

Sa bouche s'entrouvrit. Une langue furtive recueillit le pain de vie. Le curé se déplaçait déjà. Elle avait gardé ses yeux grands ouverts. Avant de courber la tête, elle fondit son regard dans celui du vicaire, appuya. Puis ferma les paupières comme pour rejeter dans une prison lointaine au fond de son âme l'exquise émotion.

L'abbé avait la bouche remplie d'eau.

Esther mouilla l'hostie contre son palais. Sa mâchoire remua. Elle se leva et retourna à sa place.

* * *

Le crayon glissait, laissant couler une belle écriture souple.

La jeune fille levait parfois la tête pour réfléchir et promener ses yeux sereins sur les murs de sa chambre.

Elle rédigeait un compte rendu des cérémonies de la soirée qui servirait à écrire le programme-souvenir du cinquantième anniversaire célébré ce jour-là.

...La jolie fête eut lieu le jeudi quatre septembre 1950, lendemain de la clôture de la retraite annuelle des religieuses.

Nombre d'anciennes élèves sont accourues à l'appel, fières d'être les premières à saluer leur bonne mère: Notre-Dame-du-Perpétuel-Secours. Nous nous rendîmes à la statue en procession au chant des cantiques. Des sièges avaient été préparés à l'ombre du feuillage. La messe fut célébrée par monsieur le curé Ennis assisté de monsieur le vicaire René Dumont.

Notre bon pasteur profita de l'occasion pour adresser la parole à la gloire de Marie, notre Reine ici-bas comme elle l'est au ciel. Il félicita Mère Supérieure de sa pieuse idée qui établissait désormais une Souveraine à l'extrême limite du couvent, comme pour en régir les dehors aussi bien que le dedans. Il ajouta que, grâce à tous ceux et celles qui ont travaillé ferme à l'érection de ce petit sanctuaire, les jeunes élèves trouveraient aux pieds de la douce image qui leur tend les bras une aimable retraite aussi bien qu'un pieux rendez-vous où elles ne manqueraient pas de se réunir à l'ouverture des récréations pour saluer la bonne Mère et la prier de les bénir en souriant à leurs jeux.

Après le messe dite à la lueur des cierges, Mère Supérieure brancha le courant électrique et une pieuse illumination vint éclairer l'image de Notre-Dame. On eût dit un bosquet en feu. Tout autour de la Madone souriante, il y avait un cordon de globes enflammés. Finalement, nous retournâmes au réfectoire du couvent où nous attendait un succulent goûter auquel tous firent honneur.

Cette petite fête présidée par notre Père-curé laissa le plus heureux des souvenirs au cœur de toutes et de tous.

ESTHER LÉTOURNEAU

* * *

—C'est pour vous dire merci que je vous ai fait venir. Merci pour ce compte rendu si bien rédigé, si spontané, si sincère.

Enterrée dans ses habits noirs, Mère Supérieure, les mains croisées devant elle sous un crucifix reluisant, affichait un sourire bonhomme. Ses petits yeux malins, mal cachés dans ce masque autoritaire, disaient son amour du prochain.

Esther jeta un coup d'œil sur le mur du fond. Entre deux fenêtres à stores vénitiens, il y avait une photographie: Pie XII assis dans sa majesté et sa blancheur papale.

Dans un coin, un fin tabouret haut portait un vase d'où s'élançaient vers le ciel les feuilles d'une fougère racée.

Et à l'autre bout, réchauffée par deux calorifères, une statue de la vierge se tenait en équilibre sur un piédestal blanc.

—J'ai fait ce que j'ai pu, Mère Saint-Joseph.

—Esther... j'aimerais vous parler d'autre chose aussi... Je vous observe depuis que vous travaillez avec nous et la grandeur de votre dévotion. J'ai vu hier votre ferveur à la cérémonie. Et voilà que vous avez écrit ces pages d'une beauté... quasi céleste. Entre nous, je trouve que vous êtes plus proche du Seigneur que certaines de nos sœurs. Ceci étant dit, pourquoi ne songez-vous pas à... mettre votre vie au service entier de Jésus et de Marie en devenant une des nôtres ? Vous seriez heureuse avec nous. Et vos proches en seraient heureux aussi...

—Je... je ne sais pas...

Esther avait réfléchi à cette idée comme toutes les jeunes filles de son temps, et l'avait écartée. Prier avec ardeur, oui, mais se faire soeur...

Voilà pourtant que les événements de l'été, la mort de Luc et la naissance d'un amour impossible, la poussaient à reconsidérer la question. Pressentant son état d'âme, Mère Supérieure l'incitait à jeter à la question un regard nouveau...

Le mystère de la vocation exerçait sur elle un attrait bien particulier. Ce rapprochement de Dieu, comme il devait grandir l'âme! Que de joie les religieuses devaient ressentir à la pensée de la mort, cette délivrance qui leur permettrait de s'envoler vers le divin époux!

Mère Supérieure ouvrit le tiroir d'un bonheur-de-jour antique. Elle en tira un livre rouge sur la vie religieuse et le tendit à Esther:

—Cela vous aidera à réfléchir.

—Il ne doit pas arriver tous les jours qu'une jeune fille de mon âge entre au couvent?

—Si ce n'est que ça qui vous arrête! Des personnes de tous les âges embrassent la vie religieuse, croyez-le.

La sœur trouva un mouchoir dans son costume. Elle s'épongea les joues. Un cerne d'humidité mouillait le bandeau blanc qui enveloppait son front jusqu'aux sourcils touffus en sueur.

—Aimeriez-vous faire la connaissance de Mère Provinciale ? Je vais à Québec dans deux jours. Vous pourriez m'y accompagner. Elle saura par une seule rencontre si vous êtes faite pour la vie que nous menons.

—Non, je pense que ça serait prématuré.

—Ça ne vous engagerait à rien du tout. Et puis vous pourriez visiter notre maison-mère, rencontrer des religieuses retraitées qui vous rendront des témoignages... et des novices qui vous apprendront bien des choses intéressantes.

—Vaut mieux que je pense d'abord.

—Je comprends.

—Comment savoir si ce serait le bon chemin.

—Il y aurait des sacrifices. Vous devriez partir ailleurs. Mais vous trouveriez compensation dans des amitiés nouvelles, dans la joie d'être tout entière au service de Notre-Seigneur...

La jeune fille se leva:

—Je vais y penser, je vais y penser.

—Je ne vous en ai jamais parlé... ce n'était peut-être pas le temps... Et puis monsieur le curé a dû soulever la question avec vous...

—J'aurais une question peut-être... insignifiante...

—Posez-la...

—Votre costume, c'est dur à porter? Par une journée chaude comme aujourd'hui, par exemple?

La Supérieure fit un sourire énigmatique:

—Essayez... Il peut être léger à porter...

Mélangée, la jeune fille prit congé. Elle marcha lentement sur le chemin du presbytère. Les arbres ne la protégeait pas de la chaleur étouffante. C'était un jour de juillet perdu en septembre.

Cloîtrer son amour dans un couvent après l'avoir barricadé dans un réduit secret de son cœur, l'emprisonner dans une vocation: double cage. Mais quitter ces lieux, son enfance, ses espérances, sa maison, les siens...

Et puis aller au couvent pour fuir quelque chose, le monde, quelqu'un? Non, ce serait malhonnête...

Pourtant n'était-ce pas là son devoir? La fuite éperdue, éternelle, comme celle d'un corps projeté dans l'espace. La chair est si faible, si faible.

Elle prit une page au hasard dans son petit livre et lut:

«L'Institut des Sœurs de la Charité de Saint-Louis se dévoue dans onze diocèses. Il célèbre cette année le soixante-quinzième anniversaire de sa fondation. Il compte actuellement 760 religieuses et donne l'instruction à 11 200 enfants dans quatre-vingts établissements. Il a pour but la sanctification personnelle de ses membres, l'instruction et l'éducation de l'enfance, et l'apostolat en pays de mission. »

Elle s'imagina partir pour les missions d'Afrique, baptiser les petits noirs, les nourrir de la vraie religion, sauver leur âme, les arracher des griffes des sorciers, les civiliser, leur apprendre à lire et à vivre. Alors une longue vibration la traversa, une force irrésistible projetait son cœur vers le ciel.

La chaleur ramena son esprit sur terre.

Elle regarda discrètement dans l'échancrure de sa robe. Son soutien-gorge était mouillé. Il lui faudrait se changer en arrivant à sa chambre.

Là-haut, le soleil plombait.

Mais il ferait frais à l'intérieur de la maison.

* * *

CHAPITRE 20

Une odeur de sciure chauffée flottait dans l'atelier. Le tour à bois ronflait. Le morceau d'érable, prisonnier de la machine, perdait peu à peu de sa carrure.

Stimulé par son travail de la veille —trois manches bien tournés—le vicaire entendait terminer ce jour-là les réparations requises avant le remisage des accessoires des terrains de jeux.

De son père, l'abbé Dumont avait hérité le souci du travail bien fait. Il se disait que toute tâche méritait minutie, la main de l'homme étant le prolongement de celle du Seigneur. Par contre, de sa mère, il avait la fougue et la chaleur qui le faisaient se jeter à corps perdu dans des entreprises nouvelles pourvu qu'elles soient conformes à la morale chrétienne et au bon goût. Cette ambivalence lui faisait parfois changer son fusil d'épaule quand la raison gérait la passion en lui.

Sifflotant, il approcha un ciseau tranchant de la pièce de bois. Le ronronnement fut enterré par un bruit sec quand l'outil atteignit son but. Les copeaux frappaient une petite garde métallique et tombaient sous la machine sur un monticule.

La rondeur du manche se précisait sous les yeux attentifs du prêtre. Son cœur se partageait entre l'occupation du moment et ce regard troublant d'Esther qui l'avait poursuivi depuis le soir de la messe à la statue. Au souvenir de leur grandeur et de leur profondeur, il se disait que des yeux comme ceux-là ne pouvaient n'avoir rien dit. Ils regorgeaient de trop de tendresse. Les lueurs qui s'en étaient échappées avaient un si haut degré de sublimité qu'elles ne

207

pouvaient ne refléter que la grâce sacramentelle...

Puis cette idée naissante lui parut friser l'incroyance. Douter ainsi des vertus de la grâce divine et vouloir leur substituer les reflets de sentiments humains: errance!

—Et pourtant...

Une des poupées du tour se démit de sa position. Le morceau d'érable frappa rudement l'extrémité du ciseau, le repoussant avec violence au fond de la main de l'opérateur. Désaxée, la pièce poursuivit son mouvement giratoire, touchant l'outil de taille de façon sporadique. Des fragments se mirent à voler vers le plafond sans être arrêtés par la garde. L'abbé se pencha pour abaisser le commutateur contrôlant l'arrivée du courant. Un éclat le frappa en plein œil gauche.

La douleur fut inouïe: foudroyante et térébrante. Sa main, par réflexe, se plaqua sur son visage, paume appuyée sur l'arcade sourcilière. Il pressa pour atténuer le mal et empêcher l'organe de s'écouler. À la souffrance physique s'ajoutait la crainte d'avoir perdu l'oeil.

Il dansa comme un clown, courbant le dos, secouant la tête, frappant du pied pour se débarrasser de l'insupportable.

Il atteignit la porte en titubant, s'élança dans le couloir, tâchant de retenir ses plaintes.

Le curé qui l'entendit venir, vint à sa rencontre au pied de l'escalier.

—Qu'est-ce qui arrive?

—Une graine de bois...

—Venez...

—J'ai peur pour mon œil.

—Venez vous asseoir dans mon bureau, on va examiner ça.

Il le dirigea son vicaire vers un fauteuil.

—Douloureux, hein?

—Intenable...

—Ça veut pas dire que l'organe est perdu. Appuyez votre tête au dossier... c'est ça. Gardez la main sur votre œil, et surtout ne frottez pas. Ne frottez pas. Vous pourriez aggraver la blessure. Je vais chercher de l'aide: madame Cora s'y connaît...

Le curé reparut quelques instants plus tard. Esther le suivait avec un linge mouillé dans sa main peureuse...

—La fille a les mêmes compétences.

Le blessé dit n'importe quoi:

—J'ai dû chasser madame Cora avec les bruits de l'atelier.

—Bon, Esther, je remets mon vicaire entre vos mains.

Et il reprit place à son bureau et se croisa les bras.

Esther fut prise de vertige. Elle n'était pas infirmière et pourtant un être souffrant avait besoin d'elle. Elle n'était pas une épouse, mais l'homme qu'elle allait soigner éveillait plus que tout autre son goût de se sentir soumise. Elle n'était pas la fille du curé et pourtant, c'est le regard d'un père qu'elle sentait peser sur elle en ce moment.

Elle ne connaissait pas la gravité de la blessure. Y avait-il vraiment blessure ou seulement une graine dans l'oeil comme le lui avait dit le curé en allant la chercher?

Enfiévrée par la situation, elle n'avait rien demandé, se contentant d'appréhender la suite... Elle aurait à le toucher au visage. Elle sentirait sa chaleur, son souffle, son odeur. Pourquoi s'était-elle négligée ce matin-là? Habitude de flâner le samedi pour se reposer de sa semaine. Comment paresser quand l'homme aimé vit sous le même toit?

De son œil valide, le blessé regarda s'approcher son infirmière; son image était brouille. Il remarqua ces petits ronds rouges très haut sur ses joues, sa robe foncée, son gilet pâle.

La souffrance redoubla. Il crut s'évanouir et raidit les bras pour tenir bon.

Elle lui prit le poignet, tira.

La main restait plaquée à l'arcade.

Elle hésita, jeta un œil vers le curé qui ramassa ses sourcils et fit un signe de tête affirmatif. Alors, elle ôta le bras têtu. Puis se pencha et lui ouvrit délicatement les paupières.

Que du sang dans l'oeil! Pas un point blanc de toute la cornée. Des courants plus écarlates formaient un réseau enchevêtré de fils sanguinolents comme si les vaisseaux étaient tous réduits en charpie.

Elle crut que l'oeil était perdu et ça la révoltait. Mais elle n'y pouvait rien.

—Ces choses-là ont toujours l'air pire qu'elles ne le sont, laissa tomber le curé comme s'il avait deviné l'état d'âme d'Esther.

Le vicaire chercha à refermer les paupières, à bouger. Elle mit son autre main sur son front et appuya ferme pour emprisonner la tête à l'aide du dossier.

Il ouvrit la bouche, se mit à respirer comme un chien pour faire baisser la douleur, mais en vain. Les doigts féminins lui semblaient les côtés rougis d'un écarteur; sa main sur son front avait un poids d'une tonne.

Le curé tourna vers eux une lampe-girafe. Il tendit une allumette:

—Enlevez la graine d'abord et on ira ensuite chez le médecin.

Soulagée par cet ordre, elle s'assit sur le bras du fauteuil, soupira un coup avant d'entreprendre l'opération. Elle porta l'allumette à sa bouche pour la mouiller afin que le soufre ne racle pas la cornée et pour que le corps étranger y adhère mieux. Elle posa ensuite sa main ouverte sur la tempe du patient et rouvrit les paupières qui s'étaient recollées aussitôt qu'elle les avait relâchées.

Tirant sur la membrane supérieure, elle aperçut le fragment.

Le vicaire crispa les poings et les mâchoires. La peur et le mal lui transperçaient la tête. La bête blessée en lui aurait voulu se libérer non seulement du corps étranger mais aussi de celui d'Esther qui l'écrasait comme une charge insupportable. Toute cette griserie qu'en d'autres circonstances, à la sentir si près, il aurait goûtée, devenait répulsion. Répulsion née dans les insondables profondeurs de l'animal humain, où logent aussi les désirs charnels.

Elle approcha l'allumette, toucha le fragment blanc, le remorqua sur la cornée larmoyante jusqu'à la caroncule d'où elle l'expulsa d'un mouvement vif et adroit. Puis elle prit le linge mouillé sur les genoux du prêtre, le plia en quatre et l'appliqua en compresse sur l'œil aux paupières battantes.

Cela eut pour effet de soulager à demi la douleur irritante mais pas le larmoiement,

Esther se sentait aussi au bord des larmes. Ses craintes persistaient. Elle n'était pas assez versée en sciences médicales pour connaître l'élasticité cornéenne et sa résistance aux chocs. Seul le médecin la soulagerait de ses craintes.

—Vous allez venir avec nous, Esther. On sait pas, notre homme pourrait défaillir.

Le vicaire garda le silence. Sa douleur diminuant, il lui importait qu'elle les accompagne.

Comme au jour de la Saint-Jean, depuis la banquette arrière, elle jetait des coups d'œil sur le profil du jeune homme. La vision d'un œil mort dans ce masque si beau l'horrifiait. René ne serait plus comme avant. Il faudrait peut-être l'opérer, vider l'orbite, y introduire une de ces prothèses de verre qui tuent l'âme d'un visage, trompent sur les intentions, transforment la bonté en perversité, la joie en hébétude...

Cinq personnes attendaient. Elles furent bien plus émues par la blessure du prêtre que par les maux des autres en attente. Car la chair d'un prêtre, c'était la chair paroissiale...

—Le curé frappa à la porte du cabinet et ouvrit sans attendre.

—Je suis à vous, dit J.O. qui terminait un pansement sur un doigt d'enfant.

—Ça presse. Y a un oeil en jeu...

Pendant ce temps, Ida était venue chercher Esther et l'avait reconduite au salon, pour qu'après l'examen du patient, le curé et le vicaire y viennent passer quelques instants.

—Contente de pouvoir jaser seule à seule avec vous, Esther!

Elle lui fit prendre place sur le canapé.

La jeune fille promenait un regard sur les choses sans y porter trop d'attention.

En face d'ellle, Ida croisa ses mains sur ses genoux:

—Il est arrivé quoi à notre bon monsieur le vicaire?

—Un accident. Quelque chose dans l'œil.

—Pas l'air plus sérieux que ça. Malgré que de vous voir avec...

—J'ai vu son œil: pas beau à voir.

—Coulé?

—La cornée ensanglantée.

—Mais l'œil est encore là?

211

—Oui, mais...

—Bon, y aura pas de problème. Vous vous inquiétez?

—N... Non... Un peu... Un œil, ça se perd facilement.

—Ah! je comprends votre...

Ida guettait les réactions. L'occasion était en or de fouiller dans l'âme de la jeune fille, de lire entre les lignes à travers ses émotions. Car les sorties d'Esther avec le Français ne l'avaient pas trompée elle. Et puis Georgina ne cessait de l'alimenter en ragots.

—Un si beau visage avec un œil artificiel, on rirait pas. Il est beau, monsieur le vicaire, vous trouvez pas ?

«Vipère!» pensait la jeune femme qui avait du mal à se défendre de ces questions insidieuses.

—Me suis jamais posé la question. Pour moi, c'est l'âme qui compte.

—Ah! vous autres, les jeunes d'aujourd'hui pis vos valeurs. Vous perdez l'essentiel... Enfin... Bah! prends Honoré Fortin, il a ben un œil de vitre pis ça l'a pas empêché de faire une douzaine d'enfants. Les bébés viennent pas au monde avec des jambes de bois pour autant, hein ?... N'empêche que pour un prêtre !... Pour prêcher, ça prend de la conviction et la conviction, ça se transmet par les yeux...

Excédée, Esther se contint et s'efforça de répondre avec calme:

—La foi qui peut transporter des montagnes demande pas deux yeux pour se transporter elle-même.

—Un prêtre borgne, ça serait un demi-prêtre...

Par chance, J.O. vint:

—Des nouvelles de monsieur le vicaire. Il souffre et la blessure est vilaine mais l'oeil est sauvé. Écorchure de la cornée. Dans quelques semaines: guérison complète.

—Tant mieux! dit Esther.

Il referma la porte. Ida soupira:

—Voilà: la vie va reprendre son cours habituel au presbytère.

Esther retrouva ses moyens. Les prêtres et J.O. entrèrent dans la pièce. Le médecin tendit une petite bouteille:

—Trois gouttes, trois fois par jour jusqu'à ce que l'œil se nettoie du sang répandu.

Ida dit au curé en souriant:

—Monsieur le vicaire est chanceux: il pourra compter sur une infirmière... privée

—Même deux puisque c'est maman qui fera le traitement. Moi, le sang me fait peur.

Déconfite, Ida se mua en hôtesse:

—Vous voulez quelque chose? Coke, vin, un thé peut-être?

Esther accepta une limonade et retraita dans le fauteuil le plus éloigné. Ses yeux se perdirent sur les rayons d'une bibliothèque où voisinaient des traités de médecine et des recueils de poésie.

Elle demeura silencieuse, rêveuse.

Il avait l'air un peu coquin avec cet œil-de-pirate. Elle l'imagina en corsaire, bandeau au front, sabre au poing, flairant l'odeur du large, écumant les mers dans ses habits à couleurs bigarrées, torse à demi-nu... Sur la vergue du grand mât se posait une mouette blanche. Le pirate relevait la tête, souriait d'aise de se voir accompagné par l'oiseau qui conjure le mauvais œil...

Un quart d'heure après, ils partirent.

Dans la salle d'attente, les mêmes personnes patientaient.

Non seulement ils acceptaient la médecine à privilèges mais ils la louaient unanimement...

* * *

CHAPITRE 21

Étendu sur son lit, le prêtre fit tomber la troisième goutte sur son globe oculaire puis il rajusta la gaze protectrice et l'œil de pirate. Il remit le compte-gouttes dans sa bouteille sur la table de chevet et replongea dans sa rêverie.

Une fois de plus, sa pensée fut remplie de l'image d'Esther. Il revivait par le souvenir ces instants où elle s'était assise sur le bras du fauteuil pour le soigner. Fascinant parfum de femme qui revenait embaumer la magique souvenance. Quand donc pourrait-il l'approcher, la toucher autrement que dans des circonstances pénibles pour que naisse et grandisse en lui la sublime émotion, ce sentiment indéfinissable qui chavirait son cœur.

Cette seule pensée fit jaillir, la tendre émotion. Il la reconnut. Elle se diffusait dans ses veines, courait en cercles concentriques depuis sa poitrine réchauffée, coulait sous ses tempes, sur ses lèvres, sur son ventre jusque dans ses jambes.

Mais pourquoi donc Cora et le curé les avaient-ils laissés seuls à la maison, elle et lui, pour ces deux journées intenables? Non pas les journées, se dit-il, puisque chacun de son côté vaquait à ses occupations. Mais pour la nuit... Elle n'en finirait pas de durer, cette nuit-là.

S'ils étaient partis sans avoir l'air de s'inquiéter, c'est qu'ils savaient que rien de... répréhensible n'arriverait au presbytère. C'est qu'ils avaient dû traverser, et victorieusement, la même épreuve. Mais quoi, ils avaient été seuls pendant de longues années sous le même toit. D'un autre côté, il y avait les vicaires... Et la petite fille qui grandissait. Qui sait s'ils ne l'avaient pas fait exprès?... Et puis non... Comment pouvaient-ils s'imaginer que se produisît en 1950 ce qui avait été impensable en 1930.

Puis il se posa des questions sur Esther. Que pouvait-elle faire en ce moment dans sa chambre ? Nourrissait-elle des pensées semblables? Peut-être était-elle déjà endormie ? Non. Pas déjà ! Elle avait sans aucun doute revêtu son peignoir et lisait son cher Lamartine. Mais où ? Dans un fauteuil ? Couchée ? Comment étaient les murs de sa chambre? Quels objets gardait-elle sur sa commode? Des parfums, des cosmétiques, une photo de Luc ?... Elle qui cueillait si souvent des fleurs et avec tant d'amour, en tenait-elle toujours une près d'elle sur un de ses meubles ? S'asseyait-elle devant son miroir comme les jeunes filles des portraits romantiques ? Dormait-elle sur le dos, tranquillement allongée, d'un sommeil paisible, ou bien se roulait-elle en fœtus?

Il n'aurait pas à ruser pour aller chez elle. Personne ne pourrait le surprendre. Il frapperait à sa porte comme en plein jour à celle de la cuisine... Quel prétexte que cet œil à soigner! Elle l'avait bien fait une fois déjà; elle ne pourrait le refuser.

Elle lui montrerait sa chambre. Il la féliciterait de son bon goût. Par la force des choses, il s'étendrait sur le bord de son lit: juste pour le besoin. Elle toucherait son front peut-être pour tenir ses paupières ouvertes comme le jour de l'accident. Il la sentirait palpiter tout près.

Il verrait ses yeux sans que nul ne puisse voir leur regard. Voilà ce qu'il devrait connaître avec elle: lui parler sans interventions. À deux seulement ! Personne d'autre: pas d'enfants, ni Cora ni le curé, pas de sœurs. Alors les regards, les gestes, les respirations et jusqu'aux pensées prendraient des dimensions neuves.

Ils se parleraient en secret sans offenser Dieu, sans craindre les interprétations mauvaises, jusqu'à minuit, jusqu'à l'aube. Et alors ils iraient à la messe rendre grâce au Seigneur.

Peu après le souper, Esther s'en était allée dans sa chambre. Il avait bien pris des distances respectables ces derniers mois, mais s'il fallait qu'il profite de la situation pour venir à la cuisine? Elle lui avait servi le repas à la manière de sa mère: s'était faite d'une grande discrétion, fuyante, froide. Elle s'était retranchée dans la manutention des plats, derrière les bruits de casseroles et de porte battante. Et lui, à l'exemple du curé absent, l'avait laissée à sa besogne. Il n'avait même pas pu la féliciter pour le goût de la nourriture puisque Cora l'avait préparée avant son départ.

Après qu'elle eût expédié la vaisselle et remis le couvert du déjeuner sur la table, elle regagnait sa chambre: seul lieu de la maison où, à coup sûr, il ne viendrait pas.

Malgré cela, elle n'avait en tête que son visage, ses propos. Elle avait songé à lui toute la soirée, à cet œil deux fois plus doux depuis qu'il se trouvait seul dans son visage, au timbre enjoué de sa voix, à ses vagues de cheveux, à ses muscles puissants. Et pourtant, elle fuyait tout cela par devoir. Navrant destin mais combien héroïque et méritoire pour le ciel!

Et puis une fois encore, elle s'en voulut de son recul prétentieux. Car elle avait agi comme si l'amour du prêtre eût existé, comme s'il la recherchait, comme si l'impression qu'il avait d'abord donnée de vouloir abattre les barrières établies avait été fondée.

La confusion régnait en elle. Pourquoi leurs yeux s'étaient-ils croisés de cette façon l'autre soir ? Était-ce chez lui signe d'un certain sentiment pour elle? Un prêtre pouvait-il se laisser aller à vibrer pour une femme? Non pas! Dieu et la grâce le soutiennent trop. Et puis l'abbé Dumont paraissait si fort dans sa jeunesse, si déterminé dans ses gestes qu'il eût été douteux de le voir faiblir.

Elle se regarda longuement dans son miroir, cherchant la réponse à une question qu'elle regrettait déjà d'avoir formulée. Comment vivre si près de lui, éprouver pour lui un amour aussi intense sans que jamais rien ne transparaisse? Le regard qu'elle-même avait posé sur lui ce soir de la messe n'avait-il pas, par son éloquence, crevé les yeux du prêtre?

Mais elle redoutait une chose encore plus: s'il fallait qu'un jour il la prenne dans ses bras, comme il aurait bien pu le faire dans la tasserie, saurait-elle s'arracher à lui ou ne se jetterait-elle pas contre sa poitrine, ne se blottirait-elle pas au creux de son cœur?

S'il fallait que ce soir même, il vienne vers elle, à sa chambre et veuille... veuille... Elle tourna la tête pour ne plus se voir.

—Quelle pensée abominable!

Il s'était mis à marcher pour tuer en lui cette envie folle de courir vers elle. Il tournait en rond comme une bête perdue. Les meubles avaient pris une autre dimension: ils étaient plus gros, plus encombrants. Son cœur s'agitait comme un diable dans l'eau bénite. Il ne pouvait s'empêcher de faire en pensée le chemin qui le conduirait à la chambre d'Esther. D'abord le couloir. Puis l'escalier. Puis le corridor d'en bas. La porte de la cuisine... Alors il longerait le mur dans le noir. Et il frapperait enfin à sa porte. Ouvrirait-elle? Aurait-elle peur?... Il ne faudrait pas. Mais pour ne pas lui faire peur, il ne faudrait pas que son torse soit nu comme maintenant...

Il se surprit à mettre sa soutane. Il n'avait pas pris la décision d'y aller. Et pourtant la décision était prise. Une volonté guidait sa volonté. Il était entraîné par la logique de sa folie.

Rien ne l'arrêterait plus !

Pas même le ciel !

Dieu lui en voudrait-il puisqu'il avait le cœur pur? Ne cherchait-il pas à jouer avec le feu ? Un feu risquant de le mener droit en enfer... Non, puisqu'il avait jeté une douche de prières froides sur la chaleur de son corps. Et puis, il respectait trop Esther pour oser...

Elle souleva son oreiller et prit son pyjama rayé qu'elle étendit sur le lit. Ôta son peignoir et l'y jeta également. Puis elle s'assit les yeux égarés. Elle regardait les cadres sur les murs. Au-dessus de son lit une peinture qu'elle avait faite de sa main à l'école normale: un moulin à aubes, de l'eau, des arbres...

Elle tordit son corps pour observer pour la centième fois cette photo de noces de ses parents sobrement encadrée et accrochée un peu trop haut. Son jupon tirant, elle se retourna vivement pour aussitôt se jeter à plat ventre sur le couvre-lit fleuri.

Qu'elle était belle, sa mère à vingt-deux ans dans sa robe blanche à frisons ! Que de noblesse dans son port de tête! Que d'espérance dans ses yeux jeunes ! Et ce père au regard d'une infinie grisaille. Il avait un visage à mourir jeune: beau mais comme étranger. Ils le sentent peut-être et leurs yeux le disent, ceux que la mort va choyer?... Car la mort est-elle plus qu'une protection contre la souffrance que se donne notre pauvre âme?

Elle replia les jambes vers le plafond, enveloppa son menton de ses paumes, planta ses yeux dans le mur, rêvassa.

Un jardin de fleurs... Une robe de mariée... L'époux viendra la chercher. Elle doit l'attendre, l'espérer. Une petite fille blonde habillée de mousseline lui offre un arrangement floral composé de tulipes, de jonquilles dorées et de délicats iris bleus encadrés de verdure et de chaton. Un petit voile coquet et vaporeux enveloppe le derrière de sa tête et coule en cascades sur son dos jusqu'à ses reins. La robe voilée de guipure découpe la pointe des épaules et creuse en avant. Comme elle en a mis des heures et de l'amour à la confectionner!...

Les jambes et le souffle coupés, le vicaire descend l'escalier. Il n'a pas à faire de la lumière puisqu'à chaque étage, à l'autre bout du couloir, une lampe toujours allumée la nuit jette l'éclairage qu'il faut pour bien guider les marcheurs depuis les chambres du haut jusqu'en bas, aux portes des bureaux des prêtres et de la cuisine.

La bâtisse va sûrement exploser sous la force des ondes de choc de son cœur.

Il replie un bras sur sa poitrine pour l'empêcher d'éclater. Une marche émet un craquement interminable; il ne l'avait jamais remarquée. Il compte celles qui restent... pour l'avenir, si jamais...

Le couloir court comme un insensé sous ses pieds et vient près de le projeter sur la porte de la cuisine. Il s'arrête, se retourne, écarte les jambes, tend les bras, s'appuie. Comme un supplicié de la roue, il crispe les orteils, les poings, les muscles du visage. Sous son pansement, l'œil élance. Sous ses muscles d'acier, les bras se meurent. Une hémorragie blanche remplit sa bouche.

—Oh ! mon Dieu, de quoi ai-je donc si peur?

Alors il prend un long souffle, palpe la poignée, tourne en douceur. La porte complice bouge sur ses gonds silencieux et reste béante dans l'attente du criminel. Il glisse sur le mur comme une ombre, atteint l'encoignure, s'y terre. L'autre poignée est là, à portée de la main. Il n'a qu'à la toucher pour qu'elle entende, pour qu'elle sache, pour qu'elle ouvre... Elle ne dort pas: une raie de lumière se faufile jusqu'à ses pieds.

Esther se lève, tend l'oreille aux battements de son cœur. Elle fait à moitié le geste d'enlever son jupon mais se ravise et le laisse glisser et retourner à sa place jusqu'en bas des genoux. Elle va s'asseoir à un petit bureau, prend du papier, un crayon. Le regard radieux, elle écrit en lettres carrées en haut de sa feuille: UN AMOUR ÉTERNEL.

De l'autre côté de la porte, le prêtre met son visage dans se mains. Il se contente de minces filets d'air qu'il quête entre se doigts.

S'il ne se décide pas, c'est la fin. S'il n'entre pas, jamais plus n'aura le courage de se rendre à nouveau jusqu'à sa chambre, encore moins quand ils ne seront plus seuls dans la maison.

Mais que va-t-elle penser de lui? S'il fallait qu'elle le prenne pour un assoiffé dans le style du petit Français! Elle ne croirait pas qu'il puisse venir uniquement pour se faire mettre des gouttes Qu'importe ce qu'elle dirait!

Il bouge sur la pointe des pieds, se met droit devant la porte Tête altière! Muscles tendus.

Esther est courbée sur ce poème qu'elle veut faire beau comme le paradis terrestre. On ne saurait jamais qu'elle y exprimerait son sentiment pour René: elle le dissimulerait derrière les mots. Après un long regard de réflexion sur le mur, elle écrivit un vers:

Un soir l'oiseau bleu vint gratter à ma fenêtre...

L'abbé respire ferme maintenant. Il n'a plus peur qu'elle entende, qu'elle sache... Une odeur de jasmin emplit ses narines; il reconnaît le parfum d'Esther, ferme les yeux pour le mieux goûter. Plus qu'un geste et elle sera là devant lui, délicate, fine dans son long peignoir blanc. Toute faite de grâce et de beauté. Fascinante. Le sourire d'un ange un peu inquiet. Les mains belles comme des ailes. Les pieds nus peut-être... Il les baisera. Chastement.

Sans crier gare, avec la brusquerie de la foudre, cette image fait soudain monter en lui une ivresse sauvage, incontrôlable. Comme si tous les gestes posés depuis son départ de sa chambre n'avaient tendu que vers un seul objectif. Comme si tous les démons de l'enfer s'étaient réunis en un seul pour fondre sur sa chair et la mettre à feu et à vif. Pour la première fois depuis qu'il connaît Esther, un désir indomptable de s'unir à elle par le sang vient consumer son corps. Toute sa substance connaît les affres de cette faim dévorante et implacable que rien ne pourrait tuer, il le sait.

Elle se lève, avance vers la porte, retire son jupon. Ses dessous luisent sous la lumière fragile d'une ampoule jaune. Sa main effleure ses cheveux, s'arrête sur son épaule; elle y couche sa tête...

L'abbé ne voit plus qu'une seule issue logique: la retraite. Il reviendra lorsque sa chair se sera apaisée. Des gouttes de sueur paillettent son front. Il crispe le poing, serre la petite bouteille entre ses doigts. La déception le compresse, l'étrangle et pourtant son corps ne cesse de crier à l'amour et à la vie. Il ne doit pas sombrer dans le péché et risquer d'y entraîner un être si pur et si fragile avec lui. Il l'a déjà sauvée une fois de la souillure dans la grange; il le fera une autre fois là même.

Son crâne, tout son corps n'est plus qu'une boule incandescente. Il recule. La porte de la cuisine retrouve son immutabilité. Il marche en pleurant, honteux de la puissance de ses besoins charnels. Son âme est toujours en paix avec Dieu, mais elle est en révolte contre elle-même.

Esther a cru entendre un bruit. Elle écoute. Silence. Mais le bruit n'a pas à se reproduire pour avoir été réel. Elle se revêt de son peignoir, sort, touche le commutateur: un flot de lumière tombe, se répand dans le couloir à mesure que la porte s'écarte devant elle. Le prêtre a retiré vivement sa main de la rampe. Elle ne peut plus le voir. L'escalier le cache. Il gravit les marches. La neuvième: il y pose presque le pied. La suivante, les autres... La lumière se tait.

Esther a regagné sa chambre.

L'abbé s'est jeté sur son lit. Il crève de sanglots.

Elle s'est couchée. Ses yeux sont inquiets. Ils se ferment. Son âme retourne au jardin. Il fait bon.

* * *

221

CHAPITRE 22

La spirale du vieil escalier de sauvetage tournoyait jusqu'au dernier étage, s'arrêtant à chacun des deux autres pour les desservir via une porte massive verrouillée de l'intérieur. La structure de bois gris-bleu donnait l'air d'un échafaudage accroché au mur recouvert d'amiante dont plusieurs carreaux étaient cassés ou ébréchés.

Esther jeta un coup d'œil au ciel, par delà le couvent. Des nuées sombres se bousculaient sans parvenir à se crever. Sur un fil électrique, un bec-fin jasait avec lui-même, maugréant peut-être contre l'orage qu'il sentait venir. Dans un érable à feuilles fatiguées, un écureuil à queue nerveuse faisait l'école buissonnière. Il courait des branches vers le tronc, montait, descendait, jetait aux petits de vifs coups d'œil, comme pour les inviter à ses jeux. Il lui arrivait de se laisser tomber, en volant, sur une branche plus basse puis de retourner à son point de départ.

Sur deux rangs serrés, les enfants trépignaient, se retenaient pour ne pas parler, voulaient se dire leur joie de voir la petite bête se trémousser dans l'arbre. Mais la clochette étant déjà sonnée, le règlement imposait à chacun le calme.

Esther regrettait de ne pouvoir lever l'interdit du silence. Une idée souriante lui traversa l'esprit. Plutôt de laisser monter les élèves d'abord comme elle le faisait toujours, elle s'engagerait la première dans l'escalier. Ainsi, elle leur tournerait le dos et ils ne manqueraient pas de se chuchoter des mots émerveillés. Elle arriva en haut, contente. Tout au long de l'ascension, elle avait en-

223

tendu derrière elle des pépiements joyeux et des éclats de voix pleins de bonheur.

Quand elle se retourna, la colonne stoppa. Les pas se turent sous les petits pieds légers.

La queue en point d'interrogation, l'écureuil se balançait sur une branche molle à quelques mètres à peine de la bâtisse.

Esther en profita pour donner une leçon de zoologie:

—Les amis, vous avez tous vu le petit animal sur la branche? C'est un rongeur qu'on appelle écureuil...

De partout jaillirent des «je le savais» « non, c'est un suisse », «oui, oui, c'est un écureux»...

—À la maison, ce soir, vous allez chercher un dessin, une illustration de la petite bête et ceux qui en apporteront une demain matin auront une belle étoile d'or dans leur cahier de classe.

Les gamins se regardèrent; leurs voix se mélangèrent.

—Vous allez d'abord chercher par vous-mêmes et si vous ne trouvez pas, alors vous pourrez demander l'aide de vos parents ou d'une grande sœur...

Au dernier rang, le plus grand du groupe se mit à tressaillir. Ses muscles se contractèrent; ses mâchoires se serrèrent. Son corps raidit et ses yeux convulsèrent en haut. Le visage se violaça.

La crise s'était déclenchée si soudainement qu'Esther ne s'en était pas rendu compte. Il n'attira son attention qu'au moment où il tomba. Sidérée, elle le vit dégringoler comme une pâte ramollie jusqu'au palier de l'étage au-dessous.

Elle dut se secouer pour s'extraire de sa stupeur. Jamais il n'était arrivé le moindre accident à l'un de ses élèves. Elle avait dû parfois soigner des nez qui saignaient mais rien de pire. Elle fit entrer les enfants en vitesse et dit à l'un d'eux de courir chercher Mère Supérieure. Puis elle se précipita vers le gamin dont le corps était horriblement agité de convulsions affreuses. Tout son visage n'était plus qu'une grimace. Une mousse sanguinolente s'écoulait aux commissures de ses lèvres. La tête hochait avec violence et le front heurtait le seuil de la porte.

Esther enleva son chandail et s'agenouilla auprès du garçonnet pour l'empêcher de s'assommer. Elle le toucha. Il n'était qu'une masse de nerfs. Elle le tira par les épaules, lui prit la tête entre ses mains et la déposa sur son gilet étendu sur le plancher de bois. Les spasmes continuaient. Les bras se fléchissaient et s'étendaient brutalement. Les doigts se tordaient sous les impulsions nerveuses du cerveau malade.

La jeune fille était épouvantée. L'enfant se comportait-il de cette manière à cause de sa chute? S'était-il brisé la nuque? Avait-elle bien agi en lui déplaçant la tête? Des questions tournoyaient à travers son regret de n'être pas montée derrière le groupe comme à l'accoutumée. Elle se demandait désespérément que faire lorsque la porte s'ouvrit, livrant passage à Mère Supérieure.

Au même moment, l'enfant tomba dans la troisième phase de sa crise. Ses membres devinrent inertes. Visage livide, il avait l'air plongé dans un sommeil profond.

La jeune fille raconta ce qu'elle avait vu.

—Probablement un cas d'épilepsie et les parents nous l'ont caché. Donnez-moi un coup de main, on va le transporter à l'intérieur. Prenez-le par les jambes, je m'occupe des épaules.

Il fut transporté dans la chapelle. On l'étendit à terre.

—Esther, courez chercher Mère Ste-Candide: elle s'y connaît en premiers soins. Et allez prendre des couvertures.

Quand Mère Sainte-Candide arriva avec une petite trousse métallique, Mère Supérieure lui laissa l'enfant et se rendit téléphoner au médecin de même qu'à la famille du petit.

La mère répondit évasivement quand la sœur lui parla de symptômes d'épilepsie. Puis elle dit qu'elle ne pouvait quitter la maison à cause de ses trois jeunes enfants. Le père se trouvait dans le village. Elle le rejoindrait, l'enverrait au couvent.

—Ça pouvait pas plus mal tomber, avait dit Mère Supérieure en apercevant le visage du garçon sur la petite galerie.

Sur le coup, Esther n'avait pas prêté d'attention à la remarque mais voilà que maintenant, elle s'en souvenait. Le père avait mauvaise réputation. Il ne ratait pas une occasion de faire des misères à quelqu'un.

Elle laissa les portes de la lingerie et des placards ouvertes derrière elle et, sans l'ordre impératif de Mère Supérieure, ses gestes seraient devenus incohérents tant sa nervosité la tenait sous son emprise. On coucha l'enfant sur les couvertures. J.O. et le père s'amenèrent un peu plus tard, presqu'au même moment.

Sans trop s'intéresser au mal affligeant son fils, l'homme suspicieux et coléreux, s'enquit des détails de l'accident. Blond personnage, maigre, avait des mains épaisses à grosses veines il nourrissait un ressentiment particulier contre la petite clique bourgeoise du coeur du village.

Pour lui, la vie ne valait guère mieux qu'une damnation. Il se sentait condamné à son travail manuel, contraint de nourrir une famille qui n'en finissait pas d'augmenter, forcé à perdre sa vie à vouloir la gagner tandis que des misérables, pour qui la journée de travail durait deux fois moins, vivaient des fruits de sa sueur et de son sang.

Sa révolte le poussait à boire. Et quand il buvait, il cherchait querelle à tout venant. Fier-à-bras sans amis, on disait qu'il battait parfois sa femme.

Esther tremblait et son effroi redoublait à chaque question que l'homme adressait à Mère Supérieure. Il se fit montrer l'endroit de la chute puis revint dans la chapelle pour connaître le diagnostic du médecin.

—Aucune fracture, dit J.O. en se relevant d'auprès de l'enfant. Tout ça ressemble à une crise d'épilepsie. Il va dormir un bout de temps et se réveiller. On verra mieux...

—Il dort ou ben il fait du coma?

—Ben... sorte d'état comateux... Tout à fait temporaire. Réaction normale et, ma foi, très souhaitable dans ces cas-là.

—Pourquoi c'est faire que vous êtes venu si vous lui faites rien. C'est pas des beaux mots qui vont le ramener.

—Y a rien à faire, la crise est finie. Et si c'est de l'épilepsie...

—C'est pas ça. Il est tombé pis s'est assommé. Pas besoin d'être docteur pour savoir ça.

J.O. l'ignora, haussant les épaules. Il dit à Soeur Ste-Candide:

—Qu'on m'appelle quand il reviendra à lui! Je repasserai le voir. D'autres malades m'attendent dans mon bureau.

Il se rendit jusqu'à la porte et se retourna pour dire à tous ce qu'en réalité il adressait au père de l'enfant:

—Je ne m'inquiéterais pas trop... Quant à moi, jusqu'à preuve d'autre chose, c'est, je le répète, de l'épilepsie.

Le père demanda à voir Esther en particulier. Mère Supérieure les envoya dans son bureau. Ils prirent place sur des chaises droites à quelque distance un de l'autre.

—Excusez ma manière de parler, mais, vous comprenez, j'ai pas beaucoup d'instruction. J'sus obligé de gagner ma vie dans les chantiers: c'est pas là qu'on apprend ben de quoi. C'est pas comme vous autres: toujours au chaud en dedans...

Il promena un regard circulaire dans la pièce, puis au plafond avant de poursuivre:

—En tout cas, pour en revenir à l'accident, moi, je trouve que vous êtes un peu responsable...

—Je sais. J'aurais dû monter derrière le groupe d'élèves. Si j'avais su que Léon était épileptique!

—Épileptique? s'étonna l'homme. Qui dit ça? L'enfant a jamais été épileptique de sa vie...

—Mais le docteur...

Le bûcheron balançait la tête comme un enfant gauche qui doute.

—Facile à dire que le petit gars est épileptique: ça permet à tout le monde de se laver les mains... Pis à vous itou, hein ! C'est sûr que le docteur va répondre une affaire pareille... Entre gens du même monde, on se protège. Pis comme vous qui êtes quasiment la fille du curé, qui c'est qui vous accuserait, hein?

Esther mit sa main sur son front et commença à pleurer.

L'homme eut un regard de triomphe. Il poursuivit en appuyant sur chacun de ses mots, qu'il fit claquer comme des fouets puis les dit en passant à la douceur feinte:

—Tout s'répare, comme on dit... Avec de la bonne volonté. Ça pourrait s'arranger entre nous autres, une affaire de même... Faut ben se dire que ça pourrait vous coûter votre job. Si j'serais un brasseux d'marde... Procès. Tout l'bazar. Vous comprenez? Mais c'est comme j'vous dis: j'sus pas d'même. J'aime ça à l'amiable. C'est que ça me donnerait de vous donner de la misère, de vous faire perdre vot' job, hein ? Vous avez d'l'air d'aimer les enfants ? Pis les enfants, y s'plaignent pas d'vous. Ça fait que si vous voulez... on va trouver une manière de s'arranger?...

Esther acquiesça.

—Donnez-moi trois cents piastres pis y a jamais personne qui va en entendre parler...

Devant son silence, il insista:

—Vous devez ben avoir quelq'piastres de côté: depuis l'temps que vous faites l'école?

—Faudrait... que j'en parle d'abord à monsieur le curé.

—J'ai ben pensé que vous m'diriez ça.

Il soupira très fort:

—Mais j'vous l'conseille pas. Pis vous savez pourquoi? C'est parce que le curé va faire comme le docteur, il va accuser le petit gars pour vous exempter de payer. Parce que vot' chipotée de monde riche, vous vous tenez tout! Ah, mais c'est comme vous voulez. Mon offre: c'est à prendre ou à laisser. Si vous aimez mieux que j'fesse avec des avocats. Eux autres, ça les dérangera pas, même si vous êtes la fille du curé. Pis la loi est sévère pour des maîtresses qui s'occupent pas des enfants comme il faut.

Il se donna un air triste pour hocher la tête:

—En tout cas, si vous me trouvez l'argent pour demain, ça mettrait un point final à ça...

—Monsieur le curé est pas là... Parti pour Québec... Reviendra pas avant deux jours.

—Vous voulez y en parler pour vrai? Comme vous voulez... Il va de l'autre côté, notre cher curé? Quand est-ce qu'il part?

Elle se calma, répondit posément, chercha à gagner du temps:

—Milieu d'octobre. C'est pour son voyage en Europe qu'il est parti pour Québec. Il s'est rendu au lancement de la campagne qui vise à envoyer le plus grand nombre possible de pèlerins aux cérémonies de la Sainte Vierge de novembre à Rome...

—Content pour lui... Pour en revenir à nos moutons, j'vous explique un peu le fond de ma pensée. Si vous croyez que j'veux vous voler ? Vous avez tort. Pis si Léon se réveillait pas, hein? Si y mourait demain, hein ? Pensez à ça? Le docteur le sait pas, vous l'savez pas pis moé non plus si le petit gars va être comme avant. Qui c'est qui va payer pour le docteur, là, hein? Au prix que j'vous dis, j'prends sur moé tout ce qui va arriver par après...

228

—Mais... mais monsieur Fontaine, avez-vous pensé que trois cents dollars, c'est le tiers de mon salaire annuel?

—Pis le p'tit gars, lui, c'est peut-être pas le tiers d'une année qu'il va perdre...

—Aimeriez-vous ça, qu'on vous prenne le tiers de votre salaire...

—J'ai une femme pis huit enfants à faire vivre. Pis j'gagne même pas deux mille piastres à m'crever comme un damné. Le frette, la misère noire... Tandis que vous autres...

Il y eut une pause. Elle essuya ses larmes avec un mouchoir puis céda:

—Ça va, ça va. Je vous ferai un chèque demain.

—Tant qu'à le faire demain, pourquoi pas dré-là, aujourd'hui? J'ai autre chose à faire, moé, demain.

—Vous disiez...

Elle ne termina pas sa phrase. Ça lui parut inutile. Elle se sentait fatiguée et ne voulait plus continuer à subir son attaque sournoise. Elle se leva et s'essuya les yeux de nouveau:

—Mon chéquier est dans ma classe.

Du coin de l'oeil, Mère Supérieure avait observé les gestes d'Esther. Elle la convoqua à son bureau après le départ du personnage. Accompagné de son fils qui, dans l'intervalle, s'était réveillé, l'homme avait quitté le couvent sans répondre à Sainte-Candide quand elle avait demandé s'il conduirait l'enfant chez le médecin.

Malgré le silence d'Esther en premier lieu, Mère Supérieure finit par obtenir d'elle les détails de sa rencontre avec le bûcheron. Elle promit en échange de n'en rien dire...

***

Suzanne fut surprise de voir entrer le vicaire à l'hôtel. Et c'est avec enthousiasme qu'elle lui offrit de s'asseoir. Mais son étonnement redoubla quand elle l'entendit commander une grosse bière.

—Bon quoi, mademoiselle, vous croyez qu'un prêtre a pas un estomac comme tout le monde et pourra pas digérer de la bière?

—Non, non, c'est que de coutume...

229

—De coutume, les prêtres viennent pas à l'hôtel?

Elle dissimula un petit rire sous une main portée aux lèvres:

—N... non...

—Ben me voilà! Et que le village en jase!

—Je croyais que vous étiez Lacordaire?

Il leva l'index:

—Aumônier veut pas dire membre actif. Et ce soir, c'est une occasion spéciale.

Ayant levé le verre une première fois tout en parlant, il essuya de la mousse sur ses lèvres du revers de la main.

—Dites-moi, Raoul Fontaine, est ici ? Je ne le vois pas et à la boutique de forge, on m'a dit qu'on l'avait vu entrer.

—Là-bas, derrière, dans le bar à tuer...

—Le quoi ?

—Le bar à tuer. C'est là qu'on envoie ceux qui ont pris un coup de trop.

Et elle rajouta sur le ton de la confidence:

—C'est là itou que les jeunes vont jouer aux cartes à l'argent.

—C'est le meilleur endroit où je pouvais trouver monsieur Fontaine. J'avais justement affaire à lui...

Suzanne retourna derrière le bar, poursuivant la conversation.

—Les clients sont rares à cette heure-ci, dit-il.

—À l'heure du souper: jamais personne. Sauf monsieur chose, là-bas, qui passe ses journées ici quand il est pas dans le bois.

L'abbé parla de l'exposition de peintures qui se préparait sous les auspices des cercles de tempérance. Suzanne se déclara intéressée, promettant de se mettre à l'ouvrage dès le lendemain.

Il but rapidement le contenu de sa bouteille. Puis, tempes bourdonnantes, il se dirigea vers le bar à tuer sous le regard curieux de la serveuse.

Le bûcheron était attablé seul dans une vieille cabine de restaurant. Il ne broncha pas quand parut le vicaire. Et poussa l'audace jusqu'à lui offrir une place avec lui. Le prêtre accepta.

—Je vous paye une bière...

—Je viens juste d'en prendre une.

—Pourquoi pas une deuxième?

Le prêtre ne répondit pas.

—Monsieur, j'irai pas par quatre chemins. Suis venu vous parler de ce qui s'est passé aujourd'hui au couvent.

—Pis ben?...

—C'est quoi l'idée de faire payer trois cents dollars à mademoiselle Létourneau?

—J'lui ai rien volé. Elle m'a fait un chèque de son gré.

—Extorsion... en jouant sur ses sentiments et vous dites que c'est pas volé?

—Elle est en âge...

—Elle est culpabilisée parce qu'elle aime trop les enfants. Vous l'avez terrorisée et vous avez profité de sa faiblesse.

L'autre haussa les épaules en ricanant:

—Dites ce que vous voulez: ça me fait ni chaud ni frette.

—Le petit gars avait rien. Le docteur me l'a confirmé.

—Le docteur voit ben ce qu'il veut voir.

—En plus de ça, le petit Léon était à sa troisième crise d'épilepsie: c'est votre femme elle-même qui me l'a dit.

—Ma femme dit ben ce qu'a veut dire!

—Conclusion: étant donné que vous avez menti, triché, joué sur ses sentiments pour lui soutirer de l'argent, vous avez commis un vol. Appelons ça un vol légal...

L'homme vit rouge:

—Mon hostie de faux prêtre, c'est pas toé qui va v'nir m'en r'montrer icitte à souère.

Il jouait le tout pour le tout, sortait les dents pour intimider. Ça lui réussissait souvent.

Le prêtre allongea la main et dit froidement:

—Le chèque.

De rouge qu'il était, l'autre devint livide. Comme dans les vieux films, il empoigna par le goulot une bouteille à demi remplie et la rabattit sur la table. Le fond ne céda pas mais un jet de bière jaillit.

—Si tu veux pas t'faire planter icitte, mon morveux de la ville...

Il ne put en dire plus. L'abbé Dumont le saisit au poignet d'une main et à la gorge de l'autre. Un verre de bière se renversa. Les

231

doigts puissants pénétrèrent dans la chair du gargoton.

—Le chèque, mon ami, le chèque!

L'homme tenta de bouger sa main prisonnière. L'autre donna plus de pression à sa poigne.

—Ça va casser, ça va casser, chanta le vicaire.

Fontaine fouilla dans sa poche, en retira le chèque qu'il jeta sur la table dans le liquide répandu. Son regard disait sa grande hâte de retrouver son souffle.

Le prêtre le repoussa au fond du banc. Il s'empara du papier et le secoua. Puis il se leva et rajusta son œil-de-pirate. Il fit quelques pas à reculons et finalement tourna les talons sans rajouter un mot.

—Mon christ de chien sale, j'vas te débiter avec ma scie mécanique; tu vas perdre l'œil qui te reste... pis les membres avec...

Le bûcheron hurlait, en bavant, toute la violence que libérait son âme.

* * *

Dumont frappa à la porte de la chambre.

En peignoir blanc, Esther ouvrit. Elle fit un maigre sourire.

—Vous allez m'en vouloir un peu. Je me suis mêlé de vos affaires.

Elle fit des yeux étonnés.

Il chercha à l'intérieur de sa soutane, en sortit le chèque encore humide et le tendit.

—J'ai récupéré ça pour vous.

Elle le prit. Ses yeux s'embuèrent. Entre le remords et la reconnaissance, elle dit doucement et simplement:

—Merci!

Il jugea bon parler pour lui faire passer son évident besoin de pleurer.

—Ça pas été trop long. Et ça coûté rien qu'une bière. Je vous la chargerai en honoraires professionnels... Et j'ai cassé mon Lacordaire. C'est madame Ida qui va en perdre les pédales.

—Mère Supérieure vous a tout dit?

232

—Non, c'est mon œil magique.

Elle riait à travers ses larmes.

—Avec ça, vous n'avez pas dû avoir de mal à le persuader?

—Non... Pas trop! Sauf que j'ai eu la peur de ma vie!

Elle rit plus fort.

—Restez pas ainsi au bord de la porte, entrez... un peu!

Il devint songeur.

—Non... non merci! Je vous raconterai plus tard. Tiens, demain, quand vous reviendrez du couvent...

* * *

CHAPITRE 23

Les cris du bébé remplissaient la cuisine.

La mère s'approcha du berceau et regarda l'enfant avec désolation. Il avait les paupières et les poings scellés d'un même effort pour vomir son inconfort.

Pourtant, elle le partait comme les huit autres. Le précédent avait encore la couche aux fesses; elle n'avait tout de même pas perdu la main. Ce n'était pas la faim non plus puisqu'il lui vidait les seins à chaque tétée.

Il lui avait paru que son mari était parti pour les chantiers avant son temps à cause de ces pleurs stridents qui n'en finissaient jamais. Quant aux autres enfants, ils restaient le moins possible dans la cuisine. Seul l'avant-dernier s'y amusait à longueur de jour, indifférent aux clameurs de son jeune frère.

Le bébé commença à navrer. Il ouvrit les yeux comme si c'était par eux qu'il reprendrait son souffle. Il vit sa mère et replongea aussitôt dans ses hurlements grimaçants.

Elle lui parla en douceur une fois encore, agitait le petit lit pour tromper le nourrisson et lui donner l'illusion qu'il se trouvait toujours dans l'utérus maternel.

—Chchchch... T'es propre pis t'as pas faim... Pis le docteur t'a rien trouvé. C'est quoi que t'as donc?

La femme essuya de l'humidité qui perlait sur son front. Ses yeux posaient des tas de questions.

—Des fois, je me demande si c'est pas la misère de ce monde qui t'a sauté au visage à ta naissance.

Elle regarda une horloge posée sur une tablette. Son âme se perdit dans une réflexion lointaine.

—T'as peut-être compris, toi, en venant au monde... Qui sait si tu refuses pas la vie avec tes petits moyens?

Elle rejeta le poids de son corps sur une seule jambe, la moins noueuse.

—Sainte misère, que j'sus fatiguée ! Que j'sus donc fatiguée ! Donne-moi donc une seule journée de répit, une seule.

Elle fit un maigre sourire.

—Pis malgré tout, je t'aime, mon petit monstre.

Elle se pencha sur le bébé qu'elle prit dans ses bras. Sa lassitude s'envola par la magie d'être mère.

—Viens avec maman, viens. On va aller chercher tes frères pis tes sœurs. Parce que l'heure du chapelet arrive. Vaut mieux prier que se plaindre, hein? Malgré que les deux se ressemblent pas mal...

Elle le garda enveloppé d'une couverture de flanelle grise pour ne pas qu'il prenne froid dehors, car les soirées commençaient à se faire crues. Elle lui coucha la tête sur son épaule et sortit.

C'était la brunante. Un dernier reflet de jour tomba sur son visage buriné. On eût dit qu'elle dépassait les cinquante ans. Elle était de ces gens qui ont l'air vieux toute leur vie. Son visage: anonyme. Aucun trait accusé. Un de ces exemplaires de la race humaine que l'époque enterrait vive avant même qu'elle n'eût pu prendre conscience de sa propre existence. La terre n'aurait pas été capable de se passer d'elle, mais le bonheur, lui, n'en avait cure de sa petite vie et il connaissait bien d'autres lieux où planter sa tente.

—Gaston, Hélène, Herman, Julien... rentrez... C'est l'heure du chapelet... Ghislain, Marc, Denise...

Pas un enfant n'était en vue sauf Hélène qui s'amusait avec d'autres fillettes derrière la grange du curé. Elle lui cria:

—Hélène, Hélène, trouve les autres pis venez. C'est le chapelet.

Elle s'y était prise d'avance pour que les enfants soient tous là à sept heures et demie, quand monseigneur Léger entamerait le *Je crois en Dieu* à la radio.

236

Le bébé s'était tu.

Était-ce l'air du soir qui l'avait endormi ou bien ses propres cris qui l'avaient fatigué? Elle sentit l'écoulement reprendre au bas de son ventre, ce qui l'amena à se souvenir du soulagement ressenti ce matin-là quand ses menstruations s'étaient déclenchées. En même temps que la douleur aux organes, la peur d'être à nouveau enceinte s'était envolée. Le mari ne reviendrait qu'à Noël. Entre-temps, elle prierait Dieu pour que son cycle du temps des Fêtes lui évite une nouvelle grossesse.

Malgré les sempiternels élancements qui dardaient dans tous les sens ses cuisses et ses jambes, elle décida de marcher sur l'étroite galerie vacillante pour goûter un peu au crépuscule qui se déposait doucement sur les choses.

Le soleil se mourait lentement au fond du cimetière. Elle ne pouvait regarder la fin du jour dans ses atours de septembre sans que son regard ne se heurte aux monuments gris. Et comment voir le champ des disparus sans penser à sa mère quand on sait qu'elle y dort? Et à soi-même quand on y connaît d'avance son lit?

Son esprit devint tristesse, ses yeux mélancolie.

Que de similitudes entre sa vie et celle de sa mère! Elle s'en trouvait le fidèle duplicata. Chacune s'était mariée à dix-neuf ans au même genre de garçon, faisant le même travail. À trente-quatre ans, sa mère avait aussi neuf enfants. Et à quarante-trois, elle en avait treize. Et c'est un quarante-neuf qu'on avait dû tracer sur sa pierre tombale à cause d'un cancer de l'utérus.

Son père et son mari avaient passé les trois quarts de leur temps dans les chantiers ou quelque part ailleurs. Car durant les interminables années de crise économique le père avait loué ses services un peu partout pour ce qu'on voulait bien lui donner. Pour elle, l'homme était une ombre... protectrice mais fugitive.

Jamais sa mère n'avait échappé la moindre plainte, n'ayant l'air de souffrir ni de solitude, ni de ses grossesses, ni de ses couches. Elle ne se plaignait même pas de ce champ de varices qu'elle avait légué en héritage à sa fille avec un petit boîtier doré contenant une image du Sacré-Cœur-de-Jésus. Les terribles souffrances de sa maladie et de son agonie n'avaient pas semblé avoir de grands effets sur elle non plus. Elle avait regardé la mort venir avec sérénité, répétant qu'il s'agirait d'une grande délivrance.

Madame Beaudoin fit le calcul de ce qu'il lui restait à vivre si elle devait continuer à imiter sa mère, ce dont elle ne doutait guère. Quinze ans... Le même temps qui s'était écoulé depuis ses noces, depuis ce mariage qui n'avait jamais cessé de lui apporter de la douleur, à compter même de la première nuit. Sa vie n'avait plus été par la suite qu'un incessant combat contre la souffrance. Une peine physique perpétuelle; l'isolement des autres que lui imposaient les besoins de la famille; la désolation d'en connaître peu sur tout ce qui existe.

Tout cela n'était pourtant la faute de personne. La fatalité l'avait fait naître femme et en vertu de cette même fatalité, elle avait donné naissance à neuf enfants dont trois filles qui seraient, hélas! marquées elles aussi du même destin.

L'année d'avant, elle avait fait un pas la rapprochant un peu du monde des vivants en lui procurant satisfaction de faire quelque chose de différent. La correspondante au journal régional étant décédée, on s'était adressé à elle pour la remplacer. Elle s'était longtemps laissé prier, soulignant son manque d'instruction. Comme personne ne voulait d'une tâche comme celle-là qui n'apportait aucune rémunération sauf l'abonnement gratuit au journal...

À la même époque, elle avait entrepris de réparer des chapeau pour les autres. Les deux tâches l'avaient éveillée à la joie de communiquer avec les gens et celle de modiste lui avait permis de payer parfois des fantaisies comme d'habiller Hélène à son goût pour Pâques, de donner pour la première fois un cadeau à chaque enfant à Noël, de faire ajuster des lunettes à Gaston...

—Gaston... S'il fallait, se dit-elle pour la centième fois.

Le docteur avait dit que le jeune adolescent faisait de l'anémie pernicieuse. Il avait prescrit des remontants, recommandé une alimentation plus carnée. Et en fin de compte, quelqu'un a suggéré que tout le mal pouvait venir de la vue. Effectivement, sa vision était mauvaise, mais elle croyait que ce pouvait être une conséquence des autres maux.

L'enfant maigrissait, pâlissait.

Quelqu'un avait parlé de leucémie devant elle. J.O. s'était inscrit en faux devant ce diagnostic trop profane. Elle avait continué de se renseigner. Si Gaston avait le cancer du sang, il mourrait dans l'année soit avant juillet 1951.

S'il lui arrivait parfois de sourire à sa propre mort, elle rejetait douloureusement l'idée qu'un de ses enfants parte avant elle un jour. Les parents meurent avant les enfants. Voilà pourquoi elle s'était sentie blessée dans sa propre chair à l'accident de Luc. Chaque soir, elle priait le ciel de la préserver de l'horreur de voir partir un des siens. S'il avait pu lire dans son âme, Pampalon aurait su qu'il n'est pas nécessaire de perdre un enfant pour comprendre les déchirures que cela cause. Madame Beaudoin eut un frisson. Un vent frais commençait à la transir. Elle releva un coin de la couverture et le rejeta sur la tête du bébé.

Les enfants arrivèrent tous. On n'aurait pas eu besoin de les appeler: l'heure de la prière était inscrite dans leurs automatismes. Avant même qu'il n'y ait un appareil de radio dans la maison, le chapelet se récitait tous les soirs à sept heures et demie. Changer cette habitude sans raison aurait été pour elle comme un manquement à la messe du dimanche.

Gaston avait eu droit à la bicyclette de son père, ce jour-là. C'était chacun son tour entre les plus vieux, mais comme il restait une septième journée libre, la mère s'arrangeait pour confier une course à Gaston ou bien pour dire aux autres qu'il avait été méritant et justifier son favoritisme. Pourtant, cette force mystérieuse qui la poussait à faire plus pour lui que pour les autres, elle la reconnaissait et ne s'en faisait pas de reproches. Ça lui apparaissait comme une impulsion naturelle, normale...

Chacun trouva sa place à genoux autour de la table. La femme haussa le volume de l'appareil. Le thème musical jouait déjà. Une voix annonça gravement:

—Une famille qui prie est une famille unie. C.K.A.C. vous présente maintenant l'émission *Le Chapelet en Famille*. Directement depuis le palais cardinalice de Montréal, voici Son Éminence le cardinal Paul-Émile Léger.

Madame Beaudoin avait déposé son dernier-né dans son berceau. Elle profiterait du précieux silence qu'il lui consentait pour prier et réfléchir. Tout au long du chapelet, elle songea à chacun de ses enfants.

Denise, son aînée, marchait sur ses quinze ans. Maigrichonne, dévouée, elle vaquait souvent aux tâches domestiques. Elle finirait sa neuvième année et ensuite se trouverait une place comme bonne à St-Georges.

Julien, treize ans, le noiraud costaud. Trappeur, chasseur, pêcheur. Il mangeait comme un ours mais compensait en rapportant si souvent de belles grosses truites grises ou des lièvres qu'il attrapait par centaines chaque hiver. Il avait quitté l'école après la communion solennelle et depuis, faisait de petits travaux ici et là.

Et puis Gaston aux yeux si souvent las. Le meilleur élève du professeur Beaulieu. Si quelqu'un le prenait en charge, peut-être ferait-il un prêtre. Il en manifestait toutes les aptitudes. Il aimait l'école, la lecture, sa mère. Il aidait dans la cuisine, réussissait notamment de fort bonnes crêpes. Herman, l'espiègle. Il taquinait tout le monde, faisait des tours pendables, s'était fait un ennemi juré de l'eau chaude et du savon.

Louisette, la belle indolente.

Hélène: pimpante, coquette, jolie. Comme elle était contente de celle-là et comme elle la rendait fière d'elle-même!

Et les trois derniers qui commençaient à peine à se définir...

Le chapelet prit fin. Denise s'occupa d'aller laver et coucher les deux petits. Les autres se dispersèrent dans des chambres, dehors. Julien s'en irait bricoler. Herman courrait au bureau de poste.

Hélène et Gaston restèrent dans la cuisine pour faire leurs devoirs, se partageant la table avec leur mère qui travaillait la forme d'un chapeau de feutre.

Quand à force de manipulations et transformations, elle eut obtenu le résultat désiré, elle leva une main qui tenait le chapeau et regarda son ouvrage avec des yeux remplis de satisfaction.

—Il est beau, maman, dit Gaston qui n'y connaissait pourtant rien du tout.

Il l'avait vue s'acharner avec tant de patience sur la forme rebelle que l'aboutissement ne pouvait être qu'heureux, pensait-il.

—Oh oui! approuva la fillette en souriant.

Stimulée par cet encouragement, la femme fit tournoyer joyeusement la chapeau à gauche et à droite avant de le remettre sur une tête de bois au milieu de la table.

Puis elle marcha lourdement vers un meuble luisant dont un tiroir central contenait ce qu'il fallait pour rédiger sa chronique hebdomadaire. Elle rapporta sur la table, crayon, tablette à écrire, gomme à effacer.

La tablette contenait plusieurs notes écrites sur des bouts de papier d'emballage ou sur des morceaux de boites de flocons de maïs. Elle les relut avec attention avant de pencher la tête en avant à l'instar de ses deux enfants.

Le crayon avançait sans facilité sur le papier grisâtre; son écriture ne se déroulait pas plus vite que celle d'Hélène.

Baptêmes

Monsieur et madame Marcel Blais (Fernande Longchamps) font part à tous leurs parents qu'une petite fille leur est née le 7 septembre 1950. Elle fut baptisée à l'église de St-Honoré par monsieur le vicaire René Dumont sous les prénoms de Marie, Lucie, Danielle. Parrain et marraine, monsieur et madame Dominique Blais, oncle et tante de l'enfant.

Va-et-vient

Monsieur Fortunat Fortier s'est rendu à St-Georges par affaires. M. et madame Wilfrid Gilbert sont allés à Lewiston aux funérailles de leur oncle, monsieur Anatole Gilbert...

Sans crier gare, Hélène annonça à sa mère, en appuyant sur elle un grand regard déterminé:

—Maman, j'veux plus aller à l'école.

La femme réprima un sourire. Elle délaissa son travail et demanda, curieuse, rides accusées sur son front parcheminé:

—Pourquoi ça tout d'un coup?

—J'aime pas ma maîtresse.

—Mère Sainte-Candide? T'es pas encore habituée à elle.

—Je veux retourner avec mademoiselle Létourneau.

—Pauvre enfant, t'es en deuxième année asteur.

—Pourquoi mademoiselle Esther est pas montée en deuxième année avec nous autres?

—Qui s'occuperait des tout-petits?

L'enfant haussa les épaules. Après de longues secondes de réflexion, elle dit:

—Pourquoi qu'on reste pas toujours petit?

Madame Beaudoin ferma les yeux, sentit son cœur s'alourdir, laissa tomber:

—C'est la question que je me pose depuis que... depuis que j'avais ton âge. Malheureusement... ou heureusement, j'ai pas encore trouvé la réponse.

—Je la connais, fit Gaston en jetant un intense regard à sa mère.

La femme l'interrogea des yeux et la fillette d'une question:

—Pourquoi ?

—Pour pouvoir mourir un jour: c'est pour ça qu'on grandit.

La femme frissonna. Elle se replongea dans son travail d rédaction. Pour une fois, le cœur n'y était plus et la tâche étai devenue fastidieuse.

* * *

J.O. travaillait sur un nouveau poème. Il demanda à sa femme

—Madame Ida, s'il vous plaît, dites-moi, qu'est-ce qui rimerait avec magie?

À l'autre bout de la table, la femme lisait son journal. Elle fit une moue .

—Forcez-vous un peu !

—Sais pas, moi... Régie...

—Ouais... Ça fait plus politique que poétique. Autre chose?

—Névralgie...

—Ah! ça, c'est mieux! D'ailleurs, j'aurais dû y penser.

Elle leva des yeux perfides:

—Vous auriez dû penser aussi à zoologie, vous êtes tellement bête.

—Vous n'êtes pas toujours très drôle, chère Ida...

—Vous avez vu dans le journal? On parle des prêtres de la région qui vont aller à Rome cet automne et le nom de monsieur le curé n'y est pas.

—J'ai lu le journal au complet, fit J.O. sans intérêt.

—Ça vous irrite pas de voir qu'une fois encore, on nous a oubliés?

—Peut-être que monsieur le curé l'a pas fait savoir?

—Pas fait savoir, pas fait savoir... C'est à madame Beaudoin d'envoyer les nouvelles à l'Éclaireur, pas à Pierre, Jean, Jacques.

—Peut-être qu'elle l'ignore ?

—J.O. dans quel monde vivez-vous, dans le nôtre ou dans un autre? Vous savez que madame Beaudoin nous a aidés à faire la collecte... Ahhhhhh... et puis je me demande bien pourquoi je vous réponds. Y a pas un chat dans la paroisse qui ignore le départ prochain de monsieur le curé pour Rome.

—Peut-être que madame Beaudoin attend qu'il parte pour envoyer la nouvelle? Ça serait pas plus logique?

—Pourquoi pas tout de suite, quitte à en reparler une autre fois quand il sera en voyage? Ça serait pas de trop: avec le peu de place qu'on donne à St-Honoré dans ce journal-là.

—Peut-être qu'elle l'a mentionné dans sa chronique?

—Vous l'avez lue ?

—Non... Les naissances et les décès, je les connais. Quant aux va-et-vient, ça m'ennuie.

Elle cligna des yeux, fit une moue d'impatience et entreprit de feuilleter le journal. Elle tourna rapidement les pages jusqu'à la fin sans trouver la chronique recherchée. Elle s'exclama en frappant sur le papier de sa main ouverte:

—Même pas de chronique sur St-Honoré! Ça vaut dire que la nouvelle de la visite de Maria, qu'elle a depuis trois semaines entre les mains, va paraître rien que la semaine prochaine: c'est trop fort!

—Avant-dernière page à gauche, à côté des décès, jeta J.O. d'une voix traînante.

Elle trouva et lut. Vers la fin, elle se mit à hocher la tête de dépit. Puis d'une voix véhémente, elle protesta:

—C'est pas possible...

—Qu'est-ce que vous avez encore à ronchonner?

—Elle a omis de parler de la visite de Maria. Ça n'a pas de sens; elle a la nouvelle depuis trois semaines.

—Ida, Maria est venue ça fait pas quinze jours. Et puis en quoi voulez-vous que ça intéresse les gens de St-Honoré que votre sœur des États soit venue par ici? Personne la connaît...

—C'est aussi intéressant que de savoir que monsieur Fortier est allé à St-Georges pour affaires ou que les Alcide Cloutier sont allés à Montréal ou que...

Le médecin regarda au-dessus de ses lunettes qu'il devait porter pour écrire ou pour lire, et se fit suppliant:

—Ida, pourquoi me chercher noise à moi ? C'est pourtant pas dimanche, aujourd'hui.

—Je vais me plaindre, vous m'entendez?

—Sûr que je vous entends: vous êtes si proche et vous parlez si haut! Mais comme je ne suis pas sourd...

Le visage pourpre, elle courut au téléphone. Avant qu'elle ne sonne, J.O. l'avertit:

—Pas trop vite, Ida! Peut-être que la nouvelle va paraître la semaine prochaine et votre tension aura monté pour rien.

—C'est pas la première fois que des choses comme ça se produisent et vous le savez. Quand est-ce qu'elle a parlé de notre voyage en Gaspésie ? Pis de la visite de votre frère, ce printemps? Ça ne serait pas plus normal de parler de nous autres que du dernier des cultivateurs de la paroisse?

—Cette pauvre madame Beaudoin fait ce qu'elle peut... Elle a neuf enfants. C'est une personne malade.

—Voilà justement le nœud de la question ! Elle en a trop à faire pour être correspondante de journal en plus.

—Êtes-vous sûre de lui avoir transmis la nouvelle?

—Je l'ai appelée le jour même du départ de Maria.

—Appelez madame Beaudoin, mais soyez pas trop dure avec elle.

—C'est pas à elle que je téléphone, c'est au rédacteur en chef du journal.'

—Minute, minute, vous pouvez tout de même pas vous plaindre au rédacteur pour si peu?

—Peu ? Avez-vous lu ses chroniques avec attention, vous qui vous piquez de posséder un français châtié? C'est plein de fautes;

des phrases mal construites. Y a des limites pour faire rire de nous autres par les gens d'ailleurs. Le journal va dans toutes les paroisses de la Beauce...

—Qu'est-ce que ça peut faire, deux ou trois fautes dans un texte ? Les gens comprennent. Lui faire perdre sa chronique pour ça...

—Des vétilles ? C'est intolérable. La vocation d'un journal tout comme celle de la radio, c'est d'instruire pas d'abrutir. La qualité de la langue française, c'est important pour tous les Québécois; et vous le dites souvent vous-même. Et puis... c'est un service à lui rendre, à madame Beaudoin. Elle en a trop sur le bras...

—Qui va faire la chronique à sa place? Vous?

—Et pourquoi pas ? Ça changerait d'allure dans le journal. Faut une personne qui a de l'instruction.

—Au bout d'un mois, vous serez désabusée.

—On verra!

—Et ça rapporte pas une vieille cenne noire.

—Et après? Tant mieux! On m'accusera pas d'avoir fait perdre de l'argent à une pauvre femme.

J.O. retourna à sa place, les bras levés:

—Comme vous voudrez, mais ne me demandez pas mon appui dans cette histoire. Je ne m'en mêlerai pas. Madame Beaudoin est une bonne personne et c'est une cliente.

—Je ne veux pas lui faire de la peine, je veux tout simplement lui rendre service.

Elle mit son projet à exécution. Devant le peu d'empressement du rédacteur, elle lui dit qu'elle parlait au nom de plusieurs personnes et soutint que le journal risquait de perdre de nombreux abonnements si rien n'était fait pour améliorer la situation.

L'homme argua qu'il n'était pas facile de trouver quelqu'un pour faire le travail. Ida s'offrit.

Il promit de donner suite à sa plainte le lendemain. Il en discuterait avec le propriétaire du journal et l'on aviserait.

***

—De la grande visite! Entrez donc.

—Rencontrer ses correspondantes de paroisse une fois par année, c'est pas de trop, dit le petit homme.

Il avait troqué son éternelle caméra pour un porte-documents qu'il déposa sur ses genoux après s'être perdu dans une berçante profonde.

Un bambin aux yeux noirs pleins d'intelligence vint se planter devant lui. Il balançait doucement sa tête pour toiser le visiteur.

—Ghislain, va jouer avec tes blocs!

—Non, viens voir le monsieur, Ghislain...

Cette avance convainquit le gamin de partir. Il s'en fut dans un coin où il avait laissé par terre un petit tas de cubes chiffrés et usés d'avoir passé dans tant de mains depuis quinze ans.

—Comment allez-vous, madame Beaudoin ? La santé?

—Comme ci, comme ça! Mes jambes....

Malgré lui, il jeta un coup d'œil sous la table. Il eut de la peine à réprimer une grimace. Par réflexe, elle retira ses jambes qui lui faisaient honte. Fierté et humilité se partageaient son cœur, la première inscrite dans les profondeurs de sa nature et la seconde, préséante, lui ayant été inculquée par la vie.

L'homme fit bifurquer la conversation:

—Et votre mari ?

—Toujours dans le bois.

—Les enfants ?...

—J'en ai un qui m'inquiète.

—Les mères s'inquiètent toujours pour rien.

—Peut-être...

—Les autres, ça va?

—Le dernier est braillard.

—Dans une grosse famille, y a toujours un bout qui retrousse.

Elle montra le berceau d'un signe de la main:

—Vous pouvez être sûr que ce bout-là de la famille, il retrousse souvent.

L'homme sortit de sa serviette un morceau de papier sur lequel il avait griffonné des notes. Il regarda des deux côtés comme pour montrer que c'était bien le bon:

—Comment aimez-vous votre travail de chroniqueuse?

—Beaucoup ! Ça me sort de mon ordinaire. Ça fait du bien.

L'homme réfléchit, jeta un coup d'œil par-dessus ses lunettes.

—Comme on dit: «Vive la différence! »

—C'est ça, c'est comme une sorte d'évasion...

—Bon, je profite de mon passage pour régler un petit problème. Rien de grave, de compliqué, ne vous alarmez surtout pas. Je veux d'abord signaler que j'apprécie beaucoup votre travail et que je veux vous voir le poursuivre. Et je crois que les gens de St-Honoré sont contents aussi... Mais vous savez, dans la vie, on a beau faire de son mieux, il se trouve toujours du monde pour critiquer: comme s'ils en voulaient à ceux qui travaillent avec cœur. Bon! On pourrait lancer «Bien faire et laisser braire!» Mais en journalisme, on peut pas se permettre de penser ainsi. Faut tenir compte de toutes les opinions même des plus des négatives...

Elle l'interrompit:

—Vous tournez autour du pot. Je dois comprendre que quelqu'un a fait une plainte sur ma chronique. C'est ça?

Comment faire le moindre reproche à aussi brave femme dans un lieu aussi fruste? L'homme se sentait malheureux. Il hésitait:

—Si on peut dire... Comprenez-moi: je ne viens pas ici pour vous enlever la tâche. Pour ce qu'on vous donne. C'est nous qui vous sommes redevables et nous le savons. Non, c'est seulement que je voudrais éclaircir la situation, arranger les choses au mieux.

Madame Beaudoin pleurait. Elle comprenait que le rédacteur ne s'était pas déplacé sans raison. Il avait fallu des plaintes sérieuses. Il devait s'être glissé des erreurs dans ses chroniques; on devait lui reprocher son français... Elle savait depuis le départ, qu'elle n'était pas la bonne personne pour bien remplir cette tâche. Mais on avait tant insisté. Même l'ancien vicaire avait fait pression sur elle. Et elle y avait pris goût. Chaque fois qu'elle se penchait sur sa tablette à écrire, une émotion lui remuait le cœur. Elle avait l'impression d'accomplir une œuvre importante. Et tant de gens lui téléphonaient chaque semaine pour lui communiquer des nouvelles: naissances, décès, accidents, transactions d'importance, va-et-vient. Cette chronique, bien plus encore que son métier de modiste, l'avait extraite de son isolement moral et lui faisait oublier

247

sa condamnation aux travaux forcés de la mère de famille. Elle souffrait beaucoup à l'idée de la perdre.

Mais sa peine redoublait de se faire dire qu'elle ne faisait pas du bon travail. Elle se sentait dévalorisée, amoindrie. Qu'on ait pu aller jusqu'à loger une plainte auprès du rédacteur la dardait au cœur.

—C'est sûr que sans instruction, on peut pas trop écrire dans les journaux...

—Écoutez, les gens instruits, ça court pas les rues. Et quand bien même! Je ne vous fais pas de reproches pour votre français d'ailleurs. Sauf que... Bon, si vous voulez, on recommence autrement. Le point délicat, c'est le suivant: êtes-vous assez au courant de ce qui se passe dans la paroisse? Je veux dire... Tiens, je vais vous parler clairement. Une personne nous a signalé que vous n'aviez pas encore fait état du voyage de monsieur le curé à Rome qui serait pour bientôt, m'a-t-elle appris. Elle dit que vous oubliez de ces choses importantes comme la visite d'une de ses parentes du sud des États tandis que, toujours selon elle, vous écririez sur des va-et-vient de peu de valeur comme des voyages à St-Georges de certaines personnes. Et elle s'en prend à votre français mais ça, c'est un détail dont je ne veux pas tenir compte. Entendons-nous, je ne suis pas venu ici pour me plaindre, moi, mais pour régler le problème, apaiser cet ouragan dans un si petit verre d'eau.

—C'est madame Ida?

—Je ne puis nommer personne.

—Je sais que c'est elle d'après ce que vous m'avez dit. Et elle a d'ailleurs bien raison. Avec tout ce que j'ai à faire: la famille à entretenir, les chapeaux, je devrais pas me mêler d'écrire dans les journaux en plus.

—Écoutez, faudrait pas partir en peur. Suis venu pour avoir votre point de vue, c'est tout.

Madame Beaudoin prit un petit mouchoir dans son tablier et elle s'essuya les yeux.

—Vaut mieux que j'abandonne. Remarquez que si je pleure, c'est pas pour me faire plaindre ou pour attirer votre pitié, c'est que je m'en veux d'avoir accepté un travail au-dessus de mes capacités pis que je regrette d'avoir causé du tort à madame...

248

Le petit homme se grattait nerveusement la nuque. Il se disait que jamais il n'aurait dû donner suite à la plainte d'une personne égoïste et jalouse. Il connaissait pourtant la femme du médecin depuis la Saint-Jean et savait, à cause de l'affaire des Polonaises, qu'elle était du genre «tasse-toi que je prenne la place », mais il n'aurait jamais pensé chagriner autant madame Beaudoin. Il était plutôt venu lui faire une mise en garde sans plus avant de se rendre apaiser Ida.

La sensibilité de la femme le touchait et le désarçonnait. Il ne trouvait plus les mots pour la consoler.

La détermination des propos d'Ida l'avait incité à venir de même madame Beaudoin...

Il se leva brusquement.

—Écoutez, dormez sur vos deux oreilles et tâchez donc d'oublier tout ce que je vous ai dit.

—J'pourrais pas oublier. Ces choses-là s'enterrent pas aussi facilement. Faut que je vous donne ma démission.

—Refusée, refusée.

Le bambin avait quitté son coin et à nouveau s'était posté droit devant le journaliste. La tête penchée, ses gros yeux ronds avaient l'air de plaindre sa mère.

L'horloge sonna. Le bébé se réveilla et se mit à pleurer.

—Bougez pas, je vais revenir dans une heure ou deux.

—Ça fais quinze ans que j'bouge pas de la maison; j'y serai bien encore dans une heure ou deux.

Le rédacteur partit une larme à l'oeil.

À mesure que le presbytère venait à la rencontre de ses petits pas nerveux, il rajustait sa pensée. Il ne servirait à rien de croiser le fer avec la femme du médecin; une personne méchante ne recule devant aucune attaque. Mieux valait régler ça avec le curé.

Mais l'abbé Ennis était absent. Il demanda à voir le vicaire. Et il lui dit, en prenant le fauteuil désigné:

—Suis le rédacteur du journal régional. Je venais saluer monsieur le curé...

—Je vous connais par vos éditoriaux que j'apprécie beaucoup. Et puis on s'est rencontré au défilé de la Saint-Jean.

—J'ai vu tant de gens nouveaux cette journée-là. Votre visage me dit quelque chose bien sûr...

Il regarda au-dessus de ses lunettes.

—Vous deviez être sur le char de la tempérance que... l'alcool a conduit dans le fossé.

Le vicaire acquiesça. L'homme poursuivit:

—Oui, oui, j'aurais dû y penser. Vous parlez d'une affaire, hein? Y a pas deux Dominique Blais dans la province de Québec... ni deux madame Jolicœur non plus.

—Chaque paroisse a ses originaux. On ne fait pas exception...

—Savez-vous, monsieur le vicaire, que malgré le soleil, il commence à faire frisquet dehors?

—L'automne montre le bout de son nez rouge. Après une saison, c'est une autre. Le changement qui rompt la monotonie. Pour moi, l'automne, c'est la plus belle saison. Les paysages, la chasse, la forêt, les montagnes...

—Amateur de chasse ?

—Certainement! La perdrix, le chevreuil... À St-Raymond, l'automne dernier, je me suis offert le plus bel orignal...

—Ah! mais là, on va se parler! C'est que ça tombe en plein dans mes cordes. J'ai une 30.06 et une 30.30. Et vous?

—Un bon vieux 12.

—Et vous vous êtes payé un orignal avec ça?

—Cette fois-là, j'avais une .303 empruntée.

—Vous m'en direz tant! On devrait s'organiser quelque chose cette année. Je connais pas mal les coins dans la région.

—Ça m'intéresse. Mais avant le milieu de novembre, ça me sera un peu difficile. Le curé s'en va à Rome pour un mois.

—Je vous appelle à la troisième semaine de novembre ?

—Ça me fera plaisir.

—Bon... venons-en au fait... L'abbé Ennis aurait-il montré du mécontentement quant aux chroniques de madame Beaudoin ?

—Pas que je sache! Monsieur le curé n'est pas homme à accabler les pauvres gens. Madame Beaudoin est une brave femme et je serais fort surpris qu'il se plaigne d'elle.

—Ça me rassure.

250

—Je présume qu'on a à se plaindre d'elle?

—En effet !

—Misère! La pauvre femme bûche tant pour s'en sortir. Manquait plus que ça. C'est ce qui vous amène

—J'arrive de chez madame Beaudoin... Sans le vouloir, je l'ai démolie. Et je m'en veux.

Le vicaire se leva, tourna le dos et entrouvrit la draperie. En même temps, il consulta sa montre. Esther devait être sur le point de revenir au presbytère pour son heure de dîner. L'idée de la voir lui plaisait tandis que le tort causé à madame Beaudoin l'attristait.

—Je ne vous demanderai pas le nom de la plaignante... J'espère que vous ne marchez pas sur des lettres anonymes.

—La personne est encore plus à plaindre que madame Beaudoin. Je tiens à taire son nom et vous me comprendrez. Je ne voudrais pas être aussi... vache qu'elle.

—Et qu'est-ce qu'on peut bien avoir à reprocher à une personne qui fait son possible?

—Son manque d'instruction! Parce que la plaignante a eu la chance d'aller à l'école... Les diplômes, vous savez, c'est comme la boisson, il y a bien des personnes qui portent pas ça... Me voilà à vous mettre sur la piste parce que les gens instruits ne doivent pas être légion ici..

—Encore curieux. Y a les maîtresses d'école, les sœurs, les Jolicœur, le professeur Beaulieu et quelques autres... Moi, je lis toutes les semaines la chronique de madame Beaudoin. C'est vrai que c'est loin d'être parfait; mais, ce que les gens veulent, c'est les nouvelles de la paroisse, pas de la littérature.

—On prétend qu'elle ne transmet pas bien les nouvelles et surtout toutes les nouvelles. Elle ferait des omissions comme de ne pas annoncer le prochain départ du curé Ennis pour Rome.

—Stupide! Monsieur le curé part au milieu d'octobre.

Le prêtre rouvrit encore les rideaux. Il aperçut la frêle silhouette d'Esther. Le goût de lui parler et celui de régler l'histoire de la plainte se marièrent en son esprit et firent jaillir une idée.

—Vous voulez m'excuser un moment, je voudrais que la discussion se poursuive à trois.

251

Il sortit et demanda à la jeune fille de venir. Quand les présentations furent faites et que les trois furent assis, le vicaire résuma les faits. Il conclut:

—Esther, je vous ai fait signe de venir parce que je pense que vous pourriez faire quelque chose. Si je connaissais mieux les gens d'ici, j'offrirais à madame Beaudoin de relire ses chroniques chaque semaine avant qu'elle ne les mette à la poste. Je me demandais si vous ne pourriez le faire.

—Sûrement! Je corrigerai ses fautes de construction...

—Nous, au journal, on corrige l'orthographe...

—Et si je peux la mettre au courant de choses qu'elle ignore, je le ferai volontiers. Elle était fière de son travail; elle y tient à sa chronique. Et j'irai chez elle au besoin.

L'abbé Dumont avait la gorge serrée. Comme il aimait cette générosité spontanée!

Le rédacteur se confondit en remerciements et félicitations. Puis il demanda la permission de téléphoner en privé. Il rejoignit Ida via l'appareil mural du couloir et lui confia qu'on avait résolu le problème grâce à Esther qui ferait désormais la révision des textes de la chronique hebdomadaire. Ida rechigna un peu puis se résigna tant bien que mal.

—Puisque vous semblez satisfaite, tant mieux. Faut maintenant que je parle à madame Beaudoin...

—Saluez-la de ma part, si vous voulez. Après tout, c'est une brave femme. Un peu plaignarde mais pas mauvaise au fond...

Le rédacteur raccrocha et se frotta les mains d'aise. À son redans la pièce, il dit:

—Madame Beaudoin fait des gaffes dans sa chronique. Moi, ma vie fut une longue suite d'erreurs. Ce qui me console, c'est de penser qu'il y a un bon Dieu pour les fous.

—Les fous qui se rendent compte de leur folie sont des sages, rétorqua le vicaire avec un index qui pontifiait à lui seul.

* * *

252

CHAPITRE 24

Grand Jules pencha la tête, sourit, fit la grimace. Le personnage de la toile qu'il examinait faisait la même chose. C'était un clown aux yeux tristes et au menton exagérément encoché, portant un minuscule chapeau bleu sur des sourcils démesurés.

—Si j'étais membre du jury, c'est à celui-là que je donnerais le premier prix, dit le jeune homme à sa mère.

—C'est justement pour ça que t'as pas été choisi. Qu'est-ce qu'ils peuvent donc vous montrer à l'université ? Regarde-moi l'abominable choix de couleurs. Et cette tache rouge sur le nez...

—Mais c'est ça, un clown!

—Un clown a pas une gueule pareille!

—Moi, je trouve que c'est ressemblant, dit-il piteusement.

Elle lui souffla à l'oreille:

—Et regarde qui l'a peinte, cette toile: c'est Suzanne Fortier. T'imagines? Une serveuse d'hôtel... Ça passe de la bouteille de bière au pinceau pis ça se prend pour une artiste. C'est honteux de venir exposer une chose pareille. Moi, je lui donnerais la dernière place. Allons à la suivante...

Ils allaient se déplacer quand la serveuse s'approcha. Elle voulut quémander un peu d'encouragement:

—Qu'est-ce que vous en dites pour une première oeuvre?

Ida se composa le sourire des grands jours:

—Excellent, excellent! Un talent rare. Comme vous le dites, tout ce qu'il vous manque, c'est de la pratique.

—Plusieurs ont pas l'air de trouver que c'est si bon que vous le dites.

—Entre nous, ils n'y connaissent rien.

—Toi, Jules, tu l'aimes, le clown?

Ida s'exprima à sa place:

—Il est d'accord avec moi, il vient justement de m'en parler.

La pièce était remplie d'amateurs dont plusieurs étaient les notables du village.

Chapeautée par les cercles de tempérance, l'exposition avait pour premier objectif d'inciter les gens à se trouver un violon d'Ingres pour meubler leurs heures de loisir et ainsi prévenir cet autre hobby fort répandu quoique plutôt indésirable: l'ivrognerie.

Le vicaire avait dit que les hommes de la paroisse, encore moins les buveurs, étaient loin de s'intéresser à la peinture. La réplique d'Ida fut:

—Ah! mais alors, notre devoir aura été fait.

Aussi, l'on vendrait les toiles à l'encan et l'argent recueilli viendrait grossir la bourse déjà offerte au curé pour son voyage à Rome.

Une quinzaine d'œuvres pavoisaient les murs de la petite salle utilisée d'habitude pour l'exposition des morts. On avait prévu qu'advenant un décès, ces jours-là, l'événement se déroulerait dans la sacristie.

L'abbé Dumont présidait le jury formé de trois membres dont chacun devait coter individuellement chaque tableau sur dix points. Après ce travail, l'on se réunirait pour faire la compilation. En cas d'égalité, le président trancherait ou bien ferait appel à un quatrième connaisseur pour porter un choix définitif. Tel était le règlement établi par le vicaire et approuvé par les organisateurs.

Mais à mesure que les jours avaient passé, la femme du médecin avait regretté le choix de l'abbé Dumont comme président du jury.

Voilà qu'elle avait les jambes en coton, en ce jour du jugement. Elle voulait le premier prix pour sa nature morte sur laquelle elle avait travaillé pas moins de deux semaines. Comme elle les avait fignolés, son fromage, son pain et sa bouteille de vin! Comme elle les avait pignochés, ses pommes, ses raisins et ses oranges ! Le vicaire s'abreuvait à la beauté d'une toile signée

Esther. C'était le portrait d'une toute jeune fille et de son chat. L'adolescente aux cheveux abondants était vue de profil et courbait la tête, ses lèvres effleurant la nuque de l'animal comme si elle était sur le point de l'embrasser.

«Que d'harmonie dans ce visage! » se dit-il. « Et quelle touche dans les tons ! »

L'œil d'une infinie tristesse, fixait un sentiment indéfinissable. Quelques mèches brunes folâtraient dans son cou. La jeune fille donnait l'air d'être abandonnée par l'humanité. Le chat disait par ses yeux et ses oreilles son intérêt pour autre chose. Mais il restait prisonnier de bras chauds....

—Mademoiselle Létourneau a donc du talent, n'est-ce pas, monsieur le vicaire? dit une voix peu discrète qui le fit sursauter.

—Elle n'est pas la seule... le jugement sera difficile. Et vous, madame Boulanger, vous n'avez pas exposé?

—J'ai jamais tenu un pinceau dans mes mains de toute ma vie. J'ai aucun talent pour ça et en plus, j'y connais moins que rien.

Et elle ajouta avec un clin d'œil complice:

—J'aime mieux faire du jardinage.

—Oui, j'ai remarqué votre lot au cimetière: un des mieux entretenus. Je vous en félicite.

—On fait notre possible!

Le vicaire s'excusa, rassembla son jury et on délibéra. Puis il fit asseoir les gens. Il énonça les règles du concours après quoi il annonça les résultats en commençant par les trois grands gagnants.

—En troisième position, c'est ce magnifique tableau, là, sur ma droite et qui représente le mer en furie. Son auteur: madame Gédéon Demers.

Une petite personne au nez poudreux se leva sous les applaudissements de la salle.

—Madame Notaire, vous avez un beau talent caché, dit le vicaire à la femme rougissante.

La femme sourit et se rassit auprès d'un homme sec et pincé et dont les allures auraient aisément trahi la profession si le prêtre ne l'avait pas fait dans son mot de congratulations.

Ida avait senti un poids lui tomber des épaules. Mais il en

restait encore un autre. Et celui-là était autrement plus lourd. Il s'agissait de la concurrence d'Esther pour la première place. Elles étaient les seules de la paroisse à s'adonner régulièrement à ce hobby. Elles seules avaient déjà participé à des expositions. Connaissant les techniques de base et certaines règles de l'art, elles avaient toutes les deux présenté des toiles avec lesquelles aucune autre ne se pouvait comparer. Au premier coup d'œil, tous les visiteurs, sauf Jules, surent qu'elles seraient les deux grandes gagnantes.

Le dépit s'accumulait au cœur d'Ida, tout prêt à se répandre dans son âme. Elle pensait à la faiblesse de ses chances à cause de la formation du jury. Madame Champagne, femme honnête et connaisseuse, aurait sans doute penché en sa faveur. Mais les deux autres n'en feraient pas autant. Étant donné que sa rivale travaillait au couvent, elle serait sûrement favorisée par Mère Sainte-Candide. Quant au vicaire lui-même... Elle eut un haut-le-cœur.

Pour augmenter le suspense, le prêtre se pencha à gauche puis à droite pour deviser tout bas avec chacun de ses aides. Plusieurs signes de tête affirmatifs se produisirent des deux côtés et il finit par déclarer:

—En seconde place, nous avons choisi la toile numéro onze, cette belle nature morte de madame J. Ovide Jolicœur...

Ida accusa le coup sans broncher. Elle se composa un visage surpris pour saluer aux applaudissements. Lorsque l'assistance redonna son attention au président, elle se mit à grincer des dents. Esther et le vicaire avaient beau tromper tout le monde, ils ne la trompaient pas, elle. Ça ne se passerait pas comme ça!

Esther était restée à l'écart depuis son arrivée. Elle avait fait le tour des exhibits avec sa mère. Au fond d'elle-même elle s'attendait de gagner mais ne le désirait nullement, craignant que le jury ne soit taxé de favoritisme. À l'annonce du jugement, les deux femmes avaient pris place dans l'une des dernières rangées.

—Et en tête, je pense que vous l'avez tous deviné, malgré qu'entre la toile de madame Jolicœur et celle-là, il ne fut pas facile de choisir, nous avons donc, sur décision très serrée, dois-je le répéter, opté par la jeune fille au chat peinte par mademoiselle Esther Létourneau.

On applaudit avec chaleur.

Le reste du jugement fut énoncé. Madame Grégoire remporta le quatrième prix avec sa toile représentant une vieille dame pensive. Madame Beaudoin fut cinquième avec son bouquet de marguerites. Des paysages défilèrent. Des scènes de village. Le clown fut bon dernier et l'annonce de son rang souleva l'hilarité.

—Voilà la preuve de sa valeur, déclara le vicaire. Un clown qui fait rire, c'est un bon clown.

Suzanne le prit bien en jetant à tous de francs sourires.

Ensuite, l'encan eut lieu.

Esther racheta sa propre toile malgré les surenchères du vicaire.

Ida en crevait de rancœur. Son amie Georgina vint lui dire:

—Entre nous, madame Jolicœur, vous auriez mérité la première place.

—Que voulez-vous? Quand on a de bons amis au sein du jury...

—Je le vois, je le vois, craignez pas!

—Vous avez vu comme il voulait acheter la toile. Elle aurait eu honte de le laisser faire: c'est pour ça qu'elle a renchéri.

La femme du bedeau mit ses mains sur ses grosses hanches pour affirmer:

—C'est clair comme de l'eau de roche que votre nature morte a pas mal plus de vie, si vous me passez le jeu de mots, que... que son histoire de fille au chat.

—La Esther, elle a dû lui faire le tour de la tête au vicaire! Pas surprenant: sont toujours ensemble.

—À qui le dites-vous! Tous les jours depuis le printemps, ils se parlent tant qu'ils peuvent sur le chemin du presbytère. Je vous en ai déjà dit un mot. Je les vois faire, pas peur! Tous les matins, c'est pareil. Mais y a mieux que ça: venez que je vous dise.

Les deux femmes se rendirent à l'écart afin de poursuivre leur conversation à voix encore plus retenue.

Au même moment, le vicaire parlait du jugement avec Mère Supérieure.

—Vous savez que madame Jolicœur a failli l'emporter. C'était vrai ce que je disais tout à l'heure à la table. Mère Sainte-Candide

257

et moi-même avons donné à mademoiselle Létourneau et à madame Jolicœur le même nombre de points. C'est finalement madame Champagne qui a fait pencher la balance du côté de mademoiselle Esther.

Le regard oblique, Georgina confia à Ida:

—Y a pas trop longtemps, un dimanche après-midi, il s'en est passé des belles dans la grange de monsieur le curé. J'étais allée travailler sur notre lot au cimetière et voilà que je vois la Esther sortir de la grange en secouant sa robe. Étant donné que je redoutais quelque chose, je me suis cachée... Croyez-le ou pas, quelques secondes plus tard, c'est notre cher vicaire qui s'est montré comme une apparition en frappant sur sa soutane.

Des lueurs perverses roulaient dans ses yeux. La femme baissa davantage la voix:

—Sont toujours pas allés dire leur rosaire dans la tasserie, hein?

—Pourquoi me l'avez-vous pas dit avant ?

—Le jour où je vous avais dit qu'il faudrait peut-être faire quelque chose à leur sujet, vous m'avez quasiment rabrouée.

—Mais... c'était pas pareil. Il doit s'en passer de belles dans le presbytère. Monsieur le curé est sûrement pas au courant...

Georgina fit signe à l'autre d'approcher sa tête.

—J'en ai appris une meilleure... Paraîtrait que le petit vicaire, quand monsieur le curé est allé à Québec, s'est rendu à l'hôtel, qu'il a pris un coup pis qu'il se serait même battu... Mais ça... N'empêche que c'est de même qu'on me l'a rapporté. J'peux pas arriver à croire ça.

—Il commence à être temps de s'en mêler... pour ouvrir les yeux du curé.

—Avant qu'un gros scandale nous tombe sur la tête...

—On sait jamais.

—Verriez-vous ça, vous, madame Jolicœur, la Esther en... famille? De... lui...

—On passerait pour une belle paroisse.

—C'est pas si impossible que ça. Sont souvent seuls dans le presbytère. Pis là, notre curé qui s'en va à Rome pour quinze jours, trois semaines.

Ida passa ses doigts sur son front:

—Le curé pourrait croire que je suis jalouse d'Esther.

Georgina hésita:

—Moi, je pourrais faire du tort à Djuss. Si le vicaire nous prend en grippe, ça sera pas drôle à la sacristie.

—Envoyez-lui un petit mot à monsieur le curé. Une petite lettre ben générale. Juste pour réveiller son attention. Comme de raison que vous signerez pas. Pis vous écrirez en lettres moulées.

—Au bureau de poste, monsieur Grégoire va se demander pourquoi je malle une lettre au presbytère.

—Vous inquiétez pas pour ça, madame Boulanger. Je me charge de vous la mettre à la malle. Je vais justement à St-Georges ces jours-ci...

***

Esther avait fait part à Cora de son projet. Sa mère lui avait conseillé de demander l'avis du curé. Il trouva l'idée excellente.

Comme dans bien des familles, il était d'usage au presbytère qu'on souligne l'anniversaire de chacun. Cela avait commencé quand Esther était toute petite. Un cadeau offert par les trois autres personnes et un gâteau de fête couronnaient le dîner de ce jour-là. C'est sur le choix du cadeau que la jeune fille avait consulté sa mère et l'abbé Ennis. Et en ce dimanche d'octobre, jour anniversaire du vicaire, elle lui avait remis sa toile gagnante. La table avait regorgé de joie et de bonnes choses.

L'occasion avait fourni un nouveau prétexte au vicaire pour raccompagner Esther au presbytère le lendemain, après l'école.

—J'ai placé la toile sur le mur en face de mon lit.

Elle sourit en regardant les arbres. Les feuilles jaunes tombaient en se balançant, rejoignaient des milliers d'autres au sol, se regroupant contre le vent.

Et le vent parfois venait donner un grand coup de balai sur le tapis fragile qui s'élevait en s'éparpillant.

Depuis la grand-rue, un gamin les vit se rejoindre dans la mon-

259

tée du presbytère. Il se mit à courir à toutes jambes. Il contourna l'église et longea la sacristie au coin de laquelle il s'arrêta pour reprendre son souffle et s'embusquer.

Lorsqu'ils passèrent à sa hauteur, il mit ses mains en cornet sur sa bouche et cria en chantant:

—Y a de l'amour dans l'air au presbytère, y a d'l'amour dans l'air au presbytère!

L'abbé fit une motion dans la direction de la voix. L'enfant décolla comme une flèche et détala, pattes aux fesses pour trouver refuge derrière les hangars du magasin général.

—Vous avez entendu ce qu'il criait?

Elle rougit et mentit:

—N... non. Il a parlé de presbytère... Qu'est-ce qu'il disait?

À son tour, il fit un mensonge:

—J'ai pas bien saisi... Sans doute un jeune de sixième de l'école des garçons.

—Probablement! Et c'est à moi qu'il devait s'adresser. Au début de l'année où ils viennent de quitter le couvent, ils s'excitent tous un peu, nous crient des noms quand nous sommes en récréation. Comme ils deviennent des petits hommes, ils sentent le besoin de faire peur à quelqu'un.

—Pour en revenir à la toile, je l'ai analysée hier soir et je voulais vous dire que...

Ils parlèrent de peinture jusqu'à leur arrivée à la maison. Mais chacun avait tenu des propos superficiels et pour lesquels il n'avait pas d'intérêt. Car ce qui trottait dans l'âme de chacun comme une souris dans la farine, c'était la petite phrase agaçante de l'enfant.

S'il avait dit cette chose, c'est qu'il l'avait entendue de quelqu'un d'autre, d'un adulte, de ses parents. Et cela signifiait que dans le village devaient circuler des ragots sur eux.

Il la salua avant d'escalader le large escalier menant à la porte principale.

L'âme troublée, Esther poursuivit son chemin vers la petite entrée arrière.

* * *

260

CHAPITRE 25

La colère et la douleur rougissaient le visage du curé. Son chant avait eu quelque chose de fêlé, appuyé par une voix lasse et sans éclat. Entre le prône et le sermon, il soupira à trois reprises tout en fouillant dans ses papiers. Des forces le retenaient de dire ce qu'il avait sur le cœur. D'autres l'y poussaient. Ce furent tout d'abord quelques mots hésitants, puis l'emportement s'empara de la voix et du geste.

—Mes bien chers frères, je vous entretiendrai aujourd'hui... d'un sujet bien... particulier. Il y a... dans chaque milieu, dans chaque... paroisse certaines personnes qui croient bien agir en disant du mal de leurs co-paroissiens... Comme si le plus pouvait jaillir du moins! Comme si un épi de blé pouvait naître à partir d'une mauvaise graine! Mes bien chers frères, l'une des formes les plus basses de ce genre d'indignités, c'est l'utilisation de la lettre anonyme. S'éterniser à parler de ceux qui écrivent de ces ordures, à dire qu'ils sont des gens sans courage, parce qu'ils n'osent pas signer au bas de ce qu'ils avancent, à souligner leur mesquinerie parce que, le plus souvent, ils se complaisent à déformer la vérité en la maquillant ou en l'exagérant, serait, vous pensez bien, peine perdue. Car ces personnes, je le répète, sont animées de bonnes intentions, aussi incroyable que ça paraisse. Et par conséquent, elles ne vont pas modifier leur façon de faire qu'elles croient bonne.

Non! Je voudrais m'attarder plutôt à la réaction qu'il faut avoir à ce genre de choses. Lorsqu'on reçoit une lettre anonyme, quoi faire? Comment se comporter alors comme un bon chrétien?...

Après le choc des premières phrases, le curé reprit son calme. Il parlait maintenant plus lentement même que d'habitude. Mais il mordait dans chaque mot comme pour le bien enchâsser dans l'âme de chacune de ses ouailles. Par le ton, le sermon avait déjà quelque chose de pathétique et plusieurs fidèles, plus observateurs, habitués à l'âme de leur pasteur, savaient qu'il parlait d'un cas personnel.

Le curé fit ressortir de son exposé qu'il fallait enterrer dans son esprit une lettre anonyme de la même façon qu'on dispose d'un cadavre pour que sa pourriture, plutôt d'infecter les vivants, fertilise la couche de pensées qui la recouvre.

Une heure plus tard, il était de retour à son bureau. La mine basse, il fit les cent pas en réfléchissant. Son cœur était lourd comme un ciel d'orage. À gestes lents, il mit une éternité à chercher une clef. Puis il ouvrit un tiroir, en sortit une enveloppe qu'il jeta sur son bureau avec un regard de mépris. Il finit par s'asseoir et parcourut le contenu de la lettre pour la dixième fois.

«Monsieur le curé,

Se passe des choses sous votre nez, à la sacristie, autour et dans le presbytère. Ça me fait rien, mais je voudrais rendre service aux coupables. Sont deux: un homme et une femme. Ont pas le droit de... Vous devriez ouvrir l'œil... le bon. Ces deux-là jouent un jeu dangereux. C'est pas pour moi que je vous écris; c'est pour eux autres... leur-z-aider. Un scandale, c'est si vite arrivé! Un père doit s'occuper de ses enfants. On sait ben que vous pis madame Cora, vous avez toujours bien agi. Mais on ne peut pas en dire autant d'eux autres. Je vas prier pour vous pis pour eux autres. Une qui veut le bien de la paroisse.»

Dans l'après-midi, le prêtre fit venir Cora à son bureau.

La femme portait une robe à carreaux noirs et blancs. Elle mit la main derrière sa tête pour s'assurer que sa toque éternelle n'avait pas bougé. Le geste lui-même se perdait dans les années. Puis elle s'assit sur le coin d'une chaise droite à dossier très haut.

—Madame Létourneau, vous allez vous asseoir là, devant moi, dans ce fauteuil: je pourrais vous retenir un bon moment.

Elle obéit. Il chargea sa pipe et l'alluma.

—Madame, on n'a pas beaucoup discuté depuis que vous vivez au presbytère.

Elle courba un peu la tête comme pour s'accuser de quelque chose, mais ne répondit pas.

—Est-ce que... c'est une chose dont vous auriez senti le besoin? Avons-nous assez parlé pendant toutes ces années?

Elle leva des yeux bruns remplis d'une heureuse nostalgie et teintés d'un brin de malice:

—Parler, c'est peut-être pas si bon que ça!

Comme pour confirmer ce trait de sagesse, un long silence suivit. La dame riva ses yeux dans les fleurs du bois de chêne du bureau massif. Elle se perdit dans les dédales d'un labyrinthe aux contours imprécis.

Un bras croisé sur sa poitrine, l'autre s'y appuyant du coude pour tenir la tête de sa pipe chaude, le prêtre pensait. Ses lèvres seules bougeaient parfois pour émettre une touche de fumée bleue dans un léger claquement du coin de la bouche.

Tous ses souvenirs lui donnaient l'impression d'avoir été vécus dans une autre vie. Il lui semblait impossible que les choses aient pu se passer comme elles s'étaient passées. Pour la première fois, il remettait en question la distance qui, depuis tant d'années, le séparait de madame Cora. Du même coup, il prenait conscience qu'un autre, que d'autres auraient pu se comporter de façon différente. Et ces autres, Esther et le vicaire, se trouvaient là, sous ce même toit. Et pourtant, il venait de commencer à les voir d'un œil objectif. Force lui était de reconnaître que cette damnée lettre anonyme atteignait son but, ce qui ne l'empêcherait pas de l'exécrer.

L'horloge allongea trois coups ennuyeux. Au large de sa pensée, se profilait la silhouette d'un temps fantôme qui avait passé comme une ombre sans qu'on lui prêtât attention et qui maintenant revenait hanter l'inconscience. Le prêtre frissonna sans savoir pourquoi...

Cora s'était toujours confessée à lui, chaque mois, le premier jeudi. Les seuls crimes dont elle se soit accusée ne constituaient même pas des péchés: manquements à ses prières, retards à la messe du dimanche, rares sautes d'humeur causées par sa petite fille dans le temps... Vétilles pour lesquelles il lui donnait une absolution symbolique. Cela aussi était passé au rang des longues

263

et vieilles habitudes.

Il se pencha en avant. Un ressort de sa chaise grésilla. Il appuya ses coudes sur le bureau. La pensée que, malgré leur promiscuité de plus de vingt ans et le fait que depuis lors il ait été son confesseur, il ne la connaisse pas mieux, lui pinçait le cœur. Avait-elle ressenti quelque chose pour lui dans les premières années? Comment pouvaient-ils s'être murés si totalement dans des habitudes?... L'habitude serait-elle une forme de l'amour?

Son esprit passait des faits aux idées, chevauchait depuis des lointains souvenirs vers l'analyse de leur comportement depuis qu'ils vivaient ensemble. C'est de cette réflexion qu'il voulait voir jaillir la lumière sur les attitudes de ces deux jeunes si semblables à eux et pourtant si différents. Et pour l'alimenter, cette réflexion, il devait fouiller dans l'âme de Cora. Car il savait nettement, lui, comment il avait vécu sa relation avec elle durant toutes ces années.

Son sentiment envers elle avait toujours été anonyme. Parfois libéral, souvent paternel mais parfaitement discret. Le même toit était leur trait d'union. De la savoir là, dans ses appartements, tout près, voilà qui avait toujours suffi à combler son âme de sécurité et de sérénité. Sa reconnaissance pour les soins attentifs dont elle l'entourait avec tant d'effacement, il l'avait traduite des milliers de fois par des mots de félicitations et d'encouragement. Pour lui, Cora était une sœur remplie d'attention et de bienveillance. Toute autre conception eût été impensable compte tenu de son sacerdoce, de la loi de Dieu et de celle de l'Église.

—Il est vrai que le silence a de grandes vertus; mais il n'a pas toujours l'éloquence que peuvent avoir les paroles, fit-il d'un ton mal assuré.

Elle fit un sourire énigmatique. Un homme dont la fonction était si souvent de parler comme monsieur le curé ne pouvait souscrire à quelque vague théorie sur le mutisme, une chose si peu à la mode par tous les temps.

Il la pointa de la pipe pour parler:

—Madame Cora, qu'est-il advenu de l'amour humain dans votre cœur? Je veux dire après la mort de votre époux?

Elle fut estomaquée par une question aussi brutale. Jamais il n'avait pesé sur elle de tout son regard comme maintenant.

Le sang lui monta au visage et l'idée de se sentir rougir augmenta encore son trouble intérieur et cela se traduisait par des gestes incohérents des yeux, de la tête et des mains. Elle n'avait pas senti son cœur battre à cette vitesse depuis des siècles. Elle étira la question comme un ruban à plusieurs reprises pour ne pas s'en faire froisser. Une réponse se forma:

—Je l'ai déposé avec son corps dans la tombe et la vie l'a enterré avec lui.

Le curé se leva, poussa le pan grenat d'une majestueuse draperie comme pour chercher à trouver une vérité quelque part dans la clarté du grand jour. En fait, il voulait que Cora ne se sente pas trop menacée dans son moi profond et retrouve un calme relatif qui lui permettrait de poursuivre une enquête psychologique avec le maximum de chances de la mener à bien.

—N'avez-vous jamais songé à vous remarier?

Elle élabora de multiples réponses assorties d'explications; mais elle finit par répondre par une question:

—Avec qui ?

À son tour, le curé se sentit troublé. Et c'était par cette réponse spontanée qu'il avait retenue et surtout rejetée de toutes ses forces tant elle manquait de logique: « Avec moi! » S'il fallait que toutes les pensées créées par le cerveau humain puissent être lues par les autres, la planète deviendrait un vaste hôpital psychiatrique. Ce qu'elle n'est pas loin d'être de toute manière... C'est ainsi qu'il se pardonna sa réponse.

—Par exemple... avec Alfred Bilodeau. Il a souvent tenté de vous approcher. C'était un jeune homme bien pourtant.

—Pourquoi me poser une pareille question vingt ans après, monsieur le curé ? Quelque chose vous inquiète ? Où voulez-vous en arriver?

Il se rassit lentement et vida sa pipe dans un profond cendrier. Il ne savait pas s'y prendre pour fouiller dans un cœur. Le confessionnal lui avait donné un mauvais pli: l'on s'y étalait devant lui sans qu'il n'eut à questionner autrement que par des «combien de fois» ou «seul ou avec d'autres». Et il n'avait pas appris à le faire. Les bonnes questions ne lui venaient pas spontanément. Et les réponses imprévues le désarçonnaient.

Il ne devait pas laisser deviner cette faiblesse, pas plus qu'une autre non plus. Alors il retraita derrière un geste direct qu'il savait devoir bouleverser l'âme de Cora.

Le cœur lourd, les yeux ramassés par un front inquiet, il tendit la lettre qu'il avait gardée devant lui, face cachée.

Elle lut sans se presser, sans sourciller. Pourtant, son visage devenait pâle et froid. Partagée entre l'effarement et l'acrimonie, elle se composa une phrase incrédule:

—Jamais je ne croirai qu'il se passe... des choses entre Esther et monsieur le vicaire !

—Et qu'est-ce qui vous le fait croire?

—Parce que... c'est impossible.

—Voilà la première chose que je me suis dite aussi, madame Cora. Mais ça n'a pas réussi à détruire entièrement les doutes agaçants que cette lettre n'a pas manqué de faire surgir.

—Mais il est prêtre, comme vous, monsieur le curé!

—Un prêtre... et aussi un homme...

—Vous étiez un homme aussi.

—1928 et 1950: il en a coulé, de l'eau, dans les rivières entre ces dates !

—Les rivières sont toujours dans leur même lit. Et elles roulent toujours leurs eaux dans la même direction.

—Il faut avouer que les eaux sont plus troubles, que les poissons sont plus rares. Tout est pareil mais tout est différent.

De ses doigts étendus, la femme lissa des rides sceptiques sur son front vieillissant. Elle considérait avec fixité cette lettre à papier ligné qui bousculait de manière si déplaisante le rythme de sa vie. Elle se disait que ça n'avait aucune importance d'où le coup pouvait venir et pourtant elle recherchait la coupable. Il y avait tant de possibilités. Qui sait ce qui peut se cacher derrière les masques des gens? Elle secoua la tête.

—Que voulez-vous que les gens puissent voir de plus que deux personnes qui se parlent tout naturellement?

Elle soupira, tordit ses mains impuissantes, rajouta:

—Je les ai vus souvent moi-même et j'ai jamais pensé à mal.

—D'une part, faut justement pas que certaines personnes voient

266

ça. Ça les excite. Ils auraient dû y penser; ils sont plus des enfants. Et moi, j'aurais dû leur en toucher un mot. D'autre part, faut bien avouer que l'intérêt que se portent deux personnes en public est signe probant de celui qu'elles ont l'une pour l'autre dans l'intimité de leur cœur.

Peut-être avons-nous été aveugles ou... bigleux tous les deux ! Chose certaine, c'est qu'il va nous falloir observer nos jeunes. Il est possible qu'ainsi on leur évite des peines inutiles.

—En fin de compte, cette chose immonde aura dérangé nos vies.

—Hélas !

—Avez-vous songé à la faire lire par eux?

—Peut-être plus tard. Pas maintenant. C'est pas le temps. Si on analyse la situation avec des lunettes modernes, avec des yeux de 1950, y a pas lieu de s'inquiéter.

—J'me sens pas capable d'aborder une question aussi compliquée et délicate avec Esther, dit-elle pensivement.

—Je ne voudrais surtout pas que vous le fassiez. Que tout cela reste entre nous !

La conversation fourcha sur d'autres avenues, comme si la principale ne pouvait leur apporter rien d'autre de valable.

* * *

Le curé n'eut pas à tourner la tête pour savoir que la pénitente était Esther: il l'avait vue venir à travers les motifs ajourés de sa porte de confessionnal.

Il fit coulisser la petite trappe et rapprocha son oreille du grillage métallique.

La jeune fille flaira la puissante odeur de pipe que dégageait l'haleine du prêtre. Elle ferma les yeux comme elle le faisait toujours en cette circonstance. Elle fit son signe de croix, croisa ses mains et récita la prière habituelle. Puis elle passa à l'accusation de ses fautes:

—Mon Père, je m'accuse d'avoir pris un plaisir trop intense à gagner le premier prix à l'exposition de peintures. Mon P...

—Il ne s'agit là que de fierté bien légitime, coupa le prêtre avec un ton d'évidence qui contenait une touche de pardon envers lui-même car il s'était lui-même senti orgueilleux comme un paon quand on avait décerné le premier rang à l'ouvrage d'Esther.

—Ma joie fut surtout de l'emporter sur madame Jolicœur...

Le curé sourit mais ne fit aucun commentaire.

—Mon Père, je m'accuse de plus, de bien d'autres péchés que je ne connais pas: j'en demande pardon à Dieu, et à vous, mon Père, la pénitence et l'absolution.

Le curé frotta sa barbe rêche avec le taffetas de son étole. Il chuchota:

—N'y a-t-il rien d'autre qui vous inquiète, mon enfant?

—Non!

—Il arrive parfois aux jeunes filles de votre âge de rêver à des choses... défendues. Rien ne vous... tracasse de ce côté?

—Non!

—Il y a des sentiments qui peuvent être purs, très purs, mais qui risquent de conduire à des... à des actes que la morale chrétienne réprouve. Il faut donc combattre de toutes ses forces cette sorte de sentiments, mon enfant. Et si jamais une chose pareille se produisait en vous, vous devriez alors vous en défendre avec toutes vos énergies ainsi qu'avec les secours de la prière. Car c'est un devoir, en effet, non seulement d'éviter le péché mais aussi de le prévenir, vous comprenez cela?

—Oui, fit-elle troublée par ces mots.

Avait-il donc deviné son secret ? A partir de quoi? Déduisait-il des choses parce qu'elle avait proposé sa toile comme cadeau à offrir au vicaire le jour de son anniversaire? Ou bien ces conseils étaient-ils dictés par des commérages au sujet desquels le gamin lui avait mis la puce à l'oreille?

—Alors, ma fille, gardez toujours votre cœur pur et le bon Dieu vous récompensera non seulement en vous ouvrant toutes grandes les portes de l'éternelle Patrie le jour de votre mort mais ici même, en ce monde, dans la pratique du devoir quotidien. Si vous voulez vous recueillir, je vais maintenant vous absoudre de vos fautes...

Elle reçut une dizaine de chapelet comme pénitence. Après

l'avoir dite, elle s'enferma dans une longue discussion avec elle-même devant l'autel du Seigneur.

Toutes les inquiétudes qu'elle avait connues dans les premiers mois qui avaient suivi l'arrivée du vicaire revinrent harceler son esprit. À cela s'opposait avec force la conviction de bien faire en acceptant son amour, mais en l'enfouissant pour toujours. Il lui arrivait de soupçonner sa mère d'avoir agi de même deux décennies auparavant.

Elle conclut au-delà de toute autre considération qu'elle ne pouvait rien faire d'autre et qu'il appartenait à Dieu seul de guider ses pas. L'abbé Dumont n'était pas seulement l'homme qu'elle aimait, il était également un ami. Et c'est comme tel qu'elle le traiterait malgré les ragots.

Personne ne l'empêcherait de vivre puisqu'elle vivait honnêtement!

* * *

CHAPITRE 26

J.O. aperçut l'auto du curé dans la cour de la boutique de forge. Il s'y dirigea en se disant que c'était l'occasion de faire pression sur lui pour empêcher un guérisseur de venir exercer son charlatanisme dans la paroisse.

Il avait préféré une rencontre de hasard pour parler au prêtre, ce qui démontrerait qu'en vérité, en tant que médecin, il se sentait au-dessus de l'affaire. Au fond de lui-même, il espérait qu'un loustic en vienne à mettre le sujet sur le tapis, ce qui préserverait encore davantage son indépendance d'esprit. Et puis, il se sentait d'avance appuyé par le forgeron, un honnête homme à qui personne, et encore moins un hâbleur venu du diable vauvert, n'aurait fait prendre des vessies pour des lanternes.

Derrière l'enclume, le maître de forge assénait d'énormes coups de marteau sur un gros morceau de fer rougi par le feu. Les étincelles volaient de tous côtés. Caché sous un épais manteau de suie noire, il ne s'en préoccupait guère. Ce qui importait, c'était l'objet à façonner. Il réparait une section de garde-fous et terminerait avant la fin du jour à travers ses autres tâches.

Un fermier venu faire ferrer son cheval, actionnait vigoureusement la manivelle du soufflet pour chauffer au rouge un sabot de métal nageant dans les charbons incandescents.

Le curé observait religieusement les gestes calculés du forgeron qui, parfois, clignait de ses yeux de braise afin de réunir en boules sur les encornures, de la poussière qui, entraînée ensuite par une coulée visqueuse lui descendait jusque sur les ailes du

271

nez. Le cheval leva la queue et mit bas à quelques crottins jaunes, ronds et odorants. J.O. lui contourna l'arrière-train avec respect. La bête nerveuse n'avait pas encore été entravée et, le cou tordu, elle se frottait la crinière contre un poteau du travail dans un geste grotesque, même pour un animal. Ses crins blonds restaient accrochés dans les aspérités du bois. Il lui arrivait parfois d'entamer un hennissement qui coupait court comme pour témoigner de son manque de suite dans les idées.

Le forgeron, qui avait l'habitude de s'arrêter pour saluer chaque visiteur, leva les yeux vers la porte d'entrée. C'est ainsi que le curé devina l'approche de quelqu'un et ne sourcilla pas lorsqu'une voix forte toute proche lui dit:

—Bonjour, monsieur le curé.

Le docteur et le forgeron se saluèrent de signes de la main et du marteau.

—De la belle visite à la forge aujourd'hui, dit le prêtre.

—Je viens voir monsieur Poulin, fit le médecin.

Il a des problèmes avec ses yeux. Je lui ai prescrit les mêmes gouttes qu'à monsieur le vicaire l'autre fois.

—Visite gratuite? s'enquit le curé avec un regard malicieux.

—Un médecin de campagne s'intéresse à son monde pas seulement pour l'argent.

—Pour ça, je te crois, J.O.

Comme si ces quelques mots échangés l'eussent branché sur un courant électrique, J.O. jeta tout haut une idée claire qui avait jailli dans son esprit:

—On peut pas en dire autant des charlatans.

Le curé hocha la tête sans répondre. Il se reprit d'attention pour l'habileté du forgeron dont chaque coup avait l'air de porter juste là où il le fallait. Sa décision de faire tourner le morceau de métal avec les pinces ne pouvait être spontanée, pensa le prêtre, elle devait être prise au moins un ou deux coups d'avance. C'était du grand art à son avis. Le bout du morceau devait être aplati pour prendre la forme d'une coupe évasée. L'homme frappa onze coups. Puis il plongea le métal encore rose dans un bac d'eau froide au milieu d'un grésillement fumeux. Il leva ensuite la tige dégoulinante, bleutée, à hauteur de ses yeux pour évaluer le degré de perfection de sa forme.

Le médecin décida d'insister:

—Qu'est-ce que vous en pensez, monsieur le curé?

—De quoi ?

—Du guérisseur qui vient exercer son art présumé à la salle paroissiale après-demain.

—Que veux-tu, les gens aiment croire en des choses comme celles-là.

—Et vous, vous y croyez?

—Voyons donc, J.O., tu sais bien que non!

—Ah! là, j'ai un peu de mal à vous comprendre, monsieur le curé. Vous permettez pourtant qu'il vienne soutirer de l'argent au monde de par ici sans qu'il ne leur rende en échange autre chose que des lubies et des faux espoirs.

Le prêtre mit sa main gauche sur son ventre bombé; il souleva la droite dans un geste d'impuissance.

—C'est pas le curé qui donne la permission à celui-ci ou celui-là de s'arrêter ou de partir de St-Honoré.

—Pourtant la salle est à vous et vous consentez à louer un espace au guérisseur.

—J.O., la salle publique, c'est à tout le monde. Il fallait quelqu'un pour en avoir la possession légale et les gens me l'ont confiée; mais c'est chaque paroissien qui a payé pour la faire construire. D'ailleurs, tu sais tout ça depuis nombre d'années. Comment veux-tu faire une faveur à l'un et refuser la même chose à un autre? Ma mission est de garder la salle au service de tous les paroissiens. Pourvu que rien d'immoral ne s'y passe...

—Voler les gens: c'est immoral...

L'abbé soupira:

—J.O., y a bien des gens qui seraient pas d'accord avec toi làdessus.

Le médecin risqua en des mots différents:

—Vous ne croyez pas au guérisseur mais vous le laissez soigner les gens dans la salle publique, une salle administrée par vous. Ça me paraît contradictoire, à moi...

—J.O., je te comprends, va! Mais comme je voudrais que tu

273

me comprennes à ton tour! Si je refuse la salle au guérisseur, c'est par dizaines que les gens vont se plaindre, madame Boulanger la première.

—Pourquoi madame Georgina la première?

—Parce que c'est elle qui l'a fait venir. Aussi parce que c'est elle qui s'occupe de l'entretien de la salle et que chaque fois qu'il y a une location de ce genre, ça lui donne dix dollars. C'est normal, elle y a droit. Comment veux-tu que je mette des bâtons dans les roues, hein ? Si le guérisseur ne peut aller à la salle publique, il ira tout bonnement ailleurs: à l'hôtel chez Fortunat ou même dans une maison privée.

J.O. s'était surpris lui-même d'avoir attaqué aussi rapidement le sujet; mais le curé lui avait si bien ouvert la porte. C'est cela qui lui avait permis de soutenir son point de vue avec plus de force. Puisque l'argument de la demande publique apparaissait le plus déterminant aux yeux du prêtre, sentant le besoin d'un appui, le docteur s'approcha du forgeron. L'homme laissa retomber son marteau sur l'enclume dans un bruit percutant pour écouter.

—Monsieur Poulin, venez nous donner votre avis.

L'autre replongea son morceau de métal dans le lit de charbon et dit au cultivateur qui s'époumonait toujours à donner du souffle au brasier:

—Lâche un peu, Philémon: ton fer doit être correct.

Puis il marcha avec J.O. jusqu'auprès du curé. Un silence relatif s'était répandu sur les lieux. Même le cheval, de ses yeux bêtes, jetait un regard oblique vers le noir trio en ayant l'air d'écouter de ses oreilles tendues, le cou dans un long arc de cercle.

Par la couleur de leurs habits, les trois hommes semblaient d'avance d'accord. Pourtant, ce n'était là pour chacun que le signe distinctif de son métier. Complet sobre pour l'un; soutane luisante pour l'autre; revêtement charbonneux pour le troisième.

—On discute du guérisseur. Êtes-vous d'accord pour qu'il s'installe à la salle publique?

—Vous le savez ce que j'en pense de cet homme-là: c'est un sorcier, rien d'autre.

—Ça reste à prouver, dit malicieusement le curé.

—Justement, ils l'ont accusé de sorcellerie à Sherbrooke, y a de ça trois ou quatre ans: vous devez vous en souvenir?

—Comme je disais: ils ont pas réussi à le prouver...

—De s'en sortir comme il s'en est sorti: c'est une preuve de plus qu'il est sorcier, dit le sombre forgeron.

—Vous voyez, monsieur le curé, dit J.O. triomphant.

—Sûr que je vois ! Mais j'ai vu aussi madame Poulin qui court le voir, le sorcier, chaque fois qu'il se pointe le nez dans une paroisse des alentours.

—Ça, par exemple, je le sais ! Ma bonne femme y croit dur comme du fer, au guérisseur. Même qu'elle commence à se sentir mal une semaine avant sa visite... Des fois, je me demande ce qu'il leur fait, aux femmes.

—Je ne cherche pas à le défendre, mais je sais qu'il n'a jamais rien fait de reépréhensible avec qui que ce soit. Il impose les mains, dit les prières. Pas plus.

—Où c'est qu'il les impose, ces mains-là?

—Sur la tête, dit le curé.

—Et tout cas, à votre place, monsieur le curé, je ne laisserais pas ce gars-là venir faire des sparages dans la salle publique. Même que je ferais un sermon solide là-dessus. On a un bon docteur dans la paroisse pis on veut le garder. On devrait pas laisser n'importe quel fanfaron venir en faire accroire au monde.

Le prêtre sortit sa blague pansue et bourra sa pipe de filaments frisés. Il gratta une allumette sous sa chaussure et dit entre les bouffées de fumée que sa bouche exhalait:

—Faites signer... une pétition... de cinquante noms... c'est peu... et venez me la porter... je verrai... ce que je peux faire.

—Vous savez ben, monsieur le curé, que le monde, les femmes surtout, aiment ça, les guérisseux, laissa tomber le forgeron.

Et brisant le cercle, il retourna à son enclume.

J.O. accrocha ses doigts dans ses bretelles et déclara:

—Monsieur le curé, vous savez que les gens savent pas ce qui est bon ou mauvais pour eux autres. C'est vrai pour l'âme; mais c'est vrai aussi pour le corps. Monseigneur Roy est un homme qui comprend ça. Monsieur Duplessis est un homme qui sait ça. Y a assez qu'on laisse le monde ordinaire décider une fois par quatre

275

ans aux élections... Faut quelqu'un qui mène, autrement ce serait l'anarchie. Et faut des gens qui obéissent sans nécessairement comprendre. Ça toujours été de même et ça sera toujours comme ça.

—C'est plein de bon sens, ce que tu dis, J.O. Mais tu oublies une chose, c'est que les gens ne peuvent pas non plus être menés par le bout du nez dans tout ce qu'ils font. Ma tâche à moi, c'est de leur aider à trouver le chemin du ciel, pas de leur imposer telle ou telle manière de vivre ou de se soigner.

J.O. coupa court et tourna les talons en disant:

—Bon, alors à la prochaine donc. Vous m'excuserez, j'ai des malades à voir.

Le curé lui dit de loin:

—Va trouver Pampalon. Comme maire, il pourra peut-être faire quelque chose. Le conseil pourrait passer un règlement...

—Trop tard! Y a pas de séance avant la semaine prochaine.

—Alors préviens les coups d'avance et vas-y quand même en parler au conseil à la prochaine session.

Un lourd camion chargé de billes passant sur la grand-rue, J.O. n'entendit pas.

Le prêtre se retourna. Philémon avait repris la manivelle; le forgeron son marteau. Même le cheval s'était désintéressé des doléances du médecin; il montrait des dents jaunes en secouant sa tête folle.

* * *

J.O. rapporta sa conversation à sa femme. Elle affirma comprendre les raisons du curé. Elle soutint que le mieux à faire était qu'elle-même puisse avoir un entretien avec madame Boulanger, son amie.

Le soir même, elle lui rendit visite.

—J'ai pas de félicitations à vous faire, Georgina, dit Ida quand elles furent assises.

L'autre feignit la surprise:

—Mais voyons, qu'est-ce qui se passe donc?

Puis elle souffla en regardant de côté, même si les deux femmes se trouvaient toutes seules dans la cuisinette:

—Ça serait par rapport à notre petite lettre?

—À VOTRE petite lettre, Georgina... Non. C'est au sujet du guérisseur.

—Il se passe quoi, madame Ida?

—Paraît que c'est vous l'organisatrice de cette histoire-là?

—Organisatrice, organisatrice, c'est beaucoup dire. Un homme est venu, a demandé à louer la petite salle verte pour monsieur Desfossés; moi, j'pouvais pas refuser.

—Quand on veut, on peut, madame.

—Écoutez, qu'est-ce que vous voulez que je vous dise?

—Je viens vous demander d'arrêter tout ça. Vous allez appeler le charlatan Desfossés et lui dire que tout est contremandé.

—Mais vous êtes folle, madame Jolicœur ! Vous savez pas qu'il y a au moins cinquante personnes qui l'attendent?

—Et après ? C'est un service à leur rendre que de les empêcher de voir un charlatan.

—C'est pas un charlatan, c'est un guérisseur.

—Vous y croyez ?

—Mais comme de bonne que j'y crois ! Tout le monde y croit. l'monsieur Desfossés a guéri des milliers de personnes dans toute la province de Québec.

—Comme qui, par exemple? Le Blanc Gaboury je suppose? dit Ida avec sarcasme.

—Le Blanc est allé le voir trop tard... Pis c'est pas le docteur qui l'a guéri non plus, hein?

—Nommez-en, nommez-en.

—Thanase Pépin de St-Éphrem... Il n'était même plus capable de marcher. Et puis madame Beaudoin: il lui fait du bien chaque fois qu'il vient...

—Hum... celle-là !

—Placide Loubier de St-Martin: paralysé des deux bras. Pis la femme d'Alcide Cloutier qui en était pas revenue de son dernier accouchement. Pis Elmire Lepage: elle avait mal dans la colonne vertébrale depuis des années. Moi-même, je l'ai vu à St-Georges l'année passée. J'vous jure qu'il m'a retapé le canadien. Cet homme-là, il fait du bien à tout le monde. C'est un grand homme dans la province de Québec; jamais je ne lui ferai un coup dans l'dos.

Ida dit sèchement en appuyant sur chaque syllabe:

—Madame Boulanger, je ne vous le pardonnerai jamais. Je croyais que vous et moi étions de bonnes amies.

—Écoutez, madame Jolicœur, je vous demande de me comprendre: je... ne... peux... pas...!

—Parce que vous voulez pas.

—Non, je ne peux pas.

Une charge d'amertume éclaboussa l'âme de la femme du médecin. Sa poitrine sèche se souleva sous sa robe grise. Son orgueil était profondément blessé par le refus qu'elle essuyait, mais pardessus tout, elle exécrait le jugement que l'autre portait sur ses intentions en soulevant la question d'argent.

Elle dit par saccades:

—Madame Boulanger, vous devriez comprendre que ma démarche est pas entachée de la mesquinerie que vous supposez. L'argent, pour nous, c'est pas une priorité dans la vie. Nous sommes au-dessus de ça. Pas comme certaines personnes que je connais ! Entre parenthèses, ça vous rapportera combien à vous, la visite de ce charlatan ? Pas besoin de me répondre, je suis parfaitement au courant. Sachez que je me dévoue pour cette paroisse et sans compter... comme organiste, comme présidente des Jeanne-d'Arc, comme responsable du char de la Saint-Jean, comme organisatrice de la collecte pour offrir une bourse à monsieur le curé et quoi encore... Si je viens vous voir, c'est que j'aime les gens et que je veux leur éviter ce danger que constitue pour leur santé ce... guérisseur de... de mes fesses. Suis pas prête d'oublier les humiliations que vous venez de me faire subir. Et je vous salue...

—Attendez... mais attendez donc ! Je voudrais m'excuser pour mes paroles. C'est pas ce que j'ai voulu dire.

Mais Ida s'en allait déjà dans le couloir vers la sortie. Au lieu de prendre le chemin de chez elle, elle se rendit tout droit au presbytère où elle se vida le cœur en dénonçant Georgina.

Elle raconta au prêtre que la femme du bedeau lui avait fait des confidences concernant sa surveillance des allées et venues du vicaire et qu'elle avait manifesté son intention d'envoyer au presbytère une lettre non signée.

—Pourquoi avoir attendu jusqu'à ce soir pour m'en parler? demanda le prêtre.

—Parce que j'aurais jamais cru qu'elle puisse aller aussi loin. Je lui ai conseillé de ne jamais faire une chose pareille... mais elle vient tout juste de me dire qu'elle vous a posté une lettre depuis St-Georges, l'autre jour. J'ai cru de mon devoir de venir vous avertir. J'aimerais ben, par exemple, que ça reste entre nous deux.

Le curé fit les grands yeux ronds:

—N'ayez crainte, madame Ida, n'ayez crainte. Vous avez bien fait de venir m'en parler. C'est une bonne chose de savoir à qui on a affaire.

* * *

CHAPITRE 27

Le curé avait demandé à Cora et Esther de l'accompagner jusqu'à la gare maritime de Québec. Le vicaire aussi était du voyage. C'est lui qui ramènerait les deux femmes et l'auto à St-Honoré, et ce, le soir même puisque les travaux de chacun le réclameraient tôt le lendemain matin: lui pour le rite, Esther pour sa classe et madame Létourneau pour le déjeuner et l'ordinaire de la maison.

Comme d'habitude, les deux prêtres voyageaient sur la banquette avant. Le curé conduisait. Le vicaire se détendait dans le coin de la porte, dans une posture parfois peu ecclésiastique.

À l'arrière, du même côté que l'abbé Dumont, Cora se tenait appuyée franchement dans le dossier. Dans l'autre coin, Esther bougeait au rythme des bosses du chemin comme un mannequin pensif.

Lorsque l'auto atteignit le sommet d'une pente abrupte, le curé commenta sous forme de question:

—C'est un beau pays que le nôtre, n'est-ce pas, monsieur le vicaire ?

—Très ! Vous verrez aussi de beaux coins outre-mer.

—Vous savez: plus ou moins... Nous serons le plus souvent en avion pour voyager. C'est de bien haut que nous allons pouvoir admirer lacs et montagnes.

A leurs pieds, sur la gauche, profondément encaissée entre des collines rougies par l'automne, la rivière Chaudière culbutait ses eaux fougueuses.

—Regardez en bas, monsieur le vicaire, vous verrez ce que

les Beaucerons appellent les rapides du Diable. C'est là que, parfois au printemps, les glaces forment un embâcle qui cause des inondations à Beauceville.

Ce conseil du curé donna au jeune prêtre l'occasion de tourner la tête. Après s'être gorgé des beautés de la passe, il promena un regard chaud sur le visage d'Esther.

Elle sentit son cœur tressaillir. Et pour se défendre d'un élan amoureux qui commençait à tournoyer dans sa substance profonde, elle aussi tourna la tête.

—Une belle vue sur la vallée!

Au loin, la rivière d'argent allait quérir son eau dans un horizon moutonneux. Elle étalait la langueur de ses courbes jusqu'à une jarretière verte étirée entre ses rives: un pont couvert à piliers douteux.

Dans une plaine rouge et or, une église, couchée sous un bosquet d'érables, ramassait sous l'ombre de son aile grise un chapelet de petites maisons aux yeux crédules.

—C'est sûr que la vue qu'on a du haut des airs doit pas ressembler à celle qu'on a sur le plancher des vaches, dit le vicaire.

—Vous n'êtes jamais monté en avion? s'enquit le curé.

—Jamais!

—Après l'automobile, c'est la plus belle invention du siècle. C'est inimaginable de pouvoir parcourir des distances aussi énormes en aussi peu de temps, de franchir des cours d'eau, des chaînes de montagnes, des déserts...

Le jeune prêtre sourit. Au fond de lui-même, il considérait un tel propos en 1950 comme un lieu commun, presque une lapalissade. Alors il posa une question terre à terre dont il avait déjà obtenu la réponse:

—Ainsi donc, il faudra que je sois à l'aéroport le 15 novembre au soir pour votre retour?

—C'est comme je vous l'ai dit. A moins d'un imprévu, je serai là comme un seul homme. Et si jamais l'avion tombait, qu'on ramène mes vieux os à St-Honoré. Je veux dormir de mon dernier sommeil parmi mes paroissiens.

—Ne dites pas des choses pareilles, protesta Cora, ça nous donne froid dans le dos.

282

—Ne soyez pas inquiète: je ne sens pas ma mort au prochain tournant.

—Le bon Dieu n'a pas d'heure pour venir chercher son monde. La mort frappe ceux qui s'y attendent le moins.

L'auto s'engagea sur l'autre versant, roula jusqu'au village suivant où le curé fit un arrêt pour y faire monter un professeur de ses amis, ancien maître d'Esther à l'école normale. Le vicaire fut surpris d'entendre les deux hommes se tutoyer.

—Achille, dit le curé, on va faire le voyage de notre vie.

Le professeur, un homme à la petite moustache grise et aux yeux à lueurs bienveillantes commenta:

—À n'en pas douter, Thomas, à n'en pas douter! On va se rappeler toutes ces belles années au collège classique

—Le passé, c'est l'assise du présent et de l'avenir. Le passé, c'est la seule valeur vraiment solide...

—Te souviens-tu du grand Frédéric Lachapelle, un gars du bout de Lotbinière...

Les deux amis entreprirent une longue conversation sur les valeurs traditionnelles comme si leurs convictions étaient un peu défaillantes: ils jetaient des affirmations, donnaient des exemples.

Le vicaire les écoutait sans s'en mêler, se disant paternellement que les deux hommes, comme tous ceux de cet âge, cherchaient, par des propos nostalgiques et des jugements sévères sur le présent, à rattraper leur jeunesse disparue pour toujours.

Cora se sentait triste. Pendant qu'Esther papotait avec la femme du professeur, elle écoutait le bruit monotone des roues sur le pavé noir. La perspective de ce voyage à Rome ne l'avait guère enchantée lorsque le curé l'avait évoquée pour la première fois l'automne précédent. Et à mesure que le projet avait pris forme, une inquiétude avait grandi en son esprit. L'idée de le voir partir pour l'autre bout de l'univers tranchait comme une lame quelque part dans ses fibres secrètes. Elle avait essayé à quelques reprises d'imaginer la vie au presbytère avec un nouveau curé. La pensée avait été pénible, insupportable. Il faudrait qu'elle parte avant lui.

La journée se mourait dans une épaisse couche de nuages et plutôt que de courir, comme aux jours de crépuscules ensoleillés, vers un lointain de flammes, la rivière s'effaçait furtivement derrière des tournants brumeux qui à leur tour se perdaient dans des fondus brunâtres.

Les villages défilèrent comme les grains d'un rosaire: tous semblables, tous respirant au même rythme des cloches, celles de l'église et de l'école. St-Joseph allongeait son ennuyeuse fertilité le long de la rivière devenue tranquille. L'Enfant-Jésus riait dans ses coteaux pimpants. Ste-Marie s'ouvrait déjà aux propos enrichissants de la vallée du Saint-Laurent.

La femme du professeur avait un œil lourd par la faute d'une paupière affaissée. Elle cherchait à le faire oublier par une voilette noire à petits carreaux mais y réussissait bien davantage par ses paroles débordantes de générosité et d'attention. Elle perçut la morosité de Cora, en devina la cause et l'entraîna dans une conversation rassurante sur le voyage.

—La traversée de l'Atlantique va durer huit jours. On arrivera à Lisbonne dans la soirée du vingt-deux. De là, nous irons à Fatima. Puis le train pour Lourdes...

—J'aime savoir que vous serez en train, dit Cora.

—Et pourquoi donc?

—Parce que l'avion, j'ai peur de ça.

—Voyons, madame Létourneau, l'avion, c'est moins dangereux que l'automobile de nos jours!

—On dit ça...

—Je vous assure que c'est la vérité.

—Et alors, l'affaire de Sault-au-Cochon?

—Mais ce ne sont pas des choses qui arrivent tous les jours, ça. Et puis, ce n'était pas à cause de l'avion, mais de la bombe que l'assassin y a fait déposer.

—Dites ce que vous voulez: moi, j'aimerais mieux que tout votre voyage se fasse autrement que dans les nuages.

Tous sourirent, y compris le curé qui s'était mis à l'écoute de la conversation des femmes. Il dit:

—Madame Goulet, c'est de ma faute. J'ai fait peur à madame Cora avec des histoires de chutes d'avions et depuis ce temps-là, elle s'inquiète pour nous. Elle soutient que nous devrions faire le voyage de retour comme celui de l'aller, c'est-à-dire par bateau.

—De toute manière, madame Létourneau, dit le professeur, si jamais on a un accident d'avion, on ira tout droit au ciel.

—J'ai rien contre le ciel, mais ça peut attendre encore quelques années, affirma Cora avec conviction.

—Vous serez bien au chaud au presbytère avec monsieur le vicaire et mademoiselle Esther, dit le curé.

Au fond de son âme, le prêtre refusait de voir à travers les paroles inquiètes de madame Cora toute la considération qu'elle avait pour lui. Il se disait qu'elle en mettait trop.

On parla encore de l'itinéraire du voyage. Après Lourdes, les pèlerins canadiens iraient à Paris où une réception officielle leur serait faite à l'hôtel de ville. Puis ils se rendaient à Rome afin d'assister à deux fêtes inoubliables, le but du voyage avec le jubilé: la proclamation du dogme de l'Assomption de Marie et la béatification de la vénérable Marguerite Bourgeoys, premier et douze novembre. Entre les deux fêtes, ils feraient un voyage en Terre Sainte pour visiter les lieux où le Christ avait vécu. Le treize, ils seraient reçus en audience par le pape; après quoi, à bord de l'avion «Le Pèlerin Canadien», ils s'envoleraient pour le Canada après une escale dans la capitale de la France.

À l'arrivée au pont de Québec, le vicaire se sentit ému. Sa chère ville natale lui était redonnée tout entière par ce grand monument de fer dont les citadins se sont toujours sentis les propriétaires exclusifs.

Il réfléchissait à ce mois qu'il passerait à la tête de la paroisse, aux responsabilités qui se trouveraient à lui incomber. Le travail ne manquerait pas. Surtout qu'une retraite paroissiale aurait lieu au début de novembre.

Il avait beau tâcher de se concentrer sur les choses à faire jusqu'au quinze novembre, il ne pouvait s'empêcher de penser à Esther. Il se demandait s'il aurait la force de continuer à vivre sous le même toit qu'elle et de ne jamais la prendre dans ses bras, de ne jamais l'écraser sur son cœur, de ne jamais s'abreuver à sa bouche, de ne jamais grimper au clocher de l'église pour crier à tout le pays, plus fort que les cloches: «Je l'aime!»

Elle ne s'était laissée aller à aucune forme de réflexion approfondie le long de ce voyage. Elle avait écouté avec intérêt les propos de chacun et surtout les anecdotes nombreuses racontées avec chaleur par le professeur sur sa vie à côtoyer les religieuses et les jeunes filles à l'école normale. Aussi, il s'était plu à vanter les mérites d'Esther dans ses travaux scolaires et tout particulièrement en français et en art.

Des dizaines de personnes étaient déjà assises sur les bancs usés de la gare maritime. Flottait dans l'air une odeur de mazout. Et pourtant, le bateau ne mouillait pas encore dans le port. Le curé se renseigna auprès d'un guichetier. Il sut qu'en raison de la brume, le paquebot n'avait pu se rendre à temps et que le départ avait été reporté au lendemain matin. Les gens restaient là quand même dans l'attente de monseigneur Roy qui viendrait, disait-on, leur adresser quelques mots.

Après avoir appris la nouvelle aux siens, le curé leur conseilla de partir pour qu'ils soient de retour à St-Honoré à une heure raisonnable, la distance à parcourir étant de quatre-vingts milles. Les Goulet et lui s'étaient déjà trouvé un havre pour la nuit; ils n'avaient donc pas à s'inquiéter pour lui.

C'est ainsi que les adieux se firent un peu à l'inverse de ce qu'ils auraient dû être, Cora, Esther et le vicaire devenant les partants au lieu du curé. Les deux femmes avaient retrouvé leur place sur la banquette arrière de l'auto. L'abbé Dumont au volant.

—Monsieur l'abbé, soyez prudent sur la route et... dans toutes vos entreprises au cours du mois qui vient, dit le curé dans une allusion très voilée à la conduite du vicaire à l'endroit d'Esther.

—Je peux vous le garantir. Partez l'âme en paix !

—Et soyez au rendez-vous le 15...

—Je serai à l'Ancienne-Lorette le 15 au soir pour vous ramener dans votre St-Honoré inchangé, toujours aussi beau qu'avant.

Le curé se pencha pour dire à Esther:

—Ma petite fille, je vais prier beaucoup pour vous...

—Oubliez pas ma relique.

—Si Dieu me prête vie, vous l'aurez. Et ce sera la plus précieuse de toutes celles que je rapporterai avec moi.

Les lèvres de Cora refusaient de sourire. Elle luttait fort pour retenir ses larmes. Son visage coloré par l'émotion parvenait mal à dissimuler ce qui se passait dans les profondeurs de son âme.

Jamais elle n'avait été séparée plus d'une semaine de son curé. Si elle avait prévu si mal accuser le choc, jamais elle ne serait venue à l'Anse-au-Foulon. Pourtant, elle aurait été horrifiée d'entendre qualifier d'amoureuse cette réaction de tristesse. Toute autre paroissienne aurait ressenti la même peine à sa place puisque c'est le départ du pasteur de St-Honoré, du père de la grande famille paroissiale qu'elle regrettait.

Et pour encore mieux voiler ses sentiments aussi bien aux autres qu'à elle-même, elle avait accusé l'avion de tous les maux ces dernières semaines. C'était sa façon de critiquer un voyage qui lui volerait le prêtre pour plus de quatre semaines interminables.

—Madame Létourneau, prenez bien soin de nos deux enfants.

Cette phrase dite sur un ton plein de condescendance darda son cœur. Une angoisse profonde se rua sur ses pensées. Pourquoi partait-il donc, lui, cet homme si bon, ce prêtre déjà bien assez saint pour se mériter le ciel sans ce voyage à l'autre bout de la terre? Comme elle se sentirait seule sans sa présence réconfortante! Et s'il fallait qu'il lui arrive un accident, qu'elle ne puisse jamais plus le revoir!...

Elle dit pour elle-même: « Restez avec nous, monsieur le curé. Nous ne voulons pas vous perdre. » Mais ses lèvres murmurèrent:

—Bon voyage, monsieur le curé.

Le vicaire embraya l'auto. Le curé esquissa un geste de la main. Puis il fouilla sous son manteau à la recherche de sa pipe.

En dehors des prières obligatoires, il n'était pas homme à s'adresser souvent au ciel. Prier, le mot le disait, c'était demander quelque chose à Dieu. Et lui n'avait besoin de rien pour lui-même. Néanmoins, il se surprit à penser, en regardant s'éloigner l'auto:

« Seigneur, que chacun d'eux trouve sa voie dans la plus grande harmonie. Que rien ne les brise; ils sont si vrais. »

La voiture disparut derrière un bâtiment sombre. Le prêtre se tourna vers le fleuve. La lumière faiblarde d'un lampadaire traçait son chemin dans le brouillard jusqu'à l'eau noire et froide. Ses lueurs vinrent créer des points brillants dans les yeux de l'abbé. Ce serait long, tout un mois. Il se demandait pourquoi cette séparation lui paraissait triste. Un nuage sombre envahit son cerveau tandis qu'un épais rideau de bruine glissait en silence à quelques pieds du quai.

Il demeura longtemps à cet endroit, la pipe vide et l'esprit désert. Le sifflet plaignard d'un navire troua la nuit et lui fit penser de retourner auprès des Goulet.

Passé le pont de Québec, une auto remplie d'inquiétude reprenait le chemin de la Beauce.

* * *

CHAPITRE 28

Assis à la place du curé, le père regardait la table avec avidité. Il se laissait éblouir par la brillance de la vaisselle et des ustensiles. Il mit une serviette de table sur ses genoux; elle tomba par terre sans qu'il ne s'en rende compte.

Cora entra et vint déposer précautionneusement un grand bol rempli de soupe fumante duquel le manche d'une cuiller à pot dépassait.

—Servez-vous, monsieur le vicaire, dit avec empressement le Franciscain aux yeux goulus.

—À vous, à vous, fit le vicaire.

Le père ne se le fit pas dire deux fois. Il se rua aussitôt sur le long ustensile blanc et remplit son bol à ras bord. Puis, le regard fixé sur le potage, il portait à sa bouche en soufflant dessus des cuillerées brûlantes qu'il humait tapageusement.

Il graissa deux tranches de pain jusqu'à les faire disparaître sous une couche jaune guipurée de gouttes d'eau. Et entre deux chargements de soupe aux pois, il engouffrait de ces épais morceaux qu'il déchirait de ses dents grasses en ronronnant comme un soufflet de forge. Lorsqu'il s'aperçut que les quantités de pain et de soupe ne se coordonnaient pas, il but ce qui restait à même le bol et termina en poussant loin entre ses mâchoires un dernier bout de croûte.

—Croyez-vous que ça ferait plaisir à madame Létourneau si j'en prenais encore ? demanda-t-il au vicaire avec un clin d'œil complice.

—Certainement !

Il répéta son manège une seconde fois sans dire un mot, lapant, clappant, multipliant les grimaces boulimiques, essuyant parfois des traînées de liquide beige qui dégouttaient à travers les fils bruns de sa barbe touffue.

Le vicaire se donna l'air de réfléchir en profondeur, fit des yeux vagues pour ne pas déranger son voisin de table dans ce qui donnait toutes les apparences d'un travail accaparant. Et il le laissa tout entier à son immodération.

—Le sermon de ce soir ne sera pas long, mais il sera bon, affirma le père en aspirant avec ses lèvres et sa langue des particules visqueuses prises entre ses dents. C'est pas pour me vanter, mais à chaque retraite où c'est moi qui prêche, comme on dit, mon meilleur, c'est le dernier. Et avec la cérémonie de l'appel aux morts qui va suivre, je vous jure que vos paroissiens vont y réfléchir une secousse avant de retomber dans leurs manquements.

Quand il parlait, il fermait le poing comme un culturiste qui cherche à montrer ses biceps et il adressait sporadiquement à son interlocuteur de vifs sourires de connivence.

Une grosse poire piquée à narines poilues lui tombait entre les yeux et accrochait ses rebords à deux plis profonds qui formaient un accent circonflexe au-dessus d'une moustache hirsute. Des cheveux brun roux coupés en brosse lui pointaient au milieu du front comme une charrue à neige.

C'était la première fois qu'il venait prêcher à St-Honoré; mais sa réputation l'y avait précédé depuis fort longtemps. En fait, il était connu de par tout le diocèse car plus que tout autre sermonneur, il savait s'y prendre pour faire grimper la peur à son paroxysme au cœur des fidèles.

Son péché favori, garant de tant de tourments éternels, de maladies honteuses et de folie furieuse en était un qui avait l'avantage de ne jamais se démoder: l'impudicité. Or il était fort répandu en cette époque comme en la nôtre et plus encore que jamais auparavant durant cette année sainte. Car le Franciscain compilait des statistiques sur le sujet. Il savait que les péchés de la chair par tête de pipe étaient en progression constante.

—Ça va fesser dur, fit-il en éructant. Pour ça, faut du solide

290

dans la panse. La madame Létourneau, elle est pas mal bonne dans les tartes; on va revenir vous voir l'année prochaine.

Le vicaire sourit.

Cora rentra. Elle mit sur la table un bol pareil au premier mais contenant du bœuf aux légumes. Le père coupa court aux civilités et il se servit une pleine assiette en disant:

—Vous m'excuserez si j'ai l'air de me dépêcher, monsieur le vicaire, mais je voudrais me reposer un petit quart d'heure avant d'aller confesser.

—Je comprends donc, père Picard. Ça vous fait une sapristie grosse veillée d'ouvrage: les confessions, le sermon, l'appel aux morts...

Le père se croisa les doigts, tourna les mains et fit craquer ses articulations.

—C'est de même que j'aime ça: ça vous tient son homme en forme.

—Depuis quand prêchez-vous des retraites, père Picard ?

—Seize ans le mois prochain.

—Depuis que vous êtes ordonné?

—Non, par exemple! Suis pas venu au monde de la dernière pluie. Dix ans de monastère de 24 à 34. La crise, la misère, j'suis sorti pour une couple de prêches et ça s'est jamais arrêté. J'y ai pris goût. Le monde itou. J'ai des demandes comme ça!

Il montra ses dix doigts écartés aux ongles crasseux.

Lorsque le repas fut terminé, il rajusta son crucifix au milieu de sa poitrine. Il se leva de table en frappant son ventre. Avant de quitter la pièce, il demanda:

—Vous avez bien dit une sapristie de grosse veillée d'ouvrage, et pas une sacristie...

—Bien sûr, fit le vicaire avec un léger sourire et en haussant les épaules voulant dire que la chose allait de soi.

—J'aime mieux de même, dit le père en refermant la porte.

Et il s'en alla en évacuant des rots gras auxquels un autre de ses orifices répondait par des émissions débutant sous forme de gémissements et se terminant en gros bruits secs et serrés comme des litanies.

Le vicaire avait mangé du bout des dents. Il s'appuya les coudes sur la table afin de se détendre un peu et pour mieux réfléchir. Il ne l'avait pas fait depuis le départ du curé tant les tâches avaient été drues. Outre sa messe, son bréviaire, le travail de bureau, les confessions, les visites aux malades, il avait dû, à la demande du curé Ennis, commencer la visite de la paroisse.

Au rythme où il avait fait son porte à porte ces jours derniers, jamais il ne pourrait s'acquitter de cette besogne fastidieuse avant le retour du curé. Et ça, il ne le voulait pas. Plutôt travailler jour et nuit que de s'avouer incapable de répondre aux attentes de son chef. Il se dit qu'il pourrait boucler la boucle en faisant des visites le dimanche en après-midi et en soirée. Alors il se mit à hocher la tête en pensant au cinéma du dimanche qui lui mettait des bâtons dans les roues. Il se demanda qui, à sa place, pourrait bien opérer les machines de projection. Et naturellement, sa pensée se tourna vers Esther.

Lorsque Cora vint dans la salle à dîner, il se fit envoyer la jeune fille qu'il fit asseoir à table avec lui.

Il la mit au courant de ses problèmes de temps. Elle accepta la tâche proposée. Il lui donnerait une leçon le dimanche même, en début d'après-midi; après quoi, il s'en irait poursuivre la visite paroissiale.

—Que te voulait-il? demanda Cora à sa fille.

—Que je le remplace au projecteur le dimanche à la salle...

—Qu'est-ce que c'est ça? fit la mère d'une voix réprobatrice.

Esther se sentit honteuse comme une petite fille ayant mal agi. Cela tenait au fait qu'elle n'avait pas entendu un quelconque reproche de sa mère depuis nombre d'années, mais bien plus encore parce que la question secouait en elle une culpabilité endormie. Elle bredouilla:

—Maman, je... je ne pouvais refuser. C'est... pour deux ou trois dimanches. Ça va lui permettre de finir la visite de la paroisse avant le retour de monsieur le curé.

—J'aime pas beaucoup ça, Esther, pas beaucoup.

—Écoutez, maman, c'est pour monsieur le curé que je le fais. S'il revient avec une montagne d'ouvrage à faire...

—S'il revient, soupira Cora.

Elle secoua la tête, recommença à ranger la vaisselle qui n'avait pas été salie au dîner. Puis elle se prépara pour le lavage du reste.

Une lourdeur nouvelle s'était installée sur ses traits depuis quelques jours. Elle laissait plus souvent des mèches s'échapper de son chignon. Ses pas, qu'elle espaçait moins, tombaient avec une indécision inhabituelle.

Elle finit par conclure:

—Si tu penses bien agir...

***

Le poing s'abattit comme une massue sur le rebord de la chaire. La voix tonnait. Des éclairs féroces vrillaient dans les yeux du père Picard.

—... c'est à cause de ce vice sans nom qui s'appelle l'impureté que les âmes tombent en enfer comme une bordée de neige en hiver.

Le père avait la curieuse propension à prononcer le son «r» avec un accent aigu, ce qui ajoutait une touche de plus à son élocution typiquement canadienne-française.

—Vous vous souvenez, ça fait pas si longtemps que l'hiver est fini, comme y en a des p'tits brins de neige quand le ciel se met à se vider: imaginez que ça, c'est des âmes qui tombent en enfer, qui vont souffrir pour toute l'é-ter-ni-té. Ça en fait du monde, ça, vous pensez pas mes chers auditeurs?... Je voulais dire mes bien chers frères. C'est que, figurez-vous, je fais une émission à la radio de Québec le dimanche...

Donc des millions d'âmes qui tombent au feu. Pour tout le temps. Ça va être long. Même que ça n'en finira pas. Jamais. Toujours. Jamais. Toujours. Jamais. Le tac-tic de l'horloge du diable. Celle qui rappelle aux âmes qu'elles sont damnées pour toujours...

Une odeur d'encens flottait dans l'air. Esther mit son poing sur sa bouche et toussa. Elle écoutait d'une oreille distraite le sermon du père Picard, ne se sentant pas concernée par le sujet. Pour elle, la concupiscence, c'était plutôt l'affaire des hommes ainsi que de ces femmes de mauvaise vie de la ville dont les pères de retraite détaillaient avec tant de compétence la terrible déchéance physique et mentale.

293

Ses yeux coulaient parfois vers le vicaire. Mais pas souvent. Elle prenait soin de pondérer le rythme de ses œillades vers lui de crainte qu'on ne l'observe. Comme elle aurait voulu le regarder à s'en griser tout à fait ! Elle se contentait d'admirer une image de lui réfléchie par une âme extatique.

Le père baissa le ton, érailla sa voix, plissa les yeux, siffla:

—Comme il y a de l'inconscience des fois face à la luxure! Car la luxure s'insinue dans un cœur sans que la personne souvent ne s'en rende compte. Elle pénètre. Elle glisse. Sans bruit. Furtivement. Comme une bête vicieuse et hypocrite. Elle va même se cacher derrière un paravent de pureté pour parvenir à ses fins. En effet, elle va s'accrocher au char de la pureté pour se rendre jusqu'à son but qui est le cœur de la personne, un cœur qu'elle veut contaminer, pourrir...

Le père décupla le ton, tout en gardant le terrible éraillement dans la voix. Il vociféra dans le gros microphone argent qu'il avait rapproché de sa bouche:

—Et quand elle a atteint son but, alors la bête féroce sort de l'ombre et va renverser le char, le paravent de la pureté pour rugir, la gueule béante et visqueuse, prête à mordre en pleine chair comme un vampire assoiffé de sang. Voilà mes amis le danger épouvantable qui vous guette tous, quel que soit votre âge. Et-je-vais-vous-don-ner-un-ex-emple. Pour mieux vous faire comprendre. Et aussi pour vous mettre en garde. Car le Seigneur a dit: il faut veiller.

Le vicaire souriait aux mauvaises manières et au choix de mots du père Picard. Ce qui ne l'empêchait pas de considérer qu'il livrait quand même une pensée conforme aux enseignements de l'Église.

Il savait lui-même par les confessions combien le péché mortel faisait des ravages dans les âmes et savait aussi que ce péché-là prenait le plus souvent la forme de l'impureté. Mais que la luxure se présente au cœur en s'abritant derrière la pureté ressemblait étrangement à ce qu'il avait vécu le soir où il s'était rendu jusqu'à la chambre d'Esther.

Il commençait donc à se sentir troublé par les paroles du prêcheur; c'est pourquoi il prêta une oreille attentive à la suite du sermon.

Le ton du Franciscain régressa de plusieurs crans. La voix se fit paterne:

—Ce sont deux jeunes gens. Une belle jeune fille. Un beau jeune homme. Ils se fréquentent. Ils se sont vus souvent. Ils se sont parlé des centaines de fois. Ils se sont touché les mains. Embrassés chastement, à l'occasion. Ils s'aiment. Ils sont purs. Ils sont propres. Je dis bien: PROPRES. Un jour, ils veulent des enfants et pour ça, décident tout naturellement de fonder un foyer. Alors ils se fiancent. Un bon soir, ils sont seuls. Dans un salon. Ou dans une AUTOMOBILE. Ils ont envie de se rapprocher. Ils le font... D'un peu trop près. Ils se disent qu'ils peuvent s'embrasser plus longtemps étant donné qu'ils sont fiancés. Ils le font et alors... ils perdent les pédales... Et je vous fais grâce de la terrible suite.

Vous voyez, mes bien chers amis, comment la luxure peut se laisser véhiculer insidieusement par la pureté, par l'innocence...

Feignant les sanglots, il poursuivit:

—... Et ces pauvres, pauvres jeunes gens, si le malheur voulait qu'un accident les frappât ensuite, seraient précipités au fond de l'enfer pour toute l'é-ter-ni-té.

Et dans un crescendo, il ajouta:

—... Parce qu'ils sont coupables. Parce qu'ils se sont salis comme des porcs. L'œuvre de chair ne désirera qu'en mariage seu-le-ment. Pas trois mois avant. Pas une semaine avant. Le jour du mariage. Pas une seconde avant. Autrement, c'est se vautrer dans la boue, c'est se mériter la déchéance morale, c'est se préparer un sort épouvantable de l'autre côté. Le jeu en vaut-il la chandelle ? Une éternité de souffrances pour deux minutes d'un plaisir... dé-goûtant. Ont-ils réfléchi, ces jeunes fiancés, à ce qu'il pourrait leur en coûter de commettre pareille folie ? S'ils avaient la chance de voir devant eux, une seule seconde, l'enfer des damnés, jamais ils n'auraient ainsi fait leur lit avec les pourceaux comme ils l'ont fait.

Imaginons-le, cet enfer d'épouvante, ce lieu qu'on ne peut même pas imaginer tant il est horrible. Des flammes qui vous enveloppent tout le corps. Un corps qui ne se consume jamais. Qui souffre des tourments affreux. D'autres damnés remplis de haine et qui blasphèment. Des serpents. Des araignées gluantes. De la pourriture. Des doigts crochus. Des pieds tordus. Des âmes en proie à une désespérance totale. La privation de la vue de Dieu: la peine du dam. Et même pas une simple goutte d'eau sur le bout de leur langue pour les soulager un peu. Rien. Rien que des hurlements de terreur. Rien que de la furie. Rien que de l'angoisse poussée à son paroxysme. Un destin aussi atroce pour trois petites minutes de plaisir dégoûtant. Le jeu en vaut-il la chandelle?...

Le père se tut.

Une mouche vola depuis la balustrade jusqu'au jubé de la chorale. Au pied d'un tuyau d'orgue, une autre, quelque peu engourdie par les premières fraîches et par le talent d'Ida, l'y attendait. Elle se fit prendre en remorque par la visiteuse et les deux trapézistes plongèrent vers le maître-autel. Mais le poids, l'âge et peut-être les vibrations émises par le cerveau du prêcheur firent perdre son contrôle à l'attelage qui dévia de sa trajectoire et, après une longue courbe elliptique, atterrit en catastrophe dans la barbe du père Picard qui ne vit point la chose. Son esprit était tout entier absorbé par une crampe qui lui clouait dans le regard une fixité béate. Il reprit doucement tandis que les insectes copulaient gaiement sous son menton:

—Je vous ai laissé un instant pour répondre à la question que je répète une troisième fois: le jeu en vaut-il la chandelle?

Des gosiers se raclèrent. Quelques éternuements fusèrent. La tension se relâchait. L'atmosphère était à l'unanimité.

—Bien sûr que non, me direz-vous tous. Bien sûr que non! J'ai parlé d'enjeu parce que des gens jouent leur âme. Oui, oui, ils la mettent au jeu. Ils risquent. Ils se disent que peut-être, probablement ils auront le temps de se confesser avant de faire face au Juge suprême. Peut-être. Peut-être que si... Et si oui, tant mieux! Mais peut-être que non, non plus! Ah! Voilà! Ça, c'est moins drôle... Vous avez eu deux cas d'accidents dans la paroisse cette année. La mort a fauché ces jeunes gens dans la force de l'âge, sans les avertir. Je viendrai comme un voleur a dit le Seigneur. La mort vous attend peut-être au prochain tournant. Êtes-vous prêts ? Êtes-vous prêt, monsieur ? Êtes-vous prête, madame, mademoiselle ? ET TOI, JEUNE HOMME?

296

En ce deux novembre, jour des Morts, il est particulièrement indiqué de réfléchir à la mort. Et pour vous y aider, nous aurons tout de suite après cet office la cérémonie d'appel aux morts au cimetière. Nous nous y rendrons au chant de litanies et à la lumière de cierges allumés. Je vous donne l'itinéraire que nous allons suivre...

* * *

Il faisait un froid noir. Des centaines de petites étoiles scintillantes dansaient entre les pierres tombales.

Pour éviter de n'y voir goutte, le père Picard avait pris une lampe de poche. Il la braqua sur son livre de prières et lut à très haute voix:

—Ô Dieu, dont la miséricorde donne le repos aux âmes des fidèles, accordez, dans votre bonté, le pardon de leurs péchés à tous les fidèles qui, tant ici ou ailleurs, reposent dans le Christ; afin que purifiés de toutes leurs fautes, ils se réjouissent éternellement avec vous.

Puis il cria d'une voix impériale:

—Ô morts, entendez nos voix. Répondez à notre appel. Nous vous invoquons, nous vous demandons d'exaucer nos prières, nous vous demandons de venir à nous.

Que chacun appelle à haute voix son cher disparu. Plus la voix sera forte, plus le défunt aura de chances d'entendre et de répondre à l'appel. Tous ensemble...

Des quatre coins du cimetière jaillit une rumeur. Des centaines de noms s'enchevêtrèrent:

—Béatrice, Marcellin, Émilia, Xavier, Francis, grand-maman, Carolus, Suphrénie...

—Plus fort. Encore une fois mais plus fort, cria le père.

—Rose-Anna, papa, Imelda, maman, Itha, Eva, Maria, Alexis, Rhéa, Edgar...

Quand le son mourut, le père reprit:

—Ô Dieu, lumière des âmes fidèles, prêtez l'oreille à nos supplications et accordez à vos serviteurs et servantes dont les corps

297

reposent ici et ailleurs en Jésus-Christ, un séjour de rafraîchissement, la félicité du repos et la splendeur de l'éternelle lumière. Tous ensemble...

—Vitaline, Wilfrid, Lucius, Tommy, petit Michel, Honorius...

—Plus fort, plus fort, cria le père avec un sourire cloué d'un seul côté de son visage.

Une voix énorme, caverneuse, à faire trembler le ciel et la terre plongea tout le cimetière dans une stupeur inaccoutumée:

—Hostie de calice de tabarnac', sortez-moi d'icitte. Maudite folie d'appel aux morts de calvaire, venez me sortir d'icitte...

Chaudasse, Dominique était tombé dans une de ces fosses creusées d'avance par le bedeau qui en tenait toujours une de prête.

—Vous blasphémez Dieu dans un lieu sacré: le ciel va nous tomber sur la tête, dit le père après avoir repéré le lieu de l'accident avec sa lampe.

—Pis moé, j'sus tombé dans l'trou sacrement. Sortez-moé d'icitte, viarge. J'ai de l'eau jusqu'aux genoux, hostie.

Le vicaire et quelques autres aidèrent le malheureux à se sortir de sa mauvaise posture tandis que le père coupait court aux dévotions.

Ce soir-là, les fidèles retournèrent chez eux mi-craintifs mi-amusés.

* * *

CHAPITRE 29

La salle de projection était noire. Un peu de lumière suivit Esther dans l'escalier mais agonisa dans un triangle blême à l'entrée de la pièce. Elle tâta le mur à la recherche du commutateur. Sa main coula de haut en bas, palpa de gauche à droite: rien. Elle se souvint qu'au pied de l'escalier se trouvait une rangée d'interrupteurs. Le bon devait s'y trouver.

Elle redescendit trois marches. En bas, venait d'apparaître l'abbé Dumont. Les pas et les cœurs s'arrêtèrent.

Il la regardait là-haut, ravissante comme un lis, élancée dans sa jupe blanche, cheveux libres, presque noirs dans la pénombre.

«Que de grâce, que de pureté dans ce corps !» Une pensée folle lui vint en tête. Jésus aurait dû attendre cette femme pour en faire sa mère. Puis il fit une courte prière: «Ce n'est pas pour vous insulter, ô Marie, Reine des grâces, mais voyez comme moi. C'est Dieu le Père qui l'a faite ainsi.»

Esther sentit ses jambes se dérober, pensant pour la centième fois qu'ils passeraient plusieurs minutes ensemble, seuls. Et personne au monde ni Dieu lui-même qui puisse le leur reprocher; le travail et le bien de la communauté paroissiale l'exigeaient.

Elle l'avait vu se rapprocher d'elle ces derniers temps. Et s'était abandonnée un peu. Elle connaissait ses allées et venues, les surveillait. Priait pour lui, espérait pour lui. Communiait de ses mains, cheminait presque tous les jours à ses côtés. Et le soir, seule dans sa chambre, elle lui disait «je t'aime» au creux de son oreiller. Il leva un bras, sans bouger de la tête, repéra le bouton de l'interrupteur, le poussa vers le haut: L'appareil émit un claquement sec.

Un flot de lumière venu d'en haut lui projeta une image d'elle encore plus hiératique. Les reflets entourant le visage aimé paraissaient doux au regard, éblouissants aux yeux de l'âme. Il lui adressa un sourire soyeux et gravit les marches de cet escalier céleste!

—Je savais pas... faire de la lumière, dit-elle à voix émue.

—Votre présence aurait bien suffi à nous éblouir.

Cette phrase la choqua. Un prêtre n'avait pas le droit de dire ça à une jeune fille. Et moins encore à une jeune fille amoureuse de lui. Il lui arrivait de lui en vouloir parce qu'il avait fait naître l'amour en elle. Elle le fuyait en le recherchant. Et le recherchait pour mieux le fuir ensuite. Elle lui tourna le dos et s'en fut dans la clarté de la chambre.

—Comment avez-vous fait pour entrer?

Elle marcha jusqu'au judas resté ouvert et feignit de s'intéresser aux gens qui arrivaient dans la grande salle au-dessous.

—Par la porte..

Il se sentit ridicule. C'est ce qu'elle avait voulu.

—Je voulais dire: la porte était pas fermée à clef?

Un peu perverse, elle frappa plus dur:

—Comment j'aurais fait? Suis pas Mandrake le magicien.

Il s'en voulut pour d'aussi sottes questions et chercha à se rattraper:

—Je vous attendais au bureau de monsieur le curé. Je pensais qu'on ferait le chemin ensemble. Madame Cora m'a dit que vous étiez partie. Je me suis dépêché, me disant que vous alliez vous river le nez à la porte. C'est madame Boulanger qui a dû ouvrir au postillon hier pour les boîtes de films. Non, mais vous avez vu ça: ça doit bien faire dans les dix, douze bobines. Pas surprenant: «*Autant en emporte le vent* », c'est le plus long film jamais tourné...

Elle garda le silence.

—Y a déjà pas mal de monde dans la salle?

Elle ne répondit pas.

—J'espère qu'il en viendra beaucoup. Vous savez combien coûte ce film? Trente-cinq dollars... La moitié de mon salaire mensuel. Heureusement que c'est pas moi qui essuie les pertes mais quand même. Faudra au moins cent personnes pour payer la location du film. Monsieur Boulanger m'a dit qu'il avait jamais vu autant de gens attendre au guichet. C'est bon signe, non?

Tout en parlant, il se posait des questions sur le silence d'Esther qu'il attribuait à de la nervosité. Sa voix mal assurée et son faux intérêt pour le public l'avaient trahie. Pour l'aider, il risqua une question sur un sujet déjà débattu entre eux:

—Vous croyez que le film peut pas être à la hauteur du livre?

—Ça vous fera pas beaucoup de différence d'abord que vous avez pas lu le livre.

Il se demanda pourquoi elle était aussi indépendante et chercha à la distraire:

—Le contrôle de la lumière est là, à côté de votre main, derrière le panneau brun. Y a là les mêmes interrupteurs qu'en bas de l'escalier sauf qu'ici, ils sont sous le panneau.

Elle obéit. Il s'approcha.

—Vous voyez? Lumières de la salle, lumières des sorties de secours, lumières de scène et là, lumières d'ici, de cette pièce.

Il consulta sa montre:

—Première leçon?... D'abord, faut vérifier si les films ont été bien rembobinés. Parfois ceux qui en disposent avant nous oublient de le faire et on se ramasse avec des bobines qui commencent par la fin. Ce qui rend l'histoire plutôt difficile à suivre.

Il tâcha de repérer un sourire, mais n'en trouva pas la moindre trace. Il ouvrit les boîtes de tôle, sortit les bobines, les vérifia une à une, les remit dans les contenants par ordre numérique. Tout concordait: chiffres sur les bobines, sur la pellicule, sur les boîtes. Puis il se rendit déposer les mallettes métalliques sous la table de rembobinage longeant le mur du fond.

Il ferma le judas. Puis entreprit de donner à Esther un cours théorique sur la mise en marche des machines et la mise en place de la pellicule. Il lui expliqua le mécanisme des lentilles et le principe de l'arc électrique. Et, tendant une bobine:

—À vous de jouer maintenant.

Elle la plaça sur le moyeu, tira un bout de pellicule, l'inséra dans un orifice, le fit mordre par les griffes d'une roue, pressa un

301

bouton...

—Très bien, très bien...

Les doigts tremblants, elle enserra le bout de la pellicule et le dirigea vers l'entre-deux d'un couple de roues collées l'une à l'autre.

—Non, pas là tout de suite.

Elle tourna la tête, interrogea du regard, mécontente. Elle devait avoir l'air d'une dinde!...

—Vers le haut, fit-il moqueur.

Il croisa ses bras loin l'un sur l'autre, découvrant une partie de ses avant-bras. Il avait ramassé ses sourcils et jetait des œillades impertinentes sur les doigts gauches de la jeune femme.

Esther battit des cils. Elle tenta une manœuvre sans succès. Son esprit tournait trop au ralenti. Il était trop proche. Son corps s'agitait imperceptiblement. Impuissante à définir ses émotions échevelées, cela se traduisait par une l'indécision du geste.

Une tache floue, passa devant ses yeux. Une paume énorme, des doigts chauds enveloppaient délicatement sa main. Elle tressaillit. Son cœur se noyait dans une mer de tendresse.

Il reconduisit sa main ramollie jusqu'aux griffes d'une coulisse. La pellicule sauta à sa place.

Elle laissa sa main dans la douce prison jusqu'à ce que son geôlier retirât la sienne. Il murmura, la gorge sèche:

—Continue ainsi, Esther...

Il se rendit compte qu'il venait de la tutoyer. Il l'avait approchée, sûr qu'elle se déroberait. Ce grisant triomphe l'enhardissait.

Il leva ses bras pour la prendre par la pointe des épaules et la renverser sur lui contre sa poitrine. Mais la chasteté qui émanait d'elle, sa grâce, le respect sacré qu'elle inspirait le repoussèrent. Il recula, déçu. Il ne fallait pas. Il invoqua Dieu, Marie, les saints, les anges, tous ceux du ciel. Sa volonté chancelait tant qu'eux seuls pouvaient encore le sauver.

Esther attendait qu'il revienne, qu'il la berce dans sa chaleur, qu'il l'enivre de son haleine. Elle s'endormirait, se noierait en lui, deviendrait lui. Quel rêve exquis! Mais comme il tardait!

Le public battit des mains par saccades et scanda:

—On veut le film! On veut le film!

—Va falloir commencer, soupira l'abbé.

—On veut le film! On veut le film!

—Ce qu'ils peuvent être impatients, dit-il, plus impatient qu'eux encore.

Elle émergea de sa folie; le charme était rompu. Elle s'écarta, ouvrit le judas face au projecteur tandis qu'il finissait de préparer l'appareil.

—Éteignez, demanda-t-il.

—Toutes les lumières ?

—Sauf celles des sorties d'urgence.

Un grand «ah» parvint depuis la salle. La chambre devint noire. Une mince raie blanche s'échappait du projecteur et leur permettrait de se voir dans l'obscurité quand leurs pupilles se seraient adaptées.

Sur l'écran apparurent les grandes lettres stylisées

« Autant en emporte le vent»

—Le mieux étant d'apprendre par soi, vous allez pratiquer sur l'autre appareil. Préparez la deuxième bobine, ensuite, je vous montrerai à réparer une pellicule cassée.

Il se rendit à la table de rembobinage, y alluma une lampe minuscule. Là, dévoré par sa chair, déchiré dans l'âme, il attendit d'interminables minutes, oscillant comme un mauvais funambule entre le gouffre du désir inassouvi et l'abîme des joies coupables. Il pria de nouveau. Car il devait à tout prix ne pas tomber dans le vide et traverser l'épreuve dans laquelle il avait plongé tête baissée comme un enfant capricieux, atteindre l'autre rive, garder leurs cœurs inviolés, maintenir entre eux deux l'espace de son vœu, rester fort...

Pour obtenir une indulgence plénière, il avait à réciter quotidiennement la prière dite «efficace» à St-Joseph. Il la connaissait par cœur. Elle lui paraissait opportune. Il la récita mentalement:

«Ô saint Joseph, père et protecteur des Vierges, fidèle Gardien à qui Dieu confia Jésus, l'innocence même, et Marie, la Vierge des Vierges, je vous prie et vous supplie par Jésus et par Marie, par ce double dépôt que vous avez aimé si ardemment, faites que, préservé de toute tache, innocent dans mes pensées, pur de cœur et chaste de corps, je puisse servir constamment Jésus et Marie

avec une pureté parfaite. Ainsi soit-il! »

Elle était revenue près de lui en silence. Il le sut à l'odeur de son subtil parfum.

—Placez-vous là et faites ce que je dirai, commanda-t-il.

Il lui fit mettre deux bouts de pellicule sur un petit appareil, rabattre des pinces, un couteau. Puis elle dut coller les morceaux ainsi équarris avec du ruban transparent.

En elle, une angoisse profonde avait transformé le désir en incertitude. Les frissons exprimaient autant la peur que le goût de l'amour. Elle restait immobile, le sein barré de flots de larmes.

L'abbé prend de longues respirations. Il regarde leurs ombres vagues se chevaucher par terre. Jamais plus il ne lui sera donné de vivre des minutes pareilles. Plus qu'un geste. Plus qu'un simple geste et elle serait toute à lui. Il étancherait enfin cette soif brûlante qui le torturait depuis trop longtemps. Elle était là, consentante, pantelante, offerte... Il faut que leurs chairs s'unissent, s'épousent... Suffoqué comme un cerf aux abois, il fait un pas vers elle. Ses mains la touchent aux coudes. La femme frémit. Ses mains coulent sur les bras. La femme crispe les poings.

Esther sent des vagues de joies infernales lui remuer les entrailles. Le ciel et l'enfer sont devant elle, derrière une même porte qui s'ouvre et se referme sauvagement. Des mains réchauffent les siennes, les caressent: mains consacrées, mains sacrilèges. Elle se met à décrire des cercles avec sa tête; son menton touche ses épaules; ses cheveux effleurent la poitrine de l'homme. Elle veut s'exorciser, tracer une ligne que la profanation ne pourra pas franchir... Mais le mouvement l'envoûte, l'engourdit.

Un souffle chaud frôle sa tempe, sa joue. Les bras d'acier l'attirent. Leurs corps se touchent. Une voix dit:

—Esther... Esther... Je... Je veux te dire...

Toute sa substance est endolorie de bonheur. La bouche ne parle plus, halète, court dans la tiédeur de son cou. Il faut qu'elle se dégage. Non. Elle l'aime. Elle le désire. Elle veut mourir contre lui, le suivre jusqu'en enfer. Elle va lui dire: «je t'aime». Le crier. Le hurler. Elle ouvre la bouche. De ses lèvres tombe:

—Qu'est-ce que vous faites? Qu'est-ce que vous voulez?

Quelque force insondable, quelque grâce divine sans doute, quelque chose en elle d'indéfinissable, de miraculeux, au moment même où elle va se jeter au feu, vient la délivrer du mal.

L'abbé relâche son étreinte. Il s'en va précipitamment.

Étouffée par les sanglots, tout l'après-midi, Esther ne cessera de répéter pour elle-même, emmurée dans la chambre de projection et dans son désespoir:

—Je t'aime... Je t'aime... Je t'aime...

* * *

Au souper, l'abbé lui posa quelques questions dans l'entrebâillement de la porte, sans même oser lever les yeux.

—Et alors, cet après-midi?

Le regard sombre, elle bredouilla:

—Tout a... bien... marché.

—Ça ira pour ce soir?

—Oui.

—Vous laisserez les bobines comme on les a eues aujourd'hui. Le postillon ira les reprendre.

—Ayant entendu, Cora garda le dos tourné, fit l'indifférente. Mais elle ne perdit rien de leur conversation et du ton de leur échange. Il s'était passé quelque chose dans la journée: cela crevait son flair de mère et de femme mûre. À l'inquiétude et à l'ennui qui lui causait l'absence du curé vint s'ajouter ce vieux sentiment de responsabilité envers sa fille. Son instinct maternel protecteur lui commandait d'agir, de savoir, de prévenir.

Quand il fut parti, elle questionna:

—Vous avez l'air bizarre tous les deux. Qu'est-ce qui se passe?

Esther soupira:

—Quelque chose que vous ne sauriez comprendre, maman.

—Qu'est-ce qu'une mère ne saurait comprendre?

—Tout ce qu'elle n'a pas vécu elle-même.

Avant de reprendre sa visite paroissiale, le vicaire se rendit à l'église pour réfléchir et pleurer, sans crainte de se faire surprendre. Il avait choisi ce lieu plutôt que sa chambre pour se sentir plus proche du Seigneur.

Dans son banc du chœur, il ouvrit son missel au hasard, à la recherche de réconfort et de vérité. Ses yeux tombèrent sur le psaume trente-sept.

«Seigneur, ne me reprenez pas dans votre fureur; et dans votre colère, ne me châtiez pas.

Parce que j'ai été percé de vos flèches et que vous avez appesanti sur moi votre main.

Il n'y a rien de sain dans ma chair en présence de votre fureur; il n'y a pas de paix dans mes os en présence de mes péchés.

Parce que mes iniquités se sont élevées au-dessus de ma tête, et comme un fardeau lourd, se sont appesanties sur moi.

Mes plaies se sont putréfiées et corrompues en présence de ma folie.

Je suis devenu malheureux, et je suis entièrement courbé, et tout le jour, je marchais contristé.

Parce que mes reins ont été remplis d'illusions et qu'il n'y a rien de sain dans ma chair.

J'ai été affligé et j'ai été humilié à l'excès; je rugissais dans le frémissement de mon cœur.

Seigneur, devant vous est tout mon désir; mon gémissement ne vous est pas caché.

Mon cœur a été troublé, ma force m'a abandonné et la lumière de mes yeux elle-même n'est plus avec moi....»

Peu à propos, le reste de l'hymne fut parcouru en diagonale.

Il refit par le détail le parcours de son sentiment depuis le premier jour. Il analysa les réactions de la jeune fille, son évolution. Plus de doute: la malheureuse en détresse perdait ses forces, sombrait aussi dans le sentiment interdit, tournait désespérément dans le remous de ses violents désirs...

Il soupesa au mieux: amitié, amour, chasteté, sacerdoce, avenir, volonté de Dieu, opinion publique, pour baliser une route à emprunter.

Une idée fit tache d'huile dans son cerveau. Noire. Visqueuse. Alimentée par les multiples pesées de sa trop bonne volonté. Il faudrait qu'il parte... Qu'il quitte la paroisse. Qu'il s'éloigne d'elle pour jamais. C'était la seule conclusion chrétienne, la seule fin logique à cet amour innommable.

Où trouverait-il la force ? Les yeux de son cœur se détournaient malgré lui de cette perspective épouvantable.

Il lui faudrait de l'aide. Beaucoup d'aide. Celle de Dieu. Et de tous le peuple du ciel...

Et aussi, très sûrement, celle de monsieur le curé...

* * *

CHAPITRE 30

Bernadette témoignait du souffle d'un joueur de hockey. Elle courait par petits bouts, les yeux tournés vers ses pieds comme si elle eût voulu compenser pour leur mauvaise coordination. Quand elle diminuait l'allure, son front soucieux se relevait et elle fichait son regard sur le gros presbytère qui s'approchait.

Des arabesques menaçantes prenaient forme loin là-haut dans le ciel d'automne. Des nuages spiralés, tels des vis d'argent terni, vrillaient aux quatre coins de l'horizon comme pour clouer sur la paroisse un linceul prématuré.

Bernadette accéléra une autre fois. Les grands ormes aux bras enchevêtrés défilaient de chaque côté. Le couvent passa. La sacristie. Le lampadaire...

Elle espérait annoncer la nouvelle elle-même, de vive voix, en personne. Pour éviter qu'une fausse rumeur ne se répande. Pour ne pas risquer de faire paniquer inutilement les gens du presbytère. Elle demanderait d'abord des précisions sur le voyage de retour du curé. La date exacte. Le moyen de transport. Peut-être le nom de l'avion. Et si tout concordait, si tout indiquait qu'un malheur était survenu, c'est avec tout le ménagement requis qu'elle en instruirait Cora, Esther et le vicaire.

De toute sa vie, jamais devoir plus important ne lui avait incombé. Dans les derniers mètres, elle ne marchait plus: une force la soulevait de terre.

Elle frappa deux petits coups, n'attendit pas qu'on vienne ouvrir, poussa la porte en disant sans même savoir si quelqu'un se trouvait dans la cuisine:

—Je me demandais... J'espère ben que vous avez pas écouté la radio depuis une quinzaine de minutes... Cora cuisinait. Elle fit quelques pas vers l'entrée, mais Bernadette était déjà là.

—Comme je disais, j'espère que vous avez pas écouté la radio.

—Qu'est-ce que je ne devrais pas écouter à la radio? dit tranquillement Cora habituée aux énervements de sa visiteuse.

—La montagne... L'avion... L'accident... Ils parlent rien que de ça à la radio depuis tantôt...

Cora s'appuya au dossier d'une chaise pour ne pas défaillir. Elle regarda Bernadette droit dans les yeux:

—Quand?

—Aujourd'hui... Les dépêches arrivent les unes après les autres des vieux pays.

Cora sentit la froideur de ses mains. Elle garda la tête haute et laissa tomber:

—Je le savais. Je lui avais dit de pas y aller. Je lui avais dit...

Déconcertée par la froideur dont l'autre faisait preuve, Bernadette, en claudiquant jusqu'à la table, ajouta:

—Comme de raison qu'il faudrait pas s'alarmer pour rien... Peut-être que... Êtes-vous sûre qu'il devait voyager en avion aujourd'hui ? Ce que j'en sais, moi, c'est qu'un avion parti de Rome pour aller à Paris avant de continuer à Montréal se serait écrasé sur une montagne, le mont Lioubliou, Oubliou... quelque chose du genre... Puis aussi que l'avion transportait des pèlerins canadiens... Aussitôt qu'ils vont avoir d'autres nouvelles, ils vont le dire à la radio. J'ai pris ça à CHRC. Et puis ensuite à CKAC, juste avant de courir ici. La première fois qu'ils l'ont dit, j'ai pas trop réagi mais ensuite, j'ai pensé à monsieur le curé...

Cora tira une chaise et s'assit à la table. Elle resta silencieuse pendant plusieurs minutes.

Bernadette parlait, parlait, redisait toujours la même chose.

—Oh! mon Dieu! répétait Cora en elle-même.

—J'aurais bien pu téléphoner mais les gens sont tellement, tellement placoteux de nos jours. Le téléphone, c'est une invention du diable: tout le monde écoute ce que dit tout le monde. Vous comprenez: ils auraient pu répandre l'idée que monsieur le curé est mort tandis qu'en vérité, personne ne peut l'affirmer encore.

Esther rentra de l'école. Cela fournit à Bernadette l'occasion de recommencer à zéro ses nouvelles et les commentaires.

La jeune fille jeta, laconique:

—Manquerait plus que ça! Puis, sans ajouter un mot sur le sujet, elle offrit du thé aux deux femmes.

Figée dans une sorte de mutisme respectueux, Cora accepta d'un signe de tête.

—C'est pas de refus, dit Bernadette. D'après ce que je pense, on va en avoir besoin. Si on pouvait donc savoir, hein ? C'est peut-être rien que des nouvelles en l'air...

Cora commença à boire en jetant parfois des regards absents sur la demoiselle.

—Je vais avertir monsieur le vicaire, soupira Esther. Je viens de lui parler, y a pas cinq minutes et il n'en savait rien.

—Non, non, non! dit Bernadette. Restez avec madame Cora. Elle a besoin de votre présence. Je sais que ça vaudra bien mieux ainsi parce que pour vous deux, ça doit être tout un choc. Je vais prévenir monsieur le vicaire.

Elle se leva, satisfaite du devoir accompli, emportée par ce qui restait à faire.

—Monsieur le vicaire doit être dans son bureau?

Sans attendre la réponse, comme si son rôle lui donnait tous les droits, elle se dirigea à la salle à dîner, vers le bureau du curé. Dans l'entrebâillement de la porte, elle ajouta en secouant tristement la tête:

—Si jamais le pire est arrivé, ça serait à souhaiter que monsieur le vicaire devienne notre nouveau curé: il est si bon, si gentil. Qu'on est donc chanceux de toujours pouvoir compter sur des prêtres de première classe! Quand on pense à monsieur le curé, depuis le temps qu'il est ici... Si bon... si gentil lui aussi. C'est donc triste la vie des fois!

Et elle reprit son trottinement asymétrique en soupirant tandis qu'Esther et Cora priaient dans le secret de leur âme.

311

L'abbé Dumont accourut aussitôt dans la cuisine en déclarant:

—Ça veut rien dire. Ca veut rien dire du tout. Avec l'affluence des pèlerins à Rome de ce temps-ci, y a peut-être trois, quatre avions qui en partent chaque jour pour revenir en Amérique.

—Mais combien pour Montréal? demanda Esther désabusée.

Le prêtre se mit à tourner autour de la table. Chaque fois qu'il passait derrière elle, Bernadette tournait sur elle-même.

Elle caquetait:

—Vous vous souvenez pas, monsieur le vicaire, de tout ce qu'il a fait pour les pauvres de la paroisse. Qu'est-ce que je dis là, vous pouvez pas vous en souvenir, vous étiez même pas par ici. Il a été généreux, monsieur le curé, c'est pas possible. Justement c'est lui qui a donné un toit à madame Létourneau. Je sais bien moi, que ça la fâchera pas qu'on dise qu'elle était pas mal dans la misère après la mort de son mari...

Personne n'écoutait. Chacun réfléchissait à sa façon. Le vicaire était emporté par un intense besoin de faire quelque chose, mais il ne trouvait pas. Tout à coup, comme si cela avait été une révélation divine, il s'exclama:

—Mais pourquoi donc personne n'écoute-t-il la radio? Peut-être que mademoiselle Grégoire s'est trompée? Peut-être que...

Il se précipita vers un appareil en bois brun perché sur une tablette entre deux fenêtres, tourna le bouton, attendit. Bientôt, à travers les grésillements, une voix grêle interrompit la musique:

—Nous faisons à nouveau la lecture de la première dépêche à nous être parvenue de Grenoble en France il y a à peine une heure. Et la voici. Il appert qu'un avion en provenance de Rome, un DC-4 de la compagnie canadienne Curtiss-Reid transportant des pèlerins canadiens s'est écrasé sur le flanc du mont Obiou dans les hautes Alpes françaises. Le terrible accident s'est produit vers les dix-huit heures du soir, heure de Grenoble.

Le vicaire grimaça. La voix poursuivit:

—D'autres dépêches ont suivi de sorte que nous savons, au moment où je vous parle à peu près ceci: le DC-4 baptisé « The Canadian Pilgrim» a frappé une haute montagne, très probablement le mont Obiou. D'après les renseignements obtenus de l'aéroport de Rome et de la compagnie Curtiss-Reid, l'appareil aurait été chargé de cinquante-huit personnes, c'est-à-dire cinquante et un passagers et sept membres d'équipage. Nous ne disposons pas cependant de la liste des victimes puisqu'il faudra aux chercheurs localiser les débris de l'appareil et ramener les corps afin qu'ils puissent être identifiés. Car, à notre avis, il est impossible dans de tels cas, dans cette sorte d'accident, que des personnes puissent s'en être sorties vivantes. Voilà pourquoi l'on peut présumer avec une très grande... tristesse d'ailleurs et un saint respect que cinquante-huit des nôtres sont décédés tragiquement aujourd'hui au retour d'un pèlerinage à Rome. Il semblerait que plusieurs d'entre eux soient des prêtres et des religieux de la religion de Québec. Mais, nous le répétons, nous n'avons pas la liste des victimes: il est donc inutile de nous téléphoner. Dès que nous aurons cette liste, nous vous la transmettrons par la voie de nos ondes. Mais il faudra pour cela attendre plusieurs heures sans doute, pour les raisons qu'on sait et aussi, pour ne pas heurter les familles des personnes décédées. Chers auditeurs, nous pouvons dire en ce 15 novembre de triste mémoire, en ce jour de grand deuil... national que Dieu frappe durement notre pays, le Canada. Mais, ô consolation, l'on doit se souvenir que Dieu éprouve ceux qu'il aime. En ce sens-là, on peut donc affirmer que Dieu aime le Canada et les Canadiens, donc nous tous. C'est René Lévesque qui vous parle. Restez à l'écoute pour d'autres nouvelles.

—René Lévesque, René Lévesque, il pourrait nous faire grâce de son nom, lui et ses commentaires d'oiseau de malheur, grommela le vicaire. Pourquoi ne pas garder pour lui ses idées personnelles et nous lire les vraies nouvelles ?

Puis il se fit un reproche d'accuser ainsi une voix radiophonique. La nouvelle avait créé en lui une forte perturbation morale et pour s'en délivrer, il avait senti le besoin de s'en prendre à la voix venue de loin, d'ailleurs.

Des quatre personnes présentes, il était le seul à refuser d'envisager l'évidence. Le vicaire était néanmoins celui qui aurait dû en douter le moins car il possédait des renseignements que les femmes ignoraient sans aucun doute. Parmi d'autres choses, il avait entendu le professeur Goulet parler de l'avion qui les ramènerait, Le Pèlerin Canadien, un appareil qui avait maintes fois fait la navette entre Rome et Montréal au cours de l'année sainte. Il sa-

313

vait également que l'abbé Ennis faisait partie d'un groupe organisé par l'Action catholique diocésaine de Québec et que l'avion contenait bel et bien ce groupe puisque l'annonceur avait parlé de prêtres et religieuses de la région de Québec.

Ce qui le bouleversait par-dessus tout, c'était cette perception aiguë de la tragédie qui se pouvait lire sur le visage des femmes. Elles flairaient la mort à n'en pas douter grâce à ce sixième sens intuitif, exclusivement féminin et qui ne se trompe jamais.

—Quel âge il avait, monsieur le curé? demanda Bernadette.

Cette question mit de l'électricité dans l'air. Cette façon qu'avait la vieille demoiselle de parler du curé en utilisant l'imparfait irritait chacun au plus haut point.

Muette, en proie à une stupeur apparente, Cora se laissait ronger par les regrets. Mine de rien, le curé avait si souvent demandé et suivi ses conseils; elle aurait pu, en insistant, en prenant de ces moyens que seule une femme connaît et peut utiliser, le retenir, lui faire reporter son voyage à l'année suivante, changer le cours du destin. Esther demeurait coite.

Le vicaire continuait de marcher de long en large comme si de bouger eût pu changer la réalité. Tant qu'on ne nommerait pas le curé, tant qu'on ne mentionnerait pas de façon explicite le nom de l'abbé Thomas Ennis parmi les victimes, tant qu'on ne recevrait pas au presbytère un appel pour confirmer la nouvelle de façon définitive, il n'y croirait pas. Son devoir d'homme, de prêtre, de vicaire lui commandait de garder un espoir, si ténu soit-il. Alors il décida de passer à l'action autrement qu'en tournant en rond.

Il logea une série d'appels téléphoniques à l'archevêché, à l'aéroport, aux bureaux de la compagnie Curtiss-Reid.

—Nous n'en savons pas plus que vous, dirent les uns.

—Nous n'avons pas autorisation de vous dire quoi que ce soit, dirent les autres.

—Il n'y a pas de réponse à cet endroit. Voulez-vous rappeler demain matin, dit-on au sujet des troisièmes.

Moins avancé qu'avant, il s'assit à la table avec les femmes, en face d'Esther.

—Nous devrions dire un chapelet pour le repos de l'âme des victimes... et pour que monsieur le curé nous revienne sain et sauf, suggéra-t-il dans le but de remuer quelques fibres d'espérance dans l'esprit de chacun et plus encore dans le sien.

—Ça, c'est une bonne idée, dit Bernadette. Le bon Dieu nous a jamais abandonnés, nous autres de St-Honoré.

L'abbé fouilla quelque part dans sa soutane et sortit un petit chapelet brun, cassé. Comme si cela put amoindrir la qualité de la prière, il le répara d'abord. Au moment même où il allait commencer, l'annonceur de la radio coupa à nouveau la musique:

—Chers auditeurs, nous avons des détails supplémentaires à vous communiquer au sujet de l'accident du mont Obiou survenu aujourd'hui et qui a coûté la vie, enfin on peut le présumer très fortement, à cinquante-huit Canadiens dont cinquante et un pèlerins de la région de Québec. Nous avons appris que des experts ont été appelés de Lyon et de Grenoble et que l'équipe des chercheurs sous la direction de monsieur Germain, professeur à Lyon, président du cercle alpin français de l'Isère, et vice-président du comité de secours en montagne s'est mise en marche vers l'orgueilleuse montagne.

La gendarmerie nationale sera bientôt sur place avec les hommes du 93e régiment d'infanterie de montagne.

Partis de Corps et de La-Croix-de-la-Pigne, deux hameaux sis à quelques kilomètres des lieux présumés de l'accident, les chercheurs atteindront les débris du pauvre avion vraisemblablement dans quelques heures.

Chers auditeurs... de savoir que les corps des nôtres seront entre d'aussi bonnes mains que celles de tous ces braves Français nous console un peu de leur si triste disparition. Mais c'est surtout la pensée qu'ils sont tous certainement au ciel, puisque tous avaient fait leur jubilé avec grande foi et qu'ils se seront envolés sur les ailes de la prière qui va aider à cicatriser les plaies causées chez tant des nôtres par le départ si soudain et tragique de nos pèlerins.

Il faut également penser que cet accident servira à rendre témoignage aux yeux du monde entier de la grande foi qui bouge le long du majestueux Saint-Laurent, le plus beau fleuve et—on peut bien le dire aujourd'hui—le plus catholique de la terre.

C'est René Lévesque qui vous parle... J'allais, chers auditeurs, mettre un terme à ce résumé commenté, mais voilà qu'une autre

315

dépêche en provenance de Rome, celle-là, nous arrive à l'instant. Elle dit que la compagnie Curtiss-Reid a établi la liste officielle des passagers qui se sont embarqués à bord du DC-4 qui s'est fracassé sur l'Obiou. En conséquence, d'ici quelques heures, nous devrions être en mesure de vous faire connaître quelques noms au moins de nos chers disparus. Nous vous communiquerons à mesure les dépêches qui nous parviendront.

C'est René Lévesque qui vous parle. Restez à l'écoute...

L'abbé récita le chapelet. Bernadette répondait avec ferveur, compensant ainsi pour les murmures passifs des deux autres.

Esther avait les traits tendus. Elle gardait son regard fixé sur ses doigts croisés sur la table et qui bougeaient parfois de façon purement machinale. Dans son esprit, le passé perdait ses contours; le futur, ses espérances. En sa tête: plus que le présent, un présent fait d'impuissance totale, d'inutilité universelle.

Un père jamais vu ni connu, jamais embrassé, à qui elle n'a jamais pu dire ses joies ni ses peines, mort trop tôt et trop vite. Un futur mari qu'elle n'a pas eu le temps de commencer à aimer. Un second père qu'elle n'a jamais pu approcher puisqu'il était prêtre, et qui lui aussi venait de disparaître brutalement. Devant une mère à consoler: pas de phrases, pas de mots... rien qu'il soit séant de dire. Et à côté, là, tout près d'elle, l'homme de sa vie, le plus inaccessible de tous.

«Manquait plus que ça!» ne cessait-elle de se répéter.

Le vicaire mordait dans chaque mot pour rendre encore plus intense l'ardeur de sa prière. Les Avé percutaient contre les armoires blanches, sur les meubles luisants, la verrerie de cristal, frappaient le plafond pâle et revenaient chuter au centre de la table.

Chaque oreille gardait une part de son attention à la radio qui diffusait sa musique en sourdine. Et le silence se faisait quand l'annonceur parlait. Il répétait toujours la même chose. La phrase: «C'est René Lévesque qui vous parle» donnait le signal au vicaire et il reprenait le chapelet.

Le téléphone venait souvent interrompre la tablée et chaque fois, le vicaire répondait à un paroissien:

—Nous l'ignorons. Nous n'en savons pas plus que vous. Merci

316

d'avoir appelé.

La dernière dizaine s'acheva. Le prêtre mit fin à la prière par une exhortation de son cru:

—Seigneur, St-Honoré a encore besoin de son serviteur; faites en sorte qu'il soit toujours de ce monde et nous revienne en bonne santé. Comment imaginer ce presbytère sans la présence si... sécurisante de l'abbé Ennis ? Et nous, ici, plus que tous les autres paroissiens, avons besoin de lui...

Cora ne peut en entendre davantage. L'œil endurci d'une fausse dureté, elle s'en alla silencieusement dans sa chambre. Et pour la première fois depuis un quart de siècle, elle pleura.

—Pauvre madame Létourneau: elle si sensible, fit Bernadette en asséchant d'un petit geste du doigt une larme déjà sèche.

L'annonceur dit:

—Chers auditeurs, nous pouvons d'ores et déjà vous communiquer quelques-uns des noms des victimes de l'accident de l'Obiou, les familles de ces personnes ayant déjà été avisées. Voici donc cette première liste de dix noms.

Monseigneur J. Aderville Bureau de l'archevêché de Québec;

Monsieur l'abbé... Isidore Drouin, curé de Saint-Isidore, Dorchester;

Monsieur l'abbé... Joseph Pelchat, curé de Saint-Raphaël.

De l'Ancienne-Lorette: monsieur Paul-Henri Robitaille.

Un autre prêtre mais curé dans la Beauce: monsieur l'abbé... Paul-Émile Arsenault de Saint-Philibert.

Monsieur l'abbé Paul-Émile Giroux, vicaire à Château-Richer.

Monsieur l'abbé Philias Ménard, vicaire à Rivière-Ouelle.

Monsieur Léon Jacob de Saint-Samuel de Frontenac.

Madame veuve Arthur Pelletier de Saint-Roch-des-Aulnaies.

Aussi, monsieur et madame Achille Goulet de Beauceville dans la Beauce.

Alors voilà, c'était la liste très... sommaire des victimes de l'Obiou, la montagne traîtresse qui nous a ravi tant des nôtres, cinquante et un pour être plus précis car les sept membres d'équipage étaient tous des Anglophones.

Une liste plus complète suivra bientôt lorsque les familles des victimes auront été préalablement avisées. Restez à l'écoute pour d'autres nouvelles.

C'est René Lévesque qui vous parle.

L'abbé Dumont mit sa tête dans ses mains. Il soupira:

—Cette fois, ça y est ! Si le professeur Goulet et son épouse sont parmi les victimes, notre curé l'est aussi. Ils devaient faire tout le voyage ensemble.

Prise d'une irrésistible envie d'aller confirmer la nouvelle auprès des personnes qui pouvaient douter encore, Bernadette s'empressa de partir sous les yeux inexpressifs d'Esther et du prêtre. Elle en oublia son chapelet sur la table.

—Mais je n'y crois toujours pas. Je le croirai QUAND j'entendrai son nom... pas avant, fit le vicaire après un interminable silence dans un ultime sursaut d'espoir.

—S'il revient, j'entrerai au couvent, je le promets, déclara Esther d'une voix basse mais pathétique.

—Non... Non, vous auriez tort de faire un vœu pareil. C'est là un genre de marchandage qui ne se fait pas avec Dieu. De toute façon, l'accident a eu lieu maintenant. Ou bien il est mort et il est déjà trop tard, ou bien il est vivant et votre promesse est du... gaspillage, si je peux m'exprimer ainsi.

—Mais alors les indulgences aussi sont du marchandage.

—Ce n'est pas pareil. Cela relève d'une décision de notre mère l'Église. Non. Il faut respecter la volonté du ciel. Si notre curé est mort, il faudra nous résigner, c'est tout. Les desseins du Seigneur sont insondables.

Elle laissa tomber son regard dans le lit de fleurs de la table.

—L'idée d'aller chez les religieuses n'est-elle pas plutôt reliée à quelque chose d'autre, Esther?... Par exemple, à notre problème?...

Elle ne répondit pas, garda ses yeux perdus, recula dans le temps jusqu'au dimanche où la réalité leur avait sauté à la chair dix jours plus tôt dans l'obscure petite salle de projection. Ils ne s'étaient pas revus plus que d'habitude depuis ce jour-là. Ni moins non plus. Mais aucune de leurs paroles n'avait eu, depuis lors, la même résonance qu'auparavant: chacune était imprégnée d'une odeur sentimentale. Chaque phrase allait chercher un tremblement dans sa poitrine. Et le soir venu, elle n'avait plus rêvé que de le

voir à ses côtés, étendu là sur les draps, prêt à la prendre éternellement sous son aile protectrice.

Elle avait péché. Il n'y avait aucun doute en son esprit là-dessus. Autant que s'il avait fait avec elle l'acte sacré du mariage. Car
en son for intérieur, à une question qu'elle s'était posée à elle-
même, elle avait répondu par un immense oui. À au moins trois
reprises, elle avait renoncé à sa pureté dans la salle de projection
et chaque soir depuis, elle s'était mentalement offerte à l'image
enivrante qu'il gravait, de plus en plus définitive en elle.

Elle avait commis plusieurs péchés mortels. C'était peut-être
pour les racheter que le Seigneur avait permis la mort de cet homme
envers qui elle ressentait un si grand amour filial.

Mais, par-dessus tout, elle s'était sentie une occasion de pé-
cher sans cesse présente dans la vie du vicaire. Elle avait orgueilleu-
sement laissé paraître ses attraits féminins au lieu d'apprendre à
les dérober aux yeux de tous comme savaient si bien le faire les
religieuses ainsi' que sa mère par ses vêtements, ses cheveux et sa
réserve. Elle avait laissé voir ses bras, la naissance de son cou et
même parfois ses pieds dans des sandales ajourées. Et puis elle
utilisait un peu de maquillage à l'occasion. Quelqu'un n'avait-il
pas déjà dit quand elle était maîtresse de rang qu'elle avait l'air
d'un quart à farine?

«Malheur à celui par qui le scandale arrive!» Et le malheur
suivait fidèlement ses pas depuis sa naissance. Elle avait manqué
à son devoir; il faudrait qu'elle répare.

—Ne devrions-nous pas discuter à cœur ouvert une bonne fois?
dit le vicaire.

Elle n'eut pas à répondre. Cora revenait.

—Des nouvelles ?

—Non, rien! dirent ensemble Esther et l'abbé.

L'idée qu'Esther pût se faire religieuse pour simplement le fuir
ou fuir le sentiment qu'elle éprouvait pour lui inquiétait fort le
prêtre. Et elle mit le point final à sa décision de quitter St-Honoré.
Seul un grand sacrifice pourrait être l'aboutissement de cet amour
et ce n'est pas elle qui devrait le faire. Il partirait. Elle retomberait
sur ses pieds... Avec le temps; avec la grâce de Dieu. Si l'abbé
Ennis était mort, il attendrait que le nouveau curé s'installe puis il

demanderait un transfert à l'évêque. Avec tous ces prêtres décédés tragiquement, il trouverait vite une place dans la région de Québec.

Sa réflexion fut coupée par la voix de la radio:

—Chers auditeurs, en marge de la nouvelle concernant l'accident de l'Obiou survenu aujourd'hui et qui a coûté la vie à quelque cinquante et un pèlerins canadiens, voici la liste complète des victimes.

Monseigneur J. Aderville Bureau de Québec.

L'abbé Isidore Drouin de St-Isidore, Dorchester.

Le frère Bérard Barré de Lévis.

Monsieur Charles-Eugène Gagnon de Lévis.

Monsieur et madame Achille Goulet de Beauceville.

L'abbé Joseph Pelchat, curé de St-Raphaël.

Monsieur et madame J. Amédée Ménard de l'Islet.

Monsieur et madame Gérard Bérubé de St-Aubert de l'Islet.

L'abbé Edgar-Ernest Martel, curé de St-Jean-Baptiste de Québec.

L'abbé Paul-Émile Arsenault, curé de St-Philibert de Beauce.

L'abbé William Vachon, vicaire de St-Aubert de l'Islet.

Monsieur et madame J. Ulysse Demers de St-Jean-Baptiste de Québec.

Monsieur et madame Ernest Timmons de Ste-Anne-de-la-Pocatière.

Monsieur et madame Alphonse Michaud de Plessisville.

Madame Jos-Armand Lemieux de l'Ancienne-Lorette.

Madame J. Édouard Côté de l'Ancienne-Lorette.

L'abbé Émilien Martel, vicaire à St-Grégoire de Montmorency.

L'abbé Philias Ménard, vicaire à Rivière-Ouelle.

Monsieur Paul-Henri Robitaille de l'Ancienne-Lorette.

Don Romano Mocchinitti de Montréal.

L'abbé Paul-Émile Giroux, vicaire à Château-Richer.

Le révérend père Germain Houle de Montréal.

Monsieur Lauréat Beaumont de l'Ancienne-Lorette.

Mesdemoiselles Thérèse et Jeanne Lacroix de Giffard.

Mademoiselle Lucie Normand de St-Jean-Port-Joli.

Mademoiselle Ghislaine Poulin de St-Camille.

Mademoiselle Marie-Marthe Drolet de Ste-Catherine de Portneuf.

Monsieur Antoine Dussault de St-Sauveur.

Monsieur J. Oscar Paquet de St-Sauveur.

Monsieur Léon Jacob de St-Samuel.

Monsieur Joseph Lessard de Ste-Hénédine.

Monsieur Stratos Maroulis de Montréal.

Monsieur Guiseppe Butera de New York.

L'abbé Antoine Poirier, curé de St-Victor en Saskatchewan.

Monsieur Charles-Eugène Ménard d'East-Broughton.

Monsieur Arthur Pelletier de St-Grégoire de Montmorency. Monsieur Henri Fortier de St-Henri.

Monsieur Arthur Lavallée de St-Ubalde.

Madame Joseph Clermont de Notre-Dame-de-la-Garde.

Madame veuve Arthur Pelletier de St-Roch-des-Aulnaies.

Mademoiselle Éva Guilbault de Grondines.

Mademoiselle Dorina Clavet de St-Basile, Nouveau-Brunswick.

Monsieur Roger Ellyson de St-Célestin de Nicolet, président-général des cercles Lacordaire et Sainte-Jeanne d'Arc.

Et enfin, un dernier nom à cette liste funeste:

L'abbé J.A. Provencher, curé de St-Jacques d'Arvida.

Voilà donc, chers auditeurs... Ah, tiens, on a aussi d'autres noms... ceux des membres d'équipage. Puisqu'il s'agit d'Anglophones, laissons les radios de cette langue communiquer les noms.

Restez à l'écoute pour d'autres nouvelles sur les événements de ce quinze novembre... 1950, une date gravée dans nos mémoires pour longtemps et que le Canada n'est pas près d'oublier...

C'est René Lévesque qui vous parle.

Le vicaire avait calculé mentalement à mesure le nombre des victimes. Le compte y était. Il exulta. Il se frappa du poing la paume de l'autre main en riant nerveusement.

—Ce jeune Lévesque d'annonceur ne saura jamais à quel point

il vient de nous redonner la joie de vivre! s'exclama-t-il. Il parle bien. Il ira loin.

Les yeux remplis de larmes, Esther et Cora se mirent à pépier joyeusement.

Le téléphone sonna. C'était un câblogramme. Le vicaire nota. Puis il vint à la table et lut en pleurant aussi:

—Suis bien vivant. STOP Mais malade. STOP Intoxication alimentaire à Rome. STOP Serai en retard de deux jours. STOP Monsieur le vicaire, soyez à l'Ancienne-Lorette le 17. STOP Thomas Ennis.

* * *

CHAPITRE 31

La route était affreuse. Limoneuse. Noire. Par bouts, il tombait une pluie épaisse, blanchâtre, drue. Suivaient de gros flocons de neige pourrie fondante qui s'écrasaient sur le pare-brise pour se faire effacer, annihiler ensuite par des essuie-glaces fébriles à claquements monotones.

Le pont de Québec n'avait été rien de plus qu'un étroit et bas tunnel de poutrelles sombres noyées dans une brumasse inquiétante. Le mauvais temps décuple les distances. La Beauce paraissait à l'autre bout de la terre.

Une lumière mouillée, ruisselante, venait parfois à leur rencontre, allumait dans les yeux du vicaire une ponctuation dorée, effleurait le visage fatigué du curé puis, disparaissait net, subjuguée par une noirceur tyrannique.

Il avait suffi de quelques milles au départ pour que le vicaire raconte les émotions suscitées dans la paroisse par l'accident de l'Obiou ainsi que la mort probable du curé. Mais il avait parlé de manière lapidaire, donnant l'impression de vouloir oublier au plus tôt des minutes aussi pénibles. Là pourtant ne résidait pas la cause de son laconisme. Son esprit tout entier cogitait sur l'entretien qu'il désirait avoir avec le curé.

Les milles succédaient aux milles. Les courbes s'agglutinaient, faisant de la route une masse visqueuse, tournoyante et presque compacte. L'abbé Dumont, chaque fois qu'il allait ouvrir la bouche, manquait de courage.

—Votre curé revient vivant malgré les événements, satisfait

323

d'avoir enfin réalisé le rêve de sa vie, d'avoir vu le pape, Rome, la Terre Sainte et pourtant il semble qu'il va retrouver des âmes bien préoccupées si j'en juge par votre tête, monsieur le vicaire.

—C'est que je veux vous parler de quelque chose de très personnel.

—Par le temps qu'il fait, personne ne viendra écouter aux portes, n'ayez crainte.

—Quels sont les motifs que l'on peut invoquer pour demander un transfert à l'évêque?

—Je m'étonne d'une pareille question. Ne me dites pas que vous ne vous plaisez pas avec nous à St-Honoré.

—Là n'est pas la question... Je veux savoir, c'est tout, fit le vicaire sans conviction.

—Écoutez, n'y allons pas par quatre chemins. Dites-moi franchement: avez-vous l'intention de nous quitter?

—En effet!

—C'est votre privilège. En ce cas, je crois que le meilleur motif à donner à l'évêque, c'est le vrai.

—Et si cette raison est trop privée?

—Rien n'est trop personnel dans ces cas-là. Ça pourrait aller jusqu'au fait qu'un vicaire n'aime pas trop son curé. Sans aucune allusion à vous...

—Vous savez bien que...

—Vous pouvez dire que vous désirez vous rapprocher de Québec, que le milieu de la Beauce est trop dépaysant pour un petit gars de la ville...

—Vous n'avez pas l'air de me prendre très au sérieux, monsieur le curé.

—Ce que je dis n'est pas bien?

—Non, mais c'est votre ton. Je le vois bien: vous voulez que je parle à cœur ouvert, n'est-ce pas? C'est difficile...

—C'est le mieux à faire.

—Voici... je crois que mon départ vaudrait mieux pour le bien de la vie au presbytère.

La pluie redoubla d'intensité. Sa fureur frappait la tôle et les vitres par pans serrés, enragés.

—Il s'agit de mademoiselle Létourneau?

Le vicaire eut l'air de réfléchir en profondeur, comme si sa réponse devait être un point final. L'œil fixé sur l'imbroglio du ciel, il finit par laisser tomber:

—En effet!

Le curé fut d'abord irrité. Choqué du sacrilège qui s'était peut-être passé. Contrarié de savoir que la lettre anonyme, oubliée durant le voyage, avait soulevé le voile qui cachait une certaine vérité. Chagriné de penser qu'une fois encore, Esther devait se sentir malheureuse.

Puis son esprit divagua dans des lointains poussiéreux. Son cœur se radoucit un peu. Il se souvint de ces soirs tranquilles aux brunantes exquises, assis sur la galerie du presbytère, Cora pas très loin, se berçant tous les deux, s'amusant aux réflexions d'adulte de la petite Esther qui jouait à la marelle au pied de l'escalier.

Il se demanda comment il aurait agi, lui, envers Cora si les circonstances avaient été différentes, semblables à celles qui prévalaient maintenant entre Esther et l'abbé Dumont, s'ils avaient eu à travailler ensemble, si Cora n'avait pas été veuve, si lui avait été vicaire au lieu de curé. Et si tout cela s'était produit maintenant en 1950 plutôt qu'un quart de siècle auparavant.

Il ne devait pas tenir rigueur à l'abbé Dumont de s'être laissé attendrir par une aussi charmante jeune personne. Il fallait même qu'il lui tende la main: cela suffirait peut-être à faire passer la crise. Il ne lui vint pas à l'idée que la relation unissant Esther et le vicaire puisse être davantage que platonique.

—Restez avec nous autres.

Le vicaire éternua, se moucha.

—Je dois partir... Et il me faut votre aide.

—Esther sait-elle ce que vous... éprouvez envers elle ?

—Je ne sais pas... Je le crois... Probablement...

—N'espérez-vous pas que la crise se passe? Que mademoiselle Létourneau va se trouver un ami, que les choses redeviendront ce qu'elles étaient avant la mort du petit Grégoire?

—J'en doute, monsieur le curé. Si vous...

—Laissez-moi vous dire. Vous savez, nous sommes prêtres,

mais nous n'en restons pas moins des hommes. Notre sang n'est pas différent à cause de notre sacerdoce... Mais dans les cas difficiles, quand nous sommes sur le point de tomber, la grâce d'état nous en empêche. Et puis... même si nous tombons, cette grâce vient à notre rescousse comme Simon de Cyrène le fit pour Jésus sur le chemin du Golgotha. Le temps, les événements, la grâce d'état, mon aide: tout cela va se combiner pour vous protéger.

—Il est trop tard déjà...

—Que voulez-vous dire?

—Il aurait fallu que nous discutions dès l'été dernier de tout cela. Mais en ce temps-là, je ne pensais pas que les choses iraient aussi loin...

Le curé sursauta. Le ton se refroidit:

—Je voudrais bien que vous m'expliquiez cette expression: aussi loin.

—N'ayez crainte, n'ayez crainte... Que des choses correctes... non conformes à notre sacerdoce mais pas répréhensibles aux yeux de la morale, de Dieu...

—Vous êtes allé à sa chambre?

—Oui... C'est-à-dire que...

—Oui ou non?

—Oui, mais je ne suis pas entré. Je voulais le faire, mais au dernier moment, je suis reparti...

Le curé se redressa sur son siège. Un grand poids venait de s'envoler de ses épaules.

—Vous voyez: c'est cela la grâce d'état. Le danger est écarté maintenant.

—Je ne le crois pas.

—Croyez-moi, monsieur le vicaire, si vous avez dominé votre impulsion cette fois-là, vous pourrez tout aussi bien le faire de nouveau. Vous avez été victime du démon de la chair, mais vous avez été le plus fort. C'est cela la vie de prêtre. Beaucoup plus que les autres, nous sommes confrontés avec ce démon qui colle à nous comme une teigne. Rappelez-vous du saint curé d'Ars. Mais vous verrez que la seconde victoire sera plus facile... A moins que... Il ne s'est rien passé de plus?

—N... Non... Pas vraiment.

—Alors que dire de plus?

Le vicaire haussa les épaules en signe d'impuissance, un signe qu'il s'adressait à lui-même. Le curé poursuivit avec conviction:

—Vous êtes un excellent jeune homme et un très bon vicaire, l'un des meilleurs parmi ceux que j'ai eus à St-Honoré. Vous êtes actif, intelligent et, ce qui compte par-dessus tout, les paroissiens vous aiment bien: ils sont déjà très attachés à vous.

—Mais je ne voudrais pas...

—St-Honoré a besoin de vous et je vous demande au nom de St-Honoré de rester parmi nous. Vous serez bien traité... Et pour le reste, pour la vie à l'intérieur du presbytère, nous trouverons bien une solution. Aucun problème n'est insoluble. Chaque question a sa réponse. Aucune situation, si désespérante soit-elle, n'est jamais tout à fait désespérée.

L'abbé Dumont tâchait de réfléchir tout en prêtant l'oreille aux propos de son curé. Il réalisait qu'il venait de mentir, qu'il avait été faible en n'avouant pas ce qui s'était passé dans la salle de projection, en ne disant pas carrément au curé quel était l'esprit dangereux qui baignait sa relation avec Esther, en n'expliquant pas que chaque fois qu'il la regardait, tout son corps, toute son âme ne devenaient plus qu'un immense désir, un élan total, charnel, spirituel, universel...

La vie ne pouvait pas continuer sur une pareille base de dissimulation et de faux. Et il ne se sentait pas la force morale de dire toute la vérité.

Ces raisons additionnelles venaient ajouter leur poids sur le plateau de sa décision, celui marqué départ.

—Monsieur le curé, voici ce que je veux... Je vais demander mon transfert et quitter la paroisse dès que possible. Je connais très bien les limites de mes forces et je puis vous assurer, avec toute la sincérité que j'ai, qu'elles ne sont pas suffisantes.

—Puisque vous y tenez tant, laissez-moi au moins vous proposer quelque chose. À mon avis à moi, vous vous méprenez sur vos propres sentiments à l'endroit de notre Esther. Vous mélangez sentiment amoureux et sentiment paternel. Écoutez bien...

Au-delà d'une courbe, des phares pointant bizarrement vers le ciel attirèrent leur attention. Une auto avait dérapé; elle s'était retrouvée l'arrière dans un profond fossé, le nez en l'air. Une dépanneuse arrivait sur place. La situation ne requérait pas de secours. On passa tout droit.

—Faudra conduire prudemment. La chaussée semble glissante... Donc, on revient à ma proposition. Je vous disais que vous avez agi en père avec Esther. Par la force des choses bien sûr. Pensez-y bien. Vous l'avez guidée dans son travail cet été. Vous l'avez consolée à la mort de Luc. Vous l'avez sauvée des griffes d'une bête sauvage dans la grange. Vous vous êtes senti son protecteur. Je dois vous avouer que j'ai ressenti la même chose envers sa mère il y a plus de vingt ans alors qu'elle était dans un abandon total. Mais j'ai toujours su que je l'aimais comme un père. Et ce sentiment va dans la ligne exacte de notre sacerdoce. C'est cela, être pasteur; c'est cela, être prêtre. Par conséquent, je crois que vous devriez réviser votre décision. Vous savez, j'ai même réagi comme vous, m'inquiétant de ce sentiment paternel que je ressentais pour madame Cora et sa petite fille. Mais moi, je ne pouvais quitter la paroisse en l'abandonnant, alors j'ai érigé des barrières morales, psychologiques très hautes et très épaisses entre nos appartements. Vous l'avez certes constaté. Évidemment que vous avez le choix de partir ou bien de rester...

Je reviens donc à ma proposition. Demandez-le votre transfert, si vous croyez bien faire. Mais ensuite, que la vie se continue. Je voulais vous demander, à elle et à vous, puisque vous avez si bien travaillé ensemble auprès de nos jeunes au cours de l'été, de former une chorale d'enfants afin que nous ayons du beau chant de Noël. Pas que la chorale des hommes soit mauvaise, mais pour faire différent, nouveau. Vous êtes capable de diriger la chorale et mademoiselle Létourneau peut toucher l'orgue... De la sorte, vous aurez l'occasion d'apprivoiser vos réactions envers elle, de démêler vos sentiments. Et dans un mois, vous me transmettrez votre décision finale. Si vous changez d'avis, je trouverai bien une chanson pour Monseigneur afin qu'il ne considère plus votre demande et, s'il le fallait, j'irais jusqu'à faire signer une pétition par les paroissiens... Vous comprenez? Et si vous maintenez votre décision de partir, alors les ordonnances de l'évêché suivront leur cours. Que pensez-vous de cela ? N'avez-vous pas envie de vous fier à ma vieille expérience?

—Peut-être, mais je crois que...

La phrase resta en suspens. Le vicaire se réfugia dans de sombres réflexions. Il se frottait souvent le front, les yeux du revers de la main comme un enfant malade. Pour l'aider, le curé, quelques milles plus loin, proposa:

—J'ai envie de vous laisser conduire. Un bout en tout cas. J'ai le goût d'une bonne pipée de tabac. J'en ai acheté du fameux de bon en Italie... Saviez-vous qu'en avion, il est interdit de fumer la pipe? Imaginez-vous donc que la cigarette, elle, est permise. Un de ces jours, ils vont bien se rendre compte qu'elle n'est pas si inoffensive, la petite cigarette. Et puis, à mon avis, c'est une chose bonne pour les femmes... Je peux compter sur vous?

Le vicaire acquiesça d'un signe de tête. Il était perdu...

* * *

CHAPITRE 32

C'était le huit décembre, jour de la fête de l'Immaculée Conception. On avait décidé d'une pratique de la chorale durant l'après-midi. Vingt enfants de six à quatorze ans, plantés debout depuis plus d'une heure, regardaient désespérément le vicaire.

Il ne percevait pas leur fatigue. Son âme était rongée par la détresse. Il avait choisi ce jour-là pour dire à Esther qu'il partirait. Son départ avait été fixé au vingt-sept décembre. Sans les fortes pressions du curé, l'évêque l'aurait envoyé dès réception de sa demande, remplacer le vicaire de Château-Richer, mort dans l'accident de l'Obiou. Il crèverait de douleur en lui annonçant la nouvelle. C'est la raison pour laquelle il allongeait sciemment la pratique. Il cherchait à éloigner la dure minute de vérité.

C'est Esther qui prit l'initiative de mettre fin à la répétition. Après un cantique, elle quitta son banc de l'orgue et se rendit auprès de lui pour murmurer:

—Monsieur le vicaire, il ne faudrait pas que je retarde trop. Je vais souper avec les religieuses à l'occasion de la visite de Mère Provinciale au couvent. Et je voudrais aller un peu à ma chambre avant... pour me changer de vêtements...

Il fit de nombreux signes de tête affirmatifs pour assurer qu'il comprenait et comme pour s'excuser d'avoir été si long. Il dit aux enfants:

—Les amis, soyez-là après-demain à sept heures! Pour que notre chant soit le plus beau à Noël, nous avons encore beaucoup de travail à faire...

Déjà les enfants commençaient à partir.

—Et surtout, courez pas dans les escaliers! Partez les uns après les autres... Les filles d'abord. Allez. Ils se chuchotèrent des mots de soulagement puis s'écoulèrent joyeusement dans l'escalier tortueux.

Esther serrait ses cahiers de musique. L'abbé s'approcha.

—Vous êtes très pressée?

—Bien... plus ou moins, fit-elle en consultant sa montre. Je ne peux tout de même pas arriver en plein milieu du repas?

—Évidemment!

—Vous auriez voulu que la pratique dure plus longtemps? C'est vrai qu'il reste beaucoup de travail à faire, mais, voyez-vous, au-delà d'une certaine limite, les enfants n'en peuvent plus et ne font plus du très bon travail.

—Je sais que vous les connaissez bien mieux que moi, mais ce n'est pas cela. Je voudrais vous parler quelques minutes.

Elle eut peur. Elle avait le goût de l'entendre et en même temps, elle craignait que ne se reproduisent des rapprochements dangereux même s'il lui arrivait de les désirer.

Elle se dit qu'il n'oserait pas à cause du lieu, que peut-être aussi ses sentiments avaient changé... Il avait l'air si distant depuis quelques jours. Il ne l'évitait pas et pourtant lorsqu'ils se trouvaient ensemble, il parlait peu, donnait l'impression de vouloir dire mille choses, mais restait presque muet.

Elle souleva le couvercle de son banc, y déposa ses cahiers, le rabattit pour s'y asseoir.

Il fronça les sourcils.

—Pas ici... En marchant... Dehors...

Après l'avoir aidée à enfiler son manteau, il s'habilla lui-même et la suivit dans les escaliers étroits qui menaient en bas. En descendant, il regardait avec émotion ses cheveux adorés. Pourtant, il étouffait de chagrin. Il avait voulu qu'ils soient dehors pour profiter du temps et pouvoir respirer de bons coups de froidure, ce qui lui éviterait d'éclater en sanglots devant elle.

L'air frais lui sauta au visage et chassa de son front un peu du feu qui y brûlait. Une neige épaisse, engraissée par les rayons du soleil, collait à leurs chaussures, blanchissant jusqu'au bas de la soutane du vicaire.

—Madame Ida n'était pas très contente quand elle a su qu'elle aurait congé le jour de Noël, dit Esther pour briser un silence qui devenait aussi lourd que ses pas.

—Ah! celle-là, faut pas trop mettre les pieds dans ses plates-bandes.

—C'est normal. Après tout, c'est à la messe de minuit que le chant et la musique ont le plus d'importance durant l'année.

—Il faudra être prêts.

—On le sera.

—Si Mère Provinciale vous fait des avances?

—Probable qu'elle va m'en faire! J'ai beaucoup réfléchi ces dernières semaines et je ne me sens pas prête à entrer en religion. Peut-être plus tard, mais pas maintenant. Et peut-être jamais!

L'abbé fut heureux d'entendre ces mots. Ce qui ne l'empêcha pas d'exhaler un profond soupir, car il lui fallait parler de son prochain départ. Et le chemin du presbytère était trop court pour qu'il gaspille des minutes précieuses à ne rien dire.

Ils étaient si délicieux, ces instants où, tous deux marchaient comme de vieux amoureux, loin l'un de l'autre mais ensemble, communiant à une même émotion, partageant leur même soleil, vibrant aux mêmes silences. Plus que quelques jours et tout cela serait terminé à jamais. Cette idée frappait dans son cœur, résonnait dans son cerveau, se transformait en gouttes brûlantes au bord de ses yeux.

—Esther, je... je vais partir, quitter la paroisse... Je vais occuper la même fonction à Château-Richer.

Elle accusa le coup sans broncher. Un voile d'amertume se tendit devant ses yeux. La neige devint grise; le soleil, capricieux.

—Ah bon! fit-elle simplement.

Il se sentit coupable d'abandon. Il la laissait perdue, au cœur d'une vie qui ne cessait de la bousculer, seule.

—C'est que, voyez-vous, il le fallait...

—Je comprends, se surprit-elle à dire.

—Ça vaudra mieux ainsi, n'est-ce pas?

Il fallait qu'elle dise oui: c'est la logique qui le demandait. Mais il désirait plus que tout qu'elle proteste, qu'elle dise non, un gros non plein d'amour.

—Oui, murmura-t-elle.

Il se noyait dans la peine. Il avait désespérément besoin qu'elle vienne à sa rescousse en disant plus que ses commentaires laconiques détachés. Qu'elle crie son désir de l'empêcher de partir, qu'elle s'accroche à lui, qu'elle avoue son sentiment, qu'elle montre de la souffrance!

—C'est à cause de nous deux, de ce qui s'est passé dans la salle de projection, dit-il.

Elle garda un long silence assassin.

Il ajouta comme un enfant égaré:

—Comment vivre près de quelqu'un que... sans jamais...

Il arrivait vis-à-vis de la porte d'entrée des prêtres. Esther ne s'immobilisa pas comme lui. Il la regardait aller en espérant follement qu'elle se retourne pour courir se jeter dans ses bras. Elle continua d'un pas ferme vers son destin. Elle grimpa dans l'escalier de la cuisine et disparut après avoir dit sans se retourner:

—À mardi soir pour la pratique!

—C'est ça, dit-il trop tard.

Il fit demi-tour et marcha, la nuque écrasée, vers le grand escalier central. Sur le trottoir mouillé, une pierre le défiait outrageusement. Il la frappa d'un coup de pied rageur. Elle roula dans la neige jusqu'au poteau d'un lampadaire et s'immobilisa dans un bruit de métal creux. C'était son cœur qu'il avait ainsi fait voler dans le neige bourbeuse et froide.

Esther se jeta sur son lit. Tous les cris muets qu'elle avait retenus dans sa poitrine, refoulés dans sa gorge, lui remontèrent aux yeux sous forme de sanglots sauvages qui s'abîmèrent au creux de son oreiller.

Une heure plus tard, elle prenait le chemin du couvent pour ainsi répondre à l'invitation de Mère Supérieure et de Mère Provinciale.

* * *

334

Après un repas révérencieux et frugal, Mère Supérieure, de connivence avec les autres sœurs, laissa Esther seule en compagnie de Mère Provinciale.

Le sous-sol aux murs de bois jaune et brillant fleurait l'odeur de bonne cuisine, mélange de senteurs de bœuf grillé, d'oignons frits et de pain chaud.

La vieille religieuse avait multiplié des sourires précis et calculés, et qui découvraient cinq longues dents crochues. Après la canine gauche, un vide par lequel devait passer beaucoup d'air lors de ses longues inspirations sporadiques suivies de souffles courts, laissait passer parfois le bout effilé d'une langue rouge. Elle portait de grosses lunettes, rondes au-dessus des montures, ovales dessous, ce qui avait pour effet d'élargir son visage, un visage occupé pour le reste par son nez large et long.

—Ainsi donc, il vous arrive de songer à la vie religieuse, mademoiselle Esther? Je me permets de vous appeler par votre prénom comme tous semblent le faire ici, vous êtes d'accord?

—Certainement!

—Ce certainement répond-il aux deux questions?

La jeune fille acquiesça

—Aimeriez-vous passer une fin de semaine à notre maison mère? Elle est à Lévis. Vous y serez accueillie avec une très grande joie par toutes les sœurs qui y vivent. J'ai même déjà parlé de vous à certaines d'entre elles et elles ont bien hâte de vous connaître. Nous ferez-vous ce plaisir?

—Mère Marie Regina, je voudrais savoir quelque chose...

—Je vous écoute, mon enfant, je vous écoute.

—Qu'est-ce qu'on fait pour reconnaître si on l'a, cette fameuse vocation, si vous me pardonnez ce langage.

—Vous savez, le bon Dieu nous conduit là où il nous veut. C'est à travers les événements de la vie et les désirs de votre cœur que vous reconnaîtrez l'appel d'En-Haut.

—Ah!...

—Je vais vous raconter comment j'ai su, moi, que j'étais appelée à la vie religieuse. Soit dit en passant, d'autres pourront le faire ici et à la maison-mère; ainsi, la lumière se fera peut-être en

335

votre esprit... Donc il y a de ça bien longtemps: c'était en 1916. Je me rendis au Monastère du Précieux-Sang afin d'y faire une retraite. Après trois jours de recueillement, on me conseilla d'aller visiter le couvent des sœurs de la Charité de Saint-Louis situé tout près de là. J'y fus très bien accueillie par une bonne Mère, ancienne Maîtresse des novices. Elle me fit visiter tous les appartements en gardant la chapelle pour la fin. Les sacristines avaient tout illuminé la chapelle comme c'était l'habitude de le faire pour les visiteurs. Et on me disait que j'étais une grande visiteuse. En entrant dans cette belle chapelle, je ne puis décrire quelle impression de bonheur et de paix s'empara de mon être. Je me croyais au ciel. Ce fut fini... Je n'avais plus d'inquiétudes sur la voie que je devais suivre. J'eus la certitude intérieure que c'était bien la communauté où le bon Dieu m'attendait avec tant de grâces de toutes sortes. Ce bonheur a toujours grandi avec les années partout où l'on m'a envoyée. C'est que dans toutes nos maisons, nous sommes sous la protection de notre glorieux patron: Saint Louis, qui ne manque pas de rendre chacun des foyers que nous habitons très attrayant par la vie que nous y menons dans l'imitation de la vie de la Sainte Vierge. Je suis allée un peu partout: à Lowell, à Tewksbury, à ville LaSalle, à Chicago, à Ottawa et me voici maintenant à Lévis depuis cinq ans.

Voilà ma bien modeste vie, ma chère fille.

Il arrive aussi que le bon Dieu fasse savoir par des signes plus tangibles à une de ses filles qu'il l'appelle: la mort d'un être cher, par exemple. Bien sûr que le Seigneur n'enlève pas la vie d'un de ses enfants dans l'unique but de faire connaître sa volonté à un autre... Mais chacun doit tirer une leçon de vie d'un événement tragique. Et là, je pense à celui que vous avez vécu l'été dernier. L'on m'en a informée. Cela m'a beaucoup attristée.

Mère Provinciale ferma les yeux, croisa ses mains sur son cœur et ajouta:

—La fin d'un amour humain peut signifier le point de départ d'un amour, ô combien plus grand, ô combien plus riche et qui est celui du Christ-Sauveur, le divin Époux.

Elle retrouva son sourire pour continuer:

—Point de départ, c'est beaucoup dire, car je vous sais animée

336

d'une fervente dévotion qui est, à vrai dire, la grande base d'une vocation religieuse.

Esther écoutait religieusement, le cœur souffrant, l'âme triste.

—Vous viendrez à la maison-mère ? Tiens, pourquoi pas en fin de semaine prochaine, juste avant Noël ? Et qui sait, peut-être qu'à la messe de minuit, tout deviendra clair dans votre esprit par la sainte Grâce de l'Enfant Jésus. Vous acceptez cette invitation?

Esther ferma doucement les yeux et les rouvrit.

—À la bonne heure! Vous ne regretterez pas votre décision, mademoiselle Esther... Comme j'aimerais vous voir dans notre costume! L'essaierez-vous? Juste pour voir comment vous vous sentez en religieuse? Venez, venez nous allons annoncer la nouvelle à Mère Supérieure. Comme elle sera contente! Elle compte tellement sur vous. Elle est si bonne... si pieuse... Venez...

* * *

CHAPITRE 33

La neige tombait depuis deux jours. Abondante, épaisse. Plusieurs rangs de la paroisse étaient fermés. Les cultivateurs avaient dû se rendre à la messe de minuit en carriole. Cela arrivait une année sur deux.

Ils se suivaient en file indienne depuis les deux extrémités jusqu'au cœur du village. Chaque voiture était éclairée par un fanal jaune. Les lumières des maisons servaient inutilement de balises car les chevaux, par instinct et par habitude, flairaient le chemin et ne s'en écartaient jamais. Les attelages se dispersaient ici et là. L'on dételait chez une douzaine de villageois qui mettaient leur grange à la disposition des cultivateurs.

Par familles entières, ils entraient dans l'église lumineuse en frappant des pieds sur le ciment des tambours et en secouant leurs épais manteaux jusqu'à leur banc.

Souvent, les enfants montaient dans les jubés alors que leurs parents allaient prendre place dans l'une des travées de la nef.

Un homme sombre à long manteau noir arriva. Son regard inquiet pataugeait dans l'eau de l'allée. Il fit mine de tremper sa main dans le bénitier et se signa dans une simagrée furtive. Et il resta derrière le dernier banc, un genou à terre, la tête près d'un tronc. Alors seulement, il pensa d'enlever son grand chapeau brun tracé de lignes blanches et fondantes. Et il le fit dans un geste rapide, coupable, jetant de chaque côté, sans toutefois lever les yeux, des regards troublés comme ceux d'un chien souvent battu.

C'était un homme pauvre, incapable de se payer un banc. Sa

famille irait à la messe du jour. Lui, il payait de sa honte sa place derrière l'église. Mais qu'importe, puisqu'il connaîtrait une fois encore l'émotion de l'enfance, cette vibration magnifique allumée en lui par la brillance de l'église, la beauté du chant, le recueillement général. Cette messe aurait suffi, s'il avait perdu la foi, à la lui redonner tout entière. Une cérémonie aussi grandiose ne pouvait pas n'être qu'humaine.

La messe venait de commencer quand Dominique arriva à son tour avec quelques retardataires. Il aperçut le miséreux et lui parla à voix basse à l'oreille en le prenant par le bras. Mais l'autre hochait négativement la tête. Dominique insista, fit un geste en direction d'un banc à moitié vide, mais l'homme continua de refuser l'invitation. Il ne payait pas, donc il n'avait pas le droit d'assister à la messe comme tout le monde. Il resterait là, dans le courant d'air, les pieds dans l'eau, parfois debout mais le plus souvent le genou et la tête infléchis, se permettant de rares regards timides sur les quatuors de boules jaunes accrochés aux arches des jubés ou sur le flamboiement de l'autel.

Tous remarquaient comme il cherchait à se faire oublier.

Venez, divin Messie, Sauvez nos jours infortunés Venez, Source de vie, Venez, venez, venez.

L'attaque du chœur avait surpris la plupart des fidèles. L'on ignorait la création de cette nouvelle chorale d'enfants sauf chez les familles où se recrutaient des choristes. Les têtes se tournaient nombreuses vers le jubé de l'orgue. L'on cherchait à savoir qui étaient les responsables de ce chant exquis.

L'ébahissement décupla lorsque, venue de nulle part, une voix céleste, fine et angélique, au timbre d'or puissant et riche, se rendit chercher les cœurs des assistants pour les élever jusqu'à Dieu:

Ah! descendez, hâtez vos pas, Sauvez le hommes du trépas, Secourez-nous, ne tardez pas.

Appuyé par la voix chaude du curé, le chœur reprit le refrain. Les fidèles chantèrent d'abord timidement, puis, entraînés par Narcisse et Dominique, ils entonnèrent avec plus de poigne.

L'enfant à la voix si pure reprit ensuite:

Ah! désarmez votre courroux; Nous soupirons à vos genoux, Seigneur, nous n'espérons qu'en vous; Pour nous livrer la guerre

340

Tous les enfers sont déchaînés; Descendez sur la terre, Venez, venez, venez.

Le vicaire leva les deux mains ouvertes au ciel et les descendit en arc de cercle vers le chœur. Toute l'église se mit à vibrer à l'unisson, transportée par la beauté de sa propre voix.

Quand le garçonnet se fit à nouveau entendre, Esther et le prêtre se regardèrent par le miroir de l'orgue. Jamais comme en cette seconde, leur amour ne fut plus intense, car il passait par leur complicité, par leur travail commun. C'est par la conjugaison de leurs efforts qu'ils avaient pu en arriver à faire éclater sous la voûte de la nef toute la splendeur de ces cantiques de Noël.

Elle connaissait trop ses accords pour suivre ses doigts des yeux. Leurs yeux s'épousèrent. Leurs visages sérieux débordaient de désirs que chacun devinait: envie de sourire, envie de pleurer, envie de se toucher, envie de mourir...

Ils restèrent ainsi tant que dura le couplet:

Que nos soupirs soient entendus. Les biens que nous avons perdus Ne nous seront-ils point rendus? Voyez couler nos larmes: Grand Dieu, si vous nous pardonnez, Nous n'aurons plus d'alarmes, Venez, venez, venez.

Le curé jubilait dans sa chaire. C'était la plus belle messe de minuit de toute sa vie. Et cela, malgré le chagrin qu'il éprouvait de perdre son vicaire. Mais il n'y pensait pas. Il vivait le moment présent avec toutes les fibres de son être.

Dieu avait été prodigue de ses dons à son égard durant cette année sainte. Il s'était fort bien senti de sa santé. Sous son impulsion, au début de l'été, l'intérieur de l'église avait été rénové de même que le perron. Bien des visiteurs s'étaient déclarés éblouis par la beauté du temple. Ce jeune vicaire, bien secondé par Esther, avait fait un travail de première classe. Voilà que le chœur spécial de Noël dont il avait suscité la création, produisait un chant superbe.

L'année avait aussi généré ses peines, mais l'heure n'était pas à y penser. Il reprit le refrain d'une voix presque rieuse.

Et c'est ainsi que plus tard, il lut l'évangile du jour:

«En ces jours-là, il parut un édit de César Auguste, pour qu'on fît le dénombrement des habitants de toute la terre. Ce premier

dénombrement fut fait par Cyrinus, gouverneur de Syrie; et tous allaient se faire inscrire, chacun dans sa ville. Joseph aussi monta de Nazareth, ville de Galilée, en Judée, dans la ville de David, qui est appelée Bethléem pour se faire inscrire avec Marie, son épouse qui était enceinte. Or il arriva que, lorsqu'ils étaient là, les jours où elle devait enfanter furent accomplis. Et elle enfanta son Fils premier-né; et l'ayant enveloppé de langes, elle le coucha dans la crèche, parce qu'il n'y avait point de place pour eux dans l'hôtellerie. Or, en la même contrée se trouvaient des bergers qui passaient la nuit dans les champs, veillant tour à tour à la garde de leurs troupeaux. Et voilà qu'un ange du Seigneur se présenta devant eux, et une lumière divine les environna, et ils furent saisis d'une grande crainte. Mais l'Ange leur dit: Ne craignez point car voici que je vous apporte la bonne nouvelle d'une grande joie pour tout le peuple; c'est qu'il nous est né aujourd'hui dans la ville de David un Sauveur qui est le Christ Seigneur. Et ceci sera pour vous le signe: Vous trouverez un enfant enveloppé de langes et couché dans une crèche. Au même instant se joignit à l'Ange une multitude de la milice céleste, louant Dieu et disant: Gloire à Dieu au plus haut des cieux, et paix sur la terre aux hommes de bonne volonté.»

Mes bien chers frères, cet évangile nous rappelle une naissance, le début d'une nouvelle vie, d'une ère nouvelle, un commencement. Oui, Noël est un commencement; mais pour nous, de St-Honoré, cette fête nous rappellera aussi une fin. En effet, je vous annonce officiellement ce que plusieurs savent déjà: le départ de notre vicaire.

Vous n'êtes pas sans savoir que Monseigneur a bien des problèmes depuis l'accident de l'Obiou où tant de prêtres ont trouvé la mort de façon si soudaine et si tragique. Vous savez aussi que nous avons la chance ici, à St-Honoré, de pouvoir compter sur l'aide des prêtres du séminaire de St-Georges comme c'est le cas en ce jour de Noël par exemple.

Pour ces deux raisons et aussi parce que monsieur le vicaire n'était parmi nous que depuis quelques mois, l'évêque a jugé bon de le rappeler et de l'envoyer exercer son ministère à Château-Richer.

Il est vrai que l'abbé Dumont ne vivait dans notre paroisse que depuis le printemps dernier. Mais quelle belle tâche il a accomplie depuis lors!... Tout d'abord, en exerçant son ministère de façon impeccable mais aussi par sa présence si dynamique auprès des jeunes. Ainsi, par exemple, vous savez sans doute que nous lui devons ce chant merveilleux que vous entendez depuis le début de la messe. C'est lui qui a créé ce chœur de jeunes. Comme c'est lui qui s'est occupé des enfants tout l'été aux terrains de jeux. Comme c'est lui aussi qui avait la charge d'agir comme aumônier de plusieurs groupes paroissiaux. La liste n'en finirait pas si je faisais étalage de tout son dévouement. Et je sais aussi, pour le bien connaître maintenant, que je blesserais grandement sa modestie...

L'abbé Dumont avait planté son regard dans un oculus bleu et jaune fiché dans l'intrados de la voûte au-dessus du maître-autel. Malgré son visage couleur de pomme, l'idée de la fin dont avait parlé le curé lui avait broyé le cœur; et le mal qui étreignait sa gorge augmentait au fil des louanges qui lui étaient généreusement adressées car elles lui rappelaient les souvenirs de l'année.

À trois bancs derrière lui, Esther revivait les moments les plus doux qu'elle avait vécus avec lui aux terrains de jeux, dans la pinède, dans le jardin, dans la salle de projection... Et son âme débordait de regrets.

Si elle avait su garder ses distances avec lui, ne jamais montrer le moindre intérêt, il serait resté. Qu'adviendrait-il d'elle désormais? Seule. Car sans lui, le presbytère serait vidé de sa substance vivante. Sa mère et le curé faisaient partie des meubles: elle avait grandi au milieu d'eux. Quant à ce nouveau prêtre qui ne manquerait pas de survenir un jour ou l'autre, elle le détestait d'avance de prendre, de voler la place de l'abbé Dumont.

Le curé poursuivait:

—Par conséquent, une petite fête a été organisée pour souligner le passage de monsieur le vicaire à St-Honoré. Elle aura lieu le soir de Noël, c'est-à-dire ce soir à la salle paroissiale.

Ai-je besoin de dire que tous les paroissiens sont invités ? C'est dans la joie que nous avons accueilli l'abbé Dumont, c'est dans la joie que nous allons lui dire adieu. Je l'ai bien dit: c'est une fête pour souligner la magnifique présence de ce jeune prêtre dans la paroisse bien plus que pour souligner son départ...

Bien des gens s'étaient murmuré des commentaires lors de l'annonce du départ du prêtre. Il avait trouvé sa place dans la plupart des cœurs. Ce qui, en lui, avait séduit Esther et les jeunes de la paroisse, son naturel bon enfant, son entrain, son enthousiasme, son esprit de travail, sa force morale apparente, tout cela avait également laissé des marques chez les autres.

Mais un vicaire n'est pas un curé. Aucun d'eux ne restait jamais bien longtemps de toute façon. Ils passaient seulement. L'abbé Dumont passerait lui aussi. On l'oublierait. Et l'on ne saurait pas que lui, n'oublierait jamais.

Le reste de la messe fut ponctué de plusieurs cantiques. La fin du dernier donna le signal de départ à la majorité des fidèles.

Pour la messe de l'aurore, l'église restait aux trois quarts déserte. Le petit soliste à cheveux blonds entonna «*Nouvelle Agréable*»:

Dans cette nuit le Christ est né
C'est pour nous qu'il s'est incarné;
Venez pasteurs,
Offrir vos cœurs;
Aimez cet Enfant tout aimable.

La voix hélas! avait perdu une partie de son charme. Elle se répercutait plus sèchement de colonne en colonne, sur les frises, dans l'air refroidi par le départ des gens et l'entrée de la bourrasque. Sans pourtant avoir perdu de leur intensité, les lumières elles-mêmes s'étaient affadies.

Le chœur entama le refrain avec moins de chaleur encore. Les enfants étaient fatigués, nerveux, craignaient au fond d'eux-mêmes d'arriver en retard à la maison pour le réveillon et le dépouillement de l'arbre.

Narcisse, Dominique et même le curé n'étaient plus là pour alimenter les réponses.

Seuls Esther et le vicaire tentaient encore de se raccrocher à l'illusion perdue.

Elle frappait le clavier de ses doigts angoissés. Il dirigeait par gestes lents comme pour étirer le temps; mais cela avait pour effet d'insuffler une touche de morosité au refrain:

Nouvelle agréable !
Un Sauveur enfant nous est né;
C'est dans une étable
Qu'il nous est donné.

* * *

CHAPITRE 34

De toute la journée, l'on n'avait vu ni ciel ni terre. La rafale avait achevé de bloquer les quelques rangs restés à demi ouverts malgré la neige de la nuit. La grand-rue et jusqu'au chemin du presbytère étaient coupés de lames hautes et dures. Comme enfantée par le souffle du diable, la tempête tournoyait sur elle-même en proie à de la folie furieuse.

Depuis longtemps le soleil avait fini de dispenser sa faible lumière à la terre. Les ampoules électriques des réverbères s'entouraient de halos frissonnants.

La neige était venue s'entasser contre les portes et fenêtres du presbytère comme pour les barricader de son ciment glacial et emmurer de la sorte ceux qui seraient bientôt séparés, les condamnant à des rapprochements coupables.

Les occupants de la maison formèrent une colonne sombre le long du cimetière qu'un noir blizzard tourmentait aussi. Le curé avait décidé que la fête aurait lieu malgré le temps, pour ne pas décevoir les quelques braves qui s'y rendraient en dépit de la démence de ce ciel compact.

Le vicaire battait la marche. Il défonçait les bancs de pas rapprochés pour alléger la peine à ses suiveurs. Esther tâchait gauchement d'ajuster ses pieds dans les trous. Le curé s'arrêtait parfois pour voir si Cora suivait bien mais plus encore pour reprendre son souffle.

—Si ça continue, je vais devoir retarder mon départ, cria le vicaire en se retournant.

347

Ses paroles avaient été tordues, hachées, charriées par la rage hivernale. Esther ne releva même pas la tête. Une bribe ayant sauté jusqu'au curé, il gesticula en signe d'incompréhension et pour ordonner à l'autre de continuer.

Une trentaine de paroissiens avaient vaincu le vent et réussi à se rendre à la fête. Ils étaient restés sur deux rangs dans le couloir, se demandant s'ils ne devaient pas retourner chez eux. Mais, lorsque le groupe du presbytère fit son entrée, l'atmosphère se transforma.

Le curé les convoqua à la petite salle verte où les choses seraient plus intimes et chaleureuses dans tous les sens du terme puisque, par temps venteux, la grande salle du haut demeurait froide et engourdissante malgré l'appétit vorace de la fournaise.

L'on jouerait aux cartes. Un goûter serait servi. Les deux prêtres prendraient la parole.

Des tablées se formèrent. Esther déclina des invitations à jouer. Le vicaire fit de même. Ils se retrouvèrent ensemble à une table voisine, celle-là même où le jury avait délibéré et rendu son jugement lors de l'exposition de peintures.

Elle portait une robe gris-bleu serrée au cou et aux poignets. Après que son corps eut retrouvé sa chaleur externe, son sang se retira de ses joues et elle parut, sous la lumière blafarde, plus pâle qu'un ciel d'hiver. Ses yeux maussades promenaient leur lassitude sur des murs désespérément nus.

—C'était plus gai ici la dernière fois! s'exclama le vicaire.

Elle voulut esquisser un sourire, mais son geste se traduisit par une moue impuissante.

Il soupira:

—Je me demanderai jusqu'à ma mort si ma décision de partir est vraiment la bonne... S'il fallait que les temps changent plus vite que... que le temps lui-même! S'il fallait que l'Église modifie ses règles! Car ce sont des règles de l'Église faites par des hommes qui empêchent les prêtres de... d'aimer ici-bas. Ces lois ne sont pas immuables. Les pasteurs protestants sont...

Elle intervint:

—La religion catholique n'est-elle pas la seule vraie bonne?

—Mais oui, bien sûr! Mais tout est si relatif en ce bas monde. Les gens de Rome ne doivent pas être figés dans le ciment. L'Église comprendra peut-être un jour ceux qui se sont trompés de route.

—Comment faire pour reconnaître la route à emprunter?

—Je me demande de plus en plus s'il ne faut pas plutôt laisser la route reconnaître le voyageur.

Ils demeurèrent longtemps sans parler. L'air bleuissait. Les éclats de voix remplissaient l'atmosphère. Il rompit leur silence et dit d'un ton faussement léger:

—Et vous, Esther, que deviendrez-vous ? Vous n'avez pas beaucoup parlé de votre fin de semaine à Lévis. Est-ce que les sœurs ont fini par vous convaincre?

—À quoi bon ? fit-elle à voix lasse.

—À quoi bon quoi....

—Entrer au couvent... A quoi bon ne pas y entrer, comme vous voulez!

Arborant son traditionnel sourire bonhomme, Dominique Blais s'approcha de la table:

—C'est de valeur que vous soyez pas mariés vous autres. Vous feriez le plus beau couple...

Esther se redressa nerveusement. Le prêtre jeta:

—À qui le dites-vous!

Et il cligna de l'œil.

—Mon cher monsieur le vicaire, je viens vous saluer. Tous mes vœux à l'occasion de Noël et du réussi dans vos entreprises.

—Je vous remercie beaucoup, répondit l'autre en serrant la main tendue.

L'homme paraissait sobre. Il murmura, l'œil complice:

—Les histoires que le curé nous a contées en chaire au sujet de votre départ, moi, ça me rentre par une oreille pis ça me sort par l'autre. J'peux pas croire ça. Pourquoi c'est faire au juste que vous partez? Ça, ça vous regarde. Mais moi je pense qu'au fond de l'histoire, y a autre chose, puis c'est pas de votre faute. En tout cas... bonne chance pareil ! Y a une chose que je regrette et c'est de pas avoir été là le soir où vous avez eu une conversation avec Raoul Fontaine. C'est surprenant parce que je suis toujours chez

Fortunat à cette heure-là... Vous auriez dû venir plus souvent à l'hôtel: vous savez, c'est le seul endroit où y a moyen de rire un peu par ici... Bon, bon, bon, me voilà en train d'en dire un peu trop. Excusez-moi! Je suis comme ça: je dis tout ce qui me passe par la tête. Même devant les dames, vous en êtes témoin, je manque de... discrétion.

—Ah! vous n'êtes pas le plus triste luron que j'ai connu dans ma vie. Mais comme on dit: ça met de la vie dans le village, des gens comme vous.

L'autre leva un doigt de connaisseur pour affirmer:

—Le rire, monsieur le vicaire, le rire: y a que ça de drôle! Pourquoi s'en priver? Là-dessus, bonsoir.

—Bonsoir là!

Et Dominique s'éloigna en fredonnant le *Çà, bergers.*

Le prêtre et Esther ne purent ensuite renouer le fil de leur conversation. À son tour, Georgina s'amena faire ses adieux:

—Pourquoi donc, mais pourquoi donc l'évêque vient-il vous chercher, monsieur le vicaire ? Moi, quand j'ai su ça—c'est Djuss qui me l'a appris—j'en suis pas revenue. Un si bon p'tit prêtre! que j'ai dit à Djuss. Pis comme le disait monsieur le curé: qui a fait du si bon travail. Sans le faire exprès pour fouiner dans vos affaires, moi, je l'ai vu plus que les autres tout ce que vous avez fait pour nous autres, pour la paroisse. Ben sûr que vous avez été aidé par mademoiselle Esther, ça, faut le dire! N'empêche que vous faisiez des grosses journées d'ouvrage. Pour deux piastres par jour, vous auriez pu vous reposer plus souvent. En tout cas, moi, ça me fait ben de la peine que vous partiez.

—Je vous remercie de vos bonnes paroles. Et vous, madame Boulanger, la santé, ça va?

—Pas vite!... Pas vite!... Par chance que j'ai vu monsieur Desfossés cet automne parce que je pense que je marcherais pus pantoute. Vous comprenez, j'ai une grosse corporance pis ça, c'est pas trop avantageux pour mes jambes. Suis obligée de marcher moins. Mais de ce temps-citte, comme il fait toujours mauvais, c'est ma colonne qui me fatigue. Je commence à me demander si j'aurais pas un disque de déplacé...

Grimaçant, elle fit des torsions du tronc. Sa poitrine ballottait.

Du coin de l'œil, madame Jolicœur guettait le moment de s'approcher du vicaire. Lorsqu'elle comprit que Georgina parlait de ses malaises, elle ne se retint plus. Bouche pincée, elle s'amena près des causeurs.

—Je gage qu'on parle de maladie ici; la chose est si... à la mode depuis quelques mois dans la paroisse. En réalité les problèmes ont commencé après le passage d'un certain guérisseur. Vous comprenez, monsieur le vicaire, plusieurs se sont fait guérir de leur bonne santé, ha ha ha ha !

—Vous m'excuserez, je dois aller préparer les sandwiches et le café, jeta Georgina avant de déménager sa grosse personne vers la porte.

Ida ne jeta pas le moindre regard sur son ex-amie. Elle dit comme si rien ne s'était passé:

—Parlons de choses plus intéressantes. Monsieur le vicaire, mais de ce que j'ai des félicitations à vous faire! Mais de ce que le chant de cette nuit était fameux! Plus que ça, c'était divin! J'en parlais justement à J.O. après la messe. Lui aussi a trouvé la voix du petit Beaudoin merveilleuse. Il pourrait faire une carrière d'opéra s'il était poussé, cet enfant-là. Ah! si vous étiez donc resté avec nous autres, monsieur le vicaire!

—Que voulez-vous: les voies de Dieu sont impénétrables. Quant à celles de monseigneur l'évêque, elles le sont encore plus peut-être.

—Il me semble que si vous disiez non à Monseigneur ? En tout cas, j'voudrais pas vous importuner plus longtemps avec mes propos. Je vous souhaite tout le bonheur que vous méritez...

Elle promena ses yeux du prêtre à la jeune fille et ajouta:

—Je sais que, même à Château-Richer, vous allez souvent penser à nous autres.

—Vous êtes une personne inoubliable, madame Jolicœur. Je vais me souvenir de vous avec le plus grand des plaisirs.

Pendant qu'elle s'éloignait, le vicaire se plaignit:

—Elle n'a pas beaucoup fait mention de votre accompagnement à l'orgue. Elle se sent menacée dans son royaume.

Esther sourit un peu, fit un haussement d'épaules.

Les Grégoire vinrent aussi adresser leurs vœux. Pampalon dit:

—Je l'ai souvent répété: les meilleurs s'en vont les premiers. Ça me fait ben de la peine de vous voir partir, monsieur le vicaire. Vous avez été bon pour nous autres.

—On n'oubliera jamais que grâce à vous, notre garçon est au ciel, dit la femme aux yeux amortis.

—J'ai fait que mon devoir de prêtre, Madame. C'est Dieu qui a fait le reste. C'est Dieu qui a voulu que je me trouve si près de là... C'est encore Dieu qui a permis que Luc ne rende l'âme que plusieurs minutes après l'accident. C'est Dieu qui a sauvé Luc. Moi, je n'ai été que l'instrument de sa toute-puissance.

Esther se leva. Elle laissa tomber la gorge sèche:

—Vous allez m'excuser...

Et elle s'éloigna pour mieux retenir ses larmes. Elle ne pouvait supporter de l'entendre proclamer son sacerdoce. Et ce qu'il évoquait de l'été précédent lui remettait en mémoire une fois encore tous ces moments si doux qu'elle avait vécus auprès de lui.

—Pauvre enfant, elle a eu plus de mal encore que nous à se relever de la mort de Luc, dit Pampalon en penchant la tête.

Réalisant toute la comédie à laquelle il devait se prêter, l'abbé additionna encore un élément au poids de sa décision. Mais il devait dissimuler:

—Elle a beaucoup souffert depuis l'été dernier. Mais qui sait, peut-être qu'elle a trouvé sa voie maintenant. Elle parle de plus en plus d'entrer au couvent.

—Pauvre, pauvre Esther, dit la femme du marchand.

Et elle suivit la jeune fille. Et Pampalon les suivit.

Le vicaire se retrouva seul un moment. Il réfléchit à ce qu'il dirait dans son allocution d'adieu après le lunch. Il parlerait de son arrivée au printemps. De ce qu'il avait eu comme première impression. Des changements qui s'étaient opérés en lui et dans la paroisse au cours de l'année sainte. Il parlerait de ceux qui sont partis pour toujours. Il dirait aux gens combien il les a trouvés bons et accueillants... Aussi...

Madame Beaudoin s'était approchée timidement.

—C'est à mon tour de venir vous saluer... au nom de toute ma famille. Vous devez le savoir, mon mari passe Noël dans le bois cette année. Il était trop loin pour venir.

—Il est en Ontario ?

—C'est pour ça justement. D'habitude, il passe les hivers aux États. Il y est allé durant l'automne: ça faisait pas son affaire. Il est revenu passer trois, quatre jours puis il est reparti pour l'Ontario. Ses lettres viennent de Caramat... C'est à l'autre bout de la province.

—Avec le temps qu'il fait, vous auriez pas dû venir.

—Monsieur le vicaire, personne au monde aurait pu m'empêcher de venir vous parler une dernière fois. Ce que je veux surtout, c'est vous remercier de ce que vous avez fait pour nous autres. Pis surtout pour Gaston. Cet enfant-là était assez heureux de chanter en solo à la messe de minuit qu'il va s'en rappeler le restant de ses jours. Pis ça, c'est grâce à vous.

—J'ai aucun mérite pour la voix de Gaston, madame Beaudoin. C'est Dieu qui la lui a donnée...

—Mais vous l'avez tellement bien mise en valeur. Je me disais que si vous étiez resté avec nous autres, vous auriez pu le pousser loin... Malgré qu'après sa septième année, faudra l'arrêter d'aller à l'école. C'est un garçon et il devra commencer à gagner un peu sa vie. Comme de raison qu'on n'a pas trop les moyens de les faire instruire, nous autres, nos enfants.

—Peut-être que vous pourriez l'envoyer chez les frères. Eux pourraient le prendre à leur charge et développer son talent.

La femme réfléchit, hocha la tête tristement.

—Il aime beaucoup l'école. Mais je vous dis qu'il est pas fort de sa santé. Il dépérissait tout le temps. Depuis qu'il s'est mis à chanter dans votre chorale, on dirait qu'il a renforci. Mais ce serait peut-être une bonne idée de l'envoyer chez les frères. Je vais en parler à mon mari dans ma prochaine lettre.

—Monsieur le vicaire, s'exclama Bernadette, vous vous en sauverez pas comme ça! Je vais à Québec toutes les semaines, tous les quinze jours: pis Château-Richer, c'est pas si loin. Vous allez me voir y ressourdre.

—Vous serez toujours la bienvenue. Tiens, vous viendrez avec madame Beaudoin une bonne fois: ça me ferait bien plaisir.

—Si madame Beaudoin veut venir, j'y manquerai pas: de ça,

vous pouvez en être certain.

La femme dit avec une lueur de lassitude au fond du regard:

—Sais pas... Peut-être.

—Craignez pas, je la déciderai ben, fit Bernadette.

—Bon, bien là-dessus, je vous laisse, dit madame Beaudoin. Je vais donner la chance à d'autres de venir vous saluer. Encore une fois, bien du bonheur dans votre nouvelle paroisse!

—Moi, je viens d'arriver et je reste encore un peu, dit la vieille demoiselle.

Madame Beaudoin s'éloigna en boitillant.

—Pauvre elle! Suis pas mal certaine qu'elle est encore enceinte.

—Elle est bien méritante, bien méritante, dit l'abbé en ayant l'air de réfléchir en profondeur dans un avenir imprécis. Vous savez, la survivance de notre peuple canadien français est assurée grâce à des personnes comme elle, grâce à nos grosses familles.

—Ah, ça, je le sais! Et j'aurais bien fait comme les autres moi itou, mais les hommes m'ont oubliée, dit-elle en s'esclaffant.

—Le célibat est également une bonne vocation, assura le vicaire.

—C'est bon mais c'est long! dit Bernadette dans un deuxième rire plus bruyant que le premier.

Elle avait porté son poing à sa bouche pour y retenir son dentier qui avait la malencontreuse envie de prendre son envol chaque fois qu'elle riait.

Le vicaire rit aussi mais d'une bouche inquiète. Il cherchait Esther des yeux. Elle avait trouvé refuge dans un coin, derrière un attroupement de gens qui causaient sans la voir.

—Des personnes sont faites pour élever des enfants; d'autres pas, ajouta Bernadette. Prenez vous par exemple, j'vous verrais pas marié. Sais pas: me semble que vous êtes sur la terre pour être prêtre.

—Probablement... puisque je le suis.

—Une vocation qui doit pas être facile non plus. Vous vous faites charroyer à droite, à gauche. Vous commencez tout juste à vous habituer dans une paroisse qu'on vient vous chercher pour vous expédier à l'autre bout du diocèse. Se faire dépayser comme ça à tout bout de champ, ça ne doit pas toujours être drôle.

—Que voulez-vous, mademoiselle Grégoire, je n'avais qu'à choisir quelque chose d'autre. J'ai pris ma route, vous avez pris la vôtre et la vie se continue...

—Je me demande ben ce que j'aurais répondu si un homme m'avait proposé le mariage.

—Ça dépend de l'homme...

—Ouais, j'vas dire comme vous.

Mère Supérieure vint se mêler à la conversation:

—Monsieur le vicaire, je voudrais vous féliciter pour le beau chant de cette nuit à la messe. C'était à ce point merveilleux que nous n'avons pas cessé d'en parler pendant les repas aujourd'hui au couvent.

—Ce sont les enfants qui ont tout le mérite.

—Et mademoiselle Esther un peu aussi, n'est-ce pas?

—Pour ça, oui! Elle y a mis les mêmes heures que moi et parfois davantage.

—C'est une jeune fille bien sur toute la ligne, dit-elle avec un air songeur.

—Je-vous-pense-donc! confirma Bernadette en détachant chaque mot. Elle va faire une mère de famille dépareillée.

—Elle aime beaucoup les enfants, mais ça ne veut pas dire que sa vocation réelle, profonde, soit le mariage, commenta la religieuse avec un regard oblique.

—Qui sait si, comme vous, mademoiselle Grégoire, elle n'est pas appelée au célibat, dit l'abbé sur le ton de celui qui souhaitait la chose.

—Quand on est jeune, tous les chemins s'ouvrent devant soi. Il suffit de prendre le bon, conclut Bernadette.

D'autres paroissiens vinrent offrir leurs vœux. Des souhaits semblables les uns aux autres: du bonheur ailleurs, de la joie au temps des Fêtes.

—Ne nous oubliez pas, disait-on souvent.

—On ira vous voir, promettait-on parfois.

Il ne put se rapprocher d'Esther que sur le chemin du retour au presbytère. Cette fois, il fermait la marche derrière les trois personnes roulées dans leurs épaisses fourrures.

Le temps demeurait aussi impitoyable qu'au début de la soirée. Il fallait l'affronter en courbant l'échine. Chaque minute était un nouveau corps à corps avec le vent sournois qui, lorsqu'on ne pouvait le pourfendre, comme un lutteur méchant, ne ménageait pas les insultes, mordant les visages, s'infiltrant dans les manches, brûlant les prunelles.

Lorsqu'ils débouchèrent au coin du presbytère, à l'autre bout du cimetière, quelques secondes à peine après que Cora et le curé furent entrés, la jeune fille perdit l'équilibre et tomba.

L'abbé l'aida à se relever en criant:

—Pas de mal?

Elle fit signe que non.

Pendant un instant, ils furent en position de se regarder. Leurs têtes se touchaient presque. Elle avait sa mitaine sur sa bouche. Il avait les sourcils givrés. La rafale s'interposa, leur creva les yeux de ses dards secs et glacials.

Ils ne purent qu'entrer.

* * *

356

CHAPITRE 35

À la demande du curé, le chemin menant au village voisin avait été ouvert d'une seule trace aux petites heures du matin. Il valait mieux que le vicaire parte au plus tôt. Un retard n'aurait profité à personne. Il saisissait mieux le désarroi d'Esther maintenant. Il connaissait le sien aussi.

À pas de tortue, le train entra en gare.

Pourtant, les locomotives exhalaient la puissance d'un duo de géants. Devant la première, un éperon rouge avait été accroché pour déblayer la voie que l'on disait engloutie par endroits de lames de douze pieds. Et cette neige poudrée par un vent sibérien depuis le jour de Noël avait durci en bancs vallonneux.

C'était le matin du vingt-sept décembre. Un soleil malade dispersait au bord de l'horizon ses maigres rayons froids. La température restait loin en bas de zéro. Mais il ne ventait plus.

Esther, le vicaire et le curé descendirent de l'auto noire. Les prêtres alignèrent les valises sur le quai. Les crissements de leurs pas rejoignaient les bruits de fer sec de roues luisantes qui roulaient devant eux.

La voiture des voyageurs s'arrêta à leur hauteur. Elle était parfaitement vide. Pas âme qui eût osé s'aventurer à prendre le train aussitôt après une si terrible tempête. Les citadins se sentaient bien, perdus au chaud dans les maisons du fond de la campagne, baignés de la folie des Fêtes, des danses carrées, des embrassades chastes, d'alcool frelaté.

Le vicaire courut porter ses bagages à l'intérieur puis il vint faire ses ultimes adieux. Tout d'abord, il donna la main au curé. Les deux hommes se regardèrent longuement et profondément. Tout ce qu'ils avaient à se dire passait par leurs yeux en des lueurs de bienveillance et de reconnaissance.

Puis l'abbé Ennis se retira à petits pas grinçants, laissant ses enfants se parler une dernière fois.

Esther portait un manteau noir à gros col de fourrure grise. Son bonnet russe lui coupait le front jusqu'à l'œil, un œil brumeux mais froid et résigné.

Elle enleva un gant pour ouvrir sa sacoche. Et en sortit une petite enveloppe qu'elle remit à l'abbé. Il la cacha dans ses mains nues comme pour la réchauffer puis il l'enfouit dans la poche de son manteau.

Alors il emprisonna la main froide de la jeune fille entre les siennes. Chacun garda la tête basse, le regard rivé à leur étreinte finale.

Le train siffla.

Elle se dégagea.

Il monta sur la première marche de l'escalier. Un choc se produisit. Le wagon bougea. Esther tourna les talons. Le regard absent, elle retourna auprès du curé dans l'auto.

Le train fit quelques dizaines de pieds et s'immobilisa sans avoir dégagé la voie vis-à-vis du chemin. Puis il recula. Le wagon et son unique voyageur aux habits sombres et à l'air noir passa devant l'auto qui devrait attendre que la route soit libérée.

Malgré le froid intense qui sévissait dans la voiture, le vicaire avait enlevé son manteau. Il réchauffa ses mains de son haleine puis, les yeux rougis par une nuit agitée, il décacheta l'enveloppe avec de fébriles précautions et lut:

UN AMOUR ÉTERNEL

Un soir l'oiseau bleu vint frapper à ma fenêtre.
Il frôla les volets de son aile fragile,
Chanta ma destinée sur trois notes agiles,
Inspira à ma vie le désir de renaître.

Je n'osai lui ouvrir, craignant le froid intense.
C'était l'heure du gel et des jours glacials.
Ses couleurs s'estompèrent dans la nuit hivernale;
Il repartit au loin pour quérir l'espérance.

À l'aube de l'été revint le voyageur.
Dans ses doigts anguleux, il tenait une rose
Dont mon âme hyaline huma la douce hypnose
Et fut grisée par les fluides enchanteurs.

Hélas ! le volatile au regard cristallin
Était un évadé d'un royaume interdit
Que ses gardiens avaient marqué d'un sceau maudit:
On l'avait condamné dès le premier matin!

Pour racheter ses fautes, il lui faudrait mourir,
Répandre aux yeux du ciel et de l'humanité
Son sang impur surgi de deux cœurs éclatés,
Assassiner en lui jusqu'au moindre désir.

Alors, comme embrasé d'un goût d'éternité,
Dans un suprême envol, il monta vers le ciel,
Et, pour se consumer, plongea dans le soleil.
Dieu lui donna enfin son immortalité!

Il relut une seconde fois en buvant chaque mot, chaque virgule. Les doigts gourds de son autre main défaisaient trois boutons de sa soutane sur sa poitrine.

Le train se remit en marche avant. Quand le wagon repassa devant l'auto qui attendait toujours, le vicaire mit le pomme sur son cœur tout juste à côté de son scapulaire.

Esther aperçut le geste. Aucun muscle de son visage ne s'agita. Elle sentit un frisson dans son dos. C'étaient les muscles peauciers qui cherchaient à la défendre de la morsure du gel.

Devant la locomotive, le chasse-neige fendit la lame. Le train put quitter la gare.

Le vicaire regarda ses mains raides. Son esprit s'envola une dernière fois vers cette année sainte qui se refermait derrière le dernier wagon.

Il se remémora le soir de son arrivée. Comme une route est différente selon qu'on l'emprunte pour venir ou pour s'en aller! Que d'années s'étaient jetées sur son âme en neuf mois! Depuis cette fois où un homme triste et malade l'avait accueilli sans élan, cet homme à qui il avait donné les derniers sacrements quelques mois plus tard.

Il se souvint des ultimes paroles de Blanc:

—Le petit Grégoire m'a devancé. Vous nous suivrez bientôt...

Alors il eut froid. Mais il n'avait pas le goût de mettre son manteau.

* * *

360

ÉPILOGUE

38 ans plus tard, ce dimanche, le 29 mai, 1988

Un homme en souliers de tennis marchait lentement sur le tapis vert. Il avait un peu l'air d'un joueur de golf. Ses pieds s'arrêtaient tous les trente pas. Il portait des pantalons pâles, une chemise brune. Vu de dos, on pouvait le croire dans la soixantaine. Crâne luisant. Couronne de cheveux gris. Dans chacun de ses bras musclés, il transportait un énorme panier d'osier recouvert d'un linge blanc.

Le soleil jetait sur tous les horizons ses milliards de rayons chauds. Les pierres tombales brillaient toutes, les unes plus que les autres. Le cimetière vibrait à l'été naissant.

Sous la feuillaison des érables, les grives parlaient aux moineaux. Sur une clôture neuve, des écureuils apprivoisaient des paysages inédits.

L'homme arrêta sa marche devant un autre monument. L'épitaphe disait: GRÉGOIRE en grosses lettres burinées au bas de la pierre. Et au-dessus:

LUC GRÉGOIRE	24 ANS	1926-1950
PAMPALON GRÉGOIRE	65 ANS	1895-1960
LAURA BISSON	73 ANS	1895-1968

Il continua jusqu'au lot suivant et lut:
J. OVIDE JOLICŒUR   1898-1971
SON ÉPOUSE IDA PARENT 1900-1967

Plus loin encore:

DOMINIQUE BLAIS   1909-1963

En biais derrière, une pierre mentionnait les noms de Fortunat Fortier et de son épouse. Puis une autre au souvenir d'Auguste Boulanger et de son épouse Georgina Martin.

Le visiteur s'arrêta longuement devant la suivante qui disait:

GASTON BEAUDOIN	12 ANS	1939-1951
MADAME AURÈLE BEAUDOIN	49 ANS	1916-1965
AURÈLE BEAUDOIN	66 ANS	1915-1981

L'inscription suivante le fit tressaillir:

THOMAS ENNIS PRÊTRE-CURÉ   1892-1965

L'homme avança encore. Il lut d'autres noms lui rappelant des souvenirs enterrés depuis plus longtemps que les morts. Enfin, il s'arrêta devant une pierre brune dont l'inscription comportait trois noms sous le patronyme LÉTOURNEAU ciselé dans le granit:

MARCELLIN LÉTOURNEAU	1898-1927
SON ÉPOUSE CORA BEAUDRY	1897-1957
ESTHER LÉTOURNEAU	1927-1987

Il déposa ses paniers sur le sol, fit le signe de croix, se recueillit pendant de longues minutes. Puis il retira les linges qui recouvraient le contenu des corbeilles. Il découvrit ainsi des fleurs. de toutes les sortes. Elles allaient jusqu'à ras bord... Géraniums, tulipes, œillets, roses, pensées, marguerites des champs, pétunias... Certaines coupées sous le calice, d'autres avec leur tige.

Il leva bien haut chaque panier, en vida le contenu sur le lot des Létourneau. Ensuite, il s'agenouilla et disposa les fleurs en un rectangle multicolore bordé par celles qui avaient encore leur tige. Lorsque le lit fut prêt, il releva le torse et murmura trois fois:

—Je t'aime, Esther. Je t'aimerai toujours.

Il demeura plus d'un quart d'heure à genoux, à se souvenir.

Le sentiment d'une présence derrière lui le ramena à la réalité.

Il se remit debout et se retourna.

—Je me disais que c'était monsieur Lacasse, mais je me trompais, lui dit une vieille dame qui marchait d'un pas encore alerte mais claudicant.

L'homme plissa des yeux fortement entourés de rides remplies de bonté. Il chercha dans ses lointains souvenirs, mais n'arriva point à mettre un nom sur le visage aux plis rieurs.

—Vous avez là de bien belles fleurs... Je gage que vous êtes un monsieur Létourneau.

—Non... Mais vous, comment vous appelez-vous, dit-il d'une voix pesante du même type que celle du curé Ennis.

—Bernadette Grégoire.

—Si je m'attendais à vous voir ici aujourd'hui! Vous vous souvenez pas? J'étais vicaire à St-Honoré, du temps de l'abbé Ennis.

—L'abbé Plante? risqua-t-elle avec une grande interrogation dans les yeux.

—Non.

—L'abbé Gilbert ?

—Non plus!

Elle fronça les sourcils, fit les yeux ronds, mit son poing devant sa bouche, dit:

—J'vois pas. Vous comprenez: il en est passé des prêtres ici depuis le temps.

—L'abbé Dumont, dit-il. J'étais ici durant l'année sainte. Pas la dernière, l'autre d'avant: 1950. Luc Grégoire, votre neveu, est justement mort cette année-là.

—Oui, oui, oui, je pense que je vous reconnais, fit-elle en branlant du chef. C'est vous qui êtes parti pour les missions.

—Non... Pour Château-Richer. Et vous deviez venir m'y voir, mais je ne vous ai jamais vue.

—C'est-il vrai ?...

Et elle laissa échapper un petit rire honteux.

—Je vois vos belles fleurs sur la tombe des Létourneau: vous avez dû bien les connaître.

—Surtout... Surtout mademoiselle Esther. Nous avons travaillé beaucoup ensemble cette année-là.

Bernadette soupira:

—Morte l'année passée, la pauvre. Si jeune! Même pas encore soixante ans. J'imagine que vous le saviez avant aujoud'hui ?

—Je l'ai appris il y a un mois.

—Je peux vous dire que c'était une bonne personne, mademoiselle Létourneau. Elle a tant souffert: c'est pas croyable.

—Maladie ?

—Arthrite aiguë. Tous ses membres se sont déformés. Elle a été opérée dix fois, vingt fois. Dans les doigts, dans les hanches, dans les genoux: ça finissait jamais. Les dix dernières années, elle marchait même plus. Et le pire, c'est qu'elle n'avait pas l'air de lutter contre la maladie. Elle avait jamais le moral trop haut. C'est sûr que quand on est pris d'une maladie de même, on saute pas par-dessus les maisons.

Une chance, par exemple, elle est restée belle de la figure. On aurait dit que le bon Dieu compensait pour le vieillissement de ses os en lui gardant un beau visage jeune. C'est de valeur que ses yeux aient été aussi tristes. Malgré qu'une personne qui fait de l'arthrite a du trouble souvent avec ses yeux. Finalement, à force de souffrir, son cœur a lâché...

Pendant qu'elle continuait à jacasser, l'homme jeta un regard à la tombe d'Esther. Les rouges, les bleus, les blancs, les roses, les jaunes s'y mariaient sous les rayons doux du soleil de mai.

Il reprit ses corbeilles dans ses bras, se mit à marcher, entraînant, sans qu'elle ne s'en rende compte, la vieille demoiselle qui ne cessait de parler:

—Vous savez, les choses ont bien changé depuis l'année sainte. Ça fait pas loin de quarante ans. Ils ont démoli le couvent. Le cimetière a été déménagé... Tant qu'ils nous laisseront l'église... Si je vous disais, monsieur le curé... parce que j'imagine que vous devez être curé asteur... même si vous êtes encore jeune... si je vous disais que...

L'homme jeta un dernier coup d'œil au lit de fleurs. Chuchota:

—Dors en paix, mon si cher amour!

FIN